Diogenes Taschenbuch 24757

AF288748

DENNIS LEHANE, irischer Abstammung, geboren 1965 in Dorchester, Massachusetts, hat bisher 14 Romane veröffentlicht, vier davon wurden verfilmt, darunter die Weltbestseller *Shutter Island* und *Mystic River*. Lehane unterrichtete Kreatives Schreiben unter anderem an der Harvard University und ist erfolgreicher Produzent und Drehbuchautor, zuletzt für die Apple-TV+-Serie *In with the Devil*. Dennis Lehane lebt in Südkalifornien.

Dennis Lehane
Dunkelheit, nimm meine Hand

Ein Fall für Kenzie & Gennaro

ROMAN

Aus dem amerikanischen Englisch
von Peter Torberg

Diogenes

Titel der 1996 bei William Morrow & Co., New York,
erschienenen Originalausgabe: »Darkness Take My Hand«
Copyright © 1996 by Dennis Lehane
Die deutsche Erstausgabe erschien 2017 im Diogenes Verlag
Covermotiv: Foto von Ilya Rashap (Ausschnitt)
Copyright © Ilya Rashap

Veröffentlicht als Diogenes Taschenbuch, 2024
Alle deutschen Rechte vorbehalten
Copyright © 2017
www.diogenes.ch
30/24/36/1
ISBN 978 3 257 24757 2

*Ich widme diesen Roman
Mal Ellenburg und Sterling Watson
für tausenderlei gute Hinweise zur Kunst des Schreibens
und zur Natur des Bösen.*

Wir sollten dankbar sein, dass wir die Schrecken und Erniedrigungen nicht sehen können, die unsere Kindheit umgaben, in Geschirrschränken und auf Bücherborden, überall.

– *Graham Greene, Die Kraft und die Herrlichkeit*

Ich war noch klein, als mich mein Vater mit auf das Dach eines gerade ausgebrannten Hauses nahm.

Er hatte mir die Feuerwache gezeigt, als der Notruf reinkam, und jetzt saß ich neben ihm vorn im Löschwagen und war ganz begeistert, wie der Laster die Kurven nahm und das Heck ausbrach, wie die Sirenen heulten und vor uns der Rauch blau, schwarz und dick waberte.

Eine Stunde, nachdem sie die Flammen gelöscht hatten, saß ich am Straßenrand und sah den Kollegen meines Vaters bei der Arbeit zu. Zum zigsten Mal hatten sie mir die Haare verwuschelt und mich mit Hotdogs vollgestopft, als mein Vater kam und mit mir die Feuertreppe hinaufstieg.

Ölige Qualmfetzen krochen uns in die Haare und strichen über die Ziegel, und durch die geborstenen Fensterscheiben sah ich verkohlte und verbrannte Dielen. Dreckwasser tropfte durch Löcher in den Decken.

Das Gebäude jagte mir eine Heidenangst ein, und mein Vater musste mich auf den Arm nehmen, als er aufs Dach hinaustrat.

»Patrick«, flüsterte er, als wir über die Teerpappe gingen, »ist schon gut. Schau doch.«

Ich sah hinaus auf die Stadt, stahlblau und gelb. Ich roch die Hitze und die Zerstörung unter mir.

»Schau doch«, wiederholte mein Vater. »Hier sind wir in Sicherheit. Wir haben das Feuer in den unteren Etagen gelöscht. Es kommt nicht bis zu uns herauf. Wenn man das Feuer dort löscht, wo es begonnen hat, kann es nicht nach oben dringen.«

Er strich mir die Haare glatt und gab mir einen Kuss auf die Wange.

Und ich zitterte.

Prolog

Heiligabend 18:15

Vor drei Tagen wurde Eddie Brewer, ein Typ, mit dem ich aufgewachsen war, in der ersten Winternacht des Jahres in einem Spätkauf niedergeschossen. Es handelte sich nicht um einen Raubüberfall. James Fahey, der Schütze, hatte sich erst kürzlich von seiner Freundin Laura Stiles getrennt, die dort als Kassiererin in der Schicht von 16 Uhr bis Mitternacht arbeitete. Als Eddie Brewer sich um Viertel nach elf einen Styroporbecher mit Eis und Sprite füllte, spazierte James Fahey zur Tür herein und schoss Laura Stiles einmal ins Gesicht und zweimal ins Herz.

Dann schoss er Eddie Brewer in den Kopf, ging den Gang mit den Tiefkühlschränken entlang und stieß dort auf ein älteres vietnamesisches Paar, das sich bei der Milch versteckt hatte. Zwei Kugeln für jeden, dann fand James Fahey, dass es genug war.

Er ging hinaus zu seinem Wagen, setzte sich hinters Lenkrad und klebte die einstweilige Verfügung, die Laura Stiles und ihre Familie erfolgreich gegen ihn beantragt hatten, an den Rückspiegel. Dann band er sich einen von Lauras BHS um den Kopf, nahm einen Schluck aus einer Flasche Jack Daniel's und schoss sich eine Kugel in den Mund.

James Fahey und Laura Stiles wurden noch an Ort und Stelle für tot erklärt. Der ältere Vietnamese verstarb auf dem Weg ins Carney Hospital, seine Frau ein paar Stunden später. Eddie Brewer aber liegt im Koma; die Ärzte meinen zwar, dass die Aussichten nicht gut wären, geben aber zu, es sei ein Wunder, dass er überhaupt noch lebe.

Die Presse hat dieses Stichwort gründlich ausgeschlachtet, denn Eddie Brewer, der damals, als wir jung waren, wahrhaftig kein Heiliger gewesen ist, ist Priester. In der Nacht, als er niedergeschossen wurde, war er in Thermobekleidung und Jogginghose laufen gewesen, Fahey ahnte also nichts von seiner Berufung, obwohl ich bezweifle, dass das einen großen Unterschied gemacht hätte. Die Presse allerdings, die spürte, dass sich ihre Leser so kurz vor den Feiertagen gern der Religion zuwandten, konnte so einer alten Story noch mal neue Nahrung geben und ließ sich lang und breit über Eddie Brewers Priesterschaft aus.

Fernsehkommentatoren und Leitartikler haben seine zufällige Verwundung als Zeichen des nahenden Weltuntergangs gedeutet, es wurden Mahnwachen in seiner Gemeinde in Lower Mills und vor dem Carney Hospital organisiert. Eddie Brewer, ein unbedeutender Kirchenmann und äußerst bescheidener Mensch, ist auf dem Weg, ein Märtyrer zu werden, ganz gleich, ob er nun überlebt oder nicht.

Nichts von alledem hat irgendetwas mit dem Alptraum zu tun, der vor zwei Monaten Besitz von meinem Leben und dem mehrerer anderer Menschen ergriffen hat, ein Alptraum, der mir Verletzungen zufügte, von denen die Ärzte meinten, sie seien so gut verheilt, wie man sich nur hätte wünschen können. Allerdings habe ich in meiner rechten

Hand noch immer kaum Gefühl, und unter dem Bart, den ich mir habe wachsen lassen, brennen die Narben. Nein, das alles, der niedergeschossene Priester, der Serienmörder, der in mein Leben trat, die jüngsten ›ethnischen Säuberungen‹ in einer der ehemaligen Sowjetrepubliken, der Mann, der nicht weit von hier in einer Abtreibungsklinik um sich geschossen hat, oder ein weiterer Serienmörder, der in Utah zehn Menschen umgebracht hat und noch immer nicht gefasst worden ist – das alles hat nichts miteinander zu tun.

Manchmal allerdings habe ich das *Gefühl,* dass das nicht stimmt, dass es einen Faden gibt, der all diese Ereignisse, all diese zufälligen und willkürlichen Gewalttaten verbindet, und dass wir an diesem Faden ziehen können, alles auflösen und den Sinn darin erkennen, wenn wir nur den Anfang des Fadens finden.

Seit Thanksgiving habe ich mir diesen Bart wachsen lassen, den ersten in meinem Leben, und obwohl ich ihn regelmäßig stutze, überrascht er mich jeden Morgen aufs neue, wenn ich in den Spiegel schaue, so als würde ich nachts von einem glatten, narbenlosen Gesicht träumen, Haut so glatt wie die eines Babys, makellos und nur berührt von sauberer Luft und der zärtlichen Zuneigung einer Mutter.

Das Büro – Kenzie / Gennaro Investigations – ist geschlossen und staubt langsam zu, vermute ich, vielleicht findet sich schon die erste Spinnwebe in einer Ecke hinter meinem Schreibtisch, vielleicht auch hinter dem von Angie. Angie ist seit Ende November fort; ich versuche, nicht an sie zu denken. Oder an Grace Cole. Oder an Grace' Tochter Mae. Oder an irgendetwas.

Auf der anderen Straßenseite ist gerade die Messe zu

Ende, und bei dem für die Jahreszeit ungewöhnlich warmen Wetter – sechs, sieben Grad, dabei ist die Sonne schon vor anderthalb Stunden untergegangen – hält sich ein Großteil der Gemeindemitglieder noch draußen auf, und ich kann in der Nachtluft deutlich hören, wie sie einander Mut zusprechen und sich gesegnete Feiertage wünschen. Sie unterhalten sich über das ungewöhnliche Wetter, wie launisch es doch das ganze Jahr über gewesen ist, der Sommer kalt, der Herbst aber warm und ganz plötzlich dann bitterkalt und eisig, und niemand würde sich sonderlich wundern, wenn am Weihnachtsmorgen die Santa-Ana-Winde einsetzen und das Thermometer auf 20 Grad steigen würde.

Jemand erwähnt Eddie Brewer, einen Augenblick sprechen sie darüber, aber nur kurz, und ich merke, sie wollen sich davon nicht die festliche Stimmung verderben lassen. Ach, sagen sie, was für eine kranke, verrückte Welt. Verrückt trifft es genau, sagen sie, verrückt, verrückt, verrückt.

In letzter Zeit sitze ich meistens hier draußen auf der Veranda. Von hier aus kann ich Leute sehen, und obwohl es kalt ist, halten mich ihre Stimmen fest, meine schlechte Hand wird steif vor Kälte, und mir klappern die Zähne.

Morgens trage ich meinen Kaffee hinaus, sitze an der frischen Luft, schaue über die Straße zum Schulhof und sehe den kleinen Jungs mit ihren blauen Krawatten und den dazu passenden blauen Hosen und den kleinen Mädchen mit ihren karierten Röcken und schimmernden Haarspangen zu, die auf dem Hof herumtollen. Ihr plötzliches Kreischen, die ungestümen Bewegungen, ihre scheinbar unerschöpfliche, unbändige Energie ist, je nach meiner Stimmung, lästig oder belebend. An schlechten Tagen fährt mir das Gekreische über die Wirbelsäule wie Glassplitter. An guten Tagen wiederum weckt es die Erinnerung daran, wie es war, ganz zu sein, als der simple Vorgang des Luftholens noch nicht weh tat.

Es geht, schrieb er, um den Schmerz. Wie viel davon spüre ich, wie viel teile ich aus.

Er tauchte während des wärmsten, wechselhaftesten Herbstes seit Menschengedenken auf, das Wetter spielte vollkommen verrückt, und alles stand auf dem Kopf, so als würde man in ein Loch im Boden schauen und am Grund Sterne und Sternbilder schweben sehen, und wenn man den Kopf hob, hingen Erde und Bäume am Himmel. So als würde er seine Finger auf den Globus legen, ihm einen Schubs geben und die Welt – zumindest meinen Teil davon – in Schwung versetzen.

Manchmal schauen Bubba oder Richie oder Devin und Oscar vorbei, setzten sich draußen zu mir, und wir quatschen über die NFL-Play-Offs oder die College Bowl Championships oder die neuesten Filme in der Stadt. Wir reden nicht über diesen letzten Herbst oder Grace und Mae. Wir reden nicht über Angie. Und wir reden niemals über *ihn*. Er hat genug Schaden angerichtet, mehr gibt es dazu nicht zu sagen.

Es geht, schrieb er, um den Schmerz.

Diese Worte – geschrieben auf ein Blatt weißes Kopierpapier – verfolgen mich. Diese einfachen Worte kommen mir manchmal wie in Stein gemeißelt vor.

1

Angie und ich waren in unserem Büro im Glockenturm und versuchten, die Klimaanlage zu reparieren, als Eric Gault anrief.

Normalerweise ist eine kaputte Klimaanlage Mitte Oktober in New England kein Problem. Eine kaputte Heizung eher. Aber das hier sollte kein normaler Herbst werden. Um zwei Uhr nachmittags lagen die Temperaturen bei 24 Grad, und die Fenster strahlten noch immer den schwülen, durchglühten Geruch von Sommer ab.

»Vielleicht sollten wir einen Handwerker rufen«, meinte Angie.

Ich schlug mit der flachen Hand auf die im Fenster installierte Anlage und schaltete sie wieder ein. Nichts.

»Der Keilriemen, wette ich«, sagte ich.

»Das sagst du auch, wenn der Wagen liegenbleibt.«

»Hm.« Ich starrte die Klimaanlage etwa zwanzig Sekunden lang böse an, doch davon ließ sie sich nicht beeindrucken.

»Beschimpf sie«, meinte Angie. »Vielleicht hilft's.«

Ich starrte sie statt der Klimaanlage an, bekam aber auch nicht mehr Resonanz. Vielleicht sollte ich mal an meinem bösen Blick arbeiten.

Das Telefon klingelte, und ich hob ab; vielleicht hatte der

Anrufer ja Ahnung von Klimaanlagen, aber es war nur Eric Gault.

Eric unterrichtete Kriminologie an der Bryce University. Wir lernten uns kennen, als er noch an der University of Massachusetts war und ich ein paar seiner Kurse belegte.

»Kennst du dich mit Klimaanlagen aus?«

»Hast du es damit versucht, sie an und aus und wieder anzuschalten?«, entgegnete er.

»Ja.«

»Und es ist nichts passiert?«

»Nein.«

»Hau ein paarmal drauf.«

»Hab ich.«

»Dann ruf den Reparaturdienst an.«

»Du bist mir eine große Hilfe.«

»Ist dein Büro immer noch in dem Glockenturm, Patrick?«

»Ja. Warum?«

»Na ja, ich habe vielleicht eine Klientin für dich.«

»Und?«

»Wär doch schön, wenn sie dich anheuert.«

»Gut. Bring sie vorbei.«

»In den Glockenturm?«

»Na klar.«

»Wie gesagt, wär doch schön, wenn sie dich anheuert.«

Ich sah mich in dem winzigen Büro um. »Das ist mies, Eric.«

»Kannst du am Lewis Wharf vorbeikommen, sagen wir, um neun Uhr?«

»Schätze schon. Wie heißt denn deine Freundin?«

»Diandra Warren.«

»Und worum geht's?«

»Es wäre mir lieber, wenn sie dir das persönlich sagt.«

»Okay.«

»Wir sehen uns morgen.«

»Bis dann.«

Ich wollte schon auflegen.

»Patrick?«

»Ja?«

»Hast du eine kleine Schwester namens Moira?«

»Nein. Ich habe eine ältere Schwester namens Erin.«

»Ach.«

»Wieso?«

»Ach, nichts. Wir reden morgen weiter.«

»Bis dann.«

Ich legte auf, sah die Klimaanlage an, dann Angie, dann wieder die Klimaanlage und rief schließlich den Reparaturdienst.

Diandra Warren wohnte in einem Loft im fünften Stock des Lewis Wharf. Sie hatte eine Panoramaaussicht auf den Hafen, riesige Erkerfenster, die die Ostseite des Loft in sanftes Morgenlicht badeten, und sie wirkte wie die Art von Frau, der es in ihrem ganzen Leben an nichts gefehlt hat.

Pfirsichfarbenes Haar lag in einem eleganten Schwung über ihrer Stirn und lief an den Seiten in einen Pagenschnitt aus. Dunkle Seidenbluse und hellblaue Jeans sahen aus wie nie getragen, und die Knochen in ihrem Gesicht lagen wie gemeißelt unter einer makellosen goldfarbenen Haut, die mich an Wasser in einem Kelch erinnerte.

Sie öffnete die Tür und sagte: »Mr. Kenzie, Ms. Gennaro«, in einem sanften, selbstbewussten Flüstern, ganz in dem Wissen, ein Zuhörer würde sich notfalls vorbeugen, um sie zu verstehen. »Bitte kommen Sie herein.«

Das Loft war mit großer Sorgfalt eingerichtet. Couch und Sessel im Wohnbereich waren in einem Cremeton gepolstert, der ebenso gut zu dem hellen skandinavischen Holz der Kücheneinrichtung passte wie zu den gedeckten Rot- und Brauntönen der Perser- und Navajoteppiche, die strategisch verteilt auf dem Hartholzparkett lagen. Die Farben verliehen dem Raum Wärme, doch die fast spartanische Funktionalität wies auf eine Besitzerin hin, die nicht zu ungeplanten Äußerungen oder sentimentaler Gefühlsduselei neigte.

Die nackte Ziegelwand, die an die Erkerfenster grenzte, wurde von einem Messingbett eingenommen, daneben eine Kommode aus Walnuss, drei Aktenschränke aus Birke und ein Sekretär mit Schreibklappe. Im ganzen Raum entdeckte ich keinen Schrank, keine Kleidungsstücke. Vielleicht zauberte sie sich jeden Morgen Wäsche aus der Luft, die frisch gebügelt auf sie wartete, wenn sie aus der Dusche stieg.

Sie führte uns in den Wohnbereich, wir setzten uns in die Sessel, während sie nach kurzem Zögern auf der Couch Platz nahm. Zwischen uns stand ein Couchtisch aus Rauchglas mit einem braunen Umschlag in der Mitte und einem schweren Aschenbecher mit einem antiken Feuerzeug links davon.

Diandra Warren lächelte uns an.

Wir lächelten ebenfalls. In diesem Beruf muss man improvisieren können.

Ihre Augen weiteten sich ein wenig, und das Lächeln blieb, wo es war. Vielleicht wartete sie darauf, dass wir unsere Empfehlungsschreiben ausbreiteten, unsere Waffen vorzeigten und ihr sagten, wie viele heimtückische Bösewichte wir seit Sonnenaufgang erledigt hatten.

Angies Lächeln verblasste; ich hielt noch ein paar Sekunden länger durch. Der unbekümmerte Detektiv, der seiner potentiellen Klientin die Angst nimmt. Patrick »Sparky« Kenzie. Zu Diensten.

»Ich weiß gar nicht, wie ich anfangen soll«, sagte Diandra Warren.

Angie sagte: »Eric meinte, Sie würden in Schwierigkeiten stecken, bei denen wir Ihnen behilflich sein könnten.«

Diandra Warren nickte, und ihre haselbraunen Augen schienen für einen Augenblick sehr unsicher, so als habe sich hinter ihnen etwas gelockert. Sie schürzte die Lippen, betrachtete ihre schlanken Hände, und gerade als sie den Kopf hob, öffnete sich die Wohnungstür, und Eric trat ein. Sein graumeliertes, sich lichtendes Haar war zu einem Pferdeschwanz zusammengebunden, doch er wirkte zehn Jahre jünger als seine tatsächlichen sechsundvierzig, siebenundvierzig. Er trug eine khakifarbene Hose und ein Jeanshemd unter einem dunkelgrauen Jackett, dessen unterster Knopf geschlossen war. Das Jackett sah an ihm etwas merkwürdig aus, so als habe der Schneider nicht damit gerechnet, dass Eric eine Waffe an der Hüfte tragen würde.

»Hey, Eric.« Ich streckte ihm die Hand hin.

Er schüttelte sie. »Ich bin froh, dass du kommen konntest, Patrick.«

»Hi, Eric.« Angie gab ihm die Hand.

Als er sich vorbeugte, um sie zu schütteln, bemerkte er, dass seine Waffe zu sehen war. Er schloss kurz die Augen und wurde rot.

Angie sagte: »Ich würde mich erheblich besser fühlen, wenn Sie die Waffe auf den Couchtisch legen würden, bis wir gehen, Eric.«

»Ich komme mir vor wie ein Blödmann«, sagte er und versuchte zu lächeln.

»Bitte«, forderte Diandra ihn auf, »leg sie einfach auf den Tisch, Eric.«

Er ließ das Holster aufschnappen, als könne es beißen, und legte eine Ruger .38 auf den braunen Umschlag.

Verwirrt sah ich ihm in die Augen. Eric Gault und eine Waffe, das war wie Kaviar und Hotdogs.

Er setzte sich neben Diandra. »Wir waren in letzter Zeit ein wenig nervös.«

»Wieso?«

Diandra seufzte. »Ich bin Psychiaterin, Mr. Kenzie, Ms. Gennaro. Ich gebe zweimal die Woche Kurse an der Bryce University und biete den Lehrkräften und Studenten meine Beratung an, außerhalb meiner Praxis in der Stadt. In meinem Beruf rechnet man mit so einigen Dingen – gefährliche Klienten, Patienten, die einen ausgewachsenen psychotischen Schub haben, während man mit ihnen in einem winzigen Büro sitzt, paranoid dissoziative Schizophreniker, die meine Privatadresse herausfinden. Man lernt, mit solchen Ängsten zu leben. Man rechnet damit, dass eines Tages etwas passieren könnte. Aber das hier ...« Sie warf einen Blick auf den Umschlag auf dem Tisch zwischen uns. »Das ist ...«

»Erzählen Sie uns doch mal, wie ›das‹ anfing.«

Sie lehnte sich zurück und schloss für einen Moment die Augen. Eric legte ihr eine Hand leicht auf die Schulter, sie schüttelte mit noch immer geschlossenen Augen den Kopf, also nahm er die Hand wieder weg, legte sie auf sein Knie und betrachtete sie, als sei er sich nicht ganz sicher, wie sie dorthin gekommen war.

»Eines Vormittags suchte mich eine Studentin auf, als ich an der Uni war. Zumindest sagte sie, sie sei Studentin.«

»Gab es daran irgendwelche Zweifel?«, fragte Angie.

»Zum damaligen Zeitpunkt nicht. Sie hatte einen Studentenausweis.« Diandra schlug die Augen auf. »Als ich das später nachprüfen wollte, fanden sich allerdings keine Unterlagen.«

»Wie hieß die Frau?«, fragte ich.

»Moira Kenzie.«

Ich sah Angie an, und sie runzelte die Stirn. »Sie verstehen also, Mr. Kenzie, dass ich sofort ansprang, als Eric Ihren Namen erwähnte, weil ich hoffte, Sie wären mit der jungen Frau verwandt.«

Ich dachte darüber nach. Kenzie ist kein sonderlich verbreiteter Name. Selbst in Irland gibt es nur ein paar von uns in der Gegend um Dublin und noch ein paar weitere oben in Ulster verstreut. Angesichts der Grausamkeit und Gewalttätigkeit, die in den Herzen meines Vaters und seiner Brüder lauerte, war es wohl keine so schlechte Sache, dass der Stammbaum langsam einging.

»Diese Moira Kenzie ist eine junge Frau, sagten Sie?«

»Ja.«

»Wie jung?«

»Neunzehn, vielleicht zwanzig.«

Ich schüttelte den Kopf. »Nein, dann kenne ich sie nicht, Doktor Warren. Die einzige Moira Kenzie, die ich kenne, ist eine Cousine meines verstorbenen Vaters. Sie ist Mitte sechzig und hat Vancouver seit zwanzig Jahren nicht verlassen.«

Diandra nickte knapp und verbittert, und das Leuchten ihrer Augen schien zu verglimmen. »Tja, dann …«

»Doktor Warren«, sagte ich, »was geschah, als Sie diese Moira Kenzie kennenlernten?«

Wieder schürzte sie die Lippen, sah Eric an und blickte dann zu dem schweren Deckenventilator hinauf. Sie atmete langsam aus offenem Mund aus; da wusste ich, sie hatte beschlossen, uns zu vertrauen.

»Moira sagte, sie sei die Freundin eines Mannes namens Hurlihy.«

»Kevin Hurlihy?«, fragte Angie.

Diandra Warrens goldschimmernde Haut hatte im Laufe der letzten Minute die Farbe von Eierschalen angenommen. Sie nickte.

Angie sah mich an und runzelte erneut die Stirn.

»Kennt ihr ihn?«, fragte Eric.

»Unglücklicherweise ja«, antwortete ich.

Kevin Hurlihy war mit uns aufgewachsen. Er sieht ziemlich dämlich aus – ein schlaksiger, großer Kerl mit Hüftknochen wie Türknäufe und wilden, borstigen Haaren, die er offenbar mit der Klospülung stylt. Mit zwölf hatte man ihm erfolgreich einen Krebsgeschwulst am Kehlkopf entfernt. Von der Operation war ihm allerdings eine unsägliche Fistelstimme geblieben, die sich so anhört wie das unausgesetzte wütende Gezeter einer Teenagerin. Die Flaschenböden in seiner Brille lassen seine Augen froschartig hervorquellen, und er kleidet sich wie ein Akkordeonspieler in einer Polkakapelle. Er ist die rechte Hand von Jack Rouse, dem Boss der irischen Mafia in dieser Stadt, und wenn sich Kevin komisch anhört oder aussieht, sollte man sich davon nicht täuschen lassen.

»Und was dann?«, fragte Angie.

Diandra blickte zur Decke hinauf, und die Haut an ihrer Kehle zitterte. »Moira erzählte mir, Kevin würde ihr Angst machen. Er habe sie ständig verfolgt, habe sie gezwungen zuzuschauen, wenn er Sex mit anderen Frauen hatte, sie gezwungen, Sex mit Geschäftspartnern zu haben, habe Männer verprügelt, die sie auch nur beiläufig anschauen, und einmal …« Sie schluckte, und Eric legte zögerlich eine Hand auf die ihre. »Sie erzählte mir, sie habe eine Affäre mit einem anderen Mann gehabt, und Kevin habe es herausgefunden und den Mann … getötet und in Somerville verscharrt. Sie flehte mich an, ihr zu helfen. Sie …«

»Wer hat sich bei Ihnen gemeldet?«, fragte ich.

Diandra wischte sich das linke Auge und zündete sich dann mit dem altmodischen Feuerzeug eine lange weiße Zigarette an. Trotz ihrer Angst zitterte ihre Hand nur ganz leicht. »Kevin«, antwortete sie, und der Name fiel ihr aus dem Mund wie etwas Saures. »Er rief mich um vier Uhr früh an. Wissen Sie, wie das ist, wenn um vier Uhr früh das Telefon klingelt?«

Man ist desorientiert, verwirrt, allein und verängstigt. Und genau das will ein Kerl wie Kevin Hurlihy auch erreichen.

»Er sagte all diese schlimmen Sachen. Er sagte, Zitat: ›Na, wie fühlt sich das an, wenn man nur noch eine Woche zu leben hat, du alte Fotze?‹«

Hörte sich nach Kevin an. Einsame Klasse.

Diandra holte mit einem zischenden Geräusch Luft.

»Und wann haben Sie diesen Anruf bekommen?«

»Vor drei Wochen.«

»Vor drei Wochen?«, wiederholte Angie.

»Ja. Ich habe versucht, es zu verdrängen. Ich habe die Polizei angerufen, aber die meinte nur, sie könnten nichts unternehmen, es gäbe ja keinen Beweis dafür, dass Kevin angerufen hätte.« Sie fuhr sich mit der Hand durch die Haare, machte sich auf der Couch noch ein wenig kleiner und sah uns an.

»Als Sie mit der Polizei gesprochen haben«, sagte ich, »haben Sie da etwas über diese Leiche gesagt, die in Somerville vergraben sein soll?«

»Nein.«

»Gut«, sagte Angie.

»Warum haben Sie so lange damit gezögert, sich Hilfe zu holen?«

Sie streckte die Hand aus und schob Erics Waffe von dem braunen Umschlag. Sie reichte ihn Angie, die öffnete ihn und zog ein Schwarzweißfoto heraus. Sie warf einen Blick darauf und reichte es mir.

Der junge Mann auf dem Foto war etwa zwanzig – gutaussehend, lange dunkle Haare, Zweitagebart. Er trug eine Jeans mit aufgeschlitzten Knien, T-Shirt unter einem offenen Flanellhemd und eine schwarze Lederjacke. Die College-Grunge-Uniform. Er ging mit einem Notebook an einer Ziegelmauer vorbei. Er schien nicht zu bemerken, dass er fotografiert wurde.

»Mein Sohn Jason«, erklärte Diandra. »Er ist im zweiten Jahr an der Bryce University. Das Gebäude in der Ecke ist die Uni-Bibliothek. Das Foto kam gestern mit der Post.«

»Irgendein Brief?«

Diandra schüttelte den Kopf.

»Name und Anschrift auf den Umschlag getippt, mehr nicht«, sagte Eric.

»Vor zwei Tagen«, fuhr Diandra fort, »war Jason übers Wochenende zu Hause, und ich hörte mit, wie er einem Freund am Telefon sagte, er würde den Eindruck nicht loswerden, gestalkt zu werden. Stalking. Sein Wort.« Sie wies mit der Zigarette auf das Foto, und jetzt zitterte ihre Hand deutlich sichtbar. »Am Tag darauf kam das hier an.«

Ich besah mir erneut das Foto. Die klassische Mafiawarnung – du glaubst, etwas über uns zu wissen, doch wir wissen alles über dich.

»Ich habe Moira Kenzie danach nicht wiedergesehen. Sie ist nicht an der Uni eingeschrieben, die Telefonnummer, die sie mir gegeben hat, stammt von einem China-Restaurant, und sie steht in keinem der örtlichen Telefonbücher. Trotzdem ist sie zu mir gekommen. Und jetzt das hier. Ich weiß nicht mal, warum, zum Himmel.« Sie schlug sich mit beiden Handflächen auf die Oberschenkel und schloss die Augen. Als sie sie wieder aufschlug, war all der Mut, den sie in den vergangenen drei Wochen wohl aus der Luft gesogen hatte, aufgebraucht. Sie wirkte verschreckt, und ihr schien plötzlich klargeworden zu sein, wie dünn die Mauern sind, die wir zum Schutz um unser Leben errichten.

Ich sah Eric an, der seine Hand auf Diandras gelegt hatte, und versuchte einzuschätzen, in welcher Beziehung sie zueinander standen. Ich hatte niemals mitbekommen, dass er mit einer Frau ausgegangen war, und deshalb angenommen, dass er schwul sei. Jedenfalls hatte er in den zehn Jahren, die wir uns kannten, nie ein Wort über einen Sohn verloren.

»Wer ist Jasons Vater?«, fragte ich.

»Was? Wozu wollen Sie das wissen?«

»Wenn es bei irgendwelchen Drohungen um ein Kind geht«, antwortete Angie, »dürfen wir mögliche Sorgerechtsstreitigkeiten nicht außer Acht lassen.«

Diandra und Eric schüttelten gleichzeitig die Köpfe.

»Diandra ist seit fast zwanzig Jahren geschieden«, erklärte Eric. »Ihr Ex ist Jason gegenüber freundlich, aber distanziert.«

»Ich brauche seinen Namen«, beharrte ich.

»Stanley Timpson«, sagte Diandra.

»Stan Timpson, der Generalstaatsanwalt von Suffolk County?«

Diandra nickte.

»Doktor Warren«, sagte Angie, »da Ihr Exmann der höchstrangige Justizbeamte im Staat ist, müssen wir davon ausgehen, dass –«

»Nein.« Diandra schüttelte den Kopf. »Die meisten wissen noch nicht mal, dass wir verheiratet waren. Er hat drei weitere Kinder in zweiter Ehe, und sein Umgang mit Jason und mir beschränkt sich auf ein Minimum. Glauben Sie mir, das hat nichts mit Stan zu tun.«

Ich sah Eric an.

»Da muss ich ihr zustimmen«, sagte er. »Jason hat Dian-

dras Familiennamen angenommen, nicht Stans, und abgesehen von Geburtstagsanrufen und Weihnachtskarten bestand fast kein Kontakt.«

»Helfen Sie mir?«, fragte Diandra.

Angie und ich sahen uns an. Sich mit Typen wie Kevin
Hurlihy und seinem Boss Jack Rouse im selben ZIP-Code
aufzuhalten, ist nichts, was Angie oder ich gesund finden.
Und jetzt wurden wir gebeten, uns vor ihnen aufzubauen
und sie aufzufordern, unsere Klientin nicht weiter zu belästigen. Wie nett. Wenn wir Diandra Warrens Fall annahmen,
dann war das eine der selbstmörderischsten Entscheidungen, die wir je getroffen hatten.

Angie las meine Gedanken. »Was denn?«, fragte sie.
»Willst du vielleicht ewig leben?«

2

Wie ließen Lewis Wharf hinter uns und gingen die Commercial Street entlang; der verrücktspielende Herbst von New England hatte einen hässlichen Vormittag in einen herrlichen Nachmittag verwandelt. Als ich aufgewacht war, war der Wind so kalt und heftig gewesen, als würde der Atem eines puritanischen Gottes durch die Spalten unter meinen Fenstern fauchen. Der Himmel sah hart und blass aus wie das Leder eines Baseballs, und die Menschen, die auf der Avenue zu ihren Autos gingen, zogen sich in dicke Jacken und übergroße Pullover zurück, und Atemhauch wehte ihnen um die Gesichter.

Als ich meine Wohnung verließ, war die Temperatur auf 8 Grad Celsius gestiegen, und die Sonne, die sich durch den harten Himmel zu bohren versuchte, hatte ausgesehen wie eine Orange, die knapp unter der Oberfläche eines Teichs eingefroren war.

Als wir am Lewis Wharf zu Diandra Warrens Loft gegangen waren, hatte ich die Jacke ausgezogen, und als wir jetzt in unser Viertel zurückfuhren, pendelte sich das Thermometer bei 19 Grad ein.

Wir kamen an Copp's Hill vorbei, die warme Brise vom Hafen raschelte in den Bäumen auf dem Hügel, und glänzend rote Blätter lagen auf den Grabsteinen und flatterten hinunter ins Gras. Rechts von uns strahlten die Kais und Docks in der Sonne, links standen die braunen, roten und weißgelben Ziegelhäuser des North End mit ihren gefliesten Fußböden, alten offenen Türdurchgängen und dem Duft von dicken Saucen, Knoblauch und frisch gebackenem Brot.

»An solch einem Tag kann man die Stadt einfach nicht hassen«, sagte Angie.

»Unmöglich.«

Mit einer Hand packte sie ihr dickes Haar am Hinterkopf, hielt es wie einen Pferdeschwanz zusammen und neigte den Kopf zum offenen Seitenfenster, um sich die Sonne auf Gesicht und Hals scheinen zu lassen. Wie ich sie da mit geschlossenen Augen leise lächeln sah, hätte ich fast glauben mögen, dass mit ihr alles in Ordnung sei.

War es aber nicht. Nachdem sie ihren Mann Phil verprügelt hatte, bis er nur noch ein blutiger Haufen war, der von ihrer Veranda kotzte, als Strafe dafür, sie ein Mal zu oft geschlagen zu haben, hatte Angie den Winter in einem Nebel aus immer kürzer werdender Aufmerksamkeitsspanne und fortwährender Partnersuche verbracht und eine ganze Reihe an Männern zurückgelassen, die sich ratlos am Kopf kratzten, wenn Angie sie ohne Vorwarnung vor die Tür setzte und sich den nächsten angelte.

Da ich selbst nie ein Ausbund an Tugend gewesen bin, konnte ich nichts dagegen sagen, ohne wie ein Heuchler dazustehen; bei Frühlingsbeginn schien sie allerdings die Talsohle erreicht zu haben. Sie hörte auf damit, frische Beute anzuschleppen, beteiligte sich wieder zu hundert Prozent an der Fallarbeit und räumte sogar ihre Wohnung ein wenig auf, was hieß, sie putzte den Backofen und kaufte sich einen Besen. Aber noch war sie nicht wiederhergestellt, noch nicht die Alte.

Sie war leiser, nicht mehr so frech. Sie rief mich zu den unmöglichsten Zeiten an oder tauchte bei mir auf, um über den Tag zu reden, den wir gerade miteinander verbracht hatten. Sie behauptete zudem, Phil schon seit Monaten nicht gesehen zu haben, was ich ihr allerdings nicht abkaufte, aus Gründen, die ich mir selbst nicht erklären konnte.

Das Ganze wurde noch durch den Umstand erschwert, dass ich zum zweiten Mal in all den Jahren, seit wir uns kennen, nicht immer uneingeschränkt für sie da sein konnte. Seit ich im Juli Grace Cole kennengelernt hatte, verbrachte ich, wann immer es die Zeit zuließ, ganze Tage und Nächte, manchmal ganze Wochenenden mit ihr. Ab und zu springe ich auch als Babysitter für Grace' Tochter Mae ein und bin dann nur im äußersten Notfall für meine Partnerin erreichbar. Auf so etwas waren wir beide eigentlich gar nicht vorbereitet, denn wie Angie es mal formuliert hatte: »Eher taucht ein Schwarzer in einem Woody-Allen-Film auf, als dass Patrick eine ernsthafte Beziehung hat.«

An einer Ampel ertappte sie mich dabei, wie ich sie beobachtete, schlug die Augen auf und sah mich an, während ein winziges Lächeln ihre Lippen umspielte. »Machst du dir mal wieder Sorgen um mich, Kenzie?«

Meine Partnerin, die Gedankenleserin.

»Ich taxiere dich nur, Gennaro. Das ist rein sexistisch, weiter nichts.«

»Ich kenne dich, Patrick.« Sie lehnte sich zurück. »Du spielst immer noch den großen Bruder.«

»Und?«

»Und«, sagte sie und fuhr mir mit den Fingern über die Wange, »es ist an der Zeit, damit aufzuhören.«

Ich wischte ihr eine Strähne vor dem Auge fort, kurz bevor die Ampel auf Grün sprang. »Nein«, widersprach ich.

Wir fuhren zu Angies Haus, sie zog abgeschnittene Jeans-Shorts an, und ich holte zwei Flaschen Rolling Rock aus dem Kühlschrank. Dann setzten wir uns auf die Veranda hinter dem Haus, hörten zu, wie die gestärkten Hemden ihres Nachbarn im Wind flatterten und knackten, und genossen den Tag.

Sie lehnte sich zurück, stützte sich auf die Ellbogen und streckte die Beine vor sich aus. »Tja, und plötzlich haben wir einen Fall.«

»Haben wir«, sagte ich und betrachtete ihre glatten olivfarbenen Beine und die ausgebleichte, fransige Jeans. Es mag ja nicht allzu viel Gutes auf der Welt geben, aber zeig mir jemanden, der was Schlechtes über Shorts sagt, und ich zeige dir einen Verrückten.

»Irgendwelche Ideen, wie wir vorgehen?«, fragte sie. »Und hör auf, mir auf die Beine zu starren, du Perversling. Du bist so gut wie verheiratet.«

Ich zuckte mit den Schultern, lehnte mich ebenfalls zurück und sah in den marmorhellen Himmel hinauf. »Ich bin nicht sicher. Weißt du, was mich ärgert?«

»Außer Muzac, Dauerwerbesendungen und der New-Jersey-Akzent?«

»An diesem Fall.«

»Nun sag schon.«

»Wozu der Name Moira Kenzie? Wenn es sich um einen falschen Namen handelt, wovon wir wohl ausgehen können, warum dann mein Nachname?«

»Es gibt so etwas wie Zufall. Hast du vielleicht schon mal gehört. Das ist, wenn –«

»Schon gut. Noch was.«

»Und?‹

»Kommt dir Kevin Hurlihy wie der Frauentyp vor?«

»Nein. Aber wir sind ihm seit Jahren nicht mehr begegnet.«

»Trotzdem …«

»Wer weiß?«, meinte Angie. »Ich hab schon einen Haufen verrückter, hässlicher Kerle mit schönen Frauen gesehen und umgekehrt.«

»Na ja, Kevin ist eigentlich nicht nur verrückt. Er ist ein Sadist.«

»Das sind die meisten Profiboxer auch. Und die siehst du immer mit Frauen.«

Ich zuckte mit den Schultern. »Stimmt schon. Okay. Also, wie gehen wir bei Kevin vor?«

»Und bei Jack Rouse«, fügte sie hinzu.

»Gefährliche Typen«, sagte ich.

»Sehr gefährlich«, bestätigte sie.

»Und wer hat täglich mit solchen Typen zu tun?«

»Wir ganz gewiss nicht«, meinte Angie.

»Nein«, sagte ich, »wir sind Waschlappen.«

»Und auch noch stolz drauf«, bemerkte sie. »Bleibt nur noch …«

Sie drehte den Kopf zu mir und blinzelte wegen der Sonne. »Du meinst doch nicht etwa –«

»Doch.«

»Ach, Patrick.«

»Wir müssen Bubba besuchen«, stellte ich fest.

»Ernsthaft?«

Ich war selbst nicht sonderlich glücklich darüber und seufzte. »Ja.«

»Mist«, sagte Angie.

L inks«, sagte Bubba. Dann: »Zwanzig Zentimeter nach rechts. Gut. Fast geschafft.«

Bubba ging ein paar Meter vor uns rückwärts, streckte die Hände vor der Brust aus und wackelte mit den Fingern, als würde er einen Laster einwinken. »Okay«, sagte er. »Linker Fuß etwa dreiundzwanzig Zentimeter nach links. Geschafft.«

Bubba in dem alten Lagerhaus aufzusuchen, in dem er wohnt, ist ungefähr so, als würde man am Rande einer Klippe Twister spielen. Bubba hat die ersten zwölf Meter des ersten Stocks mit so viel Sprengstoff verdrahtet, dass er damit die Ostküste in die Luft jagen könnte, deshalb muss man seinen Anweisungen buchstabengetreu folgen, wenn man auch in Zukunft ohne künstliche Beatmung weiterleben will. Angie und ich haben diese Prozedur schon unzählige Male hinter uns, trauen unserem Gedächtnis aber nicht genug, um sie ohne Bubbas Hilfe zu bewältigen. Schimpft uns ruhig übervorsichtig.

»Patrick«, sagte er und sah mich streng an, während mein rechter Fuß einen Zentimeter über dem Boden schwebte, »*fünfzehn* Zentimeter nach rechts. Nicht *dreizehn*.«

Ich holte tief Luft und schob den Fuß weitere zwei Zentimeter nach rechts.

Bubba lächelte und nickte.

Ich stellte den Fuß ab. Ich flog nicht in die Luft. Glück gehabt.

Hinter mir sagte Angie: »Bubba, warum legst du dir keine Überwachungsanlage zu?«

Bubba runzelte die Stirn. »Das ist meine Überwachungsanlage.«

»Das ist ein Minenfeld, Bubba.«

»Ist doch dasselbe«, meinte Bubba. »Zehn Zentimeter nach links, Patrick.«

Hinter mir atmete Angie laut aus.

»Hast es geschafft, Patrick«, sagte Bubba, als ich etwa drei Meter vor ihm stand. Er kniff die Augen zu Schlitzen zusammen und sah Angie an. »Sei doch nicht so eine Heulsuse.«

Angie stand auf einem Bein und sah aus wie ein Storch. Ein ziemlich angepisster Storch, um ehrlich zu sein. »Wenn ich hier durch bin, knall ich dich ab, Bubba Rogowski.«

»Uh«, machte Bubba. »Sie hat mich mit vollem Namen angeredet. Genau wie meine Ma.«

»Du hast deine Mutter doch gar nicht gekannt«, erinnerte ich ihn.

»Mental gesprochen, Patrick«, erwiderte er und fasste sich an seine Stirnwulste. »Mental.«

Mal abgesehen von den Sprengfallen, mache ich mir manchmal Sorgen um ihn.

Angie trat auf die Stelle, an der ich gerade noch gestanden hatte.

»Alles in Ordnung«, sagte Bubba, und Angie boxte ihm gegen die Schulter.

»Sonst noch was, worauf wir achten sollten?«, fragte ich.

»Speere, die von der Decke fallen, Rasierklingen in den Sesseln?«

»Erst, wenn ich sie aktiviere.« Bubba ging zu einem alten Kühlschrank neben zwei abgewetzten braunen Sofas, einem orangefarbenen Bürostuhl und einer Stereoanlage, die noch ein Achtspur-Tonbandgerät besaß. Vor dem Bürostuhl stand eine Holzkiste; hinter den Sofas lag eine Matratze auf dem Boden, dort stapelten sich noch mehr davon. Einige der Kisten waren geöffnet, und aus dem Stroh ragten die hässlichen Griffe eingeölter schwarzer Schusswaffen. Bubbas täglich Brot.

Er öffnete den Kühlschrank und nahm eine Flasche Wodka aus dem Gefrierfach. Dann zog er drei Schnapsgläser aus dem Trenchcoat, ohne den ich ihn noch nie gesehen habe, egal, ob brütender Sommer oder eisiger Winter. Bubba trennt sich nie von seinem Trenchcoat. Harpo Marx, mit einer üblen Grundhaltung und dem Drang zu töten. Er goss den Wodka ein und reichte uns je ein Glas. »Soll die Nerven stärken, hab ich gehört.« Dann kippte er seinen Wodka runter.

Meine Nerven fühlten sich jedenfalls gestärkt. Angies offenbar auch, so, wie sie für einen Moment die Augen schloss. Bubba zeigte keinerlei Reaktion, aber Bubba hat ja auch keine Nerven, und soweit ich weiß, auch sonst kaum etwas von den Dingen, die ein Mensch zum Leben braucht.

Bubba ließ seine knapp hundertzehn Kilogramm auf eins der Sofas plumpsen. »Also, wozu wollt ihr Jack Rouse treffen?«

Wir erzählten es ihm.

»Hört sich gar nicht nach ihm an. Dieser Scheiß mit dem Foto, also, das ist vielleicht wirkungsvoll, aber für Jack viel zu subtil.«

»Und was ist mit Kevin Hurlihy?«, fragte Angie.

»Wenn es für Jack zu subtil ist«, antwortete Bubba, »dann geht das weit über Kevins Möglichkeiten.« Er nahm einen Schluck aus der Flasche. »Eigentlich geht das meiste über seine Möglichkeiten. Addition und Subtraktion, das Alphabet und all der Scheiß. Mensch, das müsst ihr doch noch von früher wissen.«

»Wir haben uns gefragt, ob er sich vielleicht geändert hat.«

Bubba lachte. »Nö. Ist alles noch schlimmer geworden.«

»Er ist also gefährlich«, fragte ich.

»O ja«, antwortete Bubba. »So gefährlich wie ein Kettenhund. Er kennt sich aus mit Vergewaltigung, er kann kämpfen und anderen Leuten eine Todesangst einjagen, darin ist er richtig gut, aber mehr auch nicht.« Er hielt mir die Flasche hin, und ich goss mir noch einen ein.

»Also sind zwei Leute, die wissentlich einen Fall annehmen, der sie in Konflikt mit seinem Boss und ihm bringt …«

»Vollidioten, genau.« Er nahm die Flasche wieder an sich.

Ich sah Angie an, doch die streckte mir nur die Zunge raus.

»Soll ich ihn für euch umlegen?«, fragte Bubba und streckte sich auf der Couch aus.

Ich blinzelte. »Ähm …«

Bubba gähnte. »Kein Problem.«

Angie tätschelte ihm das Knie. »Im Augenblick nicht.«

»Ernsthaft«, sagte er und setzte sich auf, »kein Akt. Ich

hab da so ein neues Spielzeug, das spannst du einem Typen um den Kopf, genau hier, und dann –«

»Wir sagen dir Bescheid«, unterbrach ich ihn.

»Bestens.« Er legte sich wieder auf die Couch und sah uns einen Augenblick lang an. »Ich hätte nur nicht gedacht, dass so ein Irrer wie Kevin eine Freundin hat. Er ist eher der Typ, der dafür bezahlt oder es sich mit Gewalt nimmt.«

»Das kam mir auch komisch vor«, sagte ich.

»Jedenfalls wollt ihr euch nicht allein mit Jack Rouse und Kevin treffen«, sagte Bubba.

»Wollen wir nicht?«

Er schüttelte den Kopf. »Wenn du zu denen gehst und sagst: ›Haltet euch von unserer Klientin fern‹, bringen die euch um. Müssen sie ja. Sie sind keine sonderlich gefestigten Charaktere.«

Ein Typ, der sein Haus mit einem Minenfeld schützte, teilte uns mit, dass Jack und Kevin keine gefestigten Persönlichkeiten waren. Das waren ja mal richtig gute Nachrichten. Jetzt, wo ich wusste, auf was ich mich da eingelassen hatte, dachte ich darüber nach, wieder ins Minenfeld hinauszugehen und ein Tänzchen hinzulegen, nur um die Sache schnell hinter mich zu bringen.

»Wir gehen über Fat Freddy«, fuhr Bubba fort.

»Dein Ernst?«, fragte Angie.

Fat Freddy Constantine war der Pate der Bostoner Mafia. Er hatte der einst übermächtigen Truppe in Providence die Kontrolle entrissen und inzwischen seine Macht gefestigt. Jeder, der in der Stadt auch nur ein Tütchen Hasch verkaufen wollte, Jack Rouse, Kevin Hurlihy, sonst wer, musste sich Fat Freddy gegenüber verantworten.

»Einen anderen Weg gibt es nicht«, meinte Bubba. »Ihr müsst Fat Freddy Respekt erweisen, und wenn ich den Kontakt herstelle, dann wissen die, dass ihr Freunde seid, und nieten euch nicht gleich um.«

»Wie schön«, sagte ich.

»Wann soll das Treffen stattfinden?«

»So schnell wie möglich«, antwortete Angie.

Bubba zuckte mit den Schultern und griff nach dem schnurlosen Telefon, das auf dem Boden lag. Er wählte eine Nummer, wartete und nahm noch einen Schluck aus der Flasche. »Lou«, sagte er, »sag dem Boss Bescheid, dass ich angerufen habe.« Dann legte er auf.

»›Der Boss‹?«, fragte ich.

Bubba streckte die Hände aus. »Die schauen sich alle Scorsese-Filme und Bullenserien an und glauben, dass sie so reden müssen. Ich halte sie nur bei Laune.« Er schenkte Angie nach. »Bist du schon geschieden, Gennaro?«

Sie lächelte und kippte den Wodka hinunter. »Nicht offiziell.«

»Wann denn?« Bubba runzelte die Stirn.

Angie legte die Füße auf eine offene Kiste voller AK-47 und lehnte sich zurück. »Die Mühlen des Gesetzes mahlen langsam, Bubba, und eine Scheidung ist eine komplizierte Angelegenheit.«

Bubba verzog das Gesicht. »Boden-Luft-Raketen aus Libyen schmuggeln ist eine komplizierte Angelegenheit. Aber eine Scheidung?«

Angie fuhr sich mit beiden Händen durch die Haare und sah zu den abblätternden Heizungsrohren an Bubbas Zimmerdecke hinauf. »Bubba, bei dir dauert eine Beziehung so lange, wie ein Sixpack hält. Was weißt du denn von Scheidung? Ernsthaft?«

Bubba seufzte. »Ich weiß, dass die Leute sich eine Wahnsinnsmühe geben und damit Zeug verbocken, wo ein sauberer Schnitt angesagt wäre.« Er hob die Beine vom Sofa und pflanzte die Sohlen seiner Kampfstiefel auf den Boden. »Und was ist mit dir, Kumpel?«

»*Moi?*«, fragte ich.

»*Si*«, antwortete er. »Wie war das denn bei dir mit der Scheidung?«

»Ein Kinderspiel«, sagte ich. »Wie eine Bestellung beim Chinesen – ein Anruf genügt.«

Bubba sah Angie an. »Siehste?«

Angie machte eine wegwerfende Handbewegung in meine Richtung. »Glaubst du ihm das etwa? Dem Meister der Selbstwahrnehmung?«

»Widerspruch, Euer Ehren«, sagte ich.

»Du laberst Scheiße, Euer Ehren«, entgegnete Angie.

Bubba verdrehte die Augen. »Würdet ihr beide euch endlich mal gegenseitig flachlegen, damit wir das hinter uns haben?«

Daraufhin trat eine dieser peinlichen Pausen ein, die es immer dann gibt, wenn irgendjemand andeutet, dass zwischen meiner Partnerin und mir mehr als nur reine Freundschaft besteht. Bubba hatte seinen Spaß daran und lächelte, doch glücklicherweise klingelte in diesem Augenblick das Telefon.

»Ja?« Er nickte uns zu. »Mr. Constantine, wie geht es Ihnen?« Er verdrehte die Augen, während Mr. Constantine sich darüber ausließ, wie es ihm ging. »Freut mich zu hören«, sagte Bubba. »Hören Sie, Mr. C., ich habe hier ein paar Freunde, die dringend mit Ihnen sprechen müssten. Dauert nur ein paar Minuten.«

»Mr. C.?«, formte ich lautlos, und Bubba zeigte mir den Stinkefinger.

»Ja, Sir, gute Leute. Zivilisten, aber vielleicht sind sie über etwas gestolpert, das Sie interessieren könnte. Hat mit Jack und Kevin zu tun.« Wieder fing Fat Freddy an zu reden, und Bubba machte die universelle Wichsgeste. »Ja, Sir«, sagte er schließlich. »Patrick Kenzie und Angela Gennaro.« Er lauschte, blinzelte und sah Angie an, legte eine Hand auf das Mundstück und fragte: »Bist du mit den Patrisos verwandt?«

Angie zündete sich eine Zigarette an. »Leider ja.«

»Ja, Sir«, sagte Bubba ins Telefon. »Genau die Angela Gennaro.« Er schaute Angie an und hob die linke Augenbraue. »Heute Abend zehn Uhr. Danke, Mr. Constantine.« Er hielt inne und sah zu der Holzkiste hinüber, auf der Angies Füße ruhten. »Was? O ja, Lou weiß, wo. Sechs Kisten, morgen Abend. Aber sicher. Blitzblank, Mr. Constantine. Ja, Sir. Wiederhören.« Er legte auf, seufzte und schob die Antenne mit dem Handballen ins Telefon. »Scheiß Spaghettifresser«, sagte er. »Andauernd ›Ja, Sir. Nein, Sir. Wie geht's der Gattin?‹ Na, wenigstens die Harp-Mobs geben einen Scheiß darauf, wie's der Gattin geht.«

Aus Bubbas Mund war das ein großes Lob für meine ethnische Zugehörigkeit. »Und wo treffen wir ihn?«, fragte ich ihn.

Bubba sah Angie mit so etwas wie Ehrfurcht auf dem wulstigen Gesicht an. »In seinem Coffeeshop auf der Prince

Street. Zehn Uhr heute Abend. Wieso hast du mir nie erzählt, dass du mit den Patrisos verbandelt bist?«

Angie schlug ihre Zigarettenasche auf den Fußboden ab. Das war kein mangelnder Respekt; es war Bubbas Aschenbecher. »Bin ich nicht.«

»Wenn es nach Freddy geht, schon.«

»Tja«, meinte Angie, »da vertut er sich. Ein Geburtsfehler, mehr nicht.«

Bubba sah mich an. »Wusstest du, dass sie mit dem Patriso-Mob verwandt ist?«

»Jep.«

»Und?«

»Und ihr scheint es egal zu sein, deshalb ist es mir auch egal.«

»Bubba«, sagte Angie, »das ist nichts, worauf ich stolz bin.«

Er pfiff. »In all den Jahren und bei all dem Schlamassel, in den ihr beide geraten seid, da habt ihr nie Verstärkung angefordert?«

Angie sah ihn durch ihre langen Fransen hindurch an. »Noch nicht mal daran gedacht.«

»Warum nicht?« Bubba war zutiefst verwirrt.

»Weil du die ganze Mafia bist, die wir brauchen, Süßer.« Bubba wurde rot, was nur Angie gelang und jedes Mal sehenswert war. Sein riesiges Gesicht schwoll an wie eine überreife Traube, und einen Augenblick lang wirkte er fast harmlos. Fast.

»Schluss damit«, sagte er, »du machst mich verlegen.«

Als wir wieder im Büro waren, setzte ich Kaffee auf, um den Wodka zu parieren, und Angie spielte den Anrufbeantworter ab.

Der erste Anrufer war ein neuer Klient von uns, Bobo Gedmenson, Besitzer einer Kette von Tanzclubs für Teenager namens Bobo's Yo-Yo und ein paar Stripbars draußen in Saugus und Peabody, die solche Namen trugen wie Dripping Vanilla und The Honey Dip. Jetzt, nachdem wir seinen Expartner aufgetrieben hatten und den Großteil des Geldes, das er veruntreut hatte, an Bobo zurückgeben konnten, stellte Bobo plötzlich unser Honorar in Frage und jammerte uns die Ohren voll.

»Manche Leute …«, sagte ich kopfschüttelnd.

»… sind zum Kotzen«, pflichtete mir Angie bei, als Bobo auflegte.

Ich machte mir einen Knoten ins geistige Taschentuch, Bubba unser Geld kassieren zu lassen, dann lief die zweite Nachricht: »Hallo. Ich dachte nur, ich sollte euch viel Glück bei eurem neuen Fall wünschen und so weiter. Ein famoser Auftrag, hab ich gehört. Richtig? Also, ich melde mich wieder. Cheerio.«

Ich schaute Angie an. »Wer zum Henker war das?«

»Ich dachte, du wüsstest das. Ich kenne keinen Briten.«

»Ich auch nicht.« Ich zuckte mit den Schultern. »Falsche Nummer?«

»›Viel Glück bei eurem neuen Fall‹? Hört sich ganz so an, als wüsste er, wovon er redet.«

»Kommt dir der Akzent aufgesetzt vor?«

Sie nickte. »Klingt wie jemand, der zu viel *Monty Python* geschaut hat.«

»Wen kennen wir, der Akzente nachmacht?«

»Bin ich überfragt.«

Die nächste Stimme war die von Grace Cole. Im Hintergrund hörte ich die menschlich-akustische Angriffswelle der Notaufnahme, wo sie arbeitete.

»Ich habe zehn Minuten Zeit für einen Kaffee, deshalb habe ich versucht, dich zu erwischen. Ich bin mindestens bis morgen früh hier, aber ruf mich doch morgen Abend an. Ich vermisse dich.«

Sie legte auf, und Angie meinte: »Und wann ist die Hochzeit?«

»Morgen. Hast du das nicht gewusst?«

Sie lächelte. »Du stehst unter ihrer Fuchtel, Patrick. Aber das weißt du ja selber, oder?«

»Sagt wer?«

»Sagen ich und alle deine Freunde.« Ihr Lächeln verblasste ein wenig. »Du schaust Grace anders an als andere Frauen.«

»Und wenn?«

Sie sah aus dem Fenster auf die Avenue hinunter. »Dann wünsche ich dir viel Glück«, sagte sie leise. Sie versuchte wieder zu lächeln, doch es lag nur schwach auf ihren Lippen und verschwand wieder. »Ich wünsche euch beiden das Allerbeste.«

4

Um zehn Uhr nachts saßen Angie und ich in einem kleinen Café auf der Prince Street und erfuhren von Fat Freddy Constantine mehr über seine Prostata, als uns lieb war.

Es war ein schmaler Laden in einer schmalen Straße. Die Prince Street schneidet von der Commercial zur Moon Street durch das North End, und wie die meisten Straßen in der Gegend ist sie kaum breit genug, um ein Fahrrad hindurchzuquetschen. Als wir dort eintrafen, war die Temperatur auf zwölf Grad gefallen, doch entlang der Straße saßen Männer in T-Shirts oder Unterhemden unter den aufgeknöpften Kurzarmhemden, fläzten auf Gartenstühlen und rauchten Zigarren oder spielten Karten, und sie lachten plötzlich laut auf, wie das Leute tun, die sicher sind, dass sie das Viertel kontrollieren.

Fat Freddys Café war nur ein dunkler Raum mit zwei kleinen Tischen draußen und vier drinnen auf schwarzweißen Bodenfliesen. Ein Deckenventilator drehte sich schwerfällig und blätterte die Seiten einer Zeitung hin und her, die auf dem Tresen lag, irgendwo hinter einem schweren schwarzen Vorhang, der den Flur zur Hintertür verbarg, trällerte Dean Martin.

An der Tür bauten sich zwei junge Kerle mit dunklen

Haaren und Körpern aus dem Fitnessstudio vor uns auf, die beide champagnerfarbene Pullover mit V-Ausschnitt und Goldketten trugen.

»Sagt mal, gibt es da bei euch einen Katalog, aus dem ihr Jungs alle zusammen bestellt?«

Einer der beiden fand das so witzig, dass er mich besonders fest abklopfte, wobei seine beiden Handballen so fest zwischen meine Rippen und Hüften schlugen, als wollten sie sich in der Mitte treffen. Wir hatten unsere Waffen im Wagen gelassen, also nahmen sie uns die Brieftaschen ab. Uns gefiel das nicht, ihnen war das egal, und bald darauf führten sie uns an einen Tisch, an dem bereits Don Frederico Constantine persönlich saß.

Fat Freddy sah aus wie ein Walross ohne Schnurrbart. Er war ein Koloss mit rauchgrauem Teint und trug mehrere Schichten dunkler Kleidung, so dass sein kantiger Klotzkopf auf all dieser Dunkelheit ruhte, als sei er aus den Falten des Kragens herausgebrochen und habe sich über die Schultern ergossen. Seine mandelbraunen Augen schauten warm, feucht und väterlich, und er lächelte viel. Er lächelte Fremde auf der Straße an, die Reporter, wenn er die Stufen vor dem Gericht herunterkam, wahrscheinlich auch seine Opfer, bevor seine Leute ihnen die Kniescheiben wegschossen.

»Setzen Sie sich, bitte«, sagte er.

Abgesehen von Freddy und uns war nur noch eine weitere Person im Café. Der Mann saß etwa sechs Meter entfernt hinten an einem Tisch neben einem Stützpfeiler, eine Hand auf dem Tisch, die Beine an den Knöcheln übereinandergelegt. Er trug helle Khakihose, weißes Hemd und graues Halstuch unter einem bernsteinfarbenen groben Leinenjackett mit Lederkragen.

Er sah uns nicht recht an, aber ich konnte auch nicht beschwören, dass er wegschaute. Der Mann hieß Pine, von einem Vornamen wusste ich nichts, und in seinen Kreisen war er eine Legende: der Mann, der vier verschiedene Bosse und drei Familienkriege überlebt hatte und dessen Feinde die Angewohnheit hatten, so restlos zu verschwinden, dass man schon bald vergaß, dass es sie je gegeben hatte. Wie er so an dem Tisch saß, wirkte er wie ein ganz normaler, beinahe farbloser Typ; irgendwie gutaussehend, aber nicht bemerkenswert; er war etwa eins achtzig, eins zweiundachtzig, hatte aschblondes Haar, grüne Augen und war normal gebaut.

Schon bei der Tatsache, im selben Raum mit ihm zu sein, huschte mir eine Gänsehaut über den Kopf.

Angie und ich setzten uns, und Fat Freddy begann: »Prostata.«

»Wie bitte?«, fragte Angie.

»Prostata«, wiederholte Freddy. Er goss Kaffee aus einer Blechkanne in eine Tasse und reichte sie Angie. »Nichts, worüber sich Ihr Geschlecht auch nur halb so viel Gedanken machen muss wie unsereiner.« Er nickte in meine Richtung und reichte mir meine Tasse, dann schob er Sahne und Zucker in unsere Richtung. »Ich sag Ihnen was«, meinte er, »ich habe den Höhepunkt meiner Karriere erreicht, meine Tochter ist gerade in Harvard angenommen worden, und finanziell fehlt es mir an nichts.« Er rutschte auf dem Stuhl herum und verzog sein Gesicht, so dass seine riesigen Hängebacken in die Gesichtsmitte rutschten und einen Augenblick lang seine Lippen völlig verdeckten. »Aber ich schwöre, das alles würde ich auf der Stelle gegen eine gesunde Prostata eintauschen.« Er seufzte. »Und Sie?«

»Was denn?«, fragte ich zurück.

»Prostata gesund?«

»Als ich das letzte Mal hab nachschauen lassen, schon, Mr. Constantine.«

Er beugte sich vor. »Sie sollten sich glücklich schätzen, mein junger Freund. Überglücklich. Ein Mann ohne eine gesunde Prostata ist …« Er legte seine Hände auf den Tisch. »Tja, er ist ein Mann ohne Geheimnisse, ohne Würde. Diese Ärzte, Himmel, die operieren einen, während man auf dem Bauch liegt, und gehen da mit ihren grässlichen kleinen Instrumenten rein und stochern und stupsen, sie reißen und –«

»Klingt ja furchtbar«, meinte Angie.

Das bremste ihn, glücklicherweise.

Fat Freddy nickte. »Furchtbar trifft es nicht ganz.« Plötzlich blicke er Angie an, als hätte er sie gerade erst bemerkt. »Und Sie, meine Liebe, sind viel zu empfindsam, Sie sollten bei solchen Gesprächen gar nicht dabei sein.« Er küsste ihr die Hand, und ich bemühte mich, nicht die Augen zu verdrehen. »Ich kenne Ihren Großvater recht gut, Angela. Recht gut.«

Angie lächelte. »Er ist stolz auf die Verbindung, Mr. Constantine.«

»Ich werde ihm berichten, dass ich das Vergnügen hatte, die Bekanntschaft seiner reizenden Enkeltochter zu machen.« Dann sah er mich an, und das Funkeln in seinen Augen ließ ein wenig nach. »Und Sie, Mr. Kenzie, Sie haben ein wachsames Auge auf diese Frau und sorgen dafür, dass sie nicht in Gefahr gerät?«

»Diese Frau ist sehr gut darin, auf sich selbst zu achten, Mr. Constantine«, entgegnete Angie.

Fat Freddy starrte mich an, und sein Blick verdüsterte sich zusehends, so als würde ihm überhaupt nicht gefallen, was er da sah. »Unsere Freunde werden sich jeden Augenblick zu uns gesellen«, sagte er.

Freddy lehnte sich zurück und goss sich eine weitere Tasse Kaffee ein; ich hörte einen der Leibwächter draußen sagen: »Gehen Sie nur rein, Mr. Rouse«, und Angies Augen weiteten sich ein wenig, als Jack Rouse und Kevin Hurlihy zur Tür hereinkamen.

Jack Rouse kontrollierte Southie, Charlestown und das ganze Gebiet zwischen Savin Hill und dem Neponset River in Dorchester. Er war schmal, hart, und seine Augenfarbe harmonierte mit dem metallischen Grau seiner kurzgeschnittenen Haare. Er wirkte nicht sonderlich bedrohlich, aber das musste er ja auch nicht – dafür hatte er Kevin.

Ich kenne Kevin, seit wir sechs waren; nichts in seinem Hirn ist jemals von einem menschlichen Impuls verunreinigt worden. Er kam zur Tür herein und vermied es, Pine anzusehen oder gar zu grüßen, aber ich wusste, Kevin wollte genau so sein wie dieser Mann. Doch Pine war ganz Ruhe und Sparsamkeit, Kevin aber ein wandelnder blanker Nerv, und seine Augen leuchteten wie ein aufgeladener Akku. Er war die Art von Typ, der alles um sich herum umnietet, nur weil ihm gerade danach ist. Pine flößte einem Angst ein, weil Morden für ihn nur ein Job war, nicht anders als tausend andere. Kevin flößte einem Angst ein, weil

Töten der einzige Job war, den er haben wollte, und er würde es umsonst machen.

Nachdem er Freddy die Hand gegeben hatte, setzte er sich neben mich und versenkte seine Kippe in meiner Kaffeetasse. Dann fuhr er sich mit der Hand durch das grobe, feste Haar und starrte mich an.

»Jack, Kevin, ihr kennt doch Mr. Kenzie und Ms. Gennaro, oder?«, fragte Freddy.

»Alte Freunde«, antwortete Jack und setzte sich neben Angie. »Wir sind alle aus derselben Gegend.« Rouse legte sein altes blaues Clubjackett ab und hängte es über den Stuhl. »Das ist doch die reine Wahrheit, nicht, Kev?«

Kevin war zu beschäftigt damit, mich anzustarren, um zu antworten.

»Ich möchte, dass alles offen und ehrlich abgeht«, sagte Fat Freddy. »Rogowski sagt, Sie beide sind in Ordnung, und vielleicht haben Sie ein Problem, bei dem ich behilflich sein kann – mag sein. Aber Sie beide kommen aus Jacks Gegend, deshalb habe ich Jack gefragt, ob er sich dazusetzen möchte. Verstehen Sie?«

Wir nickten.

Kevin zündete sich wieder eine Zigarette an und pustete mir den Qualm in die Haare.

Freddy drehte auf dem Tisch die Handflächen nach oben. »Dann sind wir uns einig. Also, sagen Sie mir, wo der Schuh drückt, Mr. Kenzie.«

»Wir sind von einer Klientin angeheuert worden«, begann ich, »die –«

»Wie ist der Kaffee, Jack?«, fragte Freddy. »Genug Sahne?«

»Sehr gut, Mr. Constantine. Sehr gut.«

»Die«, wiederholte ich, »den Eindruck hat, einen von Jacks Männern verärgert zu haben.«

»*Männer?*«, fragte Freddy, runzelte die Stirn und sah erst Jack, dann wieder mich an. »Wir sind kleine Geschäftsleute, Mr. Kenzie. Wir haben Angestellte, aber deren Loyalität endet beim Gehaltsscheck.« Wieder sah er Jack an. »*Männer?*«, sagte er, und die beiden kicherten.

Angie seufzte.

Kevin pustete mir weiter Qualm in die Haare.

Ich war müde, und die letzten Reste Wodka machten sich an meinem Hirn zu schaffen; ich war also wirklich nicht in der Stimmung, Süßholz mit einem Haufen Schmalspurpsychopathen zu raspeln, die sich ein paarmal zu häufig *Der Pate* angeschaut hatten und sich für ehrenwert hielten. Dann ermahnte ich mich, dass zumindest Freddy ein sehr mächtiger Psychopath war, der morgen Abend bereits meine Milz verspeisen würde, wenn ihm danach war.

»Mr. Constantine, einer von Mr. Rouses … Mitarbeitern hat seine Wut auf unsere Klientin zum Ausdruck gebracht und gewisse Drohungen ausgesprochen –«

»Drohungen?«, fragte Freddy. »Drohungen?«

»Drohungen?«, sagte Jack und lächelte Freddy an.

»Drohungen«, sagte Angie. »Es hat den Anschein, als habe unsere Klientin das Pech gehabt, mit der Freundin Ihres Mitarbeiters zu sprechen, die behauptete, von den kriminellen Aktivitäten Ihres Freundes zu wissen, darunter die – wie soll ich formulieren?« Sie sah Freddy in die Augen. »Die fachgerechte Entsorgung ehemals lebendigen Zellgewebes?«

Es dauerte einen Augenblick, bis er kapierte, doch dann wurden seine kleinen Augen zu Schlitzen, er warf den riesigen Schädel in den Nacken und lachte so dröhnend zur Zimmerdecke hinauf, dass es die halbe Prince Street entlang zu hören war. Jack schaute verwirrt. Kevin schaute angefressen, aber Kevin schaut nun mal nicht anders.

»Pine«, sagte Freddy. »Hast du das gehört?«

Pine machte keinerlei Andeutung, überhaupt etwas gehört zu haben. Nichts wies darauf hin, dass er überhaupt atmete. Er saß reglos da und schaute gleichzeitig zu uns her und auch nicht.

»›Entsorgung ehemals lebendigen Zellgewebes‹«, wiederholte Freddy keuchend. Er sah Jack an und bemerkte, dass der den Witz immer noch nicht verstanden hatte. »Scheiße, Jack, geh raus und besorg dir mal ein Gehirn, okay?«

Jack blinzelte, Kevin beugte sich vor, und Pines Kopf drehte sich leicht, um ihn beobachten zu können; Freddy tat so, als habe er nichts von alledem bemerkt.

Er wischte sich die Mundwinkel mit einer Stoffserviette ab, sah Angie an und schüttelte langsam den Kopf. »Wartet, bis ich den Jungs im Club das erzählt habe. Also wirklich, Sie haben ja vielleicht den Namen Ihres Vaters angenommen, Angela, aber Sie sind eine waschechte Patriso. Da besteht kein Zweifel.«

»Patriso?«, fragte Jack.

»Ja«, antwortete Freddy. »Das ist Mr. Patrisos Enkeltochter. Hast du das nicht gewusst?«

Hatte Jack nicht. Das schien ihn zu verdrießen. »Gib mir 'ne Zigarette, Kev«, sagte er.

Kevin beugte sich über den Tisch, gab ihm Feuer und hielt mir seinen Ellbogen einen knappen Zentimeter vors Auge.

»Mr. Constantine«, fuhr Angie fort, »unsere Klientin möchte ganz entschieden nicht auf der Liste all dessen landen, was Ihr Mitarbeiter zu entsorgen wünscht.«

Freddy hielt eine fleischige Hand in die Höhe. »Über was genau reden wir hier eigentlich?«

»Unsere Klientin glaubt, dass sie möglicherweise Mr. Hurlihy verärgert haben könnte.«

»Was?«, fragte Jack.

»Erklären Sie uns das«, sagte Freddy. »Und zwar ein bisschen plötzlich.«

Das taten wir, ohne Diandras Namen zu erwähnen.

»Also was?«, fragte Freddy. »Irgendeine Schlampe, die Kevin vögelt, erzählt dieser Psychiaterin irgendeinen Scheiß über – habe ich recht verstanden? – eine Leiche oder so was, und Kevin regt sich ein wenig auf und ruft sie an und haut auf den Putz?« Er schüttelte den Kopf. »Kevin, hast du mir was zu sagen?«

Kevin sah Jack an.

»Kevin«, drängte Freddy.

Kevin drehte den Kopf.

»Hast du eine Freundin?«

Kevins Stimme klang, als rasselten Glasscherben durch einen Automotor. »Nein, Mr. Constantine.«

Freddy sah Jack an, und die beiden lachten. Kevin sah aus, als sei er von einer Nonne dabei ertappt worden, wie er Pornos kaufen wollte.

Freddy wandte sich an uns. »Wollen Sie mich verarschen?« Er lachte noch lauter. »Bei allem Respekt Kevin gegenüber, aber er ist nicht gerade der Schwarm aller Frauen, wenn Sie verstehen.«

»Mr. Constantine«, sagte Angie, »bitte versetzen Sie sich in unsere Lage – wir haben uns das nicht ausgedacht.«

Freddy beugte sich vor und tätschelte ihr die Hand. »Angela, das sage ich ja auch nicht. Aber man hat Sie reingelegt. Irgendeine Mieze behauptet, sie sei von Kevin wegen seiner *Freundin* bedroht worden? Kommen Sie.«

»Und dafür«, erklärte Jack, »habe ich eine Pokerrunde sausenlassen? Für diesen Scheiß?« Er schnaubte und wollte schon aufstehen.

»Setz dich, Jack«, sagte Freddy.

Jack erstarrte auf halber Höhe zwischen Sitzen und Stehen.

Freddy sah Kevin an. »Setz dich, Jack.«

Jack setzte sich.

Freddy lächelte uns an: »Haben wir Ihr Problem geklärt?«

Ich griff in die Innentasche meiner Jacke, um das Foto von Jason Warren herauszuziehen, Kevins Hand verschwand in seiner Jacke, Jack lehnte sich zurück, und Pine rutschte ein wenig auf seinem Stuhl herum. Freddys Blick wich nicht von meiner Hand. Ganz langsam zog ich das Foto heraus und legte es auf den Tisch.

»Unsere Klientin bekam das hier vor kurzem mit der Post.«

Eine der haarigen Raupen über Freddys Augen krümmte sich. »Und?«

»Und«, sagte Angie, »wir dachten, dies sei eine Botschaft

von Kevin, um unsere Klientin wissen zu lassen, dass er ihre Schwächen kennt. Wir gehen zwar davon aus, dass dies nicht stimmt, aber wir sind verwirrt.«

Jack nickte zu Kevin, und Kevin zog seine Hand aus der Jacke.

Falls Freddy etwas davon bemerkte, ließ er es sich nicht anmerken. Er warf einen Blick auf das Foto von Jason Warren und trank einen Schluck Kaffee. »Dieser Bursche, ist das der Sohn Ihrer Klientin?«

»Na, meiner ist es nicht«, antwortete ich.

Freddy hob langsam seinen riesigen Schädel und sah mich an. »Kennt dich jemand, du Arschloch?« Seine bislang so warmen Augen wirkten auf einmal beruhigend wie Eispickel. »Rede ja nie wieder so mit mir. Verstanden?«

Mein Mund fühlte sich plötzlich an, als hätte ich einen Wollpullover verschluckt.

Kevin kicherte ganz leise.

Freddy griff in die Falten seines Jacketts, ohne den Blick von mir zu nehmen, und zog ein in Leder gebundenes Notizbuch heraus. Er schlug es auf, blätterte ein paar Seiten und fand die Stelle, nach der er gesucht hatte.

»Patrick Kenzie«, las er vor. »Alter 33. Mutter und Vater verstorben. Eine Schwester, Erin Margolis, 36, lebt in Seattle, Washington. Letztes Jahr belief sich Ihr Bruttoeinkommen aus Ihrer Partnerschaft mit Miss Gennaro hier auf 48 000 Dollar. Vor sieben Jahren geschieden. Aufenthaltsort der Exfrau unbekannt.« Freddy lächelte mich an. »Aber das finden wir schon noch raus, glauben Sie mir.« Er blätterte um und schürzte die fetten Lippen. »Letztes Jahr haben Sie unter einer Schnellstraßenüberführung kaltblütig einen Zuhälter erschossen.« Er zwinkerte, streckte die Hand aus und tätschelte meine. »Tja, Kenzie, wir wissen davon. Falls Sie mal wieder jemanden umbringen wollen, habe ich einen guten Rat: keine Zeugen.« Er schaute wieder in sein Buch. »Wo waren wir stehengeblieben? Ach ja. Lieblingsfarbe Blau. Lieblingsbier St. Pauli Girl, Lieblingsessen mexikanisch.« Er blätterte weiter und schaute uns an. »Na, wie schlage ich mich soweit?«

»Mannomann«, sagte Angie, »was sind wir beeindruckt.«

Freddy wandte sich an sie. »Angela Gennaro. Lebt im Augenblick von ihrem Gatten Phillip Dimassi getrennt. Vater verstorben. Mutter Antonia lebt mit ihrem zweiten Mann in Flagstaff, Arizona. Gennaro war bei der Ermordung des Zuhälters im vergangenen Jahr beteiligt. Zurzeit wohnhaft in der Howes Street in einer Wohnung im Erdgeschoss mit einem schwachen Bolzenschloss an der Hintertür.« Er schlug das Buch zu und sah uns gütig an. »Meine Freunde und ich finden alles heraus, warum zum Henker sollten wir dann jemandem ein Foto schicken wollen?«

Ich presste die rechte Hand gegen den Oberschenkel, und grub die Finger in die Haut, um ruhig zu bleiben. Ich räusperte mich. »Klingt unwahrscheinlich.«

»Da haben Sie verflucht recht«, sagte Jack Rouse.

»Wir schicken keine Fotos, Mr. Kenzie«, erklärte Freddy. »Wir überbringen unsere Botschaft auf direktem Weg.«

Jack und Freddy starrten uns mit beutegierigem Blick an, und Kevin Hurlihy setzte ein selbstgefälliges Grinsen auf, breit wie ein Abgrund.

»Ich habe ein schwaches Bolzenschloss in der Hintertür?«

Freddy zuckte mit den Schultern. »Hat man mir gesagt.«

Jack Rouses Finger tippte an seine Tweed-Schlägermütze und grüßte in ihre Richtung.

Sie lächelte und sah erst mich an, dann Freddy. Man musste sie schon eine ganze Weile kennen, um zu bemerken, wie wütend sie tatsächlich war. Ihre Bewegungen wurden dann immer kleiner. Nach der Statue zu urteilen, die sie hier am Tisch abgab, war ich mir ziemlich sicher, dass sie den neuralgischen Punkt schon vor fünf Minuten hinter sich gelassen hatte.

»Freddy«, sagte sie, und er blinzelte. »Sie sind den Imbruglias in New York gegenüber Rechenschaft schuldig. Stimmt das?«

Freddy starrte sie an.

Pine stellte die Füße nebeneinander.

»Und die Imbruglias«, fuhr Angie fort und beugte sich leicht nach vorn, »sind den Moliachs gegenüber Rechenschaft schuldig, die wiederum als die besseren Capos bei den Patrisos gelten. Stimmt das?«

Freddys Blick war noch immer still und leer; Jacks linke Hand schwebte auf halber Höhe zwischen der Tischkante und der Kaffeetasse, und Kevin neben mir holte hörbar langsam und tief Luft durch die Nase.

»Und Sie – verstehe ich das richtig? – schicken Männer in die Wohnung von Mr. Patrisos einziger Enkeltochter, um dort nach Sicherheitsmängeln zu suchen? Freddy«, sagte sie, streckte die Hand aus und tätschelte die von Freddy, »was glauben Sie? Würde Mr. Patriso so etwas für respektvoll halten oder nicht?«

»Angela ...«, sagte Freddy.

Sie tätschelte seine Hand und stand auf. »Vielen Dank, dass Sie Zeit für uns hatten.«

Ich stand ebenfalls auf. »Nett, euch kennengelernt zu haben, Jungs.«

Kevins Stuhl quietschte laut über die Fliesen, als er sich mir in den Weg stellte. In seinen Augen tickten Zeitzünder.

»Setz dich hin, verflucht«, sagte Freddy.

»Du hast gehört, Kev«, sagte ich. »Setz dich hin, verflucht.«

Kevin lächelte und fuhr sich mit der Hand über den Mund. Aus dem Augenwinkel heraus sah ich, wie Pine die Füße wieder an den Knöcheln übereinanderlegte.

»Kevin«, sagte Jack Rouse.

Auf Kevins Gesicht sah ich die Jahre des blinden Klassenhasses und das strahlende Flackern blanken Wahnsinns. Ich sah das kleine, wütende Kind, dessen Verstand irgendwann in der ersten oder zweiten Klasse verkümmert und verdorrt war und das sich von diesem Punkt an nie mehr weiterentwickelt hat. Ich sah Mord.

»Angela«, sagte Freddy, »Mr. Kenzie. Setzen Sie sich bitte.«

»Kevin«, wiederholte Jack Rouse.

Kevin legte mir die Hand, mit der er sich gerade das Lächeln von den Lippen gewischt hatte, auf die Schulter. Was immer auch in den ein, zwei Sekunden zwischen uns vorging, die sie dort lag, nichts davon war angenehm, behaglich oder sauber. Dann nickte er einmal kurz, so als würde er eine Frage beantworten, die ich gestellt hatte, und machte einen Schritt zurück neben seinen Stuhl.

»Angela«, bat Freddy, »können wir nicht –?«

»Noch einen schönen Tag, Freddy.« Sie trat um den Tisch herum zu mir, und wir gingen hinaus auf die Prince Street.

Wir gingen zu unserem Wagen, der auf der Commercial stand, einen Block von Diandra Warrens Wohnung entfernt, und Angie meinte: »Ich muss noch was erledigen, ich nehme ein Taxi nach Hause.«

»Bist du sicher?«

Sie schaute mich an wie eine Frau, die gerade einen Raum voller Mafiosi dazu gebracht hat, die Schwänze einzukneifen und nicht in der Stimmung ist, sich noch irgendetwas bieten zu lassen. »Was hast du vor?«

»Schätze, ich rede noch mal mit Diandra. Mal sehen, ob ich mehr über diese Moira Kenzie herausfinde.«

»Brauchst du mich dabei?«

»Nein.«

Angie sah zurück zur Prince Street. »Ich glaube ihm.«

»Kevin?«

Sie nickte.

»Ich auch«, sagte ich. »Er hat überhaupt keinen Grund zu lügen.« Sie schaute in Richtung Lewis Wharf zu dem einsamen gelben Licht, das in Diandra Warrens Wohnung brannte. »Und was ist dann mit ihr? Wenn Kevin ihr das Foto nicht geschickt hat, wer dann?«

»Keine Ahnung.«

»Wir sind vielleicht Meisterdetektive«, meinte sie.

»Wir werden es schon rauskriegen«, entgegnete ich. »Darin sind wir Spitze.«

Ich schaute zur Prince hinüber und sah zwei Männer, die

in unsere Richtung kamen. Einer war klein und dürr und hart und trug eine Schiebermütze. Der andere war groß und dürr und kicherte womöglich, wenn er jemanden umbrachte. Sie erreichten das Ende der Straße und blieben direkt uns gegenüber neben einem goldenen Diamante stehen. Kevin öffnete die Beifahrertür für Jack, und die beiden starrten uns an.

»Der Kerl«, sagte eine Stimme, »mag Sie beide nicht sonderlich.«

Ich schaute mich um und entdeckte Pine, der an der Motorhaube meines Wagens lehnte. Er machte eine schnelle Handbewegung, und mir flog meine Brieftasche gegen die Brust.

»Nein«, pflichtete ich ihm bei.

Kevin ging zur Fahrerseite, starrte uns weiter an, dann stieg er ein; der Wagen zog auf die Commercial, fuhr um den Waterfront Park und verschwand in der Biegung der Atlantic Avenue.

»Miss Gennaro«, sagte Pine, beugte sich vor und hielt ihr ihre Brieftasche hin.

Angie nahm sie an sich.

»Das war eine tolle Vorstellung da drin. Bravo.«

»Danke«, sagte Angie.

»Ich würde es allerdings kein zweites Mal versuchen.«

»Nicht?«

»Das wäre Dummheit.«

Angie nickte. »Ja.«

»Dieser Typ«, meinte Pine, schaute dem verschwundenen Diamante hinterher und sah mich dann an, »wird Ihnen noch einigen Kummer bereiten.«

»Dagegen kann ich wenig unternehmen«, sagte ich.

Pine löste sich elegant vom Wagen, so als sei er zu einer tollpatschigen Geste oder einem peinlichen Stolpern gar nicht in der Lage.

»Wenn ich an Ihrer Stelle gewesen wäre«, stellte er fest, »und er hätte mich so angeschaut, dann hätte er es nicht mehr lebendig zu seinem Wagen geschafft.« Dann zuckte er mit den Schultern. »Aber das gilt nur für mich.«

»Wir sind das bei Kevin schon gewöhnt«, sagte Angie. »Wir kennen ihn aus dem Sandkasten.«

Pine nickte. »Vielleicht hätten Sie ihn schon damals umlegen sollen.« Er ging zwischen uns hindurch, und ich spürte Eis in meiner Brust schmelzen. »Gute Nacht.« Pine überquerte die Commercial und ging die Prince entlang; eine kühle Brise fegte über die Straße.

Angie schauderte es in ihrem Mantel. »Ich mag diesen Fall nicht, Patrick.«

»Ich auch nicht«, sagte ich. »Ganz und gar nicht.«

5

In Diandra Warrens Loft war es dunkel bis auf eine Deckenleuchte in der Küche, in der wir saßen, und in den kahlen Räumen erhoben sich die Möbel zu klobigen Schatten. Die Lichter der benachbarten Gebäude überzogen die Fenster, drangen aber nur wenig bis ins Innere vor, und jenseits des Hafens karierten die Lichter von Charlestown den schwarzen Himmel in geschnitten scharfe Rechtecke aus Gelb und Weiß.

Die Nacht war angenehm, doch aus Diandras Loft betrachtet, wirkte sie kalt.

Diandra stellte eine zweite Flasche Brooklyn Lager vor mich auf den Metzgerblocktisch, setzte sich und fingerte an ihrem Weinglas herum.

»Und du glaubst diesem Mafioso?«, fragte Eric.

Ich nickte. Ich hatte gerade eine Viertelstunde damit zugebracht, ihnen von dem Treffen bei Fat Freddy zu berichten, hatte aber Angies Verbindung zu Vincent Patriso für mich behalten.

»Lügen bringt ihnen nichts«, sagte ich.

»Das sind Kriminelle.« Eric sah mich mit großen Augen an. »Lügen liegt ihnen im Blut.«

Ich trank einen Schluck. »Stimmt schon. Aber Kriminelle lügen normalerweise aus Angst oder zum Vorteil.«

»Schon …«

»Und diese Kerle haben keinen Grund, vor mir Angst zu haben, glaub mir. Ich bedeute ihnen nichts. Wenn die Sie bedrohen würden, Doktor Warren, und ich ginge Ihretwegen zu ihnen, dann würde deren Antwort lauten: ›Schön, wir bedrohen sie. Jetzt kümmre dich um deinen eigenen Scheiß, sonst legen wir dich um.‹ Ende der Diskussion.«

»Aber das haben sie nicht gesagt.« Diandra nickte bei sich.

»Nein. Wenn man noch die Tatsache berücksichtigt, dass Kevin einfach nicht der Typ für eine feste Freundin ist, dann wird das Ganze zusehends unwahrscheinlicher.«

»Aber –«, setzte Eric an.

Ich hob eine Hand und sah Diandra an. »Ich hätte Sie das schon bei unserer ersten Begegnung fragen sollen, aber mir ist einfach der Gedanke nicht gekommen, dass das Ganze ein Schwindel sein könnte. Dieser Typ, der angerufen und sich als Kevin ausgegeben hat – war da etwas komisch an seiner Stimme?«

»Komisch? Inwiefern?«

Ich schüttelte den Kopf. »Denken Sie nach.«

»Eine tiefe, rauchige Stimme, glaube ich.«

»Ist das alles?«

Diandra trank einen Schluck Wein und nickte. »Ja.«

»Dann war es nicht Kevin.«

»Woher –?«

»Kevins Stimme ist kaputt, Doktor Warren. Seit Kindertagen schon. Er hört sich an, als sei er im Stimmbruch, wie ein Teenager.«

»Das war nicht die Stimme, die ich am Telefon gehört habe.«

»Nein.«

Eric fuhr sich übers Gesicht. »Also, wenn Kevin nicht angerufen hat, wer dann?«

»Und warum?«, fragte Diandra.

Ich sah die beiden an und streckte die Hände aus. »Ich habe keine Ahnung, ganz ehrlich nicht. Haben Sie beide irgendwelche Feinde?«

Diandra schüttelte den Kopf.

»Was meinst du mit Feinden?«, fragte Eric.

»Feinde«, sagte ich. »Personen, die dich um vier Uhr früh bedrohen, dir ohne jede weitere Erklärung Fotos von deinem Kind schicken oder dir ganz generell den Tod wünschen. Feinde.«

Eric dachte nach und schüttelte dann den Kopf.

»Sicher?«

Er verzog das Gesicht. »Beruflich habe ich Gegner, nehme ich an, Kritiker, Personen, die nicht meiner Meinung sind ...«

»In welcher Hinsicht?«

Er lächelte betrübt. »Patrick, du warst in meinen Kursen. Du weißt, dass ich einem Großteil der Experten auf dem Gebiet widerspreche und dass manche meinen Widerspruch nicht akzeptieren können. Allerdings bezweifle ich, dass diese Leute mir körperlichen Schaden zufügen würden. Und würden meine Feinde nicht außerdem mich verfolgen statt Diandra und ihren Sohn?«

Diandra zuckte zusammen, senkte den Blick und trank Wein.

Ich zuckte mit den Schultern. »Schon möglich. Man kann nie wissen.« Ich sah Diandra an. »Sie sagten, Sie hätten sich in der Vergangenheit vor Klienten gefürchtet. Gibt es irgendjemanden, der kürzlich aus einer Anstalt oder dem Gefängnis entlassen wurde und einen persönlichen Groll gegen Sie hegt?«

»Darüber hätte man mich informiert.« Sie schaute mir in die Augen, und ihr Blick war voller Verwirrung und Angst, einer tiefen, allumfassenden Angst.

»Irgendwelche neuen Klienten, die Motiv und Einfallsreichtum dazu hätten?«

Sie dachte lange darüber nach und schüttelte schließlich den Kopf. »Nein.«

»Ich werde mit Ihrem Exmann reden müssen.«

»Mit Stan? Wozu? Ich sehe keinen Sinn darin.«

»Ich muss jede mögliche Verbindung zu ihm ausschließen. Tut mir leid, falls Sie das beunruhigt, aber ich wäre dumm, das nicht zu tun.«

»Ich bin ja nicht begriffsstutzig, Mr. Kenzie, aber ich kann Ihnen versichern, dass Stan nichts mit meinem Leben zu tun hat, und zwar seit fast zwei Jahrzehnten.«

»Ich muss alles über die Menschen in Ihrem Leben erfahren, was ich nur herausfinden kann, Doktor Warren, vor allem über jene, mit denen Sie in einer Beziehung stehen, die nicht über jeden Zweifel erhaben ist.«

»Patrick«, sagte Eric, »komm schon. Was ist mit der Privatsphäre?«

Ich seufzte. »Scheiß auf die Privatsphäre.«

»Wie bitte?«

»Du hast mich schon verstanden, Eric«, sagte ich. »Scheiß

auf die Privatsphäre. Doktor Warrens und deine auch, fürchte ich. Du hast mich hergeholt, Eric, und du weißt, wie ich vorgehe.«

Er blinzelte.

»Dieser Fall gefällt mir überhaupt nicht.« Ich sah hinaus in die Dunkelheit von Diandras Loft, sah den eisigen Schimmer der Scheiben. »Er gefällt mir nicht, und ich versuche, mir die Fakten zu verschaffen, damit ich meine Arbeit machen und Doktor Warren und ihren Sohn aus der Gefahrenzone halten kann. Und dazu muss ich alles wissen. Von Ihnen beiden. Falls Sie mir diesen Zugang verweigern«, und dabei sah ich Diandra an, »bin ich raus aus der Nummer.«

Diandra sah mich gefasst an.

»Du würdest eine Frau, die in Schwierigkeiten steckt, einfach so stehenlassen?«, fragte Eric. »Einfach so?«

Ich schaute weiter Diandra an. »Einfach so.«

»Sind Sie immer so geradeaus?«, fragte Diandra.

Für den Bruchteil einer Sekunde schoss mir das Bild einer Frau durch den Kopf, die auf harten Beton stürzt, den Körper von Kugeln durchlöchert, mein Gesicht und meine Kleidung von ihrem Blut getränkt. Jenna Angeline – tot, noch bevor sie eines sanften Sommermorgens wenige Zentimeter neben mir auf dem Boden landete.

»Mir ist jemand unter den Fingern weggestorben, weil ich einen Schritt zu langsam war. Das werde ich nicht noch einmal zulassen.«

Ein leichtes Zittern fuhr über die Haut unter ihrer Kehle. Sie strich mit der Hand darüber. »Sie sind also davon überzeugt, dass ich in ernster Gefahr bin.«

Ich schüttelte den Kopf. »Das weiß ich nicht. Aber man hat Sie bedroht. Man hat Ihnen das Foto geschickt. Irgendjemand unternimmt große Anstrengungen, Ihnen das Leben schwerzumachen. Ich möchte herausfinden, wer das ist, und das beenden. Dazu haben Sie mich angeheuert. Können Sie bitte für morgen einen Termin bei Timpson für mich ausmachen?«

Sie zuckte mit den Schultern. »Ich denke schon.«

»Gut. Ich brauche außerdem eine Beschreibung von Moira Kenzie, alles, was Ihnen einfällt, und sei es noch so unbedeutend.«

Diandra schloss eine ganze Weile die Augen, um sich Moira Kenzie wieder ins Gedächtnis zu rufen, und ich schlug ein Notizbuch auf, zog die Kappe von einem Stift und wartete.

»Sie trug Jeans und ein schwarzes, kragenloses Shirt mit Knopfleiste unter einem roten Flanellhemd.« Diandra schlug die Augen auf. »Sie war sehr hübsch, hatte lange, ein wenig dünne graublonde Haare, und sie qualmte ununterbrochen. Sie schien zutiefst verängstigt.«

»Größe?«

»Eins fünfundsechzig etwa.«

»Gewicht?«

»50 Kilo vielleicht.«

»Welche Zigarettenmarke rauchte sie?«

Diandra schloss wieder die Augen. »Lang mit weißem Filter. Die Schachtel war golden. ›Deluxe‹ irgendwas.«

»Benson and Hedges Deluxe Ultra Lights?«

Überrascht schlug sie die Augen auf. »Ja.«

Ich zuckte mit den Schultern. »Die raucht meine Partnerin jedes Mal, wenn sie ihren Zigarettenkonsum einschränken will. Augenfarbe?«

»Grün.«

»Mögliche ethnische Herkunft?«

Diandra trank einen Schluck. »Nordeuropäisch vielleicht, aber schon vor ein paar Generationen, vielleicht gemischt. Irisch, britisch, vielleicht slawisch. Sehr blasse Haut.«

»Sonst noch etwas? Woher stammte sie, hat sie gesagt?«

»Aus Belmont«, antwortete Diandra leicht überrascht.

»Kommt Ihnen das irgendwie komisch vor?«

»Na ja ... die Bewohner von Belmont gehen meist auf die besseren Privatschulen und all das.«

»Stimmt.«

»Und dabei verliert man doch den Bostoner Akzent, wenn man ihn denn je hatte. Vielleicht noch ein leichter Hauch ...«

»Aber keineswegs pseudobritisch.«

»Exakt.«

»Und Moira schon?«

Diandra nickte. »Ist mir damals gar nicht aufgefallen, aber jetzt ist es schon ein bisschen komisch, ja. Das war kein Akzent aus Belmont, eher Revere oder East Boston oder ...« Sie sah mich an.

»Dorchester«, ergänzte ich.

»Ja.«

»Ein Akzent aus den alten Vierteln.« Ich klappte mein Notizbuch zu.

»Ja. Und was haben Sie jetzt vor, Mr. Kenzie?«

»Ich werde Jason beobachten. Er wird bedroht. Er ist

derjenige, der sich ›gestalkt‹ fühlt und dessen Foto man Ihnen geschickt hat.«

»Ja.«

»Ich möchte, dass Sie Ihre Aktivitäten einschränken.«

»Ich kann doch nicht –«

»Behalten Sie Ihre Bürostunden und Termine«, unterbrach ich sie, »aber nehmen Sie sich an der Uni eine Weile frei, bis ich ein paar Antworten habe.«

Sie nickte.

»Eric?«, sagte ich.

Er sah mich an.

»Weißt du auch, wie man die Waffe benutzt, die du da trägst?«

»Ich übe jede Woche. Ich bin ein guter Schütze.«

»Auf einen Menschen zu schießen ist etwas anderes, Eric.«

»Das weiß ich.«

»Ich möchte, dass du Doktor Warren ein paar Tage lang nicht von der Seite weichst. Geht das?«

»Sicher.«

»Falls irgendetwas passiert, vergeude keine Zeit damit, auf den Kopf des Angreifers zu zielen oder ins Herz zu treffen.«

»Was dann?«

»Ziel auf den Körper und schieß das Magazin leer, Eric. Sechs Schuss sollten alles umhauen, was kleiner als ein Nashorn ist.«

Er wirkte ernüchtert, so als habe er gerade erfahren, dass der Schießstand nur Zeitverschwendung war, was ja auch meistens stimmte. Vielleicht war er ein guter Schütze, aber ich bezweifelte doch sehr, dass jemand, der Diandra angreifen wollte, eine Zielscheibe mitten auf der Stirn trug.

»Eric«, sagte ich, »bringst du mich raus?«

Er nickte, wir verließen das Loft und gingen den kurzen Gang entlang zum Fahrstuhl.

»Dass wir befreundet sind, darf meiner Arbeit nicht im Wege stehen. Das verstehst du doch, oder?«

Er schaute auf seine Schuhe und nickte.

»In welcher Beziehung stehst du zu ihr?«

Er schaute mir fest in die Augen. »Warum?«

»Keine Privatsphäre, Eric. Vergiss das nicht. Ich muss wissen, inwieweit dich diese ganze Angelegenheit betrifft.«

Er zuckte mit den Schultern. »Wir sind Freunde.«

»Auch über Nacht?«

Er schüttelte den Kopf und lächelte bitter. »Manchmal denke ich, Patrick, du brauchst ein wenig Benimm.«

Jetzt war ich an der Reihe mit Schulterzucken. »Ich werde nicht für meine Tischmanieren bezahlt, Eric.«

»Diandra und ich haben uns an der Brown kennengelernt, als ich gerade meine Doktorarbeit schrieb und sie ihren Abschluss machte.«

Ich räusperte mich. »Noch mal – seid ihr intim?«

»Nein«, antwortete er. »Wir sind nur gute Freunde. Wie Angie und du.«

»Dann verstehst du sicher, wie ich auf diese Vermutung komme.«

Er nickte.

»Ist sie mit jemand anderem liiert?«

Er schüttelte den Kopf. »Sie ...« Eric sah nach oben und dann wieder auf seine Schuhe.

»Sie ist was?«

»Sie ist sexuell nicht aktiv, Patrick. Aus weltanschaulichen Gründen. Sie lebt seit mindestens zehn Jahren zölibatär.«

»Warum?«

Seine Miene verdüsterte sich. »Das sagte ich doch schon – sie hat sich dazu entschieden. Manche Menschen werden nicht von ihrer Libido beherrscht, Patrick, so schwer ein solches Konzept auch für jemanden wie dich zu verstehen sein mag.«

»Okay, Eric«, sagte ich leise. »Gibt es noch irgendetwas, das du mir verschweigst?«

»Was denn zum Beispiel?«

»Leichen im Keller«, antwortete ich. »Einen Grund, warum jemand Jason bedroht, um dich zu treffen?«

»Was willst du damit andeuten?«

»Ich will gar nichts andeuten, Eric. Ich habe eine direkte Frage gestellt. Ja oder *nein*, mehr verlange ich gar nicht.«

»Nein.« Seine Stimme war eisig.

»Tut mir leid, dass ich diese Fragen stellen muss.«

»Wirklich?«, fragte er, machte kehrt und ging zur Wohnung zurück.

6

Ich verließ Diandras Wohnung kurz vor Mitternacht; es war still auf den Straßen der Stadt, als ich die Küste in südlicher Richtung entlangfuhr. Es waren immer noch etwa zwölf Grad, und ich kurbelte die Scheiben meiner Schrottkarre herunter und lüftete das muffige Wageninnere aus.

Nachdem mein letzter Dienstwagen auf einer trostlosen, vergessenen Straße in Roxbury an einem Herzinfarkt verstorben war, hatte ich diesen nussbraunen Crown Victoria, Baujahr '86, bei einer Polizeiversteigerung gefunden, von der mir mein Freund Devin erzählt hatte, der bei der Truppe ist. Der Motor war ein Kunstwerk; man konnte einen Crown Vic aus dem dreißigsten Stock werfen, und der Motor würde noch weiter vor sich hintuckern, selbst wenn der Rest des Fahrzeugs in kleine Stücke zerschmettert war. Ich steckte mein Geld in alles, was unter der Motorhaube lag, und ließ die besten Reifen aufziehen, die es gab, doch das Wageninnere ließ ich so, wie ich es vorgefunden hatte – Himmel und Sitze waren gelb von den billigen Zigarren des Vorbesitzers, Schaumgummi quoll aus den zerschlissenen Rücksitzen, das Radio war kaputt. Die beiden hinteren Türen waren eingebeult, als wäre das Auto in die Zange genommen worden, und die Farbe auf dem Kofferraum war in einem schartigen Kreis bis auf den Rostschutz abgeblättert.

Der grässliche Anblick mochte die Augen beleidigen, dafür aber war ich mir ziemlich sicher, dass ein Autodieb, der was auf sich hielt, nicht mal tot in der Karre gesehen werden wollte.

An der Ampel bei den Harbor Towers brummte der Motor zufrieden vor sich hin und soff ein paar Liter Benzin, zwei attraktive junge Frauen überquerten vor dem Wagen die Straße. Büroangestellte, dem Aussehen nach: Beide trugen enge, einfarbige Röcke und Blusen unter knittrigen Regenmänteln. Ihre Strumpfhosen verschwanden an den Knöcheln in identischen weißen Tennisschuhen. Sie gingen nur ein ganz klein wenig unsicher, so als wäre der Straßenbelag ein Schwamm, und das schnelle Lachen der Rothaarigen war ein wenig zu laut.

Der Blick der Brünetten kreuzte meinen, und ich lächelte mein harmlosestes Lächeln wie jemand, der in einer sanften, stillen Nacht in einer ansonsten umtriebigen Stadt eine verwandte Seele grüßt.

Sie erwiderte das Lächeln, dann hickste ihre Freundin laut, und die beiden stützten sich gegenseitig und lachten laut, als sie am anderen Straßenrand ankamen.

Ich fuhr weiter, glitt auf die Hauptverkehrsader, über mir erstreckte sich der dunkle grüne Expressway, und ich ertappte mich bei dem Gedanken, was für ein komischer Kauz ich doch war, wenn das Lächeln einer angetrunkenen Frau meine Stimmung so leicht zu heben vermochte wie gerade eben.

Aber es war ja auch eine komische Welt, nur allzu häufig bevölkert mit Kevin Hurlihys und Fat Freddy Constantines und anderen, wie die Frau, von der ich am Vormittag in der

Zeitung gelesen hatte; sie hatte ihre drei Kinder in einer rattenverseuchten Wohnung sich selbst überlassen, während sie auf eine viertägige Sauftour mit ihrem neuesten Freund ging. Als Mitarbeiter des Jugendamts in die Wohnung kamen, mussten sie eins der Kinder schreiend aus dem Bett befreien, in dem es an den wundgelegenen Stellen an der Matratze festklebte. Manchmal dachte ich – vor allem in einer Nacht, in der meine Sorge um eine Klientin immer größer wurde, die aus mir unbekannten Gründen von unbekannten Mächten bedroht wurde, deren unbekannte Motive auf keinen Fall gut sein konnten –, das Lächeln einer Frau würde keinen Unterschied machen. Tat es.

Ihr Lächeln hob meine Stimmung, aber das war nichts im Vergleich zu Grace' Lächeln, als ich vor meinem dreigeschossigen Wohnhaus hielt und sie auf der Veranda sitzen sah. Sie trug eine jägergrüne Feldjacke, vier Nummern zu groß, über einem weißen T-Shirt und einer blauen Krankenhaushose. Normalerweise hingen ihr die Fransen ihrer kurzen kastanienbraunen Haare ums Gesicht, doch offensichtlich hatte sie sie im Verlauf der letzten dreißig Dienststunden immer wieder nach hinten geschoben, und ihr Gesicht war von zu wenig Schlaf und zu viel Kaffee im Neonlicht der Notaufnahme ganz angespannt.

Und noch immer war sie eine der schönsten Frauen, die ich je gesehen hatte.

Als ich die Stufen hinaufkam, stand sie auf und beobachtete mich, dabei lächelte sie leise, und der Schalk blitzte ihr aus den Augen. Als ich noch drei Stufen vor mir hatte, breitete sie die Arme aus und beugte sich vor wie eine Turmspringerin.

»Fang mich auf.« Sie schloss die Augen und ließ sich nach vorn fallen.

Der Aufprall ihres Körpers war so süß, dass es schon weh tat. Sie küsste mich, und ich suchte festen Stand, während ihre Oberschenkel mir über die Hüften glitten und ihre Knöchel sich hinter meinen Beinen kreuzten. Ich konnte ihre Haut riechen und die Hitze ihres Leibes spüren, das Zusammenspiel all unserer Organe und Muskeln und Adern unter unserer Haut. Grace' Mund löste sich von meinem, und ihre Lippen fuhren mir über ein Ohr.

»Ich hab dich vermisst«, flüsterte sie.

»Kommt mir auch so vor.« Ich küsste ihren Hals. »Wie bist du entkommen?«

Sie stöhnte. »Der Trubel hat sich endlich ein wenig gelegt.«

»Hast du schon lange gewartet?«

Sie schüttelte den Kopf und knabberte an meinem Schlüsselbein, bevor sie sich von meiner Taille löste; dann stand sie vor mir, und wir legten unsere Köpfe an der Stirn aneinander.

»Wo ist Mae?«, fragte ich.

»Zu Hause mit Annabeth. Schläft tief und fest.« Annabeth war Grace' jüngere Schwester, die bei ihr wohnte und ab und zu babysittete.

»Hast du sie gesehen?«

»Nur kurz, ich habe ihr eine Gutenachtgeschichte vorgelesen und einen Kuss gegeben. Jetzt schläft sie wie ein Stein.«

»Und du?«, fragte ich und fuhr mit der Hand über ihre Wirbelsäule. »Brauchst du Schlaf?«

Wieder stöhnte sie und nickte, und wir stießen mit den Köpfen zusammen.

»Autsch.«

Sie lachte leise. »Sorry.«

»Du bist erschöpft.«

Grace schaute mir in die Augen. »Völlig erledigt. Aber mehr als Schlaf brauche ich dich.« Sie küsste mich. »Ganz tief in mir drin. Wenn du wohl so gefällig wärst, Detektiv?«

»Ich bin die Gefälligkeit in Person, Frau Doktor.«

»So sagte man mir. Bringst du mich nach oben, oder sollen wir den Nachbarn was bieten?«

»Na ja …«

Sie legte mir eine Hand auf den Bauch. »Wo tut's denn weh?«

»Etwas tiefer«, antwortete ich.

Kaum hatte ich die Wohnungstür hinter mir geschlossen, drückte Grace mich gegen die Wand und vergrub ihre Zunge in meinem Mund. Mit der linken Hand packte sie meinen Hinterkopf, und die rechte fuhr mir über den Körper wie ein kleines hungriges Tier. Normalerweise bin ich ja dauerhaft hormongesteuert, aber wenn ich nicht vor ein paar Jahren das Rauchen aufgegeben hätte, dann hätte Grace mich auf die Intensivstation gebracht.

»Die Dame hat heute das Kommando, wie ich sehe.«

»Die Dame«, bekräftigte sie und knabberte mir nicht sonderlich sanft an der Schulter, »ist so heiß, dass sie vielleicht mit dem Gartenschlauch abgespritzt werden muss.«

»Auch in diesem Fall«, meinte ich, »bin ich sehr gern gefällig.«

Grace trat einen Schritt zurück und sah mich an, zog ihre Jacke aus und schleuderte sie in mein Wohnzimmer. Grace war nicht sonderlich ordnungsliebend. Dann gab sie mir grob einen Kuss, drehte sich um und ging den Flur entlang.

»Wo willst du hin?« Meine Stimme klang heiser.

»Unter die Dusche.«

Als sie an die Badezimmertür kam, zog sie das T-Shirt aus. Ein schmaler Streifen Laternenlicht fiel aus dem Schlafzimmer in den Flur und legte sich über Grace' ausgeprägte Rückenmuskeln. Sie hängte das T-Shirt an den Türknauf, drehte sich um und sah mich mit über den Brüsten gekreuzten Armen an. »Rühr dich nicht von der Stelle«, sagte sie.

»Ich genieße die Aussicht«, meinte ich nur.

Sie löste die Arme, fuhr sich mit beiden Händen durch die Haare, drückte den Rücken durch, und ihre Rippen zeichneten sich unter der Haut ab. Wieder schaute sie mich an, warf die Tennisschuhe von sich und zog die Socken aus. Sie fuhr sich mit den Händen über den Bauch und zog das Band ihrer Arbeitshose auf. Die Hose fiel zu Boden, und Grace stieg hinaus.

»Und, die Schockstarre langsam überwunden?«, fragte sie.

»O ja.«

Sie lehnte am Türpfosten und schob einen Daumen unter das Gummi ihres schwarzen Schlüpfers. Sie hob eine Augenbraue, als ich auf sie zukam, und lächelte verrucht.

»Ach, könntest du mir mal bei diesem Ding hier helfen, Schnüffler?«

Ich half ihr. Ich half ihr sehr. Ich bin gut im Helfen.

Grace und ich liebten uns unter der Dusche; mir fiel auf, dass ich immer an Wasser denken muss, wenn ich an sie denke. Wir lernten uns in der feuchtesten Woche eines kalten, verregneten Sommers kennen, da waren ihre grünen Augen so blass gewesen, dass sie mich an Winterregen erinnerten, und als wir das erste Mal miteinander schliefen, war das im Meer, und der nächtliche Regen wusch unsere Körper.

Nach der Dusche lagen wir, noch immer feucht, im Bett, ihre kastanienbraunen Haare dunkel auf meiner Brust, und mir klang noch immer in den Ohren, wie wir uns gerade geliebt hatten.

Grace hatte eine Narbe von der Größe einer Reißzwecke am Schlüsselbein; die hatte sie sich geholt, als sie als Kind in der Scheune ihres Onkels gespielt hatte, in der überall Nägel hervorschauten. Ich beugte mich vor und küsste die Narbe.

»Mhmm«, machte sie. »Noch mal.«

Ich fuhr mit der Zunge über die Narbe. Sie hakte sich mit einem Bein bei mir ein und fuhr mit ihrem Fuß über meinen Knöchel. »Kann eine Narbe erogen sein?«

»Ich glaub, alles kann erogen sein.«

Ihre warme Hand legte sich auf meinen Bauch und fuhr über die Hartgumminarbe in der Form einer Qualle. »Und was ist mit der?«

»An der ist gar nichts erogen, Grace.«

»Du weichst mir wegen der Narbe aus. Es ist offenkundig eine Brandnarbe.«

»Was denn – bist du etwa Ärztin?«

Sie kicherte. »Angeblich.« Sie glitt mit ihrer Hand zwi-

schen meine Schenkel. »Na, wo tut's denn weh, Schnüffler?«

Ich versuchte zu lächeln, scheiterte aber.

Grace stützte sich auf den Ellbogen und sah mich sehr
lange an. »Du musst es mir nicht sagen«, sagte sie sanft.

Ich hob die linke Hand, schob ihr mit den Fingern eine
Strähne aus der Stirn, strich dann langsam um ihr Gesicht,
über die weiche Wärme ihrer Kehle, über die kleine warme
Wölbung ihrer rechten Brust. Ich fuhr mit der Handfläche
über die Brustwarze, drehte die Hand um, brachte sie wieder an ihr Gesicht und zog sie auf mich. Einen Augenblick
lang hielt ich sie so fest, dass ich den Herzschlag in unseren
Brustkörben hämmern hörte wie Hagelkörner in einen
Wassereimer.

»Mein Vater«, sagte ich, »hat mich mit einem Bügeleisen
verbrannt, um mir eine Lektion zu erteilen.«

»Was denn für eine Lektion?«, fragte Grace.

»Dass man nicht mit Feuer spielt.«

»Was?«

Ich zuckte mit den Schultern. »Vielleicht wollte er mir
auch nur beweisen, dass er es konnte. Er war der Vater, ich
der Sohn. Er konnte mir eben eine Brandwunde zufügen,
wenn er unbedingt wollte.«

Grace hob den Kopf, und ich sah, dass ihr die Tränen
kamen. Ihre Finger vergruben sich in meinen Haaren, ihre
Augen wurden groß und rot und suchten Blickkontakt. Sie
küsste mich hart und fest, als wollte sie meinen Schmerz
heraussaugen.

Als sie mich wieder losließ, war ihr Gesicht feucht. »Er
ist tot, oder?«

»Mein Vater?«

Sie nickte.

»O ja. Er ist tot, Grace.«

»Gut«, sagte sie.

Als wir uns ein paar Minuten später erneut liebten, war das eine der betörendsten und verwirrendsten Erfahrungen meines Lebens. Unsere Handflächen pressten sich aneinander, dann unsere Unterarme, und an jeder Stelle meines Körpers drückte sich meine Haut an ihre, meine Knochen an die ihren. Dann glitten ihre Oberschenkel zu meinen Hüften hinauf, und sie nahm mich in einer sanften Bewegung in sich auf, als ihre Beine unter meine glitten, bis ihre Fersen unter meinen Knien Halt fanden, und ich fühlte mich vollkommen umschlossen, so als sei ich in sie hineingeschmolzen und unser Blut hätte sich vermischt.

Sie schrie auf, und mir war, als käme der Schrei aus meiner eigenen Kehle.

»Grace«, flüsterte ich, als ich mich in ihr auflöste. »Grace.«

Kurz vor dem Einschlafen zuckten ihre Lippen an meinem Ohr.

»Nacht«, sagte sie schläfrig.

»Nacht.«

Ihre Zunge glitt mir warm und elektrisierend ins Ohr. »Ich liebe dich«, murmelte sie.

Als ich die Augen aufschlug, um sie anzuschauen, schlief sie bereits.

Ich wachte gegen sechs Uhr früh auf und hörte Grace duschen. Meine Laken rochen nach ihrem Parfüm, nach ihrer Haut und einem Hauch Krankenhausdesinfektion, nach unserem Schweiß und Sex; das alles war so tief in den Stoff eingezogen, als sei es schon seit Ewigkeiten dort.

Wir trafen uns an der Badezimmertür, und sie lehnte sich an mich, während sie sich die Haare kämmte.

Meine Hand glitt unter das Badetuch, und die Wassertropfen auf ihren Oberschenkeln liefen mir über die Haut.

»Schlag dir den Gedanken aus dem Kopf.« Sie gab mir einen Kuss. »Ich muss nach meiner Tochter sehen und dann wieder ins Krankenhaus, und nach letzter Nacht bin ich froh, dass ich überhaupt auf den Beinen stehen kann. Und jetzt geh dich waschen.«

Ich duschte alleine, sie nahm sich saubere Sachen aus einer Schublade, die ich für sie freigeräumt hatte, und ich ertappte mich dabei, wie ich auf das übliche unangenehme Gefühl wartete, das mich überkommt, wenn eine Frau länger als, ach, eine Stunde in meinem Bett verbracht hat. Überkam mich aber nicht.

»Ich liebe dich«, hatte sie gemurmelt, bevor sie einschlief.

Wie sonderbar.

Als ich ins Schlafzimmer zurückkam, zog sie gerade die Laken vom Bett und hatte sich eine schwarze Jeans und ein dunkelblaues Oberhemd angezogen.

Als sie sich über die Kissen beugte, näherte ich mich von hinten. »Rühr mich an, Patrick«, sagte sie, »und du bist tot.«

Ich legte die Arme eng an den Körper.

Sie drehte sich mit den Laken in der Hand um und lächelte: »Schmutzwäsche. Bist du damit vertraut?«

»Halbwegs.«

Sie ließ das Bettzeug in eine Ecke fallen. »Kann ich damit rechnen, dass du das Bett neu beziehst, oder schlafen wir das nächste Mal auf der blanken Matratze?«

»Ich werde mein Bestes tun, Madam.«

Sie legte ihre Arme um meinen Hals und gab mir einen Kuss. Sie umarmte mich ungestüm, und ich erwiderte den Druck.

»Als du unter der Dusche warst, hat jemand angerufen.« Sie lehnte sich in meinen Armen zurück.

»Wer? Es ist doch noch nicht mal sieben Uhr.«

»Hab ich auch gedacht. Er hat keinen Namen genannt.«

»Was hat er gesagt?«

»Er wusste, wie ich heiße.«

»Was?« Ich nahm die Hände von ihrer Taille.

»Er klang irisch. Ich dachte, er wär ein Onkel von dir oder so.«

Ich schüttelte den Kopf. »Meine Onkel und ich reden nicht miteinander.«

»Warum denn nicht?«

»Weil sie die Brüder meines Vaters sind: keinen Deut anders als er.«

»Oh.«

»Grace« – ich nahm ihre Hand und zog sie neben mich auf die Bettkante – »was hat dieser irische Typ gesagt?«

»Er sagte: ›Sie müssen die liebreizende Grace sein. Toll, Sie kennenzulernen.‹« Einen Augenblick lang betrachtete sie den Wäscheberg. »Als ich ihm sagte, dass du unter der

Dusche bist, meinte er: ›Na, sagen Sie ihm, dass ich ange-rufen habe und dass ich mal bei ihm vorbeischaue‹, dann hat er aufgelegt, bevor ich nach dem Namen fragen konnte.«

»Das war alles?«

Sie nickte. »Warum?«

Ich zuckte mit den Schultern. »Keine Ahnung. Es gibt nicht viele Leute, die mich vor sieben Uhr anrufen, und wenn, dann sagen sie, wie sie heißen.«

»Patrick, wie viele Freunde von dir wissen, dass wir uns treffen?«

»Angie, Devin, Richie und Sherilynn, Oscar und Bubba.«

»Bubba?«

»Den hast du schon kennengelernt. Großer Kerl, Trench-coat –«

»Der Kerl, bei dem man gleich Angst kriegt«, meinte sie. »Der so aussieht, als würde er eines Tages einfach in einen Seven-Eleven marschieren und alle umlegen, weil der Was-sereis-Automat kaputt ist.«

»Genau der. Du hast ihn bei –«

»Der Party letzten Monat getroffen. Ich erinnere mich.« Sie schauderte.

»Bubba ist harmlos.«

»Für dich vielleicht«, entgegnete sie. »Himmel.«

Ich drückte ihr Kinn ein wenig in meine Richtung. »Nicht nur für mich, Grace. Für alle, an denen mir was liegt. Bubba ist krankhaft loyal, was das angeht.«

Sie wischte mir die nassen Haare aus der Stirn. »Krank-haft ist er trotzdem. Leute wie Bubba liefern den Notauf-nahmen Nachschub.«

»Tja.«

»Ich will ihn niemals in der Nähe meiner Tochter haben. Verstanden?«

Es gibt einen ganz bestimmten Mutterblick, wenn sie glaubt, ihr Kind beschützen zu müssen, und dieser Blick ist so animalisch, dass man die Gefahr, die er ausstrahlt, mit Händen greifen könnte. Dagegen gibt es keinen Einwand, und obwohl dieser Blick aus tiefster Liebe entspringt, weiß er doch nichts von Mitleid.

Grace hatte genau diesen Blick.

»Abgemacht«, sagte ich.

Sie gab mir einen Kuss auf die Stirn. »Womit noch immer nicht geklärt ist, wer der irische Kerl ist, der angerufen hat.«

»Nein. Hat er sonst noch was gesagt?«

»›Bald‹«, sagte sie und stand vom Bett auf. »Wo habe ich meine Jacke gelassen?«

»Im Wohnzimmer«, antwortete ich. »Was meinst du mit ›bald‹?«

Grace blieb auf dem Weg zur Tür stehen und schaute zu mir zurück. »Er sagte, er würde vorbeischauen. Dann hat er ein paar Sekunden gewartet und gesagt: ›Bald.‹«

Sie ging aus dem Schlafzimmer, und als sie weiterging, hörte ich eine Diele im Wohnzimmer knarzen.

Bald.

7

Kurz nachdem Grace gegangen war, rief Diandra Warren an. Stan Timpson würde mir um elf Uhr fünf Minuten seiner Zeit opfern. Telefonisch.

»Fünf ganze Minuten«, sagte ich.

»Bei Stan ist das schon viel. Ich habe ihm Ihre Nummer gegeben. Er wird Sie Punkt elf Uhr anrufen. Stanley ist sehr penibel.«

Sie gab mir Jasons Stundenplan für die Woche und seine Zimmernummer im Wohnheim durch. Ich schrieb alles mit, und vor lauter Angst wurde ihre Stimme ganz klein und brüchig; kurz bevor wir auflegten, meinte sie noch: »Ich bin ganz nervös. Ich hasse das.«

»Machen Sie sich keine Sorgen, Doktor Warren. Das wird sich alles klären.«

»Tatsächlich?«

Ich rief Angie an; beim zweiten Klingeln hob sie ab. Bevor ich eine Stimme hörte, raschelte es, so als würde der Hörer von einer Hand zur anderen wandern, dann ein Flüstern: »Ich hab's. Okay?«

Ihre Stimme klang heiser und schlaftrunken. »Hallo?«

»Morgen.«

»Hmhm«, machte sie. »Ist es wohl.« Wieder raschelte es

an ihrem Ende der Leitung, sie wand sich aus den Laken, die Federn der Matratze stöhnten. »Was gibt's, Patrick?«

Ich berichtete ihr von meiner Unterhaltung mit Diandra und Eric.

»Es war also definitiv nicht Kevin, der sie angerufen hat.« Ihre Stimme klang immer noch schleppend. »Das ergibt keinen Sinn.«

»Nein. Hast du einen Stift?«

»Irgendwo. Ich such ihn schnell.«

Wieder raschelte es; sie hatte den Hörer aufs Bett fallen lassen und wühlte herum. Angies Küche ist picobello, weil sie sie nie benutzt, und ihr Badezimmer strahlt, weil sie Dreck hasst, aber ihr Schlafzimmer sieht ständig so aus wie nach einem Tornado. Socken und Unterwäsche quellen aus offenen Schubladen, saubere Jeans, Blusen und Leggins liegen auf dem Fußboden herum, hängen an Türknäufen oder am Kopfende des Betts. Solange ich sie kenne, hat sie in der Früh nicht ein einziges Mal die Sachen angezogen, die sie als Erstes aus dem Schrank zieht. Und mitten in all diesem Chaos liegen Bücher und Magazine aufgeschlagen oder mit gebrochenem Rücken auf dem Boden.

In Angies Schlafzimmer sind schon Mountainbikes verlorengegangen, und jetzt suchte sie nach einem Stift.

Nachdem mehrere Schubladen krachend aufgezogen und Kleingeld, Feuerzeuge und Ohrringe auf dem Nachttischchen herumgeschoben worden waren, fragte eine Stimme: »Was suchst du denn?«

»Einen Stift.«

»Hier.«

Angie kam wieder ans Telefon. »Hab einen Stift.«

»Und Papier?«, fragte ich.

»Shit.«

Wieder eine Minute.

»Also los«, sagte sie.

Ich gab ihr Jason Warrens Stundenplan und Zimmernummer durch. Sie sollte ihn beschatten, während ich auf Stan Timpsons Anruf wartete.

»Hab alles«, sagte sie. »Verdammt, ich muss los.«

Ich sah auf die Uhr. »Jasons erster Kurs ist erst um halb elf. Du hast noch Zeit.«

»Nein. Ich hab einen Termin um halb zehn.«

»Mit wem?«

Angie keuchte; ich nahm an, dass sie sich in ihre Jeans zwängte. »Mit meinem Anwalt. Ich seh dich an der Bryce.«

Sie legte auf, und ich sah auf die Avenue hinunter. Sie schien wie aus einem Canyon geschnitten, hart wie ein gefrorener Fluss zwischen den Reihen der dreigeschossigen Häuser und Ziegelbauten. Die Sonne brannte die Windschutzscheiben zu einem undurchsichtigen Weiß.

Ein Anwalt? Ab und zu war mir in den letzten drei Monaten, in dem schwindligen Rausch mit Grace, zu meiner Verwunderung eingefallen, dass meine Partnerin da draußen ihr eigenes Leben lebte. Getrennt von meinem Leben. Ein Leben mit Anwälten und Verstrickungen, Minidramen und Männern, die ihr um halb neun in der Früh in ihrem eigenen Schlafzimmer Stifte reichten.

Wer war dieser Anwalt? Wer war der Kerl, der ihr einen Stift reichte? Was kümmerte mich das?

Und was zum Henker sollte ›bald‹ heißen?

Ich hatte etwa anderthalb Stunden totzuschlagen, bis Timpson anrief; nach meinen Fitnessübungen war es immer noch eine Stunde. Ich suchte in meinem Kühlschrank nach etwas, das keine Limonade oder Bier war, fand aber nichts, also ging ich die Avenue entlang zum Eckladen und holte mir einen Kaffee.

Ich ging hinaus auf die Straße, lehnte mich eine Weile an einen Laternenpfahl, genoss den Tag und trank meinen Kaffee, während der Verkehr vorbeirollte und Fußgänger zum U-Bahn-Eingang am Ende der Crescent hasteten.

Hinter mir roch ich den Gestank von schalem Bier und ins Holz eingezogenem Whiskey, der aus der Black Emerald Tavern zog. Die Kneipe öffnete um acht Uhr früh für ihre Kunden von der Nachtschicht, und jetzt, kurz vor zehn, hörte es sich nicht anders an als freitagnachts, ein Gewirr aus müde lallenden Stimmen, unterbrochen von gelegentlichem Gebrüll oder dem scharfen Knall, wenn die weiße Kugel auf dem Pooltisch in ein Rack aus Kugeln donnerte.

»Hallo, Fremder.«

Ich drehte mich um und sah hinunter in das Gesicht einer kleinen Frau. Das Grinsen auf ihren Lippen war nur flüchtig und halb verwischt. Sie hielt sich zum Schutz vor der Sonne eine Hand vor die Augen, und ich brauchte einen Augenblick, bis ich wusste, wo ich sie einordnen musste; Haare und Kleidung waren anders, selbst ihre Stimme war dunkler geworden, seit ich sie das letzte Mal gehört hatte, doch sie klang immer noch hell und vergänglich, als würde sie vom Wind fortgetragen werden, bevor die Wörter Zeit hatten anzukommen.

»Hi, Kara. Wann bist du denn zurückgekommen?«

Sie zuckte mit den Schultern. »Vor 'ner Weile. Wie geht's, Patrick?«

»Gut.«

Kara wippte auf ihren Absätzen vor und zurück und verdrehte die Augen, ein leichtes Lächeln spielte ihre linke Gesichtshälfte hinauf, und sofort war sie mir wieder vertraut.

Sie war ein sonniges Kind gewesen, aber eine Einzelgängerin. Während die anderen auf dem Spielplatz Kickball spielten, kritzelte sie in einen Notizblock. Als sie älter wurde, nahmen sie und ihre Freunde den Platz ein, den ich und meine Freunde zehn Jahre zuvor aufgegeben hatten, an der Ecke mit Blick auf Blake Yard, doch Kara hockte immer an einen Zaun oder einen Verandapfosten gelehnt da, trank Wine Cooler und schaute auf die Straßen hinaus, als seien sie ihr plötzlich fremd geworden. Sie wurde nicht ausgeschlossen oder für komisch gehalten, weil sie wunderschön war, weit schöner als das zweitschönste Mädchen, und in diesem Viertel gilt Schönheit mehr als jedes andere Gut, weil sie noch zufälliger scheint als irgendein Geldsegen.

Vom ersten Augenblick an, als sie laufen konnte, wussten alle, dass sie nicht im Viertel bleiben würde. Die Schönen blieben nie, und der Wunsch zu gehen stand ihnen in die Augen geschrieben wie Flecken in der Iris. Wenn man sich mit ihr unterhielt, konnte sie einen Teil von sich – den Kopf, die Arme, die zuckenden Beine – nie stillhalten, so als wäre er schon an einem vorbei, hätte die Grenzen des Viertels überschritten, hin zu dem Ort, den sie in der Ferne sah.

Und auch wenn ihre Freunde sie für außergewöhnlich

gehalten haben mochten, so tauchte doch etwa alle fünf Jahre jemand wie Kara auf. Zu meiner Zeit an der Ecke war es Angie gewesen. Und soweit ich weiß, ist Angie die Einzige, die sich der merkwürdigen Verliererlogik des Viertels widersetzt hat und geblieben ist.

Vor Angie hatte es Eileen Mack gegeben, die in ihrer Abschlussrobe in den Zug gesprungen und ein paar Jahre später in *Starsky & Hutch* zu sehen gewesen war. Innerhalb von sechsundzwanzig Minuten lernte sie Starsky kennen, schlief mit ihm, erwarb sich Hutchs Zustimmung (auch wenn das für eine Weile noch auf der Kippe stand) und nahm Starskys holprigen Heiratsantrag an. Bis zur nächsten Werbepause war sie tot, und Starsky wurde zum Berserker, fand ihren Mörder und pustete ihn mit wütend rechtschaffenem Gesichtsausdruck weg; die Folge endete damit, dass er im Regen an ihrem Grab stand und wir mit der Gewissheit entlassen wurden, dass er über ihren Tod niemals hinwegkommen würde.

In der nächsten Folge hatte Starsky eine neue Freundin, und Eileen wurde weder von Starsky noch von Hutch noch von sonst jemandem im Viertel je wieder erwähnt oder gesehen.

Das Letzte, was ich von Kara gehört hatte, war, dass sie nach einem Jahr an der University of Massachusetts nach New York gegangen war. Als Angie und ich eines Nachmittags aus der Tom English Bar kamen, hatten wir mitbekommen, wie sie in den Bus stieg. Es war Hochsommer, und Kara stand auf der anderen Seite der Avenue an der Bushaltestelle. Ihre natürliche Haarfarbe war ein feines Weizenblond, und als sie den Träger ihres hellen Sommerkleids richtete, wehten ihr die Haare in die Augen. Sie winkte, wir winkten zurück, sie nahm ihren Koffer, als der Bus hielt, sie aufgabelte und mit ihr davonfuhr.

Jetzt hatte sie kurze, spitze, tintenschwarze Haare, und ihre Haut war bleich. Sie trug ein ärmelloses schwarzes Turtleneck-Top, das sie in die dunkelgraue Jeans gestopft hatte, und ein nervöses Geräusch, halb Luftschnappen, halb Schluckauf, markierte die Satzenden.

»Schöner Tag, hm?«

»Hab nichts dagegen. Letztes Jahr um diese Zeit hatten wir Schnee.«

»New York auch.« Kara kicherte, dann nickte sie bei sich und sah auf ihre verschrammten Boots. »Hm. Ja.«

Ich trank meinen Kaffee. »Wie geht's dir, Kara?«

Wieder beschirmte sie die Augen mit einer Hand und sah auf den zähfließenden Verkehr hinaus. Die grelle Sonne spiegelte sich in den Windschutzscheiben und fiel durch die Spitzen ihrer Haare. »Mir geht's gut, Patrick. Richtig gut. Und dir?«

»Kann nicht klagen.« Ich schaute ebenfalls auf die Avenue hinaus, und als ich mich wieder zu ihr umdrehte, musterte sie mich so sorgfältig, als wolle sie entscheiden, ob sie mich attraktiv oder abstoßend fand.

Sie schwankte fast unmerklich von einer Seite zur anderen, und ich hörte durch die offene Tür des Black Emerald zwei Typen rufen, irgendwas von fünf Dollar und einem Baseballspiel.

»Bist du immer noch Privatdetektiv?«, fragte sie.

»Hmhm.«

»Gute Arbeit?«

»Manchmal«, antwortete ich.

»Meine Mom hat letztes Jahr in einem Brief von dir geschrieben, du hättest in allen Zeitungen gestanden. Ein Riesending.«

Ich war überrascht, dass Karas Mutter es noch schaffte, lange genug aus dem Scotchglas zu kriechen, um Zeitung zu lesen, geschweige denn einen Brief über dieses Erlebnis zu schreiben.

»In der Woche war wohl sonst wenig los«, meinte ich.

Sie schaute zur Bar zurück und fuhr sich mit einem Finger übers Ohr, als würde sie eine unsichtbare Haarsträhne zurückschieben. »Was verlangst du denn so?«

»Kommt auf den Fall an. Brauchst du denn einen Schnüffler, Kara?«

Einen Augenblick lang wirkten ihre Lippen ganz dünn und haltlos, so als habe sie bei einem Kuss die Augen geschlossen, sie wieder aufgeschlagen und festgestellt, dass ihr Liebhaber verschwunden sei. »Nein.« Sie lachte und hickste. »Ich ziehe bald nach L. A. Ich hab eine Rolle in *Zeit der Sehnsucht* gekriegt.«

»Wirklich? He, ich gratu–«

»Nur eine Statistenrolle«, winkte sie ab und schüttelte den Kopf. »Ich bin die Krankenschwester, die hinter der Schwester am Empfang immer mit den Papieren rumhantiert.«

»Trotzdem«, sagte ich, »das ist doch schon mal ein Anfang.«

Ein Mann steckte den Kopf zur Bartür heraus, schaute mit trüben Augen nach rechts, dann nach links und entdeckte uns. Micky Doog, Teilzeit-Bauarbeiter, Vollzeit-

Koksdealer, ehemals Mädchenschwarm in Karas Altersgruppe, der noch immer versuchte, trotz zurückweichenden Haaransatzes und schwabblig werdender Muskeln die Stellung zu halten. Er blinzelte, als er mich erkannte, und verschwand wieder in der Bar.

Karas Schultern verspannten sich, so als hätte sie ihn in ihrem Rücken gespürt, dann beugte sie sich zu mir hin und ich roch die saure Rumfahne, die ihr um zehn Uhr morgens aus dem Mund wehte.

»Verrückte Welt, hm?« Ihre Pupillen schimmerten wie Rasiermesser.

»Ähm … ja«, meinte ich. »Brauchst du Hilfe, Kara?«

Wieder lachte sie und musste hicksen. »Nein, nein. Nein, ich wollte nur ›Hallo‹ sagen, Patrick. Du warst einer der großen Brüder für unsere Crew.« Sie nickte nach hinten zur Bar, damit ich wusste, wo ein paar aus ihrer ›Crew‹ an diesem Vormittag gelandet waren. »Ich wollte nur, na ja, ›Hallo‹ sagen.«

Ich nickte und sah, wie ihr winzige Schauder über die Haut an den Armen fuhren. Kara schaute mir weiter ins Gesicht, als würde es ihr etwas verraten, doch als sie dort nichts entdeckte, schaute sie weg, nur um im nächsten Augenblick wieder herzuschauen. Sie erinnerte mich an ein Kind ohne Geld, das in einer Gruppe von anderen Kindern mit Geld am Eiswagen steht und zuschaut, wie ihnen Waffeln und Schoko-Liebesknochen über ihren Kopf hinweg gereicht werden, wobei es einerseits weiß, dass es kein Eis bekommt, andererseits aber hofft, dass der Eismann ihm aus Versehen oder Mitleid eins gibt. Dieses innere Bluten über die Peinlichkeit, sich etwas zu wünschen.

Ich zückte meine Brieftasche und gab ihr eine Visitenkarte.

Sie betrachtete sie stirnrunzelnd und sah mich dann an. Ihr leises Lächeln wirkte sarkastisch, ein wenig hässlich.

»Mir geht's bestens, Patrick.«

»Kara, du hast um zehn Uhr morgens schon einen in der Krone.«

Sie zuckte mit den Schultern. »Irgendwo ist es Mittag.«

»Aber nicht hier.«

Wieder steckte Micky Doog den Kopf zur Tür heraus. Er sah mich an, seine Augen wirkten nicht mehr so trüb; offenbar hatte er sich mit ein bisschen Koks oder was er sonst gerade dealte, ein wenig Mut eingepfiffen.

»He, Kara, kommst du?«

Sie machte eine kleine Bewegung mit der Schulter; meine Karte wurde feucht in ihrer Hand. »Komme sofort, Mick.« Micky wollte noch etwas sagen, doch dann trommelte er gegen die Tür, nickte und verschwand wieder.

Kara schaute auf die Avenue hinaus und starrte sehr lange die Autos an.

»Du verlässt einen Ort«, sagte sie, »da denkst du doch, er wirkt kleiner, wenn du zurückkommst.« Sie schüttelte den Kopf und seufzte.

»Tut er nicht?«

Kara schüttelte den Kopf. »Sieht noch genauso beschissen aus.« Sie machte ein paar Schritte rückwärts, tippte mit meiner Karte an ihre Hüfte, dann sah sie mich an, ihre Augen weiteten sich, und sie ließ die Schultern kunstvoll kreisen. »Pass auf dich auf, Patrick.«

»Du auch, Kara.«

Sie hielt meine Karte hoch. »He, jetzt hab ich ja die hier, richtig?«

Sie schob sie in die Gesäßtasche ihrer Jeans und drehte sich zu der offenen Tür des Black Emerald um. Dann blieb sie stehen, machte kehrt und lächelte mich an. Ein umwerfend offenes Lächeln, aber ihr Gesicht schien nicht mehr daran gewöhnt zu sein; ihre Wangen zitterten an den Rändern.

»Sei vorsichtig, Patrick. Okay?«

»Wegen was?«

»Ach, einfach so, Patrick. Einfach so.«

Ich schaute sie fragend an, und sie nickte, als ob wir ein Geheimnis teilten, dann betrat sie die Bar und war verschwunden.

8

Schon bevor mein Vater selbst in den Ring stieg, hatte er sich in der Lokalpolitik engagiert. Er hatte Schilder hochgehalten und an Türen geklopft, und die Stoßstangen der Chevys, die er in meiner Kindheit besaß, waren stets mit Aufklebern versehen gewesen, die seine Parteiloyalität bewiesen. Politik hatte für meinen Vater nichts mit dem sozialen Wandel zu tun, und es war ihm völlig egal, was die meisten Politiker in der Öffentlichkeit versprachen; ihm ging es einzig um persönliche Beziehungen. Politik war das letzte große Baumhaus, und wenn du mit den besten Kindern im Wohnblock oben warst, konntest du den Idioten unten die Leiter wegziehen.

Er hatte Stan Timpson unterstützt, als Timpson gerade mit dem Jurastudium fertig und neu im Büro des Staatsanwalts war und in den Stadtrat gewählt werden wollte. Schließlich war Timpson aus dem Viertel, eine kommende Größe, und wenn alles gutging, war er bald der Typ, den man anrief, wenn in der Straße Schnee gepflügt werden musste, die lauten Nachbarn mal zusammengestaucht gehörten oder der Cousin Unterstützung vom Sozialfonds der Gewerkschaft brauchte.

Ich erinnerte mich undeutlich an den Timpson aus meiner Kindheit, aber konnte nicht klar erkennen, wo meine persönlichen Erinnerungen an Timpson sich von denen des Mannes unterschieden, den ich aus dem Fernsehen kannte. Und als seine Stimme übers Telefon kam, klang sie merkwürdig körperlos, wie aufgezeichnet.

»Pat Kenzie?«, fragte er herzlich.

»Patrick, Mr. Timpson.«

»Wie geht es Ihnen, Patrick?«

»Gut, Sir. Und Ihnen?«

»Bestens, bestens. Könnte nicht besser sein.« Er lachte, als hätten wir uns einen Witz erzählt, dessen Pointe ich nicht verstanden hatte. »Diandra meint, Sie hätten ein paar Fragen an mich.«

»Ja, das habe ich.«

»Na, dann mal los, mein Junge.«

Timpson war nur zehn, zwölf Jahre älter als ich. Keine Ahnung, wie er auf *Junge* kam. »Diandra hat Ihnen von Jasons Foto erzählt, das sie mit der Post bekommen hat?«

»Ja, sicher, Patrick. Und ich muss Ihnen sagen, das kommt mir recht merkwürdig vor.«

»Nun, ja –«

»Ich persönlich glaube, jemand erlaubt sich einen Scherz mit ihr.«

»Ein ziemlich ausgefallener Scherz.«

»Sie hat mir gesagt, Sie schließen die Mafia dabei aus?«

»Im Augenblick schon, ja.«

»Nun, ich weiß gar nicht, was ich Ihnen sagen soll, Pat.«

»Könnte jemand so unzufrieden mit Ihrer Arbeit sein, dass er Ihre Exfrau und Ihren Sohn bedroht?«

»So was gibt es nur im Kino, Pat.«

»Patrick.«

»Vielleicht nimmt man in Bogotá persönliche Rache an Staatsanwälten. Aber doch nicht in Boston. Na, kommen Sie, Junge – was Besseres fällt Ihnen nicht ein?« Wieder lachte er herzhaft.

»Sir, das Leben Ihres Sohnes könnte in Gefahr sein und –«

»Na, dann beschützen Sie ihn, Pat.«

»Das versuche ich ja, Sir. Aber das kann ich nicht, wenn –«

»Wissen Sie, was ich glaube? Ich bin sicher, das ist einer von Diandras Verrückten. Hat vergessen, sein Prozac zu schlucken, und beschlossen, sie kirre zu machen. Gehen Sie ihre Klientenkartei durch, Junge. Das wäre mein Vorschlag.«

»Sir, wenn Sie mir nur –«

»Pat, hören Sie mir zu. Ich bin seit fast zwei Jahrzehnten nicht mehr mit Diandra verheiratet. Als sie mich letzte Nacht anrief, war es das erste Mal seit sechs Jahren, dass ich ihre Stimme gehört habe. Niemand weiß, dass wir überhaupt verheiratet waren. Niemand weiß von Jason. Beim letzten Wahlkampf rechneten wir schon damit, dass dieses Thema aufkommt – dass ich meine erste Frau und meinen kleinen Sohn verlassen habe und nur wenig Kontakt pflege. Aber wissen Sie was, Pat? Niemand sprach mich darauf an. Ein schmutziger Wahlkampf in einer politisch verkommenen Stadt, und keiner spricht mich darauf an. Keiner weiß von meiner Beziehung zu Jason oder Diandra.«

»Und was ist mit –?«

»Es war mir ein Vergnügen, mit Ihnen zu plaudern, Pat. Sagen Sie Ihrem Vater einen schönen Gruß von Stan Timpson. Ich vermisse den alten Knaben. Wo versteckt er sich denn in letzter Zeit?«

»Auf dem Friedhof Cedar Grove.«

»Ach, hat er sich einen Job als Friedhofswärter geangelt? Na, ich muss los. Alles Gute, Pat.«

»Dieser Bursche«, sagte Angie, »ist ein noch schlimmerer Finger, als du es warst, Patrick.«

»He«, beschwerte ich mich.

Wir beschatteten Jason Warren nun den vierten Tag, und so langsam kam es uns vor, als folgten wir dem jungen Rudolph Valentino. Diandra hatte betont, Jason dürfe nicht merken, dass wir ihn beschatteten, und verwies dabei auf die allgemeine Abneigung des Mannes, sein Schicksal von jemand anderem kontrollieren oder beeinflussen zu lassen, und auf Jasons besonders »ausgeprägten« Sinn für Privatsphäre, wie sie es nannte.

Wenn ich in drei Tagen drei verschiedene Frauen hätte, wäre mein Sinn für Privatsphäre auch ausgeprägt, nehme ich an.

»Ein Hattrick«, sagte ich.

»Was?«, fragte Angie.

»Der Bursche hat am Mittwoch einen Hattrick hingelegt. Damit kommt er offiziell in die Ruhmeshalle für Rammler.«

»Männer«, sagte Angie, »sind Schweine.«

»Wie wahr.«

»Wisch dir dieses blöde Grinsen aus dem Gesicht.«

Falls Jason gestalkt wurde, dann höchstwahrscheinlich von einer Geliebten, der er den Laufpass gegeben hatte, irgendeiner jungen Frau, der es nicht sonderlich gefiel, nur eine Kerbe im Colt, die Nummer zwei von drei zu sein. Doch wir hatten ihn nun über achtzig Stunden lang fast rund um die Uhr beobachtet und niemanden bemerkt, der ihm folgte außer uns. Jason war auch nicht schwer zu finden. Er verbrachte seine Zeit in den Seminarräumen, verabredete sich für gewöhnlich zu einem mittäglichen Stelldichein in seinem Zimmer im Wohnheim (ein Arrangement, das er wohl mit seinem Zimmergenossen ausbaldowert hatte, einem Kiffer aus Oregon, der jeden Abend um sieben, wenn Jason nicht da war, Bongpartys veranstaltete), lernte auf dem Rasen bis Sonnenuntergang, aß in der Cafeteria an einem Tisch voller Frauen, aber ohne Männer, um dann bei Nacht durch die Bars rings um die Uni zu ziehen.

Die Frauen, mit denen er schlief – zumindest die drei, die wir gesehen hatten –, schienen alle voneinander zu wissen, ohne eifersüchtig zu sein. Sie waren auch alle ungefähr derselbe Typ. Sie trugen meist schwarze, modisch zerrissene Klamotten. Sie trugen kitschigen Modeschmuck, von dem sie – angesichts der Autos, die sie fuhren, und des weichen Importleders ihrer Boots, Jacken und Rucksäcke – wahrscheinlich wussten, dass er kitschig war. So uncool, dass es schon wieder cool war, nehme ich an – ein ironisches, postmodernes Zwinkern in Richtung einer hoffnungslos abgedrehten Wirklichkeit. Oder so. Keine von ihnen hatte einen Freund.

Alle waren sie an der School of Arts and Sciences eingeschrieben. Gabrielle studierte Literatur. Lauren studierte Kunstgeschichte, verbrachte aber die meiste Zeit damit, in einer rein weiblichen Ska/Punk/Speed-Metal-Band die

Leadgitarre zu spielen, einer Band, deren Mitglieder viel zu viel Zeit damit verbracht zu haben schienen, Courtney Love und Kim Deal ernst zu nehmen. Und Jade – klein, schlank und auf Krawall gebürstet – war Malerin.

Keine von ihnen schien sich allzu oft zu waschen. Für mich wäre das ein Problem gewesen, doch Jason schien das nicht zu stören. Er wusch sich ebenfalls nicht allzu oft. Wenn es um Frauen geht, war ich nie sonderlich konservativ, doch habe ich eine Regel, was das Waschen betrifft, und eine, was Klitoris-Piercings betrifft, und bei beiden Regeln bin ich recht unnachgiebig. Das würde mich in der Grunge-Szene wohl zum Spielverderber machen, schätze ich.

Jason machte meinen Ausfall mehr als wett. Nach allem, was ich mitbekommen hatte, war er der Oberhengst auf dem Campus. Mittwoch stieg er aus Jades Bett, und beide gingen in eine Bar namens Harper's Ferry, wo sie sich mit Gabrielle trafen. Jade blieb dort, aber Jason und Gabrielle zogen sich in Gabrielles BMW zurück. Dort hatten sie Oralsex, wie ich zu meinem Bedauern miterleben musste. Als sie zurückkehrten, verschwanden Gabrielle und Jade auf der Damentoilette, wo sie, so Angie, fröhlich ihre Erfahrungen austauschten.

»Dick wie eine Python, angeblich«, sagte Angie.

»Auf die Dicke kommt's nicht an –«

»Red dir das ruhig ein, Patrick – vielleicht glaubst du es ja irgendwann.«

Die beiden Frauen und ihr Toyboy zogen dann weiter zu TT the Bear's Place am Central Square, wo Lauren und ihre Band spielten, eine unmusikalische Möchtegern-Ausgabe von Hole, Courtney Loves Band. Nach der Show fuhr

Jason mit Lauren heim. Sie gingen auf ihr Zimmer, zündeten Räucherstäbchen an und trieben es zu alten Patti-Smith-CDs bis kurz vor Sonnenaufgang wie die Seeotter.

Als ich in der zweiten Nacht in einer Bar auf der North Harvard aus der Toilette kam, rempelte ich Jason aus Versehen an. Ich hatte mich in der Menge umgeschaut und versucht, Angie zu entdecken, und hatte Jason nicht bemerkt, bis ich ihm mit dem Brustkorb gegen die Schulter stieß.

»Suchen Sie jemanden?«

»Was?«, entgegnete ich.

Der Schalk blitzte ihm aus den Augen, aber nicht bösartig, und in dem Licht, das von der Bühne herüberfiel, strahlten sie grün auf.

»Ich hab gefragt, ob Sie nach jemandem suchen.« Er zündete sich eine Zigarette an und zog sie sich mit denselben Fingern aus dem Mund, mit denen er sein Scotchglas hielt.

»Meine Freundin«, antwortete ich. »Sorry wegen dem Rempler.«

»Kein Problem«, rief er über die öden Gitarrenriffs der Band hinweg. »Sie sahen nur so verloren aus. Viel Glück.«

»Wie bitte?«

»Viel Glück«, brüllte er mir ins Ohr. »Beim Freundinsuchen oder was auch immer.«

»Danke.«

Ich verschwand in der Menge, Jason drehte sich zu Jade um und sagte ihr etwas ins Ohr, worüber sie lachen musste.

»Zu Anfang war es ja noch ganz lustig«, meinte Angie am vierten Tag.

»Was?«

»Den Voyeur zu spielen.«

»Sag nichts gegen Voyeurismus. Ohne ihn gäbe es keinerlei amerikanische Kultur.«

»Sag ich ja nicht«, entgegnete Angie. »Aber langsam wird es irgendwie, na ja, öde, diesem Burschen dabei zuzuschauen, wie er alles flachlegt, das nicht bei drei auf den Bäumen ist. Verstehst du, was ich meine?«

Ich nickte.

»Sie kommen mir einsam vor.«

»Wer?«, fragte ich.

»Sie alle. Jason, Gabrielle, Jade, Lauren.«

»Einsam. Hm. Na, jedenfalls strengen sie sich mächtig dabei an, es vor dem Rest der Welt zu verheimlichen.«

»Das hast du auch getan, Patrick. Sehr lange.«

»Autsch«, sagte ich.

Am Ende des vierten Tags teilten wir uns die Arbeit auf. Um so viele Frauen und so viele Bars in einen Tag zu packen, musste Jason äußerst gut organisiert sein. Man konnte fast auf die Minute vorhersagen, wo er zu jedem beliebigen Zeitpunkt sein würde. In jener Nacht ging ich nach Hause, und Angie überwachte sein Zimmer im Wohnheim.

Ich war gerade beim Kochen, als sie anrief und mir mitteilte, dass Jason sich wohl mit Gabrielle zur Nachtruhe begeben hatte. Angie wollte ein Nickerchen machen und Jason am Morgen zur Uni begleiten.

Nach dem Essen setzte ich mich auf die Veranda, und während es immer dunkler und kälter wurde, sah ich auf die Avenue hinaus. Kein leichtes Nachlassen der Wärme, nein, ein richtiger Temperatursturz. Der Mond brannte wie ein Splitter Trockeneis, und die Luft roch wie nach einem abendlichen Footballspiel an der High-School. Eine kräftige Brise fegte über die Avenue, biss sich durch die Bäume und knabberte an den trockenen Rändern des Laubs.

Das Telefon klingelte, und ich verließ die Veranda. Devin war dran.

»Was gibt's?«, fragte ich.

»Was meinst du damit?«

»Du rufst nicht einfach so an, um zu quatschen, Dev. Das ist nicht deine Art.«

»Vielleicht habe ich mich geändert.«

»Nein.«

Er brummte. »Na gut. Wir müssen reden.«

»¿Porque?«

»Na, weil jemand am Meeting House Hill gerade eine junge Frau umgebracht hat. Sie hat keinen Ausweis dabei, und ich möchte gern wissen, wer sie ist.«

»Und was genau hat das mit mir zu tun?«

»Nichts, vielleicht. Aber als sie starb, hatte sie deine Visitenkarte in der Hand.«

»Meine Visitenkarte?«

»Ja, deine Visitenkarte«, bekräftigte er. »Meeting House Hill. In zehn Minuten.«

Devin legte auf, und ich saß mit dem Hörer am Ohr da und lauschte, bis das Freizeichen ertönte. Ich blieb noch länger dort sitzen, lauschte dem Ton und wartete darauf, dass er mir sagte, bei der toten jungen Frau handle es sich nicht um Kara Rider, wartete, dass er mir etwas sagte. Irgendwas.

9

Als ich am Meeting House Hill eintraf, war die Temperatur auf den Gefrierpunkt gefallen. Es war trocken, windstill und kalt, die Art von Kälte, die einem bis ins Mark fährt und Eissplitter durchs Blut jagt.

Meeting House Hill bildet die Grenze; dort endet mein Viertel, und Field's Corner beginnt. Der Fuß des Hügels liegt unterhalb der Straße, und alle Wege quälen sich so steil hinauf, dass in eisigen Nächten der dritte Gang leicht zum Rückwärtsgang wird. Oben treffen sich mehrere Straßen, und aus dem Gitternetz aus Zement und Teer erhebt sich die Spitze des Meeting House Hill, ein sozialer Brennpunkt in der Mitte eines Viertels, das so heruntergekommen ist, dass man eine Rakete mitten hindurchjagen könnte, ohne dass das jemandem sonderlich auffallen würde – solange sie keine Bar oder eine Ausgabestelle für Lebensmittelmarken trifft.

Als Devin an meinen Wagen trat, schlug es von St. Peter's Church ein Mal, und wir stapften den Hügel hinauf. Die Glocke klang hohl und ließ in der kalten Nacht fröhlich ihren Klang über eine Gegend erschallen, die von welchem Gott auch immer offenkundig vergessen worden war. Der Boden gefror langsam, und die toten Grasflecken knirschten unter unseren Schritten.

Unter den Straßenlaternen auf dem Hügel zeichneten sich nur ein paar Gestalten ab. »Da hast du ja heute Nacht die ganze Truppe rausgeklingelt, was, Dev?«

Er sah mich an und zog den Kopf tief zwischen die Schultern in der Jacke. »Wäre es dir lieber, wir machen da ein Riesending draus? Damit uns ein Haufen Reporter und Anwohner und irgendwelche Anfänger die Beweise zertrampeln?« Er sah zu den Reihen an dreistöckigen Häusern hinüber, die auf den Hügel hinausgingen. »Das Tolle an Morden in einem beschissenen Wohnviertel ist doch, dass sich niemand einen Dreck dafür interessiert und uns nicht vor den Füßen rumsteht.«

»Niemand interessiert sich dafür, Devin, deshalb erzählt dir auch niemand was.«

»Auch wieder wahr.«

Oscar Lee, Devins Partner, war der erste Polizist, den ich erkannte. Oscar ist der größte Kerl, dem ich je begegnet bin. Gegen ihn sieht Refrigerator Perry wie ein Hungerleider aus und Michael Jordan wie ein Kleinwüchsiger; neben Oscar wirkt selbst Bubba mickrig. Er trug eine lederne Rollmütze auf einem schwarzen Schädel, der so groß war wie ein Zirkusballon, und schmauchte eine Zigarre, die so stank wie der Strand nach einer Ölkatastrophe.

Als wir näher kamen, drehte er sich zu uns um. »Was zum Teufel macht Kenzie hier, Devin?«

Oscar. Wahre Freunde erkennt man in der Not.

»Die Visitenkarte«, antwortete Devin. »Schon vergessen?«

»Also kannst du wahrscheinlich diese Frau identifizieren, Kenzie.«

»Vielleicht, Oscar. Wenn ich sie mal sehen könnte?«

Oscar zuckte mit den Schultern. »Sie hat wohl mal besser ausgesehen.«

Er trat beiseite, damit ich einen Blick auf die Leiche werfen konnte, die im Schein der Straßenlaterne lag.

Abgesehen von einem blauen Satinhöschen war die Frau nackt. Der Körper war geschwollen, von der Kälte oder der Leichenstarre oder was auch immer. Die Strähnen hingen ihr nicht mehr in die Stirn, Mund und Augen standen offen.

Ihre Lippen waren blaugefroren, und sie schien auf etwas oberhalb meiner Schulter zu blicken. Ihre dünnen Arme und Beine lagen ausgebreitet da, und dunkles Blut – zu Matsch gefroren – hatte sich unter ihrer Kehle, den nach oben gedrehten Händen und den Fußsohlen gesammelt. Kleine, flache Metallplättchen glänzten in der Mitte der Handflächen und in den Fußknöcheln.

Kara Rider. Sie war gekreuzigt worden.

»Fünf Zentimeter lange Nägel«, sagte Devin später, als wir in der Black Emerald Tavern saßen. »Ganz normal. Finden sich in zwei Drittel aller Häuser in der Stadt. Und bei allen Zimmerleuten.«

»Zimmerleute«, meinte Oscar.

»Das ist die Lösung«, sagte Devin. »Der Täter ist ein Zimmermann, der die Schnauze voll hat von dieser Christus-Geschichte. Und jetzt hat er die Sache in die Hand genommen und will den Helden des Berufsstandes rächen.«

»Schreibst du mit?«, fragte mich Oscar.

Wir waren zu der Bar gegangen, um nach Micky Doog zu suchen, der letzten Person, mit der ich Kara gesehen hatte, aber der war seit dem frühen Nachmittag nicht mehr aufgetaucht. Devin ließ sich von Gerry Glynn, dem Wirt, Doogs Adresse geben und schickte ein paar Streifenpolizisten vorbei, doch Mickys Mutter hatte ihn schon seit gestern nicht mehr gesehen.

»Heute Morgen waren ein paar von denen bei mir«, berichtete Gerry. »Kara, Micky, John Buccierri, Michelle Rourke, ein Teil der Meute, die vor ein paar Jahren hier rumgezogen ist.«

»Sind sie zusammen verschwunden?«

Gerry nickte. »Ich bin gerade gekommen, als sie gingen. Sie waren ziemlich blau, dabei war es noch nicht ein Uhr nachmittags. Aber Kara ist ein gutes Mädchen.«

»War«, verbesserte ihn Oscar. »War ein gutes Mädchen.«

Es war kurz vor zwei Uhr nachts, und wir waren betrunken.

Gerrys Hund Patton, ein riesiger Deutscher Schäferhund mit einem Fell in Schwarz und dunklem Bernstein, lag drei Meter entfernt auf dem Tresen und beäugte uns, als überlegte er gerade, ob er uns die Wagenschlüssel abnehmen sollte oder nicht. Schließlich gähnte er, und eine Zunge wie ein großer Speckstreifen baumelte ihm aus dem Maul, als er mit scheinbar gespieltem Desinteresse wegschaute.

Nachdem der Leichenbeschauer aufgekreuzt war, hatte ich noch weitere zwei Stunden in der Kälte gestanden; erst war Karas Leiche in einen Krankenwagen gehoben und zum Leichenschauhaus gebracht worden, dann hatte die Kriminaltechnik die Gegend nach Spuren abgesucht. Devin und Oscar hatten die zum Park zeigenden Häuser abgeklappert und nach jemandem gesucht, der irgendetwas gehört hatte. Es war nicht so, dass niemand etwas gehört hatte, nur dass in diesem Viertel Nacht für Nacht Frauen schrien; es war wie die Alarmanlage an einem Auto – hatte man sie erst oft genug gehört, bemerkte man sie gar nicht mehr.

Aufgrund der Fasern, die Oscar zwischen Karas Zähnen entdeckte, und weil Devin kaum Blut in den Löchern fand, die die Nägel im gefrorenen Boden unter Karas Händen und Füßen hinterlassen hatten, gingen die beiden von folgendem Szenario aus: Erst hatte der Mörder ihr ein Taschentuch oder Hemdenstoff in den Mund gestopft und ihr unterhalb der Kehle mit einem Stilett oder einem sehr scharfen Eispickel einen Einschnitt verpasst, um ihren Kehlkopf außer Funktion zu setzen, dann hatte er sie umgebracht. Er hatte in aller Ruhe zuschauen können, wie sie entweder an einem massiven Schock starb, an einem Herzinfarkt oder wie sie langsam an ihrem eigenen Blut ertrank. Aus welchen Gründen auch immer hatte der Mörder dann die Leiche auf den Meeting House Hill gebracht und Kara an den gefrorenen Erdboden genagelt.

»Ein echtes Herzchen, dieser Typ«, meinte Devin.

»Dem fehlt sicher nur ganz viel Liebe«, sagte Oscar. »Dann kommt alles wieder in Ordnung.«

»Böse Jungs gibt es gar nicht«, erklärte Devin.

»Da hast du verdammt recht«, pflichtete ihm Oscar bei.

Seit ich Karas Leiche gesehen hatte, hatte ich nicht viel gesagt. Anders als Oscar und Devin bin ich kein Profi, wenn es um gewaltsame Tode geht. Ich habe schon ein paar Leichen gesehen, aber längst nicht so viele wie diese beiden Kerle.

»Ich komme damit nicht klar«, sagte ich.

»Doch«, entgegnete Devin, »das wird schon.«

»Trink noch was«, meinte Oscar und nickte Gerry Glynn zu. Gerry gehört die Bar, seit er bei der Polizei ausgeschieden ist; normalerweise macht er um ein Uhr dicht, aber Leute von der Truppe finden immer eine offene Tür. Oscar hatte noch gar nicht zu Ende genickt, da standen die Getränke schon vor uns, und er war schon wieder am anderen Ende des Tresens, bevor wir überhaupt bemerkten, dass er aufgetaucht war. Ein Muster von einem Barkeeper.

»Gekreuzigt«, sagte ich zum zwanzigsten Mal an dem Abend, als Devin mir ein frisches Bier in die Hand drückte.

»Ich glaube, da waren wir uns alle einig, Patrick.«

»Devin«, sagte ich und versuchte, ihn zu fixieren, obwohl ich echt sauer war, dass er nicht stillhalten wollte, »die Kleine war gerade mal zweiundzwanzig. Ich kenne sie, seit sie zwei war.«

Devin sah mich regungslos an. Ich schaute Oscar an. Der kaute auf einer zur Hälfte gerauchten, kalten Zigarre herum und erwiderte meinen Blick, als ob ich ein Möbelstück wäre, bei dem er noch nicht ganz sicher war, wohin damit.

»Scheiße«, sagte ich.

»Patrick«, sagte Devin. »Patrick. Hörst du?«

Ich drehte mich zu ihm hin. Einen kurzen Augenblick lang blieb sein Kopf still. »Was?«

»Sie war zweiundzwanzig, ja. Noch ein Baby. Und selbst wenn sie fünfzehn oder vierzig gewesen wäre, das wäre auch nicht besser. Tod ist Tod, und Mord ist Mord. Mach es nicht noch schlimmer, indem du wegen ihres Alters sentimental wirst, Patrick. Sie ist grausam ermordet worden, keine Frage. Aber ...« Er lehnte sich an die Bar und schloss ein Auge. »Partner? Was wollte ich sagen, *aber*?«

»Aber«, sagte Oscar, »es ist egal, ob sie Mann oder Frau war, reich oder arm, jung oder alt –«

»Schwarz oder weiß«, ergänzte Devin.

»– schwarz oder weiß«, sagte Oscar und glotzte Devin mürrisch an, »sie wurde ermordet, Kenzie. Bestialisch.«

Ich sah ihn an. »Hast du schon jemals etwas so Schlimmes gesehen?«

Er kicherte. »Noch viel Schlimmeres, Kenzie.«

Ich drehte mich zu Devin um. »Du?«

»Ja, zum Henker.« Er trank einen Schluck. »Eine grausame Welt, Patrick. Den Leuten macht es Spaß zu morden. Es –«

»Macht sie stark«, ergänzte Oscar.

»Exakt«, sagte Devin. »Irgendwie fühlen die sich dann richtig gut. All diese Macht.« Er zuckte mit den Schultern. »Aber wem erzählen wir das? Das weißt du doch alles schon.«

»Wie bitte?«

Oscar legte mir eine Pranke so groß wie ein Baseballhandschuh auf die Schulter. »Kenzie, jeder weiß, dass du letztes Jahr Marion Socia umgelegt hast. Und wir haben dich auch bei ein paar Dreckskerlen in den Sozialbauten am Melnea Cass Boulevard im Verdacht.«

»Was?«, fragte ich. »Und ihr habt mich nicht vor Gericht gestellt?«

»Patrick, Patrick, Patrick«, meinte Devin mit leicht schwerer Zunge, »wenn es nach uns ginge, dann würdest du für Socia einen Orden kriegen. Scheiß auf ihn. Doppelt, was mich angeht. Aber«, sagte er und schloss wieder ein Auge, »du kannst mir nicht erzählen, dass du dich nicht richtig gut dabei gefühlt hast, als du gesehen hast, wie das Licht in seinen Augen ausging, nachdem du ihm eine in den Schädel verpasst hast.«

»Kein Kommentar«, sagte ich.

»Kenzie«, sagte Oscar, »du weißt, er hat recht. Er ist betrunken, aber er hat recht. Du hast auf diesen Scheißkerl Socia angelegt, ihm in die Augen geschaut und seinen Arsch umgenietet.« Er mimte mit Zeigefinger und Daumen eine Pistole und drückte sie mir an die Schläfe. »Bäng. Bäng. Bäng.« Dann nahm er den Finger wieder weg. »Aus ist es mit Marion Socia. Da kommt man sich vor wie Gott für einen Tag, oder?«

Was ich dabei fühlte, als ich Marion Socia unter einem Expressway erschoss, während Lastwagen über die Eisenbleche über uns donnerten, war eine der heikelsten emotionalen Verwicklungen, die ich jemals in meinem Leben durchlitten habe, und ich war mir todsicher, dass ich das nicht alles noch einmal in einer Bar mit zwei Ermittlern der Mordkommission durchgehen wollte; ich hatte eh schon schwer einen in der Krone. Vielleicht leide ich ja unter Verfolgungswahn.

Devin lächelte. »Jemand umzubringen fühlt sich richtig gut an, Patrick. Mach dir da nichts vor.«

Gerry Glynn kam den Tresen entlang zu uns. »Noch eine Runde, Jungs?«

Devin nickte. »He, Gerry.«

Gerry blieb auf halbem Weg stehen.

»Hast du jemals im Dienst einen erschossen?«

Gerry wirkte leicht peinlich berührt, so als habe er diese Frage schon allzu oft gehört. »Ich hab noch nicht mal die Waffe gezückt.«

»Nein«, sagte Oscar.

Gerry zuckte mit den Schultern, und sein gütiger Blick passte so gar nicht zu dem Job, den er zwanzig Jahre lang geschoben hatte. Gedankenverloren kratzte er Patton am Bauch. »Das waren noch andere Zeiten, damals. Du erinnerst dich, Dev.«

Devin nickte. »Andere Zeiten.«

Gerry bediente den Zapfhahn und füllte mein Bierglas. »Eine ganz andere Welt.«

»Andere Welt«, bestätigte Devin.

Gerry stellte die Drinks vor uns ab. »Hätte euch gerne geholfen, Jungs.«

Ich sah Devin an. »Hat jemand Karas Mutter Bescheid gesagt?«

Er nickte. »Sie lag vollkommen weggetreten in der Küche, aber sie haben sie wach gekriegt und es ihr gesagt. Jemand ist bei ihr.«

»Kenzie«, sagte Oscar, »wir schnappen uns diesen Micky Doog. Und wenn es ein anderer war, eine Gang, egal wer, wir kriegen sie alle. In ein paar Stunden sind alle wach, dann klappern wir noch mal jedes Haus ab; irgendwer wird schon was gesehen haben. Wir schnappen uns diesen miesen Scheißer, machen ihm die Hölle heiß und setzen ihn unter Druck, bis er auspackt. Davon kommt sie auch nicht wieder, aber wenigstens geben wir ihr eine Stimme.«

»Ja, sagte ich, »aber …«

Devin beugte ich zu mir hin. »Das Arschloch, der das getan hat, ist fällig, Patrick. Kannst du mir glauben.«

Das wollte ich ja glauben. Unbedingt.

Kurz bevor wir gingen, verschwanden Devin und Oscar auf der Toilette; ich blickte von dem verschmierten Tresen auf und sah Gerry und Patton, die mich beide anstarrten. In den vier Jahren, seit Gerry den Hund hatte, hatte ich Patton nicht ein einziges Mal bellen hören, aber ein Blick in die stillen, leeren Augen des Hundes genügte, und man dachte nicht mal mehr daran, sich mit ihm anzulegen. Der Hund hatte wahrscheinlich zig verschiedene Blicke für Gerry – von Liebe bis Anteilnahme –, aber nur einen für alle anderen – eine unmissverständliche Warnung.

Gerry kratzte Patton hinter den Ohren. »Kreuzigung.«

Ich nickte.

»Wie oft ist das in dieser Stadt schon vorgekommen, Patrick, was meinst du?«

Ich zuckte mit den Schultern, traute aber meiner Zunge nicht mehr zu, sich noch vernünftig artikulieren zu können.

»Nicht allzu oft, nehm ich mal an«, sagte Gerry und sah zu Patton hinunter, als dieser ihm die Hand leckte und Devin zurückkam.

In der Nacht träumte ich von Kara Rider.

Ich ging über einen Acker voller Kohlköpfe, voller Black-Angus-Rinder und Köpfen von Menschen, die ich nicht erkannte. In der Ferne brannte die Stadt, und ich konnte die Umrisse meines Vaters auf einer Feuerwehrleiter erkennen, der Benzin in die Flammen spritzte.

Das Feuer von der Stadt kam zügig näher und nagte bereits an den Rändern des Kohlackers. Ringsherum begannen die menschlichen Köpfe zu sprechen, erst undeutlich, dann konnte ich die eine oder andere Stimme heraushören.

»Riecht nach Rauch«, sagte die eine Stimme.

»Das sagst du immer«, entgegnete eine der Kühe und würgte Wiedergekäutes auf ein Kohlblatt, während ein totgeborenes Kalb zwischen ihren Beinen herauspurzelte und zu ihren Hufen lag wie eine Pfütze.

Von irgendwoher auf dem Feld konnte ich Kara schreien hören; die Luft wurde schwarz und ölig, und der Qualm brannte mir in den Augen: Kara schrie meinen Namen, aber ich konnte die Kohlköpfe nicht von den Menschenköpfen unterscheiden, die Kühe stöhnten und wankten im Wind, der Qualm hüllte mich völlig ein, schon bald verstummte Kara, und ich war ganz dankbar, als die Flammen mir an die Beine schlugen. Ich hockte mich mitten auf den Acker, um wieder zu Atem zu kommen, und schaute zu, wie die Welt um mich herum brannte, die Kühe weiter wiederkäuten, hin und her wankten und sich weigerten wegzulaufen.

Als ich im Bett aufschrak, schnappte ich nach Luft, und der Geruch von verbranntem Fleisch hing mir in der Nase. Ich sah, wie das Laken über meinem rasenden Herzen zuckte, und schwor mir, nie wieder mit Oscar und Devin trinken zu gehen.

10

Ich war gegen vier Uhr früh ins Bett gekrochen, wachte gegen sieben Uhr von meinem Salvador-Dalí-Traum auf und schlief erst gegen acht Uhr wieder ein.

Lyle Dimmick und seinem Kumpel Waylon Jennings war das völlig egal. Punkt neun Uhr jaulte Waylon von der Frau, die ihm übel mitgespielt habe, und das harsche Kratzen einer Countryfiedel stieg über mein Fensterbrett und brachte das Porzellan in meinem Schädel zum Scheppern.

Lyle Dimmick war ein dauerhaft sonnenverbrannter Anstreicher, der wegen einer Frau aus Odessa, Texas, hierhergezogen war. Er hatte sie gefunden, verloren, wiedergefunden und erneut verloren, als sie mit einem anderen Kerl, den sie im Pub kennengelernt hatte, einem irischen Rohrschlosser, der entschieden hatte, im Grunde seines Herzens schon immer ein Cowboy gewesen zu sein, nach Odessa zurückging.

Ed Donnegan gehörte jedes dreistöckige Haus in meinem Block, bis auf das, in dem ich wohnte, und alle zehn Jahre raffte er sich auf, sie neu anstreichen zu lassen; jedes Mal heuerte er einen einzigen Mann dafür an, der so lange vor sich hin pinselte, bis er mit allen Häusern fertig war, bei Wind und Wetter.

Lyle hatte einen riesigen Cowboyhut auf, ein rotes Taschentuch um den Hals und eine sich bis zu den Ohren ziehende, verspiegelte Sonnenbrille, die die Hälfte seines kleinen, verkniffenen Gesichts einnahm. Diese Brille, so meinte er, sei etwas, das wohl ein Stadtmensch tragen würde, sein einziges Zugeständnis an die gottverfluchten Yankees, die die drei großen Gaben Gottes an die Menschheit einfach nicht zu schätzen wussten – Jack Daniel's, Pferde und, na klar, Waylon Jennings.

Ich steckte den Kopf zwischen Jalousie und Scheibe und sah, dass er mit dem Rücken zu mir stand und das Nachbarhaus strich. Die Musik war so laut, dass er mich nicht hören konnte, also machte ich das Fenster zu, stolperte dann herum und schloss auch alle anderen Fenster im Schlafzimmer und dämmte Waylon, bis er nur eine weitere blecherne Stimme war, die mir im Kopf klingelte. Dann kroch ich wieder ins Bett und flehte um Ruhe.

Angie war das völlig egal.

Sie weckte mich um kurz nach zehn, als sie laut scheppernd Kaffee kochte, die Fenster auf einen weiteren frischen Herbsttag hinaus öffnete und durch meinen Kühlschrank klapperte, während Waylon oder Merle oder Hank jr. wieder durch die Jalousien jaulten.

Als mich das alles nicht aus dem Bett holte, öffnete sie die Schlafzimmertür und sagte: »Steh auf.«

»Geh weg.« Ich zog mir die Decke über den Kopf.

»Steh auf, du Jammerlappen. Mir ist langweilig. Jetzt.«

Ich warf ein Kissen nach ihr, sie duckte sich, das Kissen flog über ihren Kopf hinweg und zerschmiss irgendwas in der Küche.

»Ich hoffe, du mochtest die Teller nicht besonders.«

Ich stand auf, wickelte mir das Laken um die Hüfte, um

meine im Dunkeln leuchtenden Marvin-der-Marsmensch-Boxershorts zu verbergen, und stolperte in die Küche.

Dort stand Angie mitten im Raum und hielt eine Kaffeetasse mit beiden Händen fest, auf dem Boden und in der Spüle lagen ein paar kaputte Teller.

»Kaffee?«, fragte sie.

Ich nahm einen Besen und fegte den Schlamassel zusammen. Angie stellte die Tasse auf den Tisch und beugte sich mit einem Kehrblech hinunter.

»Die Sache mit dem Schlafen, damit kommst du noch nicht so klar, oder?«, fragte ich.

»Schlaf wird überbewertet.« Sie hob ein paar Scherben auf und warf sie in den Mülleimer.

»Woher willst du das wissen? Du hast es doch noch nie ausprobiert.«

»Patrick«, sagte sie und entsorgte das nächste Kehrblech mit Glas, »ist doch nicht meine Schuld, wenn du mit deinen kleinen Kumpels bis in die Puppen aufbleibst und trinkst.«

Meine kleinen Kumpels.

»Woher weißt du, dass ich mit jemandem trinken war?«

Sie kippte die letzten Scherben weg und richtete sich auf. »Na, deine Haut hat einen grünen Schimmer, den ich noch nie gesehen habe, und heute Morgen fand sich eine unglaublich versoffene Nachricht auf meinem Anrufbeantworter.«

»Ah.« Ich erinnerte mich verschwommen an ein Münztelefon und ein Piepen irgendwann letzte Nacht. »Und wie lautete die Nachricht?«

Angie nahm ihren Kaffee vom Tisch und lehnte sich an die Waschmaschine. »Irgendwas wie ›Wo bist du, es ist drei

Uhr früh, da läuft was echt falsch, wir müssen reden.‹ Den Rest hab ich nicht verstanden, aber da hattest du auch schon angefangen, Suaheli zu reden.«

Ich trug Kehrblech, Besen und Mülleimer in die Speisekammer und goss mir einen Kaffee ein. »Und«, fragte ich, »wo warst du um drei Uhr früh?«

»Bist du jetzt mein Vater oder was?« Sie runzelte die Stirn und kniff mich oberhalb des Lakens in die Taille. »Du kriegst Rettungsringe.«

Ich griff nach der Kaffeesahne. »Ich hab doch keine Rettungsringe.«

»Und weißt du, warum du welche kriegst? Weil du immer noch Bier trinkst, als wärst du in einer Studentenverbindung.«

Ich sah sie an und goss noch etwas mehr Sahne in den Kaffee. »Willst du meine ursprüngliche Frage beantworten?«

»Wo ich letzte Nacht war?«

»Ja.«

Sie trank Kaffee und sah mich über den Tassenrand hinweg an. »Nein. Aber ich bin mit einem warmen, weichen Gefühl und einem Grinsen auf den Lippen aufgewacht. Einem breiten Grinsen.«

»So breit wie jetzt gerade?«

»Noch breiter.«

»Hm«, machte ich.

Angie setzte sich auf die Waschmaschine.

»Also, du hast mich volltrunken um drei Uhr früh angerufen, aber nicht nur, um mein Sexualleben zu überwachen. Was ist los?« Sie zündete sich eine Zigarette an.

»Erinnerst du dich an Kara Rider?«, fragte ich.

»Ja.«

»Jemand hat sie letzte Nacht ermordet.«

»Nein.« Sie riss die Augen weit auf.

»Ja.« Von der vielen Sahne schmeckte mein Kaffee wie Babymilch. »Und sie am Meeting House Hill gekreuzigt.«

Angie schloss kurz die Augen und schlug sie wieder auf. Sie betrachtete ihre Zigarette, als würde die ihr etwas sagen.

»Irgendeine Idee, wer?«, fragte sie.

»Na ja, es ist keiner mit einem blutigen Hammer rund um den Meeting House Hill spaziert und hat gesungen: ›Mannomann, ich kreuzige gern Frauen‹, falls du das meinst.« Ich kippte den Kaffee in den Ausguss.

Leise sagte sie: »Bist du mit dem Eingeschnapptsein für heute fertig?«

Ich goss mir frischen Kaffee ein. »Weiß noch nicht. Ist ja noch früh.« Ich wandte mich ab, Angie rutschte von der Waschmaschine und baute sich vor mir auf.

Ich sah Karas dürren Körper in der kalten Nacht liegen, geschwollen, nackt, die Augen leer.

»Ich bin ihr neulich vor dem Emerald begegnet. Ich hatte so ein Gefühl, ach, ich weiß nicht, dass sie in Schwierigkeiten steckt oder so, aber ich hab nicht nachgefragt. Ich hab's vermasselt.«

»Und?«, fragte sie. »Ist das jetzt deine Schuld?«

Ich zuckte mit den Schultern.

»Nein, Patrick«, sagte sie. Sie fuhr mir mit einer warmen Hand den Nacken hinauf und zwang mich, ihr in die Augen zu schauen. »Kapiert?«

Niemand sollte so umkommen wie Kara.

»Kapiert?«, wiederholte Angie.

»Ja«, antwortete ich. »Glaub schon.«

»Glauben reicht nicht«, sagte sie. Sie nahm die Hand weg, zog einen weißen Umschlag aus der Tasche und reichte ihn mir. »Der klebte draußen an der Haustür.« Dann zeigte sie auf eine kleine Pappschachtel auf dem Küchentisch. »Und das lehnte dagegen.«

Meine Wohnung liegt im zweiten Stock und hat am Vorder- und Hintereingang ein Bolzenschloss, und meistens habe ich irgendwo zwei Waffen herumliegen, doch nichts davon hält Einbrecher besser ab als die beiden Vordertüren zum Haus selbst. Es gibt eine äußere und eine innere Haustür, beide sind stahlverstärkt und aus schwerer, schwarzer deutscher Eiche. Das Glas in der Außentür ist mit Alarmmeldeband versehen, und mein Hausbesitzer hat beide Türen mit insgesamt sechs Schlössern ausgestattet, zu denen man drei verschiedene Schlüssel braucht. Ich habe einen Satz. Angie ebenfalls. Die Frau meines Hausbesitzers, die im Erdgeschoss wohnt, weil sie seine Anwesenheit nicht ertragen kann, hat einen. Und Stanis, mein verrückter Hausbesitzer – er hat eine Todesangst davor, dass russische Mordkommandos hinter ihm her sind –, hat zwei.

Alles in allem ist das Gebäude so sicher, dass es mich überraschte, wie jemand überhaupt einen Umschlag an die Vordertür kleben oder eine Schachtel anlehnen konnte, ohne neun oder zehn Alarmsysteme auszulösen und fünf Blöcke weit alle aus den Betten zu holen.

Der Briefumschlag war schlicht und weiß, darauf stand in der Mitte getippt »patrick kenzie«. Keine Anschrift, keine Briefmarke, kein Absender. Ich öffnete ihn, zog ein Blatt Schreibmaschinenpapier heraus und faltete es auseinander. Keine Kopfzeile, kein Datum, keine Anrede, keine Unterschrift. Mitten auf der Seite stand ein Wort:

Hi!

Ansonsten war das Blatt unberührt.

Ich reichte es Angie. Sie schaute es an, drehte es um, drehte es wieder zurück. »›Hi‹«, las sie laut.

»Hi«, sagte ich.

»Nein«, meinte Angie, »eher ›Hi!‹ Mit diesem Girlie-Gekicher.«

Ich versuchte es.

»Nicht schlecht.«

HI!

»Könnte das von Grace sein?« Sie goss sich noch einen Kaffee ein.

Ich schüttelte den Kopf. »Die sagt auf ganz andere Weise ›Hi‹, glaub mir.«

»Wer dann?«

Ich hatte nicht die leiseste Ahnung. Eine völlig unverfängliche, zugleich aber auch unheimliche Nachricht. »Wer immer das geschrieben hat, ist ein Meister im Kurzfassen.«

»Oder hat ein ziemlich eingeschränktes Vokabular.«

Ich warf den Zettel auf den Tisch, zog das Klebeband von der Schachtel und öffnete sie, wobei mir Angie über die Schulter sah.

»Was zum Henker ist das?«, fragte sie.

Die Schachtel war voller Autoaufkleber. Ich nahm eine Handvoll heraus; zwei weitere Hände voll waren noch in der Schachtel.

Angie griff hinein.

»Das ist … schräg«, sagte ich.

Angie zog eine Augenbraue hoch und hatte ein eigentümliches kleines Lächeln auf den Lippen. »Könnte man wohl sagen, ja.«

Wir trugen die Aufkleber ins Wohnzimmer und legten die schwarzen, gelben, roten, blauen und in allen möglichen anderen Farben schimmernden Zettel zu einer Collage auf dem Boden aus. Über allen sechsundneunzig Aufklebern zu stehen war, wie auf eine Welt voller schlechter Laune, hohler Empfindungen und der hoffnungslos albernen Suche nach dem perfekten Wortspiel hinunterzuschauen:

MAKE LOVE NOT WAR; MEIN BAUCH GEHÖRT MIR; MUTTER IST DIE BESTE; BABY AN BORD; 2 FAST 4U; MEIN AUTO IST LANGSAMER, ABER ICH FAHRE VOR IHNEN; WAFFENSCHMIEDE; FAHR NIE SCHNELLER, ALS DEIN SCHUTZENGEL FLIEGEN KANN; KILROY FOR PRESIDENT; THIS CAR IS PROTECTED BY SMITH & WESSON; PETTING STATT PERSHING; BOHR NICHT IN DER NASE, ICH SEH DICH IM RÜCKSPIEGEL; PEACE ON EARTH; YUPPIES RAUS; MEIN KARMA IST STÄRKER ALS DEIN DOGMA; MEIN BOSS IST EIN JÜDISCHER ZIMMERMANN; WAFFEN FÜR ALLE; STELL DIR VOR, ES IST KRIEG UND KEINER GEHT HIN; DENK GLOBAL, HANDLE LOKAL; ICH BREMSE AUCH FÜR MENSCHEN; FRIEDEN AUF ERDEN; WIR HABEN UNS DIE WELT NUR VON UNSEREN KINDERN GELIEHEN; WO ICH BIN, IST CHAOS, ABER ICH KANN JA NICHT ÜBERALL SEIN; SHIT HAPPENS; NEIN HEISST NEIN;

MEINE FRAU IST MIT MEINEM BESTEN FREUND DURCHGEBRANNT – ICH WERDE IHN VERMISSEN; I'D RATHER BE SURFING; NICHT HUPEN – FAHRER TRÄUMT VOM ANGELN; FAHREN SIE RUHIG SCHNELLER, WIR SCHNEIDEN SIE RAUS – IHRE FEUERWEHR; FUCK YOU; FUCK ME; MEIN KIND IST EIN EINSER-SCHÜLER; MEIN KIND HAT IHREN EINSER-SCHÜLER VERMÖBELT; UND TSCHÜSS; FREIHEIT FÜR TIBET; FREIHEIT FÜR MANDELA; FREIHEIT FÜR HAITI; BROT FÜR DIE WELT; GOTT VERZEIHT, DJANGO NICHT ...

... und noch siebenundfünfzig weitere.

Ich stand da, schaute sie mir an, versuchte, die aberwitzige Spannbreite all dieser Botschaften zu erfassen, doch mir dröhnte der Kopf. Es war, als würde ich mir die Computertomographie eines Schizophrenen anschauen, während all die Persönlichkeiten des armen Kerls einen lautstarken Streit ausfochten.

»Verrückt«, sagte Angie.

»Könnte man sagen, ja.«

»Siehst du irgendetwas, was die alle gemeinsam haben?«

»Abgesehen davon, dass es sich um Autoaufkleber handelt?«

»Na ja, das versteht sich von selbst, Patrick.«

Ich schüttelte den Kopf. »Nein, ich habe keine Ahnung.«

»Ich auch nicht.«

»Ich denke unter der Dusche darüber nach«, meinte ich.

»Gute Idee«, sagte sie. »Du riechst wie ein feuchter Tresenlappen.«

Ich stand mit geschlossenen Augen unter der Dusche

und sah Kara auf dem Bürgersteig vor mir, während der schale Bierdunst aus der Bar hinter ihr wehte; sie schaute auf den Verkehr auf der Dorchester Avenue hinaus und sagte, dass alles noch so beschissen aussah wie immer.

»Pass auf dich auf«, hatte sie gesagt.

Ich trat aus der Dusche und trocknete mich ab, sah ihren blassen, nackten, gekreuzigten Körper, an einen Dreckhügel genagelt.

Angie hatte recht. Es war nicht meine Schuld. Man kann Menschen nicht retten. Vor allem nicht, wenn sie nicht mal um Hilfe bitten. Wir springen und rempeln und schlagen uns durchs Leben, und meistens sind wir dabei allein. Ich war Kara nichts schuldig.

Aber niemand sollte so umkommen, flüsterte eine Stimme.

Als ich in der Küche war, rief ich Richie Colgan an, einen alten Freund und Zeilenschinder bei der *Tribune*. Er war wie üblich beschäftigt, seine Stimme klang distanziert und gehetzt, und die Wörter klebten aneinander: »Schönvondirzuhören, Pat. Wasgibt's?«

»Viel um die Ohren?«

»Undwie.«

»Kannst du für mich was rausfinden?«

»Schießlos.«

»Kreuzigungen als Mordmethode. Wie viele gab es davon in der Stadt?«

»In?«

»›In?‹«

»Inwelcherzeitspanne?«

»Na, sagen wir für fünfundzwanzig Jahre.«

»Bücherei.«

»Häh?«

»Bücherei. Schonmaldavongehört?«

»Ja.«

»Sehichauswieeine?«

»Na ja, wenn ich meine Informationen aus der Bücherei hole, spendiere ich hinterher dem Bibliothekar meistens keine Kiste Michelob.«

»Heineken.«

»Natürlich.«

»Ichkümmermichdrum. Ichrufdannzurück.« Damit legte er auf.

Als ich ins Wohnzimmer ging, lag der »HI!«-Zettel auf dem Beistelltisch, und die Aufkleber stapelten sich in zwei säuberlichen Haufen darunter; Angie schaute fern. Ich hatte Jeans und Baumwollhemd angezogen und rieb mir gerade die Haare trocken, als ich ins Wohnzimmer kam.

»Was schaust du denn?«

»CNN«, antwortete Angie und schaute in die Zeitung auf ihrem Schoß.

»Und, gibt es heute was Interessantes auf der Welt?«

Sie zuckte mit den Schultern. »Bei einem Erdbeben in Indien sind neuntausend Menschen ums Leben gekommen, und in Kalifornien hat ein Typ mit einem Maschinengewehr das Büro zusammengeschossen, in dem er arbeitet. Sieben Tote.«

»Postamt?«, fragte ich.

»Wirtschaftsprüfer.«

»Tja, das kommt dabei heraus, wenn Rechnungsprüfer Automatikwaffen in die Hände bekommen«, stellte ich fest.

»Sieht so aus.«

»Und sonst noch irgendwelche guten Neuigkeiten, von denen ich wissen sollte?«

»Irgendwann gab es eine Unterbrechung mit der Meldung, dass sich Liz Taylor mal wieder scheiden lässt.«

»Na, da kommt Freude auf«, meinte ich.

»Also«, fragte Angie, »wie sieht unser Plan aus?«

»Wie hängen uns wieder an Jason und schauen vielleicht noch in Eric Gaults Büro vorbei, mal sehen, ob er uns was zu sagen hat.«

»Und wir gehen weiter von der Annahme aus, dass weder Jack Rouse noch Kevin das Foto geschickt hat.«

»Ja.«

»Und wie viele Verdächtige haben wir dann noch?« Sie stand auf.

»Wie viele Einwohner hat die Stadt?«

»Keine Ahnung. In der City selbst vielleicht sechshunderttausend, ungefähr; im Großraum vier Millionen oder so.«

»Dann haben wir zwischen sechshunderttausend und vier Millionen Verdächtige«, sagte ich, »abzüglich zwei, ungefähr.«

»Wie schön, dass du es etwas eingrenzen kannst, Mann. Du bist Spitze.«

Die Fachbereiche Soziologie, Psychologie und Kriminologie an der Bryce University befinden sich im ersten und zweiten Stock von McIrwin Hall, das Büro von Eric Gault auch. Im Erdgeschoss sind die Seminarräume, und in einem davon saß im Augenblick Jason Warren. Dem Vorlesungsverzeichnis von Bryce zufolge gab es dort ein Seminar zu dem Thema »Die Hölle – ein soziologisches Konstrukt«, in dem die »sozialen und politischen Motive« erkundet werden sollten, »die sich hinter der männlichen Erschaffung eines Landes der Bestrafung von den Sumerern und Akkaden bis einschließlich der Christlichen Rechten in den Vereinigten Staaten verbergen«. Wir hatten Jasons Lehrkräfte durchleuchtet und dabei festgestellt, dass Ingrid Uver-Kett erst kürzlich aus der Ortsgruppe von NOW hinausgeworfen worden war, der größten feministischen Organisation des Landes, weil sie dort Ansichten vertreten hatte, gegen die jene der radikalen Feministin Andrea Dworkin geradezu bürgerlich erschienen. Ihr Kurs traf sich zwei Mal die Woche. Ms. Uver-Kett kam montags und donnerstags aus Portland, Maine, angefahren, um zu unterrichten, und verbrachte ihre restliche Zeit damit, Hassbriefe an den Radiomoderator Rush Limbaugh zu schreiben, soweit wir das feststellen konnten.

Angie und ich fanden, dass Ms. Uver-Kett erheblich zu viel Zeit damit verbrachte, eine Gefahr für sich selbst darzustellen, als dass sie Jason bedrohen könnte, und schlossen sie schon mal als Verdächtige aus.

McIrwin Hall ist ein weißes Gebäude im georgianischen Stil, das ein wenig zurückgesetzt in einem Hain aus Birken und leuchtend rotem Ahorn steht; ein mit Kopfsteinen gepflasterter Weg führt dorthin. Wir hatten Jason in einem Schwung Studenten durch die Vordertür verschwinden sehen. Wir hörten Getrampel und Gejohle, dann breitete sich schnell atemlose Stille aus.

Wir gingen frühstücken; danach suchten wir Eric auf. Zu diesem Zeitpunkt deutete nur ein einsamer, vergessener Stift am Fuß der Treppe darauf hin, dass am Morgen überhaupt jemand durch diese Türen gegangen war.

Im Foyer roch es nach Salmiak, Allzweckreiniger und zweihundert Jahren intellektueller Ausdünstungen, nach Wissenssuche und -aneignung und großartigen Ideen, die im stäubchenreichen Schein der Sonnenstrahlen ausgebrütet worden waren, welche sich in einem Bleiglasfenster brachen.

Rechts gibt es einen Empfangstresen, aber keine Empfangssekretärin. An der Bryce geht man wohl davon aus, dass jeder genau weiß, wohin er will.

Angie zog ihr Jeanshemd aus und zupfte sich das offen getragene T-Shirt vom Leib. »Diese Atmosphäre allein genügt schon, dass ich hier einen Abschluss machen möchte.«

»Dann hättest du an der Highschool wohl besser nicht in Geometrie durchfallen sollen.«

»Autsch«, fügte ich an.

Wir stiegen eine geschwungene Mahagonitreppe hinauf; an den Wänden hingen die Porträts verblichener Bryce-Rektoren. Mürrisch dreinblickende Männer mit gewichtigen, vom übergroßen Wissen in ihren Gehirnen ganz angestrengten Gesichtern. Erics Büro lag am Ende des Korridors; wir klopften an und hörten hinter der genarbten Glasscheibe ein gedämpftes »Herein«.

Erics langer graumelierter Pferdeschwanz fiel ihm über die rechte Schulter seiner blau und braun gemusterten Strickjacke. Darunter trug er ein Jeans-Oberhemd und eine marineblaue Krawatte, von der uns eine handgemalte, traurig dreinblickende Babyrobbe anschaute.

Ich warf einen skeptischen Blick auf die Krawatte und setzte mich.

»Willst du mich vielleicht verklagen«, meinte Eric, »weil ich mit der Mode gehe?« Er lehnte sich zurück und wies zum offenen Fenster. »Was für ein Wetter, hm?«

»Ja, was für ein Wetter«, pflichtete ich ihm bei.

Er seufzte und rieb sich die Augen. »Und, was macht Jason?«

»Er führt ein ziemlich reges Leben«, antwortete Angie.

»Ob ihr es glaubt oder nicht, aber er war ein sehr einsames Kind«, sagte Eric. »Sehr brav, hat Diandra nie Ärger gemacht, aber von Anfang an sehr introvertiert.«

»Jetzt nicht mehr«, meinte ich.

Eric nickte. »Seit er hier ist, hat er sich vollkommen verändert. Es ist natürlich nicht ungewöhnlich, dass Kinder, die in der Highschool keine Sportskanonen oder in einer der angesagten Cliquen waren, erst an der Uni ihren Weg finden und sich austoben.«

»Jason tobt sich ordentlich aus«, erklärte ich.

»Er scheint recht einsam zu sein«, sagte Angie.

Eric nickte. »Das finde ich auch. Dass sein Vater verschwand, als er noch jung war, erklärt einiges, aber trotzdem ist da immer noch diese ... Distanz. Ich weiß nicht recht, wie ich es erklären soll. Wenn er sich mit seinem ...« – er musste lächeln – »... Harem unbeobachtet fühlt, dann ist er ein ganz anderer Mensch und nicht mehr das schüchterne Kind, das ich kannte.«

»Und was sagt Diandra dazu?«, fragte ich.

»Sie hat es noch nicht bemerkt. Jason steht ihr sehr nah, ernsthafte Gespräche führt er eigentlich nur mit ihr. Aber er bringt keine Frauen mit heim, er macht noch nicht mal Andeutungen, was er hier so treibt. Sie weiß, dass er ihr etwas verheimlicht, aber sie sagt sich, dass er sich einfach um seinen eigenen Kram kümmert, und das respektiert sie.«

»Aber Sie sehen das anders«, stellte Angie fest.

Eric zuckte mit den Schultern und sah kurz zum Fenster hinaus. »Als ich in seinem Alter war, habe ich in demselben Wohnheim auf dem Campus gewohnt; ich war selbst auch ein ziemlich in mich gekehrtes Kind, aber hier bin ich aus mir herausgegangen, wie Jason. Schließlich ist das hier die Uni. Studieren, trinken, Hasch rauchen, One-Night-Stands, Nickerchen am Nachmittag. So macht man das eben, wenn man mit achtzehn an solch einen Ort kommt.«

»One-Night-Stands?«, fragte ich. »Ich bin schockiert.«

»Und ich schäme mich deswegen. Tatsächlich. Okay, ich war kein Heiliger, aber bei Jason sind dieser radikale Wandel und seine Hinwendung zu Exzessen von geradezu de Sade'schem Ausmaß schon sehr drastisch.«

»›Von de Sade'schem Ausmaß‹?«, wiederholte ich. »Also, mal ehrlich, ihr Intellektuellen habt schon verflucht coole Sprüche drauf.«

»Und woher dann dieser Wandel? Was versucht er denn zu beweisen?«, fragte Angie.

»Das weiß ich nicht so genau.« Eric neigte den Kopf auf eine Weise, die mich nicht zum ersten Mal an eine Kobra erinnerte. »Jason ist ein guter Junge. Ich persönlich kann mir nicht vorstellen, dass er sich auf irgendetwas einlassen könnte, das seiner Mutter oder ihm selbst schaden würde, andererseits kenne ich den Jungen schon sein ganzes Leben lang, und er wäre der Letzte, bei dem ich jemals gedacht hätte, dass er einem Don-Juan-Komplex nachgibt. Die Mafia kommt nicht in Frage?«

»Wahrscheinlich nicht«, sagte ich.

Er schürzte die Lippen und atmete langsam aus. »Dann bin ich auch ratlos. Mehr, als ich euch gerade über Jason erzählt habe, weiß ich nicht. Ich würde gern mit Gewissheit sagen können, wer er ist und wer nicht, aber ich bin nun schon lang genug dabei, um zu wissen, dass man den anderen niemals wirklich kennt.« Er deutete zu den Regalen hinüber, die mit Lehrbüchern in Kriminologie und Psychologie vollgestopft waren. »Wenn ich all die Jahre an der Uni zusammenfassen müsste, dann wäre das das Ergebnis.«

»Wie tiefgründig«, sagte ich.

Eric löste die Krawatte. »Du hast mich um meine Meinung zu Jason gebeten, ich habe sie dir gesagt, verbunden mit meiner festen Überzeugung, dass alle Menschen ein geheimes Ich haben und ein geheimes Leben führen.«

»Und wie ist das bei dir, Eric?«

Er zwinkerte. »Das möchtest du wohl gerne wissen, hm?«

Wir traten hinaus in die Sonne, Angie hakte sich bei mir unter, wir setzten uns auf dem Rasen unter einen Baum und beobachteten die Tür, durch die Jason in ein paar Minuten kommen würde. Auf Liebespaar zu machen ist ein alter Trick von uns, wenn wir jemanden beschatten; Menschen, denen wir als Einzelperson auffallen würden, weil wir nicht ins Bild passen, bemerken uns als Pärchen gar nicht erst. Aus irgendeinem Grund können Liebespaare durch Türen gehen, die dem Einzelnen verschlossen bleiben.

Angie blickte hinauf in das Blätterdach über uns. Die feuchte Luft wirbelte gelbe Blätter gegen spröde Grashalme, Angie lehnte ihren Kopf an meine Schulter und ließ ihn dort eine ganze Weile ruhen.

»Alles in Ordnung?«, fragte ich.

Ihre Hand umklammerte meinen Oberarm.

»Angie?«

»Ich hab gestern die Papiere unterzeichnet.«

»Die Papiere?«

»Die Scheidungspapiere«, sagte sie leise. »Die lagen schon seit zwei Monaten in meiner Wohnung herum. Ich hab sie unterschrieben und im Büro meines Anwalts abgegeben. Einfach so.« Sie bewegte leicht den Kopf und drückte ihn in die Kuhle zwischen Schulter und Hals. »Als ich meinen Namen da druntersetzte, spürte ich ganz deutlich, dass das ein sauberer Schnitt ist.« Ihre Stimme klang belegt. »War das bei dir auch so?«

Ich dachte daran, wie ich im klimatisierten Büro eines Anwalts saß, meine kurze, freudlose, armselige Ehe mit einer Unterschrift auf der gestrichelten Linie beendete und die Seiten sorgfältig drei Mal faltete, bevor ich sie in einen Umschlag schob. Ganz gleich, wie therapeutisch der Vorgang auch sein mag, an der Tatsache, dass man einen Schlussstrich unter die Vergangenheit setzte, war etwas Gnadenloses.

Meine Ehe mit Renee hatte keine zwei Jahre gehalten, und in vielerlei Hinsicht war sie schon nach zwei Monaten am Ende gewesen. Angie war über zwölf Jahre mit Phil verheiratet gewesen. Ich konnte mir nicht vorstellen, wie es wohl war, sich nach zwölf Jahren zu trennen, ganz egal, wie schlecht viele dieser Jahre gewesen waren.

»War danach alles sauberer und klarer?«, fragte Angie.

»Nein«, antwortete ich und zog sie an mich. »Überhaupt nicht.«

12

Eine weitere Woche lang folgten Angie und ich Jason auf dem Campus und in der Stadt, bis an die Seminarräume und vor die Schlafzimmertüren, brachten ihn nachts zu Bett und standen morgens mit ihm auf. Es war nicht sonderlich spannend. Sicher, Jason führte ein recht aufregendes Leben, aber wenn man erst mal wusste, worum es ging – aufstehen, essen, Uni, Sex, studieren, essen, trinken, Sex, schlafen –, war es ziemlich schnell langweilig. Ich bin mir sicher, wenn man mich angeheuert hätte, um de Sade zu seiner besten Zeit zu beschatten, dann hätte mich das nach dem dritten oder vierten Mal auch gelangweilt, wo er aus dem Schädel eines Babys trank oder einen Rudelbums für die Nacht organisierte.

Angie hatte recht – es war tatsächlich etwas Einsames und Trauriges an Jason und seinen Partnerinnen. Sie schaukelten durch ihr Leben wie Plastikenten auf heißem Wasser, kippten gelegentlich um, warteten, bis jemand sie wieder aufrichtete, und schaukelten dann weiter. Es gab keine Streitereien, aber auch keine echte Leidenschaft. Man hatte den Eindruck, dass die ganze Gruppe auf schnoddrige Weise selbstbewusst, vielleicht ein wenig ironisch war, vom eigenen Leben distanziert wie die Netzhaut eines blinden Auges.

Niemand beschattete ihn. Wir waren uns ganz sicher. In zehn Tagen hatten wir niemanden bemerkt.

Am elften Tag dann durchbrach Jason seine Routine.

Ich hatte nichts mehr über Kara gehört, denn Devin und Oscar riefen nicht zurück; nach den Zeitungsmeldungen zu urteilen, waren die Ermittlungen in eine Sackgasse geraten.

Jason zu beschatten hatte meine Gedanken anfänglich in andere Bahnen gelenkt, doch in der Zwischenzeit war ich so angeödet, dass ich gar nicht anders konnte als zu grübeln, nur dass das Grübeln zu nichts führte. Kara war tot. Ich hätte es nicht verhindern können. Ihr Mörder war unbekannt und lief frei herum. Auch Richie Colgan hatte sich noch nicht bei mir gemeldet, dafür aber eine Nachricht hinterlassen, er sei dran. Wenn ich Zeit gehabt hätte, hätte ich mich selbst darum gekümmert, stattdessen musste ich Jason und seine Meute bemüht nichtsnutziger Groupies observieren, die einen strahlenden Spätherbst dadurch ruinierten, dass sie die meiste Zeit in engen, verräucherten Zimmern verbrachten und entweder schwarze Klamotten trugen oder gar nichts.

»Er ist unterwegs«, sagte Angie; wir traten aus der Seitengasse, in der wir uns aufgehalten hatten, und folgten Jason durch Brookline Village. Er stöberte in einem Buchladen herum, kaufte bei Egghead Software eine Packung 3,5-Zoll-Disketten und ging dann ins Coolidge Corner Theater.

»Mal was Neues«, meinte Angie.

Zehn Tage lang war Jason so verlässlich wie ein Uhrwerk gewesen. Jetzt ging er in ein Kino. Allein.

Ich sah zur Anzeigetafel hinauf und hoffte, dass sie keinen Film von Ingmar Bergman zeigten. Oder noch schlimmer, Fassbinder.

Das Coolidge Corner neigt zu esoterischen Filmen und Klassikern, was ja in diesen Zeiten der Allerweltsproduktionen aus Hollywood ganz prima ist. Kehrseite der Medaille ist allerdings, dass das Coolidge manchmal wochenlang nichts anderes zeigt als Alltagsdramen aus Finnland oder Kroatien oder irgendeinem anderen frostigen, schicksalsbeladenen Land, in dem blasse, ausgemergelte Bewohner ständig herumsitzen und sich über Kierkegaard oder Nietzsche unterhalten oder darüber, wie schlecht es ihnen geht, statt darüber zu sprechen, irgendwo hinzuziehen, wo es mehr Licht und optimistischere Mitmenschen gibt.

Heute zeigten sie allerdings eine Langversion von Coppolas *Apocalypse Now*. Ich mag den Film, aber Angie hasst ihn. Sie meint, dabei fühlt sie sich immer, als hätte man zu viele Methaqualon geschluckt und würde sich den Film durch einen Sumpf hindurch anschauen.

Also blieb sie draußen, und ich ging rein. Einer der Vorteile eines Partners zeigt sich, wenn man jemandem ins Kino folgt, vor allem, wenn es halbleer ist. Beschließt die Zielperson, mitten im Film zu gehen, kann man ihr nur schwer folgen, ohne aufzufallen. Ein Partner kann sich draußen an ihn hängen.

Das Kino war fast leer. Jason setzte sich weiter vorn in die Mitte, ich zehn Reihen dahinter links. Ein paar Reihen höher saß rechts ein Pärchen, und eine weitere Person – eine junge Frau, die blinzelte und ein rotes Halstuch um den Kopf trug – schrieb mit. Eine Filmstudentin.

Zu dem Zeitpurkt, als Robert Duvall am Strand grillte, kam ein Mann in den Saal und setzte sich in die Reihe hinter Jason, etwa fünf Plätze links von ihm. Als Wagner aus den Lautsprechern dröhnte und Kampfhubschrauber das Dorf am frühen Morgen mit Geschützfeuer und Sprengkörpern in die Luft jagten, erhellte der Schein von der Leinwand das Gesicht des Mannes, und ich konnte sein Profil erkennen – glattrasiert bis auf einen gepflegten Spitzbart, kurze schwarze Haare, ein Stecker glitzerte an seinem Ohr.

Während der Szene an der Do-Lung-Brücke, als Martin Sheen und Sam Bottoms durch einen belagerten Schützengraben kriechen und nach dem Bataillonsführer suchen, rutschte der Mann vier Plätze nach rechts.

»Hey, Soldat«, ruft Sheen mitten im Mörserbeschuss einem jungen, verängstigten farbigen Burschen zu, als Leuchtraketen den Himmel erhellen. »Wissen Sie, wer hier das Kommando hat?«

»Nicht Sie?«, schreit der Bursche zurück, der Typ mit dem Spitzbart beugte sich vor, und Jason ließ den Kopf nach hinten sinken. Der Mann sprach nur kurz mit ihm, und als Martin Sheen den Graben verlässt und zum Boot zurückkehrt, trat der Typ auf den Gang hinaus und kam auf mich zu. Er war ungefähr so groß und so gebaut wie ich, etwa dreißig und sehr gutaussehend. Er trug ein dunkles Sakko über einem weiten grünen Tanktop, abgewetzte Jeans und Cowboystiefel. Als er meinen Blick bemerkte, blinzelte er und schaute auf seine Füße, die ihn aus dem Kino trugen.

Auf der Leinwand fragt Albert Hall Sheen: »Und der befehlshabende Offizier?«

»Hier gibt's keinen Befehlshabenden«, bellt Sheen und steigt ins Boot; Jason stand auf und ging den Gang entlang.

Ich wartete drei Minuten, dann verließ ich meinen Platz, als das Patrouillenboot unaufhaltsam auf Kurtz' Lager und Brandos irre Improvisationen zusteuert. Ich schaute sicherheitshalber auf der Toilette nach und verließ dann das Kino.

Draußen auf der Harvard musste ich bei der plötzlichen Helligkeit blinzeln, dann sah ich mich nach Angie, Jason oder dem Typen mit dem Spitzbart um. Nichts. Ich ging bis zur Beacon Street, aber dort waren sie auch nicht. Angie und ich haben uns schon lange darauf geeinigt, dass derjenige, der bei einer Observierung abgehängt wird, nicht das Auto nimmt. Also summte ich *O sole mio*, dann hielt ich ein Taxi an und fuhr in mein Viertel zurück.

Jason und der Spitzbart hatten sich zum Mittagessen im Sunset Grill an der Brighton Avenue getroffen. Angie fotografierte die beiden von der anderen Straßenseite aus, und auf einem Bild sah man, wie die Hände der beiden Männer unter dem Tisch verschwanden. Ein Drogendeal, so meine erste Vermutung.

Sie teilten sich die Rechnung; draußen auf der Brighton Avenue berührten sich ihre Hände kurz, und sie lächelten beide verschüchtert. Das Lächeln auf Jasons Gesicht ähnelte keinem, das ich in den letzten zehn Tagen gesehen hatte. Normalerweise wirkte sein Lächeln großspurig, träge und triefte nur so vor Selbstvertrauen. Dieses Lächeln hier war unaffektiert, kräftig, so als habe er keine Zeit gehabt, darüber nachzudenken.

Angie hatte das Lächeln und die Berührung auf Film gebannt. Meine Vermutungen gingen in eine andere Richtung. Der Spitzbart ging die Brighton zum Union Square, Jason spazierte zurück zur Uni.

Am Abend breiteten Angie und ich die Fotos auf ihrem Küchentisch aus und versuchten zu entscheiden, was wir Diandra Warren sagen wollten.

An dieser Stelle war meine Verantwortung dem Klienten gegenüber ein wenig unklar. Ich hatte keinen Grund zu der Annahme, dass Jasons offenkundige Bisexualität irgendetwas mit den Drohanrufen bei Diandra zu tun hatte. Andererseits hatte ich keinen Grund, ihr diese Begegnung zu verschweigen. Allerdings wusste ich nicht, ob Jason sich schon geoutet hatte, und mir war nicht sehr wohl dabei, das zu übernehmen, vor allem, weil ich auf dem einen Foto einen Burschen sah, der zum ersten und einzigen Mal, während ich ihn observierte, einfach nur glücklich wirkte.

»Okay«, sagte Angie, »ich glaube, ich weiß, wie wir's machen.«

Sie reichte mir ein Foto von Jason und dem Spitzbart, auf dem die beiden aßen, sich nicht anschauten, sondern aufs Essen konzentrierten.

»Er hat ihn getroffen«, sagte Angie, »und mit ihm gegessen, das ist alles. Das hier zeigen wir Diandra, zusammen mit denen von Jason und seinem Harem, fragen sie, ob sie den Typen kennt, aber solange sie mit nichts rausrückt, sagen wir kein Wort davon, dass da was laufen könnte.«

»Klingt nach einer guten Idee.«

»Nein«, erklärte Diandra. »Ich habe diesen Mann noch nie gesehen. Wer ist das?«

Ich schüttelte den Kopf. »Keine Ahnung. Eric?«

Eric besah sich das Foto lange und schüttelte schließlich den Kopf. »Nein.« Er reichte es mir zurück. »Nein«, wiederholte er.

»Doktor Warren«, sagte Angie, »das ist alles, was wir in einer Woche herausgefunden haben. Jasons soziales Umfeld ist recht begrenzt und bis zum heutigen Tage rein weiblich.«

Sie nickte, dann klopfte sie mit dem Finger auf den Kopf von Jasons Freund. »Sind sie ein Liebespaar?«

Ich sah Angie an. Sie sah mich an.

»Kommen Sie schon, Mr. Kenzie, glauben Sie, ich habe keine Ahnung von Jasons sexuellen Neigungen? Er ist mein Sohn.«

»Er spricht also offen darüber?«, fragte ich.

»Nein. Er hat nie mit mir darüber gesprochen, aber ich weiß davon, seit er klein war, glaube ich. Und ich habe immer deutlich gemacht, dass ich absolut kein Problem mit Homosexualität oder Bisexualität oder irgendetwas dazwischen habe, ohne damit auf ihn persönlich anzuspielen. Allerdings glaube ich, dass er sich entweder schämt oder verwirrt ist von seiner Sexualität.« Wieder tippte sie auf das Foto. »Ist dieser Mann eine Bedrohung?«

»Wir haben keinen Grund zu der Annahme.«

Sie zündete sich eine Zigarette an, lehnte sich auf dem Sofa zurück und sah mich an. »Und was machen wir jetzt?«

»Haben Sie keine weitere Drohungen oder Fotos mit der Post erhalten?«

»Nein.«

»Dann finde ich, dass wir nicht länger Ihr Geld verschwenden sollten, Doktor Warren.«

Sie sah Eric an, der nur mit den Schultern zuckte.

Sie wandte sich wieder an uns. »Jason und ich fahren übers Wochenende in unser Haus in New Hampshire. Würden Sie Jason nach unserer Rückkehr noch ein paar Tage observieren, nur um eine besorgte Mutter zu beruhigen?«

»Klar.«

Freitagmorgen rief Angie an und teilte mir mit, Diandra hätte Jason abgeholt und sei auf dem Weg nach New Hampshire. Ich hatte ihn den ganzen Donnerstagabend über observiert, doch nichts war geschehen. Keine Drohungen, keine verdächtigen Gestalten, die vor seinem Wohnheim herumlungerten, kein Treffen mit dem Spitzbart.

Wir versuchten alles, um den Spitzbart zu identifizieren, aber es schien, als sei er aus dem Nichts aufgetaucht und wieder im Nichts verschwunden. Er war kein Student oder Lehrbeauftragter an der Bryce. Er arbeitete in keinem der Geschäfte im Umkreis von einer Meile um den Campus. Wir ließen sein Gesicht sogar von einem von Angies Polizeifreunden durch die Verbrecherkartei im Computer jagen, aber nichts. Da er Jason in aller Öffentlichkeit getroffen hatte und ihr Treffen mehr als herzlich gewesen war, gab es keinen Grund zu der Annahme, dass er eine Bedrohung darstellte, dennoch beschlossen wir, die Augen offenzuhalten, bis er wieder auftauchte. Vielleicht war er aus einem anderen Bundesstaat. Vielleicht war er eine Fata Morgana.

»Also haben wir das Wochenende frei«, stellte Angie fest. »Was hast du vor?«

»So viel Zeit wie möglich mit Grace zu verbringen.«

»Du stehst ja unter dem Pantoffel.«

»Tue ich. Und du?«

»Verrat ich dir nicht.«

»Sei brav.«

»Nein«, entgegnete sie.

»Sei vorsichtig.«

»Okay.«

Ich räumte bei mir auf, womit ich schnell fertig war, da ich selten lange genug daheim bin, um Unordnung zu machen. Als ich auf den Zettel mit dem »HI!« und die Aufkleber stieß, spürte ich, wie im Nacken ein warmes Kribbeln einsetzte, doch ich achtete nicht weiter drauf und warf die Sachen in eine Schublade meines Fernsehschranks.

Ich rief Richie Colgan an, landete aber nur auf dem Anrufbeantworter und hinterließ eine Nachricht; dann gab es nichts mehr für mich zu tun, außer zu duschen und zu Grace zu gehen. Oh, Happy Day!

Als ich die Treppe hinunterging, hörte ich im Foyer jemanden keuchen. Ich kam um die Ecke, und da standen Stanis und Liva, die sich bereitmachten für die millionste Runde ihres Boxkampfs.

Stanis trug ein paar Pfund Haferbrei auf dem Kopf, und der schlampige Hausmantel seiner Frau war mit Ketchup und frischem, noch dampfendem Rührei bekleckert. Sie starrten sich gegenseitig an; die Adern an seinem Hals zeichneten sich deutlich ab, und ihr linkes Auge zuckte wie wild, während sie in der rechten Hand eine Orange knetete.

Ich wusste, wann ich besser nicht fragte.

Ich ging auf Zehenspitzen an ihnen vorbei und öffnete die erste der beiden Haustüren, schloss sie hinter mir und trat auf einen weißen Umschlag auf dem Boden. Der schwarze Gummistreifen unter der Haustür saß so dicht auf der Türschwelle, eher quetscht man ein Nilpferd durch eine Klarinette als ein Blatt Papier unter der Haustür hindurch.

Ich besah mir den Umschlag. Keine Schleifspuren, keine Falten.

Mitten auf dem Umschlag stand »patrick kenzie«.

Ich öffnete wieder die Tür zum Foyer, wo Stanis und Liva immer noch so dastanden, wie ich sie verlassen hatte. Das Essen dampfte weiter auf ihren Körpern.

»Stanis«, fragte ich, »hast du heute Morgen jemandem die Haustür aufgemacht? In der letzten halben Stunde etwa?«

Er schüttelte den Kopf, etwas Haferbrei fiel zu Boden, doch er wandte den Blick nicht von seiner Frau. »Wem die Tür öffnen? Fremder? Glaubst du, ich verrückt?« Er zeigte auf Liva. »Sie verrückt.«

»Ich zeig dir verrückt«, sagte sie und pfefferte ihm die Orange an den Kopf.

»Aaargh«, schrie er, jedenfalls so ähnlich; ich verdrückte mich schnell und zog die Tür hinter mir zu.

Ich stand im Flur mit dem Umschlag in der Hand und spürte ein schmieriges Schreckgefühl in meinem Magen anschwellen, ohne genau zu wissen, warum.

Warum?, wisperte eine Stimme.

Dieser Umschlag. Der Zettel mit »hi!«. Die Aufkleber.

Nichts davon ist bedrohlich, wisperte die Stimme. Zumindest nicht offenkundig. Nur Wörter und Papier.

Ich öffnete die Tür und trat hinaus auf die Veranda. Auf dem Schulhof gegenüber war gerade große Pause, die Nonnen scheuchten bei den Hüpfekästchenmarkierungen die Kinder herum, und ich sah, wie ein Junge ein Mädchen an den Haaren zog; sie erinnerte mich an Mae, wie sie mit leicht schräg gehaltenem Kopf dastand, als würde sie der Luft lauschen, die ihr ein Geheimnis anvertraute. Sie schrie auf, als der Junge sie an den Haaren zog, sie schlug sich an den Hinterkopf, als würde sie von Fledermäusen angegriffen, und der Junge rannte davon und verschwand in einer Gruppe anderer Jungs; das Mädchen hörte auf zu schreien und sah sich verwirrt und verloren um. Am liebsten wäre ich über die Straße gelaufen, hätte den kleinen Scheißer aufgespürt und ihm an den Haaren gezogen, damit der sich allein und verloren fühlte; dabei hatte ich dasselbe in seinem Alter wohl zig Mal gemacht.

Es hatte wohl etwas mit dem Älterwerden zu tun, wenn man plötzlich darüber nachdenkt, was Kindern, oft ganz ohne Absicht, alles angetan wird; man weiß einfach, dass jeder noch so winzige Schmerz Narben hinterlässt und an allem nagt, was an einem Kind rein und unendlich zerbrechlich ist.

Vielleicht hatte ich auch nur schlechte Laune.

Ich besah mir den Umschlag in meiner Hand; ich war nicht sonderlich neugierig auf das, was ich zu lesen bekam, wenn ich ihn öffnete. Ich öffnete ihn trotzdem. Dann schaute ich zu der beeindruckend schweren Holztür mit dem Glaseinsatz zurück, mit Alarmband versehen und drei

Messingschlössern ausgestattet, die in der späten Morgen-
sonne glänzten; die Tür schien mich zu verhöhnen.

Auf dem Blatt stand:

patrick,
vergissnichtabzuschließen.

13

V orsichtig, Mae«, mahnte Grace.

Wir überquerten die Massachusetts Avenue Bridge von Cambridge aus. Unter uns lag der im letzten Licht karamellfarbene Charles River, die Besatzung des Harvard-Achters schnaufte, als ihr Boot vorbeiglitt, und die Ruder schnitten so sauber durchs Wasser wie Messerklingen.

Mae stand auf der fünfzehn Zentimeter breiten Brüstung, die den Bürgersteig von der Fahrbahn trennt, und ihre Finger lagen beim Balancieren leicht auf meinen.

»Smoots?«, wiederholte sie und schmatzte dabei, als sei das Wort aus Schokolade. »Wieso Smoots, Patrick?«

»So haben sie die Brücke ausgemessen«, erklärte ich. »Sie haben Oliver Smoot immer wieder lang hingelegt, ein Mal über die ganze Brücke.«

»Mochten die ihn nicht?« Sie machte ein düsteres Gesicht und besah sich die nächste gelbe Smoot-Markierung.

»Doch, schon. Das Ganze war nur ein Spiel.«

»Ein Spiel?« Sie sah mir ins Gesicht und lächelte.

Ich nickte. »So haben sie das Längenmaß Smoots erfunden.«

»Smoots«, sagte sie und kicherte. »Smoots, Smoots.«

Ein Lastwagen donnerte vorbei, und die Brücke vibrierte unter unseren Füßen.

»Komm wieder runter, Schätzchen«, sagte Grace.

»Aber ich –«

»Jetzt.«

Mae sprang neben mich. »Smoots«, sagte sie und grinste, als würde es sich um unseren Privatscherz handeln.

1958 legten Studenten des MIT Oliver Smoot lückenlos über die Mass. Ave. Bridge und verkündeten, die Brücke sei 364 Smoots und ein Ohr lang. Nach einer Weile wurde dieses Maß von Boston und Cambridge gleichermaßen gepflegt, und wann immer die Brücke renoviert wird, werden die Smoot-Markierungen erneuert.

Wir ließen die Brücke hinter uns und gingen ostwärts am Fluss entlang. Es war früh am Abend, die Luft hatte die Farbe von Scotch angenommen, die Bäume leuchteten, und das rauchige dunkle Gold des Himmels bildete einen starken Kontrast zu der Farbexplosion aus Kirschrot, Limettengrün und Strahlengelb im Blattwerk über uns.

»Also noch mal langsam«, sagte Grace und hakte sich unter. »Deine Klientin hat eine Frau kennengelernt, die behauptete, die Freundin eines Mafioso zu sein.«

»War sie aber nicht, und soweit wir wissen, hat er nichts mit alledem zu tun, dann ist die Frau verschwunden, und wir finden keinerlei Unterlagen darüber, dass sie überhaupt je existierte. Jason, der Sohn der Klientin, scheint keine Leichen im Keller zu haben, bis auf seine Bisexualität vielleicht, was die Mutter aber nicht stört. Wir haben den Burschen anderthalb Wochen lang observiert und sind auf nichts gestoßen, abgesehen von einem Kerl mit Spitzbart, der vielleicht eine Affäre mit dem Burschen hat, sich aber in Luft aufgelöst hat.«

»Und die junge Frau, die du kanntest? Die, die umgebracht wurde?«

Ich zuckte mit den Schultern. »Nichts. Keiner ihrer Bekannten ist verdächtig, nicht mal die Mistkerle, mit denen sie rumgehangen hat, und Devin geht nicht ans Telefon. Die Sache ist besch–«

»Patrick«, mahnte Grace.

Ich sah zu Mae hinunter.

»Ups«, sagte ich. »Die Sache ist bescheiden.«

»Viel besser.«

»Scottie«, sagte Mae. »Scottie.«

Kurz vor uns saß ein Paar auf dem Rasen an der Joggingstrecke, und neben dem Knie des Mannes lag ein schwarzer Scottish Terrier, den er beiläufig kraulte.

»Darf ich?«, fragte Mae Grace.

»Da musst du erst den Mann fragen.«

Mae verließ den Weg und trat zögernd aufs Gras, als würde sie fremdes, unerforschtes Land betreten. Der Mann und die Frau lächelten sie an, dann schauten sie zu uns herüber, und wir winkten.

»Ist ihr Hund lieb?«

Der Mann nickte. »Zu lieb.«

Mae streckte ihre Hand vor dem Kopf des Terriers aus, der sie immer noch nicht bemerkt hatte. »Und er beißt nicht?«

»Er beißt nie«, antwortete die Frau. »Wie heißt du denn?«

»Mae.«

Der Terrier blickte auf, und Mae riss die Hand zurück, aber der Hund setzte sich nur langsam auf die Hinterpfoten und schnüffelte.

»Mae«, sagte die Frau, »das ist Indy.«

Indy schnüffelte an Maes Bein, und Mae schaute unsicher über die Schulter zu uns herüber.

»Er will gestreichelt werden«, sagte ich.

Ganz langsam beugte sie sich vor und tätschelte ihm den Kopf. Der Hund drehte seine Schnauze in ihre Handfläche, und Mae kam noch weiter zu ihm herunter. Je näher sie ihm kam, desto mehr wollte ich das Paar fragen, ob sie auch sicher seien, dass ihr Hund nicht beißen würde. Ein merkwürdiges Gefühl. Auf der Gefahrenskala stehen Scottish Terrier irgendwo zwischen Guppies und Sonnenblumen, aber als ich zusah, wie Maes winziger Körper einem Tier mit Zähnen immer näher kam, war das nur ein schwacher Trost.

Indy sprang Mae an, und ich hätte mich beinahe auf die beiden gestürzt, doch Grace legte mir eine Hand auf den Arm, Mae kreischte, und dann balgten sich der Hund und sie auf dem Rasen wie alte Freunde.

Grace seufzte. »Das Kleid war sauber.«

Wir setzten uns auf eine Bank und schauten eine Weile zu, wie Mae und Indy sich gegenseitig jagten, übereinander stolperten und miteinander rauften, dann standen sie wieder auf, und alles begann von vorn.

»Sie haben eine wunderschöne Tochter«, sagte die Frau.

»Danke sehr«, sagte Grace.

Mae kam an der Bank vorbeigerannt, streckte die Hände in die Höhe und kreischte, während Indy ihr um die Beine flitzte. Sie rannten noch zwanzig Meter weiter und stürzten dann in einer kleinen Wolke aus Gras und Erde übereinander.

»Wie lange sind Sie schon verheiratet?«, fragte die Frau.

Bevor ich etwas darauf erwidern konnte, bohrte mir Grace die Finger in den Oberschenkel.

»Fünf Jahre«, antwortete sie.

»Man könnte Sie für frisch Verheiratete halten«, sagte die Frau.

»Sie aber auch.«

Der Mann lachte und stupste seine Frau mit dem Ellbogen an.

»Wir fühlen uns auch wie frisch verheiratet«, sagte Grace. »Nicht wahr, mein Schatz?«

Gegen acht Uhr brachten wir Mae zu Bett; nach dem langen Spaziergang am Fluss und dem Fangenspielen mit Indy war ihre Energie aufgebraucht, und sie schlief sofort ein. Kaum waren wir wieder im Wohnzimmer, fing Grace an, alles Mögliche vom Boden aufzuheben – Malbücher, Spielzeug, Klatschmagazine und Horror-Taschenbücher. Die Magazine und Bücher gehörten nicht Grace, sondern Annabeth. Grace' Vater war gestorben, als sie auf dem College war, und er hatte den beiden Töchtern ein bescheidenes Vermögen hinterlassen. Grace verbrauchte ihren Teil recht schnell für alles, was nicht vom Stipendium abgedeckt war, das sie für die letzten zwei Jahre in Yale bekam, dann sorgte sie für den Unterhalt für sich selbst, ihren damaligen Mann Bryan und Mae, bevor Bryan sie verließ und Tufts Medical Center sie mit einem Forschungsstipendium aufnahm.

Die vier Jahre jüngere Annabeth ging ein Jahr auf ein Community College und brachte dann den Großteil ihres Erbes bei einem Jahresaufenthalt in Europa durch. Sie hatte

Fotos von ihrer Reise ans Kopfende ihres Betts und an den Toilettentisch geklebt; alle waren in Bars aufgenommen worden. Mit vierzig Riesen durch Europas Bars.

Sie kam gut mit Mae aus – sie brachte sie pünktlich zu Bett, achtete darauf, dass sie vernünftig aß und sich die Zähne putzte, und nahm sie beim Überqueren der Straße an die Hand. Sie ging mit ihr zu den Schulaufführungen, ins Kindermuseum und auf den Spielplatz und kümmerte sich um all das, wofür Grace mit ihrer Neunzig-Stunden-Woche keine Zeit hatte.

Als wir damit fertig waren, hinter Mae und Annabeth aufzuräumen, machten wir es uns auf der Couch bequem, suchten im Fernsehen nach etwas Lohnenswertem, fanden aber nichts. Springsteen hatte recht, zig Kanäle und nirgendwo lief etwas Gescheites.

Also machten wir die Glotze aus, setzen uns so hin, dass wir uns mit übereinandergekreuzten Beinen anschauen konnten, und Grace berichtete mir von den letzten drei Tagen in der Notaufnahme. Immer mehr Verletzte waren angekarrt worden, die Körper hatten sich auf den Transportliegen gestapelt wie Klafterholz in einer Winterhütte, und der Lärmpegel hatte das Niveau eines Heavy-Metal-Konzerts erreicht; eine alte Frau, die bei einem Handtaschendiebstahl umgeworfen worden und mit dem Kopf aufs Pflaster geschlagen war, hatte sich an Grace' Handgelenke geklammert, während ihr stumm die Tränen aus den Augen liefen, und war gestorben. Vierzehnjährigen Gangmitgliedern mit Kindergesichtern war das Blut aus den Brustkörben geflossen wie Farbe, während die Ärzte versuchten, die Löcher zu stopfen; ein Baby war eingeliefert worden, den linken Arm am Schultergelenk ganz nach hinten verdreht und an drei Stellen rings um den Ellbogen gebrochen; die Eltern behaupteten, es sei gestürzt. Eine Cracksüchtige hatte herumgeschrien und sich gegen die Pfleger gewehrt, weil sie den nächsten Schuss brauchte und es ihr vollkommen scheißegal war, dass die Ärzte ihr erst das Messer aus dem Auge ziehen wollten.

»Und du hältst meinen Job für gewalttätig?«, fragte ich.

Sie lehnte ihre Stirn an meine. »Noch ein Jahr, und ich bin in der Kardiologie. Noch ein Jahr.« Sie lehnte sich zurück, nahm meine Hände und legte sie in ihren Schoß. »Das Mädchen, das am Meeting House Hill umgebracht worden ist«, sagte sie, »das hat doch nichts mit eurem Fall zu tun, oder?«

»Wie kommst du denn auf die Idee?«

»Ach, nichts. Nur so eine Frage.«

»Nein, hat sie nicht. Reiner Zufall, dass wir den Fall Warren zu dem Zeitpunkt angenommen haben, als Kara ermordet wurde. Wie kommst du auf den Gedanken?«

Grace fuhr mit ihren Händen über meine Arme. »Na, du bist so angespannt, Patrick. Angespannter als sonst.«

»Wie das?«

»Na ja, du wirkst ganz normal, aber ich spüre es an deinem Körper, sehe es an der Art, wie du dastehst, so als würdest du damit rechnen, dass dich ein Laster über den Haufen fährt.« Sie gab mir einen Kuss. »Irgendwas macht dich völlig fertig.«

Ich dachte an die letzten elf Tage. Ich hatte mit drei Irren an einem Tisch gesessen, vier, wenn ich Pine mitzählte. Dann hatte ich eine Frau gesehen, die an einen Hügel genagelt worden war. Dann hatte mir jemand einen Stapel Autoaufkleber und ein »HI!« geschickt. Dann fand ich die Notiz »vergissnichtabzuschließen«. Abtreibungskliniken und U-Bahn-Waggons wurden niedergemäht, Botschaften in die Luft gejagt. In Kalifornien rutschten Häuser von den Hügeln, und in Indien verschwanden andere im Boden. Vielleicht hatte ich allen Grund, völlig fertig zu sein.

Ich schob meine Arme um ihre Taille und zog sie auf mich, lehnte mich zurück, schob meine Hände unter ihren Pullover und fuhr mit den Handflächen um ihre Brüste herum. Sie biss sich auf die Unterlippe und riss die Augen auf.

»Neulich hast du etwas zu mir gesagt«, fing ich an.

»Neulich habe ich eine Menge zu dir gesagt«, erwiderte sie. »Wenn ich mich richtig erinnere, habe ich ein paarmal ›O Gott‹ gesagt.«

»Das meinte ich nicht.«

»Ach«, meinte sie und schlug mir mit den Händen gegen die Brust, »›Ich liebe dich.‹ Meintest du das, Schnüffler?«

»Ja, Ma'am.«

Sie knöpfte mir das Hemd bis zum Bauchnabel auf und fuhr mir mit den Händen über die Brust. »Na und? Ich. Liebe. Dich.«

»Warum?«

»Warum?«, entgegnete sie.

Ich nickte.

»Das ist die dümmste Frage, die du je gestellt hast. Findest du dich nicht liebenswert, Patrick?«

»Eigentlich nicht«, sagte ich, und sie berührte die Narbe an meinem Unterleib.

Unsere Blicke kreuzten sich; ihr Blick war freundlich

und warmherzig, wie eine Segnung. Sie beugte sich vor, und meine Hände rutschten aus ihrem Pullover, als sie an mir hinunterglitt, bis ihr Kopf in meinem Schoß verschwand. Sie zog mir das Hemd aus der Hose und legte ihr Gesicht auf die Narbe. Sie fuhr mit ihrer Zunge darüber und küsste sie dann.

»Ich liebe diese Narbe«, sagte sie, ließ ihr Kinn darauf ruhen und sah zu meinem Gesicht herauf. »Ich liebe sie, weil sie das Zeichen des Bösen ist. Das war dein Vater nämlich, Patrick. Das Böse. Und er hat versucht, es an dich weiterzugeben. Doch daran ist er gescheitert. Denn du bist freundlich und sanft, du bist so gut zu Mae, und sie liebt dich so sehr.« Sie trommelte mit den Fingernägeln auf der Narbe. »Dein Vater hat verloren, weil du gut bist, verstehst du, und wenn er dich nicht geliebt hat, dann ist das sein beschissenes Problem, nicht deins. Er war ein Arschloch, und du verdienst alle Liebe.« Sie erhob sich auf allen vieren über mir. »All meine Liebe und all die von Mae.«

Eine ganze Weile bekam ich kein Wort heraus. Ich sah ihr ins Gesicht, bemerkte die Makel darin, sah, wie sie im Alter aussehen würde, wie in fünfzehn oder zwanzig Jahren viele Männer nicht mehr erkennen würden, was für ein ästhetisches Wunder ihr Gesicht und ihr Körper gewesen waren, doch das war mir egal. Denn auf lange Sicht hatte das keine Bedeutung. Ich habe zu meiner Exfrau Renee »Ich liebe dich« gesagt, ich habe sie das sagen hören, und wir wussten beide, dass das eine Lüge gewesen war, ein verzweifeltes Verlangen vielleicht, weit entfernt von jeder Realität. Ich liebte meine Partnerin, und ich liebte meine Schwester und meine Mutter, dabei hatte ich sie nicht wirklich gekannt.

Aber ich glaube nicht, dass ich jemals so etwas empfunden hatte.

Als ich wieder zu sprechen versuchte, war meine Stimme zittrig und heiser, und die Worte in meiner Kehle klangen gepresst. Meine Augen waren feucht, und mein Herz fühlte sich an, als würde es bluten.

Als ich klein war, liebte ich meinen Vater, doch er tat mir ständig weh. Unablässig. Ganz egal, wie sehr ich weinte und flehte, ganz gleich, wie sehr ich mich anstrengte, herauszufinden, was er wollte, was ich tun musste, um seiner Liebe würdig zu sein, statt Opfer seiner Wut zu werden.

»Ich liebe dich«, sagte ich immer wieder, doch er lachte nur. Und lachte. Und dann schlug er mich.

»Ich liebe dich«, sagte ich einmal, als er mich mit dem Kopf gegen eine Tür donnerte, doch er drehte mich nur um und spuckte mir ins Gesicht.

»Ich hasse dich«, sagte ich kurz vor seinem Tod vollkommen ruhig zu ihm.

Auch darüber konnte er nur lachen. »Eins zu null für den alten Herrn.«

»Ich liebe dich«, sagte ich zu Grace.

Und sie lachte. Ein wunderschönes Lachen. Ein überraschtes, erleichtertes, befreites Lachen, gefolgt von zwei Tränen, die ihr über die Wangenknochen kullerten, in meinen Augen landeten und sich dort mit meinen Tränen vermischten.

»O mein Gott«, stöhnte sie, ließ sich auf mich hinunter, und ihre Lippen fuhren über meine. »Ich liebe dich auch, Patrick.«

14

Grace und ich waren noch nicht an dem Punkt angelangt, wo der eine über Nacht beim anderen blieb
und Mae uns gemeinsam im Bett vorgefunden hätte. Der
Augenblick rückte näher, aber keiner von uns beiden wollte
damit leichtfertig sein. Mae wusste, ich war der »besondere
Freund« ihrer Mutter, aber sie musste noch nicht wissen,
was besondere Freunde so miteinander treiben, bis wir sicher waren, dass dieser besondere Freund auch für lange
Zeit da sein würde. Als ich jung war, waren viele meiner
Freunde ohne Vater aufgewachsen, dafür aber mit einer er-
staunlichen Anzahl von Onkeln, die durch die Betten ihrer
Mütter zogen – und ich hatte gesehen, was das mit ihnen
gemacht hatte.

Ich ging also kurz nach Mitternacht heim. Als ich den
Schlüssel ins Haustürschloss steckte, hörte ich leise mein
Telefon klingeln. Bis ich die Treppen erklommen hatte,
sprach Richie Colgan bereits mit meinem Anrufbeantworter:

»… namens Jamal Cooper im September 1973 war –«

»Ich bin's, Rich.«

»Patrick, du bist noch unter den Lebenden. Und dein
Anrufbeantworter funktioniert wieder.«

»Er war gar nicht kaputt.«

»Tja, dann nimmt er vielleicht keine Anrufe von Schwarzen entgegen.«

»Du bist nicht durchgekommen?«

»Ich hab dich letzte Woche ein Dutzend Mal angerufen, es hat geklingelt, aber keiner hat abgenommen.«

»Hast du es in meinem Büro probiert?«

»Dasselbe.«

Ich nahm den Anrufbeantworter und schaute darunter. Ich suchte nach nichts Bestimmtem, wahrscheinlich ist das ein Reflex. Ich kontrollierte die Stecker und Anschlüsse an der Rückseite; nichts, alles fest verbunden. Und ich hatte die ganze Woche über Nachrichten bekommen.

»Ich weiß gar nicht, was ich sagen soll, Rich. Der Anrufbeantworter scheint zu funktionieren. Vielleicht hast du dich verwählt.«

»Egal. Ich hab die Information, die du wolltest. Wie geht's Grace, übrigens?«

Richie und seine Frau Sherilynn hatten letzten Sommer bei Grace und mir Kuppler gespielt. Sherilynn hing schon seit zehn Jahren der Theorie an, dass ich eine starke Frau brauchte, die mir regelmäßig in den Hintern trat und sich von mir nichts gefallen ließ, um wieder ins Lot zu kommen. Neun Mal hatte sie falschgelegen, doch bei der zehnten schien es zu funktionieren.

»Sag Sheri, ich bin ganz hin und weg.«

Richie lachte. »Das wird sie gern hören. Nur zu gern! Ha-ha, schon beim ersten Mal, als du Grace angeschaut hast, wusste ich, dass sie dich an der Angel hat. Ausgenommen, geräuchert und zum Trocknen an die Luft gehängt.«

»Hmhm«, sagte ich.

»Gut«, sagte er mehr zu sich selbst und lachte. »Also soll ich loslegen?«

»Stift und Papier sind zur Hand.«

»Hauptsache, die Kiste Heineken ist ebenfalls zur Hand, Slim.«

»Versteht sich von selbst.«

»In fünfundzwanzig Jahren«, sagte Richie, »hat es eine einzige Kreuzigung in dieser Stadt gegeben. Ein Bursche namens Jamal Cooper. Schwarz, männlich, einundzwanzig, wurde im September 1973 in einer Absteige am Scollay Square an die Dielen im Keller genagelt aufgefunden.«

»Hast du eine Kurzbiografie von Cooper?«

»Junkie. Heroin. Vorstrafenregister so lang wie ein Footballfeld. Meist Kleinkram – Kleinkriminalität, Prostitution, aber auch ein paar Wohnungseinbrüche –, hat ihm zwei Jahre in der Strafanstalt Dedham eingebracht. Trotzdem, Cooper war nur ein kleiner Billigheimer. Wenn er nicht gekreuzigt worden wäre, hätte niemand überhaupt mitgekriegt, dass er tot war. Und auch so haben die Bullen sich zu Beginn nicht gerade die Ärsche aufgerissen, den Fall zu lösen.«

»Wer war der Untersuchungsbeamte?«

»Zwei Mann. Ein gewisser Inspector Brett Hardiman und, mal sehen, ja, ein Detective Sergeant namens Gerald Glynn.«

Ich stutzte. »Haben sie jemanden verhaftet?«

»Tja, da wird's interessant. Ich musste ein wenig buddeln, doch es gab ein leichtes Rauschen im Zeitungsblätterwald, als sie einen Kerl namens Alec Hardiman befragten.«

»Warte mal, hast du nicht gerade –?«

»Hab ich. Alec Hardiman war der Sohn des Untersuchungsbeamten Brett Hardiman.«

»Und was ist passiert?«

»Der jüngere Hardiman wurde entlastet.«

»Vertuschung?«

»Sieht nicht so aus. Sie hatten eh nicht sonderlich viel gegen ihn in der Hand. Er hatte Jamal Cooper wohl flüchtig gekannt, das war alles. *Aber ...*«

»Was?«

An Richies Ende der Leitung klingelten mehrere Telefone gleichzeitig, und er sagte: »Bleib dran.«

»Nein, Rich. Nein, ich –«

Der Mistkerl legte mich auf die Warteschleife.

Als er zurück in die Leitung kam, klang seine Stimme wieder nach eiligem Lokalreporter. »Patrick, ichmusslos.«

»Nein.«

»Doch. Hör mal, dieser Alec Hardiman wurde 1975 wegen eines anderen Mordes verurteilt. Er sitzt lebenslänglich in Walpole. Mehr weiß ich nicht. Musslos.«

Er legte auf; ich schaute auf die Namensliste auf meinem Notizblock: Jamal Cooper. Brett Hardiman. Alec Hardiman. Gerald Glynn.

Ich überlegte, Angie anzurufen, aber es war spät, und sie war sicher erledigt davon, Jason dabei zu beobachten, wie er die ganze Woche über nichts tat.

Ich starrte eine Weile das Telefon an, dann nahm ich meine Jacke und verließ die Wohnung.

Ich brauchte die Jacke nicht. Es war ein Uhr durch, und die schwüle Luft verstopfte mir die Poren, bis meine Haut übel roch und kränklich weich war.

Oktober. Klar.

Als ich das Black Emerald betrat, spülte Gerry Glynn gerade Gläser ab. Der Laden war leer, die drei Fernseher liefen stumm, *Dirty Old Town* in der Version der Pogues flüsterte in der Jukebox. Die Hocker standen auf dem Tresen, der Boden war gewischt, die bernsteinfarbenen Aschenbecher sauber wie ausgekochte Knochen.

Gerry schaute in die Spüle. »Sorry«, sagte er, ohne aufzublicken. »Geschlossen.«

Patton, der hinten auf dem Pooltisch lag, hob den Kopf und sah mich an. Durch den Zigarettenqualm, der noch immer wie eine Wolke in der Luft hing, konnte ich das Gesicht des Hundes nicht gut erkennen, aber ich wusste, was er sagen würde, wenn er sprechen könnte: »Hast du nicht gehört? Wir haben *geschlossen*.«

»Hi, Gerry.«

»Patrick«, sagte er verwirrt, aber freudig. »Was führt dich hierher?«

Er wischte sich die Hände ab und streckte eine über den Tresen aus.

Ich schüttelte sie, er drückte kräftig zu und sah mir unverwandt in die Augen, eine Gewohnheit der älteren Generation, die mich an meinen Vater erinnerte.

»Ich müsste dir mal ein, zwei Fragen stellen, Ger, wenn du Zeit hast.«

Er legte den Kopf schräg; seine sonst so gütig blickenden Augen verloren ihre Sanftheit. Dann klarten sie auf, er wuchtete seinen Körper auf die Gefriertruhe hinter sich, drehte die Hände nach oben und breitete die Arme aus. »Klar. Brauchst du ein Bier oder was?«

»Nur keine Umstände, Ger.« Ich setzte mich auf den Barhocker ihm gegenüber.

Er öffnete den Deckel zu der Kühltruhe neben sich. Sein dicker Arm verschwand darin, Eis klapperte. »Kein Problem. Ich kann dir aber nicht sagen, was ich finde.«

Ich lächelte. »Solange es kein Busch ist.«

Er lachte. »Nein Es ist ein ...« Sein vom Eiswasser nasser Arm tauchte wieder auf, von der Kälte hatten sich weiße Stellen am Unterarm gebildet. »... Lite.«

Ich grinste, als er es mir gab. »Wie Sex auf einem Segelboot«, sagte ich.

Gerry lachte laut auf und kam schnell auf die Pointe. »Verflucht nah am Wasser. Guter Witz.« Er griff hinter sich und zog, ohne hinzuschauen, eine Flasche Stolichnaya vom Regal. Er goss sich einen Schluck in ein Schnapsglas, stellte die Flasche zurück und erhob das Glas.

»Cheers.«

»Cheers«, sagte ich und trank einen Schluck Lite. Es schmeckte wie Wasser, aber immer noch besser als Busch. Aber selbst eine Tasse Diesel schmeckt besser als Busch.

»Und wie lautet deine Frage?«, wollte Gerry wissen. Er patschte sich auf den massigen Bauch. »Neidisch auf meine gute Figur?«

Ich lächelte. »Ein bisschen.« Ich trank noch einen Schluck. »Gerry, was kannst du mir über einen Kerl namens Alec Hardiman sagen?«

Er hielt sein Schnapsglas ins Neonlicht, und die durchsichtige Flüssigkeit verwandelte sich in schimmerndes Weiß. Er besah sich das Glas und schwenkte es in seinen Fingern.

»Also«, sagte er leise und besah sich immer noch das Glas, »wo hast du denn den Namen her, Patrick?«

»Er wurde mir gegenüber erwähnt.«

»Du hast nach ähnlichen Mordfällen wie dem von Kara Rider gesucht.« Er stellte das Glas ab und sah mich an. Er schien nicht wütend oder irritiert, und seine Stimme blieb ruhig und monoton, doch in seinem untersetzten Körper breitete sich eine Stille aus, die kurz zuvor noch nicht da gewesen war.

»War doch deine eigene Idee, Ger.«

In der Jukebox hinter mir waren die Pogues irgendwann den Waterboys und *Don't Bang the Drum* gewichen. Die Fernseher über Gerrys Kopf liefen auf drei verschiedenen Kanälen. Auf einem lief Australian Football, auf dem zweiten eine alte Folge von *Kojak,* auf dem dritten wehte die amerikanische Flagge im Wind; Sendeschluss.

Gerry hatte sich nicht gerührt, ja, nicht mal geblinzelt, seit er das Schnapsglas neben sich gestellt hatte, und ich konnte gerade so den flachen, kurzen Luftzug hören, wenn er durch die Nase ausatmete. Er sah mich nicht an, sondern durch mich hindurch, so als befände sich das, was er sah, auf der anderen Seite meines Kopfs.

Wieder griff er nach dem Stoli und goss sich noch einen ein. »Tja, Alec ist wieder da und sucht uns heim.« Er kicherte. »Hätte ich mir ja denken können.«

Patton sprang vom Pooltisch und tapste zur Bar vor, schaute mich an, als würde ich auf seinem Platz sitzen, sprang dann auf den Tresen direkt vor mir, legte sich hin und schob die Pfoten vor die Augen.

»Er möchte von dir gestreichelt werden«, sagte Gerry.

»Nein, möchte er nicht.« Ich beobachtete, wie sich Pattons Brustkorb hob und senkte.

»Er mag dich, Patrick. Na los.«

Einen Augenblick lang kam ich mir wie Mae vor, als ich vorsichtig meine Hand auf das prächtige schwarze und bernsteinfarbene Fell zubewegte. Unter dem Pelz spürte ich angespannte Muskeln, hart wie Billardkugeln, dann hob Patton den Kopf, brummte, fuhr mit seiner Zunge über meine freie Hand und schnüffelte dankbar mit einer kalten Nase daran.

»Einfach nur ein großer Teddybär, hm?«, sagte ich.

»Leider ja«, räumte Gerry ein. »Aber behalt's für dich.«

»Gerry«, fragte ich, während meine Hand in Pattons dichtem Fell versank, »hat dieser Alec Hardiman vielleicht –?«

»Kara Rider umgebracht?« Er schüttelte den Kopf. »Nein, nein. Das wäre selbst für Alec ziemlich schwierig. Alec Hardiman sitzt seit 1975 im Knast, und dass er rauskommt, werde ich wohl nicht mehr erleben. Und du wahrscheinlich auch nicht.«

Ich trank mein Lite aus, und Gerry, ganz der umsichtige Barkeeper, hatte seine Hand schon im Eis, bevor ich die Flasche auf den Tresen gestellt hatte. Diesmal zog er sie mit einem Harpoon IPA heraus, drehte die Flasche in seiner kräftigen Hand und öffnete sie mit dem an der Kühltruhe angeschraubten Flaschenöffner. Ich nahm die Flasche, etwas Schaum fiel mir auf die Hand, und Patton leckte ihn ab.

Gerry lehnte den Kopf an die Regalkante über der Truhe. »Hast du einen Burschen namens Cal Morrison gekannt?«

»Nicht besonders gut«, antwortete ich und unterdrückte

einen Schauder, der mich jedes Mal zu überkommen drohte, wenn ich den Namen Cal Morrison hörte. »Er war ein paar Jahre älter als ich.«

Gerry nickte. »Aber du weißt, was mit ihm passiert ist.«

»Er ist auf Blake Yard erstochen worden.«

Gerry sah mich einen Augenblick an und seufzte dann. »Wie alt warst du damals?«

»Neun oder zehn.«

Er griff nach einem zweiten Schnapsglas, goss einen Fingerbreit Stoli ein und stellte es vor mich auf den Tresen. »Trink.«

Ich fühlte mich an Bubbas Wodka erinnert und seine Wirkung auf mich. Anders als bei meinem Vater und seinen Brüdern ist wohl ein entscheidendes Gen der Kenzies an mir vorübergegangen; ums Verrecken habe ich noch nie harten Schnaps trinken können.

Ich lächelte Gerry schwach an. *Do swidanja.*

Er hob sein Glas, wir tranken, und ich blinzelte die Tränen fort.

»Cal Morrison«, erklärte Gerry, »ist nicht erstochen worden, Patrick.« Wieder seufzte er, ein tiefes, melancholisches Geräusch. »Cal Morrison wurde gekreuzigt.«

15

C al Morrison wurde nicht gekreuzigt«, sagte ich.
»Nicht?«, fragte Gerry. »Hast du die Leiche gesehen?«

»Nein.«

Er trank von seinem Schnapsglas. »Aber ich. Ich hab die Sache aufgenommen. Brett Hardiman und ich.«

»Alec Hardimans Vater.«

Er nickte. »Mein Partner.« Er beugte sich vor und goss mir Wodka nach. »Brett ist 1980 gestorben.«

Ich musterte das Schnapsglas und schob es beiseite, während Gerry sich selbst nachschenkte.

Gerry ertappte mich dabei und grinste. »Du bist anders als dein Vater, Patrick.«

»Danke für die Blumen.«

Er kicherte leise. »Aber du siehst aus wie er. Wie aus dem Gesicht geschnitten. Das weißt du doch sicher.«

Ich zuckte mit den Schultern.

Gerry drehte die Handgelenke nach oben und betrachtete sie eine Weile. »Blut ist schon eine komische Sache.«

»Was?«

»Da entsteht im Leib einer Frau ein Leben. Das kann dem Erzeuger unglaublich ähnlich sein, oder eben nicht, so dass der Vater vermuten könnte, der Postbote habe mehr als nur die Post gebracht. Du hast das Blut deines Vaters, ich das von meinem Vater, Alec Hardiman das von seinem Vater.«

»Und sein Vater war …?«

»Ein guter Mann.« Er nickte bei sich und trank einen Schluck. »Ein wirklich, wirklich feiner Mensch. Moralisch. Anständig. Und unfassbar klug. Wenn es dir keiner gesagt hätte, wärst du nie darauf gekommen, dass er Bulle war. Du hättest ihn für einen Kirchenmann halten können oder für einen Banker. Er kleidete sich makellos, sprach makellos, tat alles … makellos. Er hatte ein einfaches weißes Kolonial-haus in Melrose und eine tolle, freundliche Frau und einen gutaussehenden blonden Sohn, und du hättest ganz sicher von den Autositzen essen können.«

Ich trank mein Bier, der zweite Fernseher machte Platz für die Nationalflagge, gefolgt von einer blauen Matt-scheibe, und mir fiel auf, dass in der Jukebox *Coast of Malabar* von den Chieftains lief.

»Der perfekte Typ, der ein perfektes Leben führt. Per-fekte Frau, perfektes Auto, perfektes Haus, perfekter Sohn.« Gerry betrachtete seinen Daumennagel. Dann sah er mich an, und seine sanften Augen schauten ein wenig verstört, so als habe er zu lange in die Sonne geblinzelt und würde nur langsam wieder Umrisse und Farben erkennen. »Doch dann, ach, ich weiß nicht, ist irgendwas mit Alec passiert. Kein Psychiater hat jemals eine Erklärung dafür gefunden. An dem einen Tag ist er noch ein ganz normaler, durchschnittlicher Junge, und am nächsten …« Er hielt die Hände in die Höhe. »Keine Ahnung.«

»Er hat Cal Morrison umgebracht?«

»Das wissen wir nicht«, antwortete Gerry gepresst.

Aus irgendeinem Grund konnte er mich nicht anschauen. Sein Gesicht war rot geworden, die Adern an seinem Hals standen hervor wie Kabel, er schaute zu Boden und trat mit dem Schuhabsatz gegen die Wand der Kühltruhe. »Das wissen wir nicht«, wiederholte er.

»Gerry«, sagte ich, »weih mich ein. Ich weiß nur, dass Cal Morrison im Blake Yard von irgendeinem Herumtreiber niedergestochen worden ist.«

»Von einem Schwarzen«, fügte er hinzu, und wieder spielte dieses leichte Grinsen über seine Lippen. »So jedenfalls das Gerücht damals, hm?«

Ich nickte.

»Findest du keinen Schuldigen, dann schieb's einem Nigger in die Schuhe. Richtig?«

Ich zuckte mit den Schultern. »So hat man es sich zumindest damals erzählt.«

»Tja, er wurde nicht erstochen. Das haben wir nur den Medien erzählt. Er wurde gekreuzigt. Und es war auch kein Schwarzer. Wir haben an Cal Morrisons Klamotten rote Haare gefunden, blonde und braune, aber keine schwarzen. Alec Hardiman und ein Freund von ihm, Charles Rugglestone, waren früher am Abend in der Gegend gesehen worden, und wegen der anderen Morde waren wir eh schon nervös, deshalb hatten wir nichts dagegen, dass dieses Gerücht mit dem Schwarzen für eine Weile die Runde machte, bis wir jemanden verhaftet hatten.« Er zuckte mit den Schultern. »Damals trauten sich nicht allzu viele Schwarze in dieses Viertel, deshalb kam uns das wie eine gute Idee vor, es einem von ihnen in die Schuhe zu schieben.«

»Gerry«, sagte ich, »was für andere Morde?«

Die Tür zur Bar ging auf, das schwere Holz donnerte draußen gegen die Ziegelwand, und wir beide starrten einen Burschen mit Igelfrisur, einem Nasenring und einem zerrissenen T-Shirt an, das über einer modisch zerfledderten Jeans hing.

»Geschlossen«, sagte Gerry.

»Nur 'n kleinen Tropfen, damit ich mein' Magen aufwärm' inner einsamen Nacht«, meinte der Bursche in einem fürchterlich falschen irischen Bostoner Akzent.

Gerry löste sich von der Truhe und ging um den Tresen. »Weißt du überhaupt, wo du bist, Junge?«

Unter meiner Hand spannten sich Pattons Muskeln, der Hund hob den Kopf und starrte den Burschen an.

Der Bursche machte einen Schritt nach vorn. »Nur 'n kleinen Whiskey.« Er kicherte hinter vorgehaltener Hand, blinzelte ins Licht; sein Gesicht war vom Alkohol und Gott weiß was sonst noch ganz aufgedunsen.

»Kenmore Square ist da lang«, sagte Gerry und zeigte zur Tür hinaus.

»Will nich zum Kenmore Square«, murrte der Bursche. Er schwankte leicht hin und her, als er im Hosenbund nach seinen Zigaretten suchte.

»Junge«, mahnte Gerry, »Zeit, dass du weiterkommst.«

Er legte ihm eine Hand auf die Schulter, und einen Augenblick schien es, als würde der Bursche sie abschütteln wollen, doch dann sah er mich an, dann Patton und dann zu Gerry hinunter. Gerry verhielt sich freundlich und warmherzig, und er war zehn Zentimeter kleiner, doch selbst diesem Burschen, so hackedicht er auch war, ging auf, dass sich diese Freundlichkeit schnell in Luft auflösen würde, wenn er es darauf anlegte.

»Wollte nur 'n Drink«, murmelte er.

»Ich weiß«, sagte Gerry. »Aber ich kann dir keinen geben. Hast du noch Taxigeld? Wo wohnst du denn?«

»Ich wollte nur 'n Drink«, wiederholte der Bursche. Er sah mich an, Tränen kullerten ihm über die Wangen, und zwischen seinen Lippen baumelte schlaff eine nass gewordene Kippe. »Ich wollte nur …«

»Wo wohnst du denn?«, fragte Gerry erneut.

»Häh? Lower Mills.« Der Bursche schniefte.

»Du kannst in diesem Aufzug durch Lower Mills laufen, ohne dass sie dir in den Arsch treten?« Gerry grinste. »Die Gegend muss sich in den letzten zehn Jahren ganz schön verändert haben.«

»Lower Mills«, schluchzte der Bursche.

»Junge«, versuchte Gerry, ihn zu besänftigen. »Schsch. Schon okay. Alles in Ordnung. Du gehst zur Tür hinaus nach rechts, da ist einen halben Block weiter ein Taxistand. Der Taxifahrer heißt Achal, der ist bis Punkt drei Uhr da. Sag ihm, er soll dich nach Lower Mills fahren.«

»Ich hab kein Geld.«

Gerry tätschelte dem Burschen die Hüfte, und als er seine Hand wegnahm, steckte ein Zehner dort im Hosenbund. »Sieht ganz so aus, als hättest du da einen Schein vergessen.«

Der Bursche besah sich den Hosenbund. »Meins?«

»Meins ist es jedenfalls nicht. Und jetzt nimmst du dir ein Taxi. Okay?«

»Okay.« Der Bursche schniefte, als Gerry ihn zur Tür

hinausführte, dann drehte er sich plötzlich um und umarmte so viel von Gerry, wie er mit beiden Armen umfangen konnte.

Gerry kicherte. »Okay. Okay.«

»Ich liebe dich, Mann«, verkündete der Bursche. »Ich liebe dich!«

Draußen hielt ein Taxi am Straßenrand; Gerry machte sich von dem Burschen los und nickte dem Taxifahrer zu. »Na los jetzt. Geh schon.«

Patton senkte den Kopf, rollte sich auf dem Tresen zusammen und schloss die Augen. Ich kratzte ihn an der Nase, und er biss mir sanft in die Hand, wobei er mich schläfrig anzulächeln schien.

»Ich liebe dich!«, grölte der Bursche und stolperte auf die Straße.

»Ich bin gerührt«, sagte Gerry. Er machte die Tür hinter sich zu, und wir hörten die Achslager des Taxis klappern, als es auf der Avenue in einem Zug wendete und in Richtung Lower Mills davonfuhr. »Zutiefst gerührt.« Gerry schloss ab, schaute mich stirnrunzelnd an und fuhr sich mit der Hand über die rostbraunen Stoppeln auf seinem Kopf.

»Immer noch der freundliche Polizist von nebenan«, meinte ich.

Er zuckte mit den Schultern und runzelte dann die Stirn. »Hab ich das nicht in deiner Schule gemacht – ›Der freundliche Polizist von nebenan‹?«

Ich nickte. »Zweite Klasse, St. Bartholomew.«

Gerry trug Flasche und Schnapsglas zu einem Tisch bei der Jukebox; ich schloss mich ihm an, ließ aber mein Glas auf dem Tresen stehen, ein paar Meter entfernt, wo es hingehörte. Patton blieb auf dem Tresen liegen, hatte die Augen zu und träumte von großen Katzen.

Gerry kippelte mit seinem Stuhl nach hinten, drückte den Rücken durch, streckte die Arme hinter den Kopf und gähnte herzhaft. »Weißt du was? Ich erinnere mich daran.«

»O bitte«, sagte ich. »Das ist doch über zwanzig Jahre her.«

»Hmhm.« Er brachte die Stuhlbeine wieder auf den Boden und goss sich nach. Nach meiner Zählung hatte er sechs Wodka getrunken, doch das merkte man ihm überhaupt nicht an. »Aber die Klasse war schon was Besonderes«, sagte er und streckte mir das Glas zum Zuprosten hin. »Da waren du und Angela und dieser Scheißer, den sie geheiratet hat, wie hieß er noch?«

»Phil Dimassi.«

»Phil, ja.« Er schüttelte den Kopf. »Dann noch dieser verrückte Kevin Hurlihy und der andere Durchgeknallte, Rogowski.«

»Bubba ist in Ordnung.«

»Ich weiß, ihr seid Freunde, Patrick, aber verschone mich damit. Er gehört bei etwa einem halben Dutzend ungeklärten Morden zu den Verdächtigen.«

»Und alles nette Kerle, die Opfer, nehme ich an.«

Gerry zuckte mit den Schultern. »Mord ist Mord. Bringst du einen anderen nicht in Notwehr um, solltest du dafür bestraft werden. Punkt.«

Ich trank einen Schluck Bier und schaute zur Jukebox hinüber.

»Findest du nicht?«, fragte er.

Ich streckte die Hände aus und lehnte mich zurück.

»Früher schon. Doch manchmal, ehrlich, komm schon, Gerry – Kara Riders Leben war mehr wert als das Leben ihres Mörders.«

»Na wie hübsch«, sagte er und lächelte mich düster an. »Utilitaristische Logik vom Feinsten, Grundstein der schlimmsten faschistischen Ideologien, wenn ich das so sagen darf.« Er kippte noch einen Wodka und schaute mich fest an. »Wenn du davon ausgehst, dass das Leben eines Opfers mehr wert ist als das Leben eines Mörders, und du gehst dann los und bringst den Mörder um, macht dies dein Leben nicht wertloser als das des Mörders, den du umgebracht hast?«

»He«, meinte ich, »bist du jetzt unter die Jesuiten gegangen, Gerry? Willst du mich jetzt mit Syllogismen einwickeln?«

»Beantworte nur meine Frage, Patrick. Und komm mir nicht mit irgendwelcher Rhetorik.«

Schon als ich ein Kind war, hatte Gerry immer etwas merkwürdig Ätherisches an sich gehabt. Er existierte nicht auf derselben Ebene wie wir anderen. Man hatte den Eindruck, als würde er in genau den spirituellen Untiefen schwimmen, von dem uns die Priester sagten, sie würden dort liegen, wo unser alltägliches Bewusstsein ganz knapp nicht hinreichte. Der Ort, dem Träume und Kunst, Glaube und göttliche Eingebung entsprangen.

Ich ging hinter den Tresen und holte mir noch ein Bier, Gerry schaute mir ruhig und freundlich zu. Ich wühlte in der Truhe herum, fand noch ein Harpoon und kehrte an den Tisch zurück.

»Wir könnten die ganze Nacht hier sitzen und debattieren, Gerry, und in einer idealen Welt wäre das vielleicht nicht wahr, aber in dieser hier, ja, da ist manches Leben mehr wert als ein anderes.« Ich zuckte mit den Schultern, als er die Stirn runzelte. »Vielleicht bin ich ein Faschist, aber ich würde sagen, das Leben von Mutter Teresa ist mehr wert als das von diesem Wall-Street-Hai Michael Millken. Und Martin Luther Kings Leben war mehr wert als das von Hitler.«

»Interessant.« Seine Stimme war nur noch ein Flüstern. »Wenn du also in der Lage bist, über den Wert eines anderen Lebens zu urteilen, dann stellst du dich, so die Schlussfolgerung, über dieses Leben.«

»Nicht unbedingt.«

»Bist du besser als Hitler?«

»Auf jeden Fall.«

»Stalin?«

»Ja.«

»Pol Pot?«

»Ja.«

»Ich?«

»Du?«

Er nickte.

»Du bist kein Mörder, Gerry.«

Er zuckte mit den Schultern. »Ist das dein Kriterium? Du bist besser als jemand, der tötet oder anderen befiehlt zu töten?«

»Wenn diese Morde an Opfern begangen werden, die keine ernsthafte Bedrohung für den Mörder oder die Person darstellen, die die Morde befiehlt, dann bin ich besser als sie, ja.«

»Du bist also besser als Alexander der Große, Cäsar, mehrere amerikanische Präsidenten und ein paar Päpste.«

Ich lachte. Er hatte mich reingelegt, damit hatte ich gerechnet, aber ich hatte nicht bemerkt, aus welcher Richtung der Schlag kommen würde. »Wie ich schon sagte, Gerry, ich halte dich für einen halben Jesuiten.«

Er grinste und rieb sich über den borstigen Schädel. »Ich muss zugeben, sie haben mir viel beigebracht.« Er kniff die Augen zu Schlitzen zusammen und lehnte sich auf den Tisch. »Ich hasse nur die Vorstellung, dass manche Menschen mehr Recht haben, einem anderen das Leben zu nehmen, als andere. Das ist eine zutiefst korrupte Vorstellung. Wenn du jemanden tötest, solltest du dafür auch bestraft werden.«

»Wie Alec Hardiman?«

Er blinzelte. »Und du bist ein halber Pitbull, oder, Patrick?«

»Dafür werde ich bezahlt, Gerry.« Ich schenkte ihm nach. »Erzähl mir von Alec Hardiman und Cal Morrison und Jamal Cooper.«

»Vielleicht hat Alec Cal Morrison und auch Cooper umgebracht, sicher weiß ich es nicht. Wer immer es war, wollte uns damit was sagen, so viel steht fest. Er hat Morrison unter der Statue von Gouverneur Edward Everett gekreuzigt, ihm einen Eispickel durch den Kehlkopf gejagt, damit er nicht schreien konnte, und ihm ein paar Teile abgeschnitten, die nicht wieder aufgetaucht sind.«

»Was für Teile?«

Gerry trommelte einen Augenblick mit den Fingern auf der Tischplatte und schürzte die Lippen, während er darüber nachdachte, wie viel er mir sagen wollte. »Seine Eier, eine Kniescheibe, beide große Zehen. Das passt zu weiteren Opfern, von denen wir wissen.«

»Andere außer Cooper?«

»Kurz vor dem Mord an Cal Morrison«, erklärte Gerry, »wurden ein paar Schnapsdrosseln und Nutten umgebracht, vom Sperrgebiet Downtown bis hinaus zum Busbahnhof Springfield. Sechs insgesamt, mit Jamal Cooper angefangen. Die Tatwaffen variierten, die Opferprofile variierten, ebenso die Hinrichtungsmethoden, aber Brett und ich glaubten, dass das alles das Werk derselben zwei Mörder war.«

»Zwei?«, fragte ich.

Er nickte. »Und beide arbeiteten zeitgleich. Es hätte durchaus auch einer sein können, aber dazu hätte er schon erstaunlich stark, beidhändig und schnell wie der Blitz sein müssen.«

»Wenn die Mordwaffen, die Vorgehensweise und die Auswahl der Opfer so unterschiedlich waren, wie seid ihr darauf gekommen, dass es sich um dieselben Mörder handelte?«

»Die Morde hatten ein Maß an Grausamkeit erreicht, wie ich es noch nie zuvor gesehen hatte. Und seitdem auch nicht wieder. Diese Kerle hatten nicht nur Spaß daran, Patrick, ihnen – oder ihm – ging es um die Leute, die die Leichen fanden. Einen Obdachlosen zerteilten sie in hundertvierundsechzig Stücke. Das stell dir mal vor. Hundertvierundsechzig Stück Fleisch und Knochen, manche nicht größer als ein Fingernagel, lagen in dieser kleinen Absteige in der Combat Zone auf dem Schreibtisch und dem Kopfende des

Betts, waren auf dem Boden ausgebreitet, baumelten an Haken von der Duschvorhangstange. Das Haus gibt es gar nicht mehr, aber jedes Mal, wenn ich dort vorbeikomme, muss ich an das Zimmer denken. Einer sechzehnjährigen Ausreißerin in Worcester brach er das Genick, drehte ihr den Kopf um hundertachtzig Grad und umwickelte ihn mit Isolierband, damit der Erste, der durch die Tür kam, ihn auch so vorfand. Das war jenseits von allem, was ich je gesehen habe; ich lass mir von keinem einreden, dass diese sechs Opfer, alles immer noch ungeklärte Fälle, nicht von derselben Person umgebracht wurden.«

»Und Cal Morrison?«

Gerry nickte. »Nummer sieben. Und Charles Rugglestone ist wahrscheinlich Nummer acht.«

»Warte mal«, sagte ich, »der Rugglestone, der mit Alec Hardiman befreundet war?«

»Genau der.« Er hob sein Glas, setzte es wieder ab und starrte es an. »Charles Rugglestone wurde nicht weit von hier in einem Lagerhaus ermordet. Er wurde zweiunddreißig Mal mit einem Eispickel durchbohrt und derart brutal mit einem Hammer bearbeitet, dass die Löcher in seinem Schädel aussahen, als hätten kleine Tiere in seinem Hirn gehaust und beschlossen, sich nach außen durchzufressen. Er war außerdem Stück für Stück angesengt worden, von den Knöcheln bis zum Hals, das meiste davon, während er noch atmete. Wir fanden Alec Hardiman ohnmächtig im Abfertigungsbüro, er hatte Rugglestones Blut am ganzen Körper, und der Eispickel lag ein paar Schritte von ihm entfernt mit seinen Fingerabdrücken drauf.«

»Also war er es.«

Gerry zuckte mit den Schultern. »Jedes Jahr statte ich Alec einen Besuch in Walpole ab, weil sein Vater mich darum gebeten hat. Und vielleicht auch, weil ich ihn mag, ich weiß nicht. Ich sehe immer noch den kleinen Jungen in ihm. Na, egal. Aber sosehr ich ihn auch mag, er ist mir ein Rätsel. Ist er fähig zu einem Mord? Ja. Daran zweifle ich keine Sekunde. Aber du musst wissen, dass kein Einzelner, ganz gleich, wie kräftig – und Alec war nicht sonderlich stark –, das hätte tun können, was mit Rugglestone passiert ist.« Er kräuselte die Lippen und trank das Schnapsglas aus. »Doch kaum stand Alec vor Gericht, hörten die Morde auf. Sein Vater ging kurz nach der Verhaftung in Ruhestand, klar, aber ich habe weiter im Fall Morrison und der anderen sechs Morde ermittelt und habe Alec in mindestens zwei Fällen vor einer Mittäterschaft ausschließen können.«

»Aber er wurde verurteilt.«

»Nur für den Mord an Rugglestone. Keiner wollte einräumen, dass da draußen ein Serienkiller unterwegs war und sie die Öffentlichkeit nicht informiert hatten. Nachdem der Sohn eines hochdekorierten Beamten wegen eines brutalen Mordes verhaftet worden war, wollte keiner dumm dastehen. Also kam Alec wegen des Rugglestone-Mords vor Gericht und wurde zu lebenslänglich verurteilt, und nun hockt er in Walpole und verrottet. Sein Vater ist nach Florida gezogen und hat wahrscheinlich herauszufinden versucht, wo denn alles schiefgelaufen war. Das alles hätte keinerlei Bedeutung, nehme ich an, wenn da nicht jemand Kara Rider auf einem Hügel gekreuzigt hätte und jemand dir meinen Namen und den von Alec Hardiman gegeben hätte.«

»Also«, sagte ich, »wenn es tatsächlich mehr als einen Mörder gab und Alec Hardiman einer von ihnen war ...«

»Dann ist der andere noch da draußen, ja.« Dunkle Taschen hatten sich unter seinen tiefliegenden Augen gebildet. »Und wenn er nach über zwanzig Jahren immer noch da draußen ist und die ganze Zeit die Luft angehalten und auf sein Comeback gewartet hat, dann dürfte er ziemlich schlechte Laune haben, nehme ich an.«

16

Es war ein strahlender Sommertag, und es schneite, als Kara Rider mich anhielt und fragte, wie denn der Fall Jason Warren so laufe.

Ihre Haare waren wieder blond wie früher, und sie saß nur mit einem pinkfarbenen Bikiniunterteil bekleidet vor dem Black Emerald auf einem Gartenstuhl; der Schnee sammelte sich zu beiden Seiten von ihr immer höher an, doch auf ihre Haut fiel nur Sonne. Ihre kleinen harten Brüste glänzten vor Schweiß, und ich musste mich ermahnen, dass ich Kara schon seit Kindertagen kannte und ihre Brüste für mich nichts mit Sex zu tun haben sollten.

Grace und Mae waren einen halben Block entfernt, und Grace steckte Mae eine schwarze Rose ins Haar. Auf der anderen Straßenseite beobachtete eine Meute weißer Hunde die beiden, und der Geifer floss ihnen von den Lefzen.

»Ich muss los«, sagte ich zu Kara, doch als ich wieder hinschaute, waren Grace und Mae fort.

»Setz dich«, bat mich Kara. »Nur für einen Augenblick.«

Also setzte ich mich, der Schnee fiel mir in den Kragen, und mir lief ein Schauder über den Rücken. Mir klapperten die Zähne, als ich sagte: »Ich dachte, du bist tot.«

»Nein«, entgegnete sie. »Ich bin nur für eine Weile fort gewesen.«

»Wo warst du denn?«

»Brookline. Scheiße.«

»Was?«

»Sieht noch genauso beschissen aus.«

Grace steckte den Kopf zur Tür des Black Emerald heraus. »Kommst du, Patrick?«

»Ich muss los«, sagte ich und tätschelte Kara die Schulter.

Sie nahm meine Hand und legte sie auf ihre nackte Brust.

Ich sah zu Grace hinüber, doch es schien ihr nichts auszumachen. Angie stand neben ihr, und beide lächelten.

Kara strich sich mit meiner Handfläche über die Brustwarze. »Vergiss mich nicht.«

Nun legte sich der Schnee auf ihren Körper und begrub ihn. »Mach ich nicht. Ich muss los.«

»Bye.«

Die Beine ihres Gartenstuhls gaben unter der Last des Schnees nach, und als ich zurückschaute, konnte ich unter der Schneewehe kaum noch ihre Gestalt erkennen.

Mae kam aus der Bar, nahm meine Hand und verfütterte sie an ihren Hund.

Ich sah zu, wie sich blutiger Schaum in seinem Maul bildete, spürte aber keinen Schmerz – es war fast angenehm.

»Siehst du«, meinte Mae, »er mag dich, Patrick.«

In der letzten Oktoberwoche stellten wir nach Absprache mit Diandra und Eric die Observierung von Jason Warren ein. Ich kenne Kollegen, die den Fall noch weiter ausgeschlachtet und die Ängste einer besorgten Mutter befördert hätten, aber so etwas mache ich nicht. Nicht weil ich sonderlich Skrupel hätte, sondern weil es nicht gut fürs Geschäft ist, wenn die Hälfte der Einkünfte von immer denselben Klienten stammt. Wir hatten Akten von all den Lehrkräften Jasons angelegt, die er an der Bryce hatte (elf), ebenso von all seinen Bekannten (Jade, Gabrielle, Lauren und sein Mitbewohner), mit Ausnahme des Spitzbarts, und nichts davon deutete auch nur im Geringsten darauf hin, dass sie eine Bedrohung für Jason darstellen könnten. Wir hatten Protokolle unserer täglichen Observierungen angefertigt, dazu Kurzfassungen von unserem Treffen mit Fat Freddy, Jack Rouse und Kevin Hurlihy und von meinem Telefonat mit Stan Timpson.

Diandra hatte keine weiteren Drohungen mehr erhalten, keine Anrufe, keine Fotos in der Post. Sie hatte sich in New Hampshire mit Jason unterhalten und erwähnt, dass eine Freundin von ihr ihn in der Woche zuvor mit einem Typen im Sunset Grill gesehen habe, doch Jason hatte ihn »nur einen Freund« genannt und darüber hinaus nichts mehr dazu gesagt.

Wir verbrachten noch eine weitere Woche damit, ihn zu observieren, doch es lief auf immer das Gleiche hinaus – Sex, Singledasein, Studium.

Diandra fand auch, dass uns das alles nichts brachte und dass es, abgesehen von dem Foto, nichts gab, was darauf hindeutete, dass Jason sich in Gefahr befand; wir kamen daher zu dem Schluss, dass vielleicht unsere erste Vermutung – dass Diandra unbeabsichtigt Kevin Hurlihy verärgert hatte – doch stimmte. Nachdem wir uns mit Fat Freddy getroffen hatten, gab es keinerlei Hinweise mehr auf irgendeine Bedrohung; vielleicht hatten Freddy, Kevin, Jack und die ganze Mafia beschlossen, die Sache auf sich beruhen zu lassen, ohne dabei vor ein paar Privatschnüfflern das Gesicht zu verlieren.

Doch wie auch immer, es war vorbei, Diandra bezahlte uns für unsere Zeit und bedankte sich, und wir gaben ihr unsere Visitenkarten und Privatnummern, für den Fall, dass noch einmal etwas passieren sollte, und kümmerten uns während der ruhigsten Zeit des Jahres wieder um unser eigenes Leben.

Ein paar Tage später trafen wir uns auf Devins Wunsch mit ihm im Black Emerald, es war 14 Uhr. An der Tür hing ein ›Geschlossen‹-Schild, doch wir klopften an, Devin öffnete und schloss hinter uns ab.

Gerry Glynn saß hinter der Bar auf der Kühltruhe und machte kein sehr glückliches Gesicht, Oscar saß vor einem Teller am Tresen; Devin setzte sich neben ihn und biss in den blutigsten Cheeseburger, der je eine offene Flamme gesehen hatte.

Ich setzte mich neben Devin, Angie neben Oscar, und stibitzte ihm eine Fritte.

Ich sah mir Devins Cheeseburger an. »Haben die die Kuh gegen einen Heizkörper gelehnt?«

Devin knurrte nur und stopfte sich weiter den Mund voll.

»Devin, aber du weißt schon, was rotes Fleisch mit deinem Herz anstellt, von deinen Gedärmen ganz zu schweigen?«

Er wischte sich den Mund mit einer Papierserviette ab. »Hast du dich in meiner Abwesenheit zu einem dieser

ganzheitlichen, politisch korrekten Gesundheitsdeppen ge-
mausert, Kenzie?«

»Nein. Aber ich habe draußen einen demonstrieren sehen.«

Er griff an seine Hüfte. »Hier. Nimm meine Waffe und
knall den Blödmann über den Haufen. Und wenn du schon
dabei bist, knall auch gleich einen von diesen Straßenpanto-
mimen ab. Ich kümmer mich um den Papierkram.«

Hinter mir räusperte sich jemand, und ich sah in den
Barspiegel. In einer dunklen Sitznische gleich hinter meiner
rechten Schulter saß ein Mann.

Er trug einen dunklen Anzug mit dunkler Krawatte, ein
frisches sauberes Hemd und einen dazu passenden Schal.
Seine dunklen Haare hatten die Farbe von poliertem Maha-
goni. Er saß so steif in der Nische, als habe man seine Wirbelsäule durch ein Eisenrohr ersetzt.

Devin reckte einen Daumen in seine Richtung. »Patrick
Kenzie, Angela Gennaro, das ist FBI Special Agent Barton
Bolton.«

Ich drehte mich auf meinem Hocker um, Angie auf ihrem, und beide sagten wir: »Hi.«

Special Agent Barton Bolton sagte gar nichts. Er musterte uns beide von oben bis unten wie ein KZ-Komman-
dant, der gerade zu entscheiden versuchte, ob wir arbeits-
fähig waren oder ausgemerzt gehörten, dann richtete er
seinen Blick auf einen Punkt irgendwo oberhalb von Oscars Schulter.

»Wir haben ein Problem«, erklärte Oscar.

»Könnte ein kleines Problem sein«, ergänzte Devin,
»oder ein größeres.«

»Und worum geht's?«, fragte Angie.

»Setzen wir uns doch mal alle zusammen.« Oscar schob seinen Teller beiseite.

Devin folgte ihm, und wir gesellten uns alle zu Special Agent Barton Bolton in der Nische.

»Was ist mit Gerry?«, fragte ich und sah zu, wie er die Teller vom Tresen räumte.

»Mr. Glynn ist bereits befragt worden«, sagte Bolton.

»Aha.«

»Patrick«, sagte Devin, »wir haben deine Visitenkarte in Kara Riders Hand gefunden.«

»Ich habe dir erklärt, wie sie dort hingekommen ist.«

»Und das war auch kein Problem, solange wir von der Vermutung ausgingen, dass Micky Doog oder einer seiner heruntergekommenen Freunde sie umgebracht hatte, weil sie ihm keinen blasen wollte oder was auch immer.«

»Und deine Vermutung trifft nicht mehr zu?«, fragte Angie.

»Leider nein.« Devin zündete sich eine Zigarette an.

»Du hast doch damit aufgehört«, sagte ich.

»Erfolglos.« Er zuckte mit den Schultern.

Agent Bolton zog ein Foto aus seiner Aktentasche und reichte es mir. Darauf war ein junger Mann zu sehen, Mitte dreißig, gebaut wie eine griechische Statue. Er trug Shorts und grinste in die Kamera; sein Oberkörper setzte sich nur aus klaren Linien und festen Muskeln zusammen, und seine Bizeps waren so groß wie Basebälle.

»Kennen Sie diesen Mann?«

»Nein«, antwortete ich und reichte Angie das Foto. Sie besah es sich einen Augenblick lang. »Nein.«

»Sind Sie sicher?«

»Einen solchen Körper würde ich mir merken«, sagte Angie. »Glauben Sie mir.«

»Wer ist das?«

»Peter Stimovich«, sagte Oscar. »Mit vollständigem Namen, der verstorbene Peter Stimovich. Er wurde gestern Nacht umgebracht.«

»Hatte er auch eine Karte von mir?«

»Soweit wir wissen, nicht.«

»Und was mache ich dann hier?«

Devin sah hinüber zu Gerry am Tresen. »Worüber hast du dich mit Gerry vor ein paar Tagen unterhalten?«

»Frag Gerry.«

»Haben wir schon.«

»Moment«, sagte ich, »woher wisst ihr, dass ich vor ein paar Tagen hier war?«

»Sie stehen unter Beobachtung«, antwortete Bolton.

»Wie bitte?«

Devin zuckte mit den Schultern. »Diese Sache ist größer, als du denkst, Patrick. Viel größer.«

»Wie lange?«, fragte ich.

»Was, ›wie lange‹?«

»Wie lange werde ich schon beobachtet?«

»Seit Alec Hardiman unsere Bitte abgelehnt hat, mit ihm zu sprechen«, antwortete Devin.

»Und?«

»Als er unsere Bitte ablehnte«, erklärte Oscar, »sagte er, der Einzige, mit dem er sprechen würde, seist du.«

»Ich?«

»Du, Patrick. Du allein.«

arum will denn Alec Hardiman mit mir sprechen?«
»Gute Frage«, meinte Bolton. Er wedelte den
Qualm von Devins Zigarette fort. »Mr. Kenzie, alles, was
von jetzt ab gesagt wird, ist absolut vertraulich. Verstanden?«

Angie und ich zeigten Bolton unser bestes Schulterzucken.

»Nur um das klarzustellen – falls Sie irgendetwas von
dem ausplaudern, worüber wir heute sprechen, werden Sie
wegen Behinderung der Ermittlungen von Bundesjustizbehörden verklagt, was Ihnen maximal zehn Jahre einbringen
kann.«

»So etwas zu sagen, macht Ihnen Spaß, oder?«, fragte
Angie.

»Wie bitte?«

Sie machte eine tiefere Stimme. »›Behinderung der Ermittlungen von Bundesjustizbehörden.‹«

Bolton seufzte. »Mr. Kenzie, als Kara Rider ermordet
wurde, hatte sie Ihre Visitenkarte in der Hand. Ihre Kreuzigung weist, wie Sie wahrscheinlich wissen, bemerkenswerte Ähnlichkeiten mit der Kreuzigung eines Burschen in
diesem Viertel im Jahre 1974 auf. Sergeant Amronklin, wie
Sie vielleicht nicht wissen, war damals Streifenpolizist, der

mit dem früheren Detective Sergeant Glynn und Inspector Hardiman zusammenarbeitete.«

Ich sah Devin an. »Als wir Karas Leiche fanden, hast du in der Nacht schon gedacht, das könne was mit Cal zu tun haben?«

»Ich habe die Möglichkeit in Erwägung gezogen.«

»Mir hast du kein Wort davon gesagt.«

»Nein.« Er drückte seine Kippe aus. »Du bist Zivilist, Patrick. Es gehört nicht zu meinen Aufgaben, dich einzuweihen. Außerdem hielt ich das für ziemlich weit hergeholt. Ich habe das nur im Hinterkopf behalten.«

Das Telefon auf dem Tresen klingelte, Gerry sah uns an und hob ab. »Black Emerald.« Er machte ein Gesicht, als hätte er den Anruf erwartet. »Tut mir leid, nein. Wir haben geschlossen. Klempnerarbeiten.« Er schloss die Augen kurz und nickte eilig. »Wenn Sie so verzweifelt was zu trinken brauchen, versuchen Sie es in einer anderen Bar. Und das ein bisschen plötzlich.« Er wollte schon auflegen. »Was hab ich denn gesagt? Geschlossen. Ja, tut mir auch leid.«

Er legte auf und zuckte mit den Schultern.

»Dieses andere Opfer«, sagte ich.

»Stimovich.«

»Genau. Wurde er gekreuzigt?«

»Nein«, antwortete Bolton.

»Und wie starb er dann?«

Bolton sah Devin an, Devin sah Oscar an, und Oscar meinte: »Ist doch scheißegal. Sag's ihnen. Wir brauchen jede Hilfe, die wir kriegen können, bevor wir noch mehr Leichen an der Hacke haben.«

»Mr. Stimovich wurde an eine Mauer gefesselt«, sagte

Bolton, »dann wurde ihm streifenweise die Haut abgezogen, und man hat ihm die Eingeweide bei lebendigem Leib herausgeschnitten.«

»Himmel«, sagte Angie und bekreuzigte sich so schnell, dass ich mir nicht sicher war, ob sie es selbst überhaupt bemerkt hatte.

Wieder klingelte Gerrys Telefon.

Bolton runzelte die Stirn. »Könnten Sie das Ding für eine Weile ausstecken, Mr. Glynn?«

Gerry verzog schmerzlich das Gesicht. »Agent Bolton, bei allem Respekt den Toten gegenüber, ich halte meinen Laden so lange geschlossen, wie Sie es für nötig halten, aber ich habe Stammkunden, die sich wundern, warum ich zuhabe.«

Bolton winkte ab, und Gerry ging ans Telefon.

Er hörte ein paar Sekunden zu und nickte. »Bob, Bob, hör zu, wir haben ein Problem mit der Wasserleitung. Tut mir leid, aber hier steht das Wasser acht Zentimeter hoch und …« Er lauschte. »Ich sag dir, was du machen kannst – geh zu Leary's oder ins Fermanagh. Geh irgendwohin. Okay?«

Er legte auf und schaute uns mit einem Schulterzucken an.

»Woher wissen Sie, dass Kara nicht von einem Bekannten umgebracht worden ist? Micky Doog? Oder es handelt sich um irgendeinen Initiationsritus einer Gang?«

Oscar schüttelte den Kopf. »So hat sich das nicht abgespielt. Alle ihre Bekannten haben Alibis, auch Micky Doog. Außerdem wissen wir nicht, wo sie sich überall aufgehalten hat, seit sie wieder in der Stadt war.«

»Jedenfalls nicht sonderlich viel im Viertel«, meinte Devin. »Ihre Mutter hat keine Ahnung, wo sie gewesen ist. Allerdings war sie erst drei Wochen zurück, da dürfte sie in Brookline noch nicht allzu viele Leute kennengelernt haben.«

»Brookline?«, fragte ich, als mir mein Traum wieder einfiel.

»Brookline. Dort ist sie mehrmals aufgetaucht, das wissen wir. Kreditkartenabrechnungen aus der Innenstadt, ein paar Restaurants rund um die Bryce University.«

»Himmel«, sagte ich.

»Was denn?«

»Nichts, nichts. Aber wenn die Opfer auf unterschiedliche Weise getötet wurden, woher wissen Sie dann, dass diese Fälle miteinander zu tun haben?«

»Fotos«, antwortete Bolton.

Ein Block Trockeneis schmolz mir in der Brust.

»Was für Fotos?«, fragte Angie.

»Karas Mutter hatte in den Tagen vor Karas Tod einen ganzen Stapel ungeöffneter Post liegenlassen. Ein Brief war ein Umschlag ohne Absender, ohne Begleitschreiben, nur ein Foto von Kara, ein ganz unschuldiges Foto, nichts –«, sagte Devin.

Angie unterbrach ihn: »Gerry, darf ich mal telefonieren?«

»Was ist denn?«, fragte Bolton.

Doch sie war schon am Tresen und wählte.

»Und der andere Kerl, dieser Stimovich?«, fragte ich.

»In seinem Zimmer im Wohnheim ist niemand«, verkündete Angie, legte auf und wählte eine andere Nummer.

»Was ist denn los, Patrick?«, wollte Devin.

»Erzähl mir von Stimovich«, sagte ich und versuchte, mir die aufsteigende Panik nicht an der Stimme anmerken zu lassen. »Devin. Jetzt.«

»Stimovichs Freundin Alice Boorstin –«

»In Diandras Büro ist auch niemand«, sagte Angie, knallte den Hörer auf die Gabel, nahm ihn wieder in die Hand und wählte erneut.

»– bekam vor zwei Wochen ein ähnliches Foto von ihm mit der Post. Auf dieselbe Weise. Kein Begleitschreiben, kein Absender, nur ein Foto.«

»Diandra«, fragte Angie am Hörer, »wo ist Jason?«

»Patrick«, sagte Oscar, »spuck's aus.«

»Ja, ich habe seinen Stundenplan«, meinte Angie. »Er hat heute nur einen Kurs, und der ist seit fünf Stunden vorbei.«

»Unsere Klientin erhielt vor ein paar Wochen ebenfalls ein Foto«, sagte ich. »Von ihrem Sohn.«

»Wir melden uns. Bleiben Sie, wo Sie sind. Machen Sie sich keine Sorgen.« Angie legte auf. »Scheiße, Scheiße, Scheiße«, fluchte sie.

»Auf geht's.« Ich stand auf.

»Sie gehen nirgendwohin«, ging Bolton dazwischen.

»Verhaften Sie mich doch«, sagte ich und folgte Angie zur Tür hinaus.

18

Wir trafen Jade, Gabrielle und Lauren, die gemeinsam in der Cafeteria des Studentenwerks zu Abend aßen, aber keinen Jason. Die Frauen schauten uns an, als wollten sie sagen: »Und wer zum Teufel sind Sie?«, beantworteten aber unsere Fragen. Keine von ihnen hatte Jason seit dem Vormittag gesehen.

Wir schauten in seinem Zimmer im Wohnheim nach, doch dort war er seit letzter Nacht nicht mehr aufgetaucht. Sein Mitbewohner stand in einer Marihuanawolke da, während Henry Rollins' Saxophon zornig wimmernd aus den Lautsprechern dröhnte, und sagte: »Nee Mann, ich hab echt keine Ahnung, wo der steckt oder so. Außer vielleicht bei diesem Typen, Sie wissen schon.«

»Wissen wir nicht.«

»Na, dieser Typ. Dieser Typ, mit dem er ab und zu abhängt oder was.«

»Hat der Typ einen Spitzbart?«, fragte Angie.

Der Mitbewohner nickte. »Und echt tiefsitzende Augen, Mann. Wie so 'n Zombie. Als Tusse wär er 'ne Schau. Komisch, oder?«

»Hat der Typ auch einen Namen?«

»Hab ich nicht mitgekriegt.«

Während wir zum Wagen zurückgingen, hörte ich Grace,

wie sie mich vor ein paar Nächten fragte: »Das hat doch nichts mit diesem anderen Fall zu tun, oder?«

Tja, doch, hat es. Aber was hatte das zu bedeuten?

Diandra Warren erhält ein Foto ihres Sohns und zieht daraus den durchaus vernünftigen logischen Schluss, dass es was mit der Mafia zu tun hat, die sie aus Versehen verärgert hat. Außer, dass sie sie gar nicht verärgert hat. Sie war von einer Betrügerin kontaktiert worden, und zwar in Brookline. Eine Betrügerin mit einem starken Bostoner Akzent und feinen blonden Haaren. Kara Riders Haare wirkten bei unserer Begegnung frisch gefärbt. Kara Rider hatte eigentlich blonde Haare, und ihre Kreditkartenabrechnungen bewiesen, dass sie sich zur selben Zeit in Brookline aufgehalten hatte wie »Moira Kenzie«, die Diandra kontaktiert hatte.

Diandra Warren hatte keinen Fernseher in ihrer Wohnung. Falls sie Zeitung las, dann die *Tribune,* nicht die *News.* Die *News* hatte die ganze Titelseite mit Karas Foto vollgepflastert. Die *Tribune,* die erheblich weniger sensationslüstern war und die Story erst recht spät brachte, hatte überhaupt kein Foto von Kara abgedruckt.

Als wir am Wagen ankamen, hielt gerade Eric Gault in einem hellbraunen Audi dahinter. Er stieg aus und sah uns leicht überrascht an.

»Was führt euch denn her?«

»Wir suchen nach Jason.«

Er öffnete den Kofferraum und nahm ein paar Bücher von einem Stapel alter Zeitungen. »Ich dachte, ihr hättet den Fall aufgegeben.«

»Es hat ein paar neue Entwicklungen gegeben«, sagte ich

und lächelte voller Zuversicht, die ich nicht verspürte. Ich warf einen Blick auf die Zeitungen in seinem Kofferraum. »Hebst du die auf?«

Er schüttelte den Kopf. »Ach, die werfe ich in den Kofferraum, und wenn ich den Deckel nicht mehr zukriege, fahre ich zum Recycling.«

»Ich suche nach einer alten Zeitung von vor zehn Tagen etwa. Darf ich?«

Er machte einen Schritt zurück. »Bedien dich.«

Ich nahm die oberste *News* vom Stapel und fand die Ausgabe mit Karas Foto vier Lagen tiefer. »Danke«, sagte ich.

»Ist mir ein Vergnügen.« Er schloss den Kofferraum. »Wenn ihr nach Jason sucht, versucht es mal an der Coolidge Corner oder in den Bars an der Brighton Avenue. Das Kells, Harper's Ferry – dort trifft man sich.«

»Danke.«

Angie wies auf die Bücher unter Erics Arm. »Abgabetermin fällig?«

Er schüttelte den Kopf und sah zu den ehrwürdigen, weißen und rotgeziegelten Wohngebäuden hinüber. »Überstunden. Bei dieser Rezession müssen sogar wir Lehrstuhlinhaber ab und zu Nachhilfestunden geben.«

Wir verabschiedeten uns und stiegen in unseren Wagen.

Eric winkte, dann drehte er sich um, ging zu den Wohnheimen und pfiff leise in der sich abkühlenden Luft.

Wir schauten in jeder Bar auf der Brighton Avenue, an der North Harvard Street und in ein paar Läden am Union Square nach. Kein Jason.

Auf der Fahrt zu Diandras Wohnung fragte Angie: »Warum hast du denn die Zeitung mitgenommen?«

Ich sagte es ihr.

»Himmel«, sagte sie, »das Ganze ist der reinste Alptraum.«

»Ja, da ist es.«

Wir fuhren mit dem Fahrstuhl zu Diandras Loft hinauf; die Häuser am Hafen erhoben sich, dann wichen sie zurück in ein umgestülptes Becken tintenschwarzen Wassers. Die Vorahnung, die sich in den letzten Stunden in meinem Magen festgesetzt hatte, schwoll an und nahm ab, bis mir übel war.

Diandra ließ uns herein, und ohne Umschweife fragte ich sie: »Diese Moira Kenzie, hatte sie die nervöse Angewohnheit, sich die Haare hinters rechte Ohr zu schieben, auch wenn da keine Strähne hing?«

Sie starrte mich an.

»Ja oder nein?«

»Ja, aber woher …?«

»Denken Sie nach. Machte sie beim Sprechen so komische, halb lachende, halb hicksende Geräusche am Ende des Satzes?«

Diandra schloss kurz die Augen. »Ja. Ja, das tat sie.«

Ich hielt ihr die *News* hin. »Ist sie das?«

»Ja.«

»Verfluchte Scheiße«, sagte ich laut. »Moira Kenzie« war Kara Rider.

Von Diandras Wohnung aus rief ich Devin an.

»Dunkle Haare«, teilte ich ihm mit. »Zwanzig. Groß. Gut gebaut. Kinngrübchen. Trägt meistens Jeans und Flanellhemd.« Ich sah Diandra an. »Haben Sie ein Faxgerät?«

»Ja.«

»Devin, ich faxe dir ein Foto. Wie lautet die Nummer?«

Er gab sie mir. »Patrick, wir setzen hundert Mann darauf an, diesen Burschen zu finden.«

»Mach zweihundert draus, dann fühl ich mich besser.«

Das Faxgerät stand am östlichen Ende des Lofts am Schreibtisch. Ich fütterte es mit dem Foto von Jason, das Diandra erhalten hatte, wartete auf den Sendebericht und kehrte dann zu Diandra und Angie in den Wohnbereich zurück.

Ich berichtete Diandra, dass wir uns ein wenig Sorgen machten, weil wir überzeugende Hinweise darauf erhalten hätten, dass weder Jack Rouse noch Kevin Hurlihy etwas damit zu tun haben könnten. Ich sagte ihr, weil Kara Rider kurz nach ihrer Rolle als Moira Kenzie ums Leben gekommen sei, würde ich den Fall gern wieder aufnehmen. Ich verriet ihr nicht, dass jeder, der wie sie ein Foto zugeschickt bekommen hatte, kurz darauf einen nahestehenden Menschen durch einen Mord verloren hatte.

»Aber es geht ihm doch gut?« Diandra saß auf der Couch, hatte die Beine untergezogen und suchte in unseren Gesichtern.

»Soweit wir wissen«, meinte Angie.

Diandra schüttelte den Kopf. »Sie machen sich Sorgen. Das sieht man. Und Sie sagen mir nicht alles. Sagen Sie es mir. Bitte.«

»Es ist nichts«, wiegelte ich ab. »Mir gefällt nur nicht, dass die Frau, die sich als Moira Kenzie ausgegeben und diese ganze Angelegenheit erst ins Rollen gebracht hat, tot aufgefunden wurde.«

Das nahm sie mir nicht ab, sie beugte sich vor und stützte die Ellbogen auf die Knie. »Jede Nacht, egal, was sonst noch ist, ruft Jason zwischen neun und halb zehn an.«

Ich schaute auf die Uhr. Fünf nach neun.

»Wird er heute anrufen, Mr. Kenzie?«

Ich sah Angie an. Sie beobachtete Diandra sehr genau.

Diandra schloss kurz die Augen. Als sie sie wieder aufschlug, fragte sie: »Haben Sie Kinder?«

Angie schüttelte den Kopf.

Ich dachte kurz an Mae.

»Nein«, antwortete ich.

»Dachte ich mir.« Sie ging ans Fenster und stützte die Hände von hinten in die Hüften. Während sie dastand, ging in einer Wohnung im Gebäude nebenan ein Licht nach dem anderen aus, und Dunkelheit ergoss sich über den hellen Holzboden.

»Man hört nie auf, sich Sorgen zu machen«, sagte sie. »Nie. Man erinnert sich an das erste Mal, als er aus seinem Kinderbett kletterte und zu Boden fiel, bevor man ihn auffangen konnte. Man denkt, er sei tot. Nur eine Sekunde lang. Man erinnert sich an diesen schrecklichen Gedanken. Und wenn er dann älter wird und Fahrrad fährt, auf Bäume klettert und zur Schule geht und vor den Autos auf die Straße springt, statt an der Ampel auf Grün zu warten, dann tut man so, als ob alles okay wäre. Man sagt sich: ›So sind Kinder nun mal. Das habe ich in dem Alter auch gemacht.‹ Doch die ganze Zeit über hängt einem dieser kaum unterdrückte Schrei in der Kehle. Nicht. Halt. Tu dir nicht weh.« Sie drehte sich um und sah uns aus dem Schatten heraus an. »Die Sorge vergeht nie. Die Angst. Nicht eine Sekunde lang. Das ist der Preis dafür, dass man Leben in die Welt setzt.«

Ich sah Mae vor mir, wie sie die Hand vor die Hundeschnauze hielt, und dachte daran, wie ich losspringen und dem Scottish Terrier im Ernstfall den Kopf abreißen wollte.

Das Telefon klingelte. Viertel nach neun. Wir drei schraken hoch, und Diandra durchquerte den Raum in vier großen Schritten. Angie sah mich an und rollte erleichtert mit den Augen.

Diandra hob ab. »Jason?«, fragte sie. »Jason?«

Es war nicht Jason, man konnte es sofort daran erkennen, wie sie sich mit der freien Hand an der Schläfe entlangfuhr und sie fest gegen die Stirn drückte. »Was?«, fragte sie. Sie drehte den Kopf und sah mich an. »Moment.«

Sie reichte mir den Hörer. »Jemand namens Oscar.«

Ich nahm den Hörer und drehte mich mit dem Rücken zu Diandra und Angie; wieder gingen in dem Gebäude neben uns Lichter aus, und die dunkle Flüssigkeit ergoss sich über den Boden, während mir Oscar berichtete, dass man Jason Warren gefunden hatte.

Stückweise.

19

Der Mörder hatte Jason Warren in einem aufgelasse-
nen Güterdepot am Uferstreifen in South Boston in
den Bauch geschossen, ihn mehrmals mit einem Eispickel
durchbohrt und mit einem Hammer bearbeitet. Er hatte
ihm außerdem die Gliedmaßen abgetrennt und sie auf Fens-
terbrettern verteilt, den Torso auf einen Stuhl mit Blick
zur Tür gesetzt und den Kopf an ein totes Stromkabel ge-
bunden, das von einem hochgelegenen Förderband baumelte.

Ein Team der Kriminaltechnik brachte die ganze Nacht
und einen Großteil des nächsten Vormittags vergebens damit zu, Jasons Kniescheiben zu finden.

Die ersten beiden Polizisten, die am Tatort eingetroffen
waren, waren Anfänger gewesen. Der eine kündigte nach
einer Woche. Der andere, so Devin, ließ sich beurlauben
und ging in Therapie. Devin erzählte mir, dass er selbst erst
gedacht hatte, Jason sei von einem Löwen zerfleischt worden, als Oscar und er das Güterdepot betraten.

Als ich auflegte und ich mich zu Diandra und Angie umdrehte, wusste Diandra bereits Bescheid.

»Mein Sohn ist tot, oder?«, fragte sie.

Ich nickte.

Sie schloss die Augen und hielt eine Hand neben das

Ohr, so als wolle sie den Raum um Ruhe bitten, um besser hören zu können. Sie schwankte leicht wie im Wind, und Angie trat neben sie.

»Rühren Sie mich nicht an«, sagte Diandra mit geschlossenen Augen.

Als Eric eintraf, saß Diandra an ihrem Fensterplatz und schaute auf den Hafen hinaus; der Kaffee, den Angie gekocht hatte, stand kalt und unberührt neben ihr. In der letzten Stunde hatte sie kein Wort gesprochen.

Als Eric hereinkam, starrte sie ihn an, während er seinen Regenmantel auszog, ihn aufhängte und uns ansah.

Wir traten in die Küchenecke, und ich erzählte es ihm.

»Himmel«, sagte er, und einen Augenblick lang sah er so aus, als würde ihm schlecht werden. Er wurde kreidebleich, und er krallte sich am Küchentresen fest, bis die Knöchel weiß wurden. »Ermordet. Wie?«

Ich schüttelte den Kopf. »Ermordet muss für den Augenblick reichen«, wiegelte ich ab.

Eric legte beide Hände auf den Tresen und senkte den Kopf. »Was macht Diandra, seit sie es weiß?«

»Sie ist still.«

Er nickte. »So ist sie. Habt ihr Stan Timpson kontaktiert?«

Ich schüttelte den Kopf. »Darum kümmert sich die Polizei, nehme ich an.«

Seine Augen wurden feucht. »Der Junge, der arme, schöne Junge.«

»Sag es mir«, forderte ich ihn auf.

Er sah an meiner Schulter vorbei zum Kühlschrank hinüber. »Was denn?«

»Alles, was du über Jason weißt. Alles, was du bislang verschwiegen hast.«

»Verschwiegen?« Seine Stimme klang ganz klein.

»Verschwiegen«, wiederholte ich. »Dir war doch die ganze Zeit schon unwohl bei der Sache.«

»Wie kommst du darauf, ich –«

»Nur so eine Ahnung, Eric. Was hast du heute Abend an der Uni gemacht?«

»Hab ich dir doch gesagt. Nachhilfe gegeben.«

»Blödsinn. Ich habe die Bücher gesehen, die du aus dem Wagen genommen hast. Eins davon war eine Bastelanleitung fürs Auto, Eric.«

»Also«, sagte er, »ich werde mich jetzt um Diandra kümmern. Ich weiß, wie sie reagieren wird, deshalb finde ich, ihr beide solltet jetzt gehen. Sie würde nicht wollen, dass ihr mitbekommt, wenn sie zusammenbricht.«

Ich nickte. »Ich melde mich.«

Er rückte seine Brille zurecht und ging an mir vorbei. »Ich sorge dafür, dass eure Rechnung beglichen wird.«

»Wir sind schon ausbezahlt worden, Eric.«

Er ging durch das Loft zu Diandra, ich sah Angie an und ruckte den Kopf in Richtung Tür. Sie nahm ihre Tasche vom Fußboden und ihre Jacke von der Couch, Eric legte eine Hand auf Diandras Schulter.

»Eric«, sagte sie. »Ach, Eric. Warum? Warum?«

Als Angie bei mir war, ließ Diandra sich von ihrem Fenstersitz in Erics Arme fallen. Ich öffnete die Wohnungstür, und Diandra Warren schrie. Es war eines der schrecklichsten Geräusche, die ich je gehört habe – ein wütender, gequälter, verheerender Ton, der ihr aus der Brust drang, durch das Loft hallte. Lange, nachdem wir das Gebäude verlassen hatten, dröhnte es noch immer in meinem Kopf.

»Mit Eric stimmt was nicht«, sagte ich im Fahrstuhl zu Angie.

»Was denn?«

»Irgendwas stimmt nicht«, wiederholte ich. »Er hat Dreck am Stecken. Oder er verheimlicht uns was.«

»Was?«

»Keine Ahnung. Er ist zwar unser Freund, Angie, aber wie er sich in dieser Angelegenheit aufführt, passt mir ganz und gar nicht.«

»Ich schau es mir an«, sagte sie.

Ich nickte. Noch immer hörte ich Diandras entsetzlichen Schrei im Kopf, am liebsten hätte ich mich zusammengerollt und mich davor versteckt.

Angie lehnte sich gegen die Glaswand des Fahrstuhls und schlang fest die Arme um sich; die Heimfahrt über sprachen wir kein Wort.

Ich glaube, wenn man mit Kindern zu tun hat, lernt man vor allem eins: weitermachen, ganz gleich, um welche Tragödie es sich handelt. Man hat keine Wahl. Lange vor Jasons Tod, noch bevor ich jemals von ihm oder seiner Mutter gehört hatte, hatte ich versprochen, Mae für anderthalb Tage zu mir zu nehmen, weil Grace arbeitete und Annabeth nach Maine fuhr, um eine alte Freundin zu besuchen.

Als Grace von der Sache mit Jason hörte, meinte sie: »Ich suche mir jemand anderen. Oder ich schaue, dass ich mir freinehmen kann.«

»Nein«, entgegnete ich. »Es bleibt alles beim Alten. Ich möchte Mae zu mir nehmen.«

Das tat ich auch. Und es war eine der besten Entscheidungen, die ich je getroffen habe. Ich weiß, im Allgemeinen sagt man, es ist gut, über sein Unglück zu sprechen, mit Freunden oder auch mit Fremden darüber zu reden, und vielleicht stimmt das ja auch. Doch meistens finde ich, dass in unserer Gesellschaft sowieso viel zu viel geredet wird, dass wir es für ein Allheilmittel halten, etwas auszusprechen, was häufig nicht zutrifft, und dass wir dabei ganz außer Acht lassen, dass es uns auf diese Weise vollkommen vereinnahmen kann.

Ich persönlich neige zum Brüten, und was das Ganze noch schlimmer macht, ich verbringe viel Zeit mit mir selbst; vielleicht wäre es ja gut gewesen, wenn ich mit jemandem über Jasons Tod und meine eigenen Schuldgefühle deswegen gesprochen hätte. Aber das tat ich nicht.

Stattdessen verbrachte ich die Zeit mit Mae, und die simple Aufgabe, mit ihr Schritt zu halten und sie zu beschäftigen, ihr zu essen zu geben und sie zum Mittagsschlaf hinzulegen, ihr die Mätzchen der Marx Brothers zu erklären, als wir uns *Animal Crackers* und *Duck Soup* anschauten, und ihr dann Dr. Seuss vorzulesen, während sie es sich auf der Liege gemütlich machte, die ich im Schlafzimmer für sie hergerichtet hatte – die simple Aufgabe, mich um einen anderen, jüngeren Menschen zu kümmern, war therapeutisch erheblich wirkungsvoller als tausend Therapiegespräche. Ich ertappte mich bei dem Gedanken, ob die Generationen vor uns nicht vielleicht doch recht hatten, als sie dies als Allgemeinwissen voraussetzten.

Auf halber Strecke durch *Ein Kater macht Theater* fielen Mae die Augen zu. Ich zog ihr die Decke bis unters Kinn und legte das Buch beiseite.

»Liebst du Mami?«, fragte sie.

»Ja, ich liebe Mami. Schlaf jetzt.«

»Mami liebt dich«, murmelte sie.

»Ich weiß. Und jetzt schlaf.«

»Liebst du mich?«

Ich gab ihr einen Kuss auf die Wange. »Über alles, Mae.«

Aber da war sie schon eingeschlafen.

Grace rief gegen elf an.

»Was macht mein kleines Monster?«

»Dem geht's bestens, es schläft.«

»Ich hasse das. Wochenlang zickt sie bei mir rum, und kaum verbringt sie mal einen Tag mit dir, ist sie der reinste Engel.«

»Tja«, meinte ich, »mit mir ist es eben viel lustiger.«

Grace kicherte. »Jetzt mal ehrlich – war sie brav?«

»Und wie.«

»Geht's dir besser wegen Jason?«

»Nur, wenn ich nicht darüber nachdenke.«

»Verstehe. Bei dir alles okay wegen neulich?«

»Mit uns?«, fragte ich.

»Ja.«

»War da was neulich?«

Grace seufzte. »So ein Arsch.«

»He.«

»Ja?«

»Ich liebe dich.«

»Ich liebe dich auch.«

»Ist doch schön, nicht?«, fragte ich.

»Das Schönste überhaupt«, sagte sie.

Am nächsten Morgen, Mae schlief noch, trat ich auf die Veranda und sah Kevin Hurlihy vor dem Haus stehen; er lehnte an dem goldenen Diamante, den er für Jack Rouse chauffierte.

Seit mein Brieffreund seine Nachricht geschickt hatte, »Vergissnichtabzuschließen«, hatte ich meine Waffe stets dabei. Auch wenn ich nach unten ging und meine Post holte. Vor allem dann.

Es handelte sich um eine 6.5-mm-Beretta, 15-Schuss-Magazin. Zum Glück, denn bei Kevin hatte ich das Gefühl, ich würde jede Kugel brauchen.

Eine ganze Weile starrte er mich an. Schließlich setzte ich mich auf die oberste Stufe, öffnete meine drei Rechnungen, blätterte durch die neueste Ausgabe von *Spin* und las einen Artikel über Machinery Hall.

»Hörst du Machinery Hall, Kev?«, fragte ich ihn schließlich.

Kevin starrte und atmete durch die Nase.

»Gute Band«, fuhr ich fort. »Du solltest dir die neue CD holen.«

Kevin machte nicht den Eindruck, als würde er nach unserem Gespräch bei Tower Records vorbeischauen.

»Na ja, sie klingen ein wenig epigonal, aber wer tut das nicht heutzutage?«

Kevin machte nicht den Eindruck, als wüsste er, was epigonal heißt.

Zehn Minuten lang stand er da, sagte kein Wort, wandte den Blick nicht von mir, und seine Augen wirkten stumpf und trüb, so lebhaft wie Sumpfwasser. Das war wohl der morgendliche Kevin, nahm ich an.

»Tja, Kev, schätze, du stehst nicht so auf Independent.« Kevin zündete sich eine Zigarette an.

»Ich früher auch nicht, aber dann hat mich meine Partnerin davon überzeugt, dass es da draußen weit mehr gibt als nur die Stones und Bruce Springsteen. Das meiste ist Scheiß, überbewertet, versteh mich richtig. Ich mein, erklär mir mal Morrisey. Aber dann ist da Kurt Cobain oder Trent Reznor, das ist echte Musik, da hofft man dann für die Zukunft. Aber vielleicht liege ich auch falsch. Ach, Kev, was denkst du über Cobains Tod? Glaubst du, wir haben die Stimme unserer Generation verloren, oder war das schon, als Frankie Goes to Hollywood sich aufgelöst haben?«

Eine starke Brise kräuselte über die Avenue; als Kevin sprach, klang seine Stimme nach nichts.

»Kenzie, vor ein paar Jahren hat ein Typ Jackie vierzig Riesen abgezogen.«

»Es kann sprechen«, sagte ich.

»Dieser Typ wollte zwei Stunden später oder so einen Flug nach Paraguay nehmen oder sonst wohin, als ich ihn bei seiner Freundin aufgestöbert hab.« Kevin schnickte seine Kippe in die Büsche vor dem Haus. »Ich hab ihn gezwungen, sich mit dem Gesicht nach unten auf den Boden zu legen, Kenzie, dann bin ich auf ihm herumgesprungen, bis seine Wirbelsäule brach. Hörte sich an, als ob man eine Tür eintritt. Ganz genau so. Ein großes lautes Krachen, und gleichzeitig dieses kleine Splittern.«

Wieder zog die Brise über die Avenue, und die trockenen Blätter im Rinnstein raschelten.

»Jedenfalls«, fuhr Kevin fort, »der Typ schreit, seine Freundin schreit, und ständig glotzen sie zur Tür dieser beschissenen Wohnung rüber, aber nicht, weil sie glauben, sie hätten auch nur die leiseste Chance zu entkommen, sondern weil sie wissen, die Tür heißt, sie sind eingesperrt. *Mit mir.* Ich habe die Macht über sie. Ich entscheide, welche Bilder sie mit in die Hölle nehmen.«

Wieder zündete er sich eine Zigarette an, und ich spürte, wie mir die Brise durch die Brust fuhr.

»Also dreh ich den Kerl um«, sagte er. »Ich setze ihn mit seiner gebrochenen Wirbelsäule auf, und dann nehme ich mir seine Freundin vor, keine Ahnung, ein paar Stunden. Musste dem Kerl Whiskey in die Fresse kippen, damit er nicht ohnmächtig wurde. Dann hab ich seine Freundin umgelegt, acht, neun Schuss. Ich hab mir einen Drink eingegossen und dem Kerl eine Weile in die Augen geschaut. Alles vorbei. All seine Hoffnung. Sein Stolz. Seine Liebe. All das gehört mir. Mir ganz allein. Und er weiß es. Ich stell mich hinter ihn und drücke ihm die Waffe an den Hinterkopf, direkt ans Stammhirn. Und weißt du, was ich dann gemacht habe?«

Ich sagte kein Wort.

»Ich habe gewartet. Fünf Minuten oder so. Und jetzt rate mal? Rate mal, was der Kerl gemacht hat, Kenzie. Rate.«

Ich faltete die Hände auf dem Schoß.

»Er bettelt, Kenzie. Der Arsch ist gelähmt. Er hat gerade hilflos mitangesehen, wie ein anderer seine Freundin missbraucht und erschießt. Er hat nichts mehr, wofür es sich zu leben lohnt. Nichts. Und trotzdem fleht er um sein Leben. Was für eine beschissene, verrückte Welt, ich schwör's.«

Er schnickte seine Kippe gegen die Stufen unter mir, die Glut zersprang, und die Funken zerstoben im Wind.

»Als er anfing zu beten, hab ich ihm das Hirn weggepustet.«

Bisher habe ich nichts anderes als ein großes Loch gesehen, wenn ich Kevin betrachtet habe. Doch jetzt ging mir auf, dass es das Gegenteil von nichts war, es war alles. Alles, was verdorben war auf dieser Welt. Hakenkreuze und Killing Fields, Arbeitslager, Ungeziefer und Feuer, das vom Himmel fiel. Kevins Nichts war die grenzenlose Fähigkeit zu alldem und noch viel mehr.

»Halt dich von dieser Sache mit Jason Warren fern«, sagte er. »Der Typ, der Jackie beschissen hat? Seine Freundin? Das waren Freunde von mir. Bei dir«, sagte er, »weiß ich nicht mal, ob ich dich je mochte.«

Er stand da, ohne den Blick von mir zu wenden, und ich spürte Schmutz und Verrohung in meinem Blut, die jeden, aber auch jeden Millimeter meines Körpers verunreinigten.

Kevin ging zur Fahrerseite hinüber und legte seine Hände auf die Motorhaube.

»Du hast dir jetzt 'ne richtig nette Familie zusammengesucht, hab ich gehört, Kenzie? 'ne Arztschlampe und ihre kleine Göre. Die Kleine ist was, vier, oder?«

Ich dachte an Mae, die nur zwei Etagen über uns schlief.

»Was glaubst du, was hält die Wirbelsäule einer Vierjährigen aus, Kenzie?«

»Kevin«, sagte ich mit erstickter Stimme, »wenn du –«

Er hielt eine Hand hoch und ahmte ein Plappermaul nach, dann schaute er nach unten und öffnete die Wagentür.

»He, du Wichser«, sagte ich, und meine rauhe Stimme hallte laut über die leere Straße, »ich rede mit dir.«

Er sah mich an.

»Kevin«, sagte ich, »kommst du auch nur in die Nähe dieser Frau oder ihres Kindes, dann jage ich dir so viele Kugeln in den Schädel, dass er aussieht wie ein verfluchter Bowlingball.«

»Bla«, entgegnete er und öffnete die Fahrertür. »Bla, bla, Kenzie. Bis bald.«

Ich zog die Waffe aus dem Hosenbund und schoss in die Windschutzscheibe.

Glas prasselte auf den Fahrersitz, Kevin sprang zurück und sah mich an.

»Das versprech ich dir. Kannst du dir einrahmen.«

Einen Augenblick lang dachte ich, er würde etwas unternehmen. Sofort und auf der Stelle. Aber das tat er nicht. Er sagte nur: »Du hast dir gerade ein Grab auf dem Friedhof gekauft. Das weißt du.«

Ich nickte.

Er besah sich die Scherben auf dem Sitz; plötzlich stand ihm die Wut ins Gesicht geschrieben, er griff sich an den Hosenbund und stapfte schnell um den Wagen.

Ich richtete meine Waffe mitten auf seine Stirn.

Kevin blieb stehen, die Hand noch am Hosenbund, und ganz, ganz langsam lächelte er. Er kehrte zum Wagen zurück, öffnete die Tür, stützte die Arme auf Tür und Wagendach und sah mich an. »Ich sag dir, was passieren wird. Genieß die Zeit mir deiner Freundin, fick sie zwei Mal die

Nacht, wenn du kannst, und pass schön auf, dass du besonders nett bist zu dem Kind. Bald – vielleicht heute, vielleicht nächste Woche –, bald komm ich bei dir vorbei. Erst knall ich dich ab. Dann warte ich noch eine Weile. Vielleicht hol ich mir was zu essen, geh auf die Rennbahn, trink ein paar Biere. Was auch immer. Danach schau ich bei deiner Schlampe vorbei und bringe sie und das Kind um. Und dann gehe ich nach Hause und lach mir 'nen Ast, Kenzie.«

Er stieg ein und fuhr davon; ich stand auf der Veranda, und das Blut pochte und waberte mir um die Knochen.

20

Ich ging nach oben und schaute als Erstes bei Mae nach. Sie hatte sich zusammengerollt und umklammerte eins der Kissen, die Fransen bedeckten ihre Augen, und ihre Wangen waren von Wärme und Schlaf leicht gerötet.

Ich sah auf die Uhr. Halb neun. Den Schlaf, den ihre Mutter wegen der Arbeit nicht bekam, holte das Kind wieder auf.

Ich machte die Tür zu, ging in die Küche und bekam drei Anrufe von Nachbarn, die erzürnt wissen wollten, was zum Henker ich mir dabei gedacht hätte, um acht Uhr früh einen Schuss abzugeben. Ich wusste nicht, was sie mehr auf die Palme brachte, das Abfeuern der Waffe oder die Uhrzeit, die ich mir dafür ausgesucht hatte, aber ich fragte nicht nach. Ich entschuldigte mich; zwei legten sofort auf, der dritte schlug vor, ich solle mir mal das Gehirn untersuchen lassen.

Nachdem ich das dritte Mal aufgelegt hatte, rief ich Bubba an.

»Was gibt's?«

»Hast du Zeit, mal ein Weile ein paar Leute zu beschatten?«

»Wen?«

»Kevin Hurlihy und Grace.«

»Klar. Allerdings bewegen die sich nicht in denselben Kreisen.«

»Nein. Aber vielleicht will er ihr was antun, um mich zu ärgern, deshalb muss ich rund um die Uhr wissen, wo die beiden sind. Ein Job für zwei.«

Bubba gähnte. »Ich nehm Nelson.«

Nelson Ferrare war ein Kerl aus dem Viertel, der Bubba bei den Waffenverkäufen half, wann immer ein zweiter Schütze oder Fahrer gebraucht wurde. Nelson war klein, höchstens einszweiundsechzig, und ich habe ihn nur flüstern oder überhaupt fünf Wörter am Tag verwenden hören. Nelson war genauso durchgeknallt wie Bubba und pflegte dazu noch einen Napoleon-Komplex, aber genau wie Bubba hielt er seine Psychose im Zaum, solange er mit etwas anderem beschäftigt war.

»Okay. Und noch was, Bubba. Sollte mir in der kommenden Woche irgendetwas zustoßen, sagen wir mal, ein Unfall, tust du mir dann einen Gefallen?«

»Schieß los.«

»Finde einen sicheren Ort für Mae und Grace ...«

»Okay.«

»... und dann beendest du Hurlihys Aufenthalt auf Erden.«

»Kein Problem. Ist das alles?«

»Ja.«

»Geht in Ordnung. Bis bald.«

»Wollen wir es hoffen.«

Ich legte auf und bemerkte, dass meine Hände längst nicht mehr so stark zitterten wie vorhin, als ich Kevins Scheibe zerschossen hatte.

Dann rief ich Devin an.

»Agent Bolton will mit dir reden.«

»Darauf wette ich.«

»Es gefällt ihm nicht, dass man dich mit zwei der vier Toten in Verbindung bringen kann.«

»Vier?«

»Wir glauben, dass er letzte Nacht noch jemanden umgebracht hat. Ich kann dir gerade keine Einzelheiten nennen. Kommst du vorbei, oder muss dich Bolton holen kommen?«

»Ich komme vorbei.«

»Wann?«

»Bald. Kevin Hurlihy hat mir übrigens gerade einen Hausbesuch abgestattet und mir geraten, mich aus der Sache rauszuhalten.«

»Wir haben ihn ein paar Tage lang beobachtet. Er ist nicht unser Mann.«

»Dachte ich mir. Für das, was dieser Kerl abzieht, fehlt Kevin die Phantasie. Aber irgendwas hat er damit zu schaffen.«

»Schon merkwürdig, muss ich gestehen. Also hör mal, schwing deinen Hintern rüber zur FBI-Zentrale. Bolton ist kurz davor, das Schleppnetz auszuwerfen und dich, Gerry Glynn, Jack Rouse, Fat Freddy, einfach alle einzufangen, die auch nur in der Nähe eines der Opfer gewesen sind.«

»Danke für den Tipp.«

Ich legte auf, und plötzlich erschütterte Countrymusik meine Wohnung durchs offene Küchenfenster. Na klar, wenn Waylon jammert, dann muss es neun Uhr sein.

Ich schaute auf die Uhr. Auf die Sekunde pünktlich.

Ich trat auf die rückwärtige Veranda. Lyle arbeitete am Nachbarhaus; als er mich sah, drehte er das Radio leise.

»He, Patrick, wie geht's denn so, Mann?«

»Lyle«, sagte ich, »die Tochter meiner Freundin schläft heute bei mir. Kannst du ein bisschen leiser drehen?«

»Klar, Mann. Klar.«

»Danke«, meinte ich. »Wir sind bald aus dem Haus, dann kannst du wieder aufdrehen.«

Er zuckte mit den Schultern. »Ich bin eh nur ein paar Stunden hier. Bin die halbe Nacht mit Zahnschmerzen aufgeblieben.«

»Zahnarzt?«, fragte ich und zuckte zusammen.

»Ja«, antwortete er trübsinnig. »Ich hasse es, diesen Mistkerlen das Geld in den Rachen zu werfen, und ich hab letzte Nacht versucht, mir den Zahn mit 'ner Zange selbst zu ziehen, doch der Hund ist nur ein Stückchen rausgekommen und hat nicht mehr nachgegeben. Außerdem ist die Zange immer wieder abgerutscht von all dem Blut und –«

»Viel Glück beim Zahnarzt, Lyle.«

»Danke«, sagte er. »Ich sag dir, der Mistkerl braucht mir auch kein Schmerzmittel geben. Der alte Lyle kippt eh gleich tot um, wenn er auch nur 'ne Nadel sieht. Ich bin so ein Waschlappen.«

Klar, Lyle, dachte ich. Ein echter Angsthase. Zieh dir noch ein paar Zähne mit der Zange, dann zerreißen sich alle die Mäuler, was für ein Weichei du bist.

Ich ging ins Schlafzimmer zurück, doch Mae war verschwunden.

Die Decke lag am Fußende meines Betts; Miss Lilly,

Maes Puppe, lag auf der Tagesdecke und glotzte mich mit toten Puppenaugen an.

Dann hörte ich die Klospülung rauschen, und als ich in den Flur trat, kam Mae aus dem Bad und rieb sich die Augen.

Das Herz schlug mir wie ein Presslufthammer im staubtrockenen Mund; am liebsten wäre ich unter dem Gewicht meiner Erleichterung in die Knie gegangen.

»Ich hab Hunger, Patrick«, sagte sie und ging in ihrem Mickey-Mouse-Schlafanzug mit den gepolsterten Füßen in die Küche.

»Fruit Loops oder Sugar Pops?«, brachte ich heraus.

»Sugar Pops.«

»Also gut, Sugar Pops.«

Als Mae im Bad war, sich anzog und Zähne putzte, rief ich Angie an.

»Hi«, sagte sie.

»Wie geht's dir?«

»Ach … ganz okay. Ich versuch mich immer noch davon zu überzeugen, dass wir nichts tun konnten, um Jason das Leben zu retten.«

Es entstand eine Stille; ich war selbst noch damit beschäftigt.

»Hast du irgendetwas über Eric herausgefunden?«, fragte ich.

»Ein wenig. Vor fünf Jahren, als Eric noch halbtags an der University of Massachusetts in Boston unterrichtete, hat ein Stadtrat aus Jamaica Plain namens Paul Hobson Klage gegen die Uni und Eric eingereicht.«

»Weswegen?«

»Keine Ahnung. Alles ist unter Verschluss. Sieht aus, als hätten sich die Parteien außergerichtlich geeinigt und sich gegenseitig Sprechverbot erteilt. Eric hat seine Lehrtätigkeit dort allerdings eingestellt.«

»Sonst noch was?«

»Nein, bis jetzt noch nicht, aber ich buddle weiter.«

Ich berichtete ihr von meiner Begegnung mit Kevin.

»Du hast was? Ihm die Windschutzscheibe kaputtgeschossen, Patrick? Himmel.«

»Ich war ein wenig gereizt.«

»Ja, aber ihm gleich die Scheibe zerballern?«

»Angie«, sagte ich, »er hat Mae und Grace bedroht. Wenn er das nächste Mal so etwas Uncooles macht, vergesse ich vielleicht das Auto und erschieß ihn gleich.«

»Das gibt Rache«, warnte sie.

»Ich weiß.« Ich seufzte, spürte das Gewicht hinter meinen Augen und roch den Angstschweiß an meinem Hemd. »Bolton hat mich ins JFK-Building beordert.«

»Mich auch?«

»Von dir war keine Rede.«

»Gut.«

»Ich muss mich erst um Mae kümmern.«

»Ich nehme sie so lange«, bot sie an.

»Wirklich?«

»Gerne sogar. Bring sie vorbei. Ich geh mit ihr auf den Spielplatz auf der anderen Straßenseite.«

Ich rief Grace an und sagte, ich sei aufgehalten worden.

Sie hielt es für eine gute Idee, dass Mae bei Angie blieb, wenn es Mae nichts ausmachte.

»Sie freut sich schon darauf, glaub mir.«

»Super. Bei dir alles in Ordnung?«

»Bestens. Wieso?«

»Keine Ahnung«, meinte sie. »Deine Stimme zittert.«

Daran sind Kerle wie Kevin schuld, dachte ich.

»Mir geht's gut. Bis später.«

Ich legte gerade auf, als Mae in die Küche kam.

»Hallo, Schätzchen«, sagte ich, »willst du auf den Spielplatz gehen?«

Sie lächelte, ohne zu zögern, ganz das arglose, offene Lächeln ihrer Mutter. »Spielplatz? Gibt es da Schaukeln?«

»Klar gibt's da Schaukeln. Was wär das denn für ein Spielplatz ohne Schaukeln.«

»Gibt's auch ein Klettergerüst?«

»Das gibt es da auch.«

»Und Achterbahnen?«

»Noch nicht«, musste ich einräumen, »aber das schlage ich der Stadtverwaltung mal vor.«

Sie schwang sich auf den Stuhl mir gegenüber und legte ihre Beine mit den offenen Sneakern auf meinen Schoß. »Okay«, sagte sie.

»Mae«, sagte ich beim Schuhebinden, »ich muss leider einen Freund besuchen, da kann ich dich nicht mitnehmen.«

Für einen Moment flackerten Verwirrung und Verlassenheit in ihrem Blick auf, und es brach mir das Herz.

»Aber«, beeilte ich mich, »du kennst doch meine Freundin Angie? Sie möchte mit dir spielen.«

»Wieso?«

»Weil sie dich mag. Und Spielplätze mag sie auch.«

»Sie hat tolle Haare.«

»Ja, das hat sie.«

»Die sind schwarz und wuschelig, das mag ich.«

»Ich sag's ihr, Mae.«

»Patrick, warum bleiben wir stehen?«, fragte Mae.

Wir standen an der Dorchester Avenue, Ecke Howes Street. Direkt auf der anderen Seite der Avenue lag der Spielplatz.

Wenn man über die Howes Street blickte, sah man Angies Haus.

Und in diesem Augenblick auch Angie. Die vor der Haustür stand. Und Phil, ihrem Ex, einen Kuss auf die Wange gab.

Ich spürte, wie sich in meiner Brust etwas verkrampfte und ganz plötzlich wieder löste und ein Schwall eisiger Luft mein Inneres auszuhöhlen schien wie ein Spatenstich.

»Angie!«, rief Mae.

Angie drehte sich um, Phil ebenfalls, und ich kam mir vor wie ein Voyeur. Ein wütender Voyeur mit Gewaltphantasien. Sie überquerten die Straße und gingen gemeinsam bis zur Ecke. Angie sah blendend aus wie immer: Jeans, rotes T-Shirt, schwarze Lederjacke über die Schulter geworfen. Ihre Haare waren nass, eine Strähne hatte sich hinter ihrem Ohr gelöst und klebte ihr am Wangenknochen. Im Näherkommen wischte sie sie weg und winkte Mae.

Phil sah leider ebenfalls gut aus. Angie hatte mir erzählt, dass er mit dem Trinken aufgehört habe, und das war offensichtlich. Seit ich ihn das letzte Mal gesehen hatte, hatte er bald zehn Kilo abgenommen, seine Züge wirkten glatt und hart, die Augen waren nicht mehr so verquollen wie in den letzten fünf Jahren. Er bewegte sich ganz locker, trug ein weißes Hemd und eine anthrazitfarbene Bundfaltenhose, passend zur Farbe seiner Haare, die er sich aus der Stirn gewischt hatte. Er wirkte fünfzehn Jahre jünger, und seine Augen funkelten, wie ich es seit Jugendtagen nicht mehr gesehen hatte.

»Hi, Patrick«, sagte er.

»Hi, Phil.«

Er blieb am Straßenrand stehen und legte sich eine Hand aufs Herz. »Ist sie das?«, fragte er. »Ist sie das wirklich? Die große, unvergessliche, weltberühmte Mae?«

Er kauerte sich neben sie, und Mae strahlte.

»Ich bin Mae«, sagte sie leise.

»Ist mir ein Vergnügen, Mae«, meinte Phil und gab ihr ganz förmlich die Hand. »Ich wette, in deiner Freizeit verwandelst du Frösche in Prinzen. An dir kann man sich ja gar nicht sattsehen.«

Mae blickte mich neugierig und ein wenig verwirrt an, aber ich konnte schon an der Röte in ihrem Gesicht und dem Glanz in ihren Augen erkennen, dass Phils Zauber mal wieder wirkte.

»Ich bin Mae«, wiederholte sie.

»Und ich bin Phillip«, sagte er. »Passt dieser Bursche auch gut auf dich auf?«

»Das ist mein Freund«, erklärte Mae. »Das ist Patrick.«

»Einen besseren Freund kann man nicht haben«, fand Phil.

Man musste Phil nicht wie ich kennen, seit er jung war, um zu bemerken, dass er gut mit Menschen, egal welchen

Alters, umgehen konnte. Selbst wenn er zu viel trank und seine Frau misshandelte, selbst dann hatte er es noch drauf. Er hatte diese Begabung schon gehabt, als er aus dem Kinderbett gekrabbelt war. Sie wirkte nicht herablassend oder übertrieben, nicht gekünstelt oder absichtlich manipulativ. Es handelte sich um die einfache, aber seltene Begabung, der Person, mit der er sich unterhielt, den Eindruck zu vermitteln, sie sei der einzige Mensch auf der Welt, der Aufmerksamkeit verdiente, als seien seine Ohren nur deshalb an seinem Kopf, damit er genau das hören konnte, was diese Person zu sagen hatte, als seien seine Augen nur dazu da, einen anzuschauen, als sei sein einziger Lebenszweck der, dass es zu dieser Begegnung kam – ganz gleich, welcher Art sie war.

Das hatte ich schon ganz vergessen, bis ich ihn mit Mae sah. Es war sehr viel leichter, ihn sich als das betrunkene Arschloch vorzustellen, das es irgendwie geschafft hatte, Angie zu heiraten.

Doch Angie war zwölf Jahre lang mit ihm verheiratet geblieben. Obwohl er sie schlug. Es gab einen Grund dafür. Ganz gleich, zu welch unverzeihlichem Monster Phil geworden war, er war doch immer noch – irgendwo tief in seinem Inneren – der Phil, den zu kennen man sich freute.

Und das war der Phil, der sich neben Mae wieder aufrichtete; Angie fragte: »Wie geht's dir, hübsches Mädchen?«

»Bestens.« Mae streckte die Hand aus, um Angies Haare anzufassen.

»Sie mag deine Haare«, erklärte ich.

»Diesen Mop?« Angie ging auf ein Knie, und Mae fuhr ihr mit der Hand durch die Haare.

»Es ist sehr verwuschelt«, sagte Mae.

»Das sagt meine Friseurin auch immer.«

»Wie geht's dir, Patrick?« Phil streckte mir die Hand hin. Ich betrachtete sie. Es schien töricht, an einem strahlenden Herbstmorgen mit einer Luft so frisch, als sei sie ein Lebenselixier, und einer Sonne, die leicht in den orangefarbenen Blättern spielte, nicht im Einklang mit seiner Umgebung zu sein.

Ich ließ mein Zögern für mich sprechen, dann nahm ich Phils Hand und schüttelte sie. »Nicht übel, Phil. Und dir?«

»Gut«, sagte er. »Ich nehme das Leben, wie es kommt, Tag für Tag, aber du weißt ja, wie das ist, bei jedem gibt es mal Stillstand.«

»Wie wahr.« Ich sah einem der Gründe für den Stillstand in meinem eigenen Leben ins Gesicht.

»Tja …« Er sah über die Schulter zu seiner Ex und dem Kind, die sich gegenseitig in den Haaren spielten. »Sie ist ein Goldstück.«

»Welche von den beiden?«, fragte ich.

Er lächelte betrübt. »Beide, nehme ich an. Aber ich meinte die Kleine.«

Ich nickte. »Sie ist schon was Besonderes, ja.«

Angie nahm Mae bei der Hand und tauchte neben Phil auf. »Wann musst du bei der Arbeit sein?«

»Mittag«, antwortete er. Er sah mich an. »Der Typ, für den ich gerade arbeite, ist ein *Künstler* in Back Bay, für den ich das gesamte Doppelhaus ausräume; ich reiße die alten Parkettböden aus dem 19. Jahrhundert raus, damit wir schwarzen Marmor auslegen können. Kannst du dir das vorstellen?« Er seufzte und fuhr sich mit den Händen durch die Haare.

»Ich hab mich nur gefragt«, meinte Angie, »ob du vielleicht mitkommst und mit mir Mae auf der Schaukel anschubst?«

»Ach, ich weiß nicht«, sagte er und sah Mae an, »mein Arm tut ziemlich weh.«

»Sei doch nicht so eine Heulsuse«, sagte Mae.

»Na, das kann ich mir ja nicht bieten lassen, oder?«, sagte Phil, hob sie mit einer Hand hoch und setzte sie sich auf die Hüfte; dann überquerten sie zu dritt die Avenue zum Spielplatz und winkten mir strahlend zu, bevor sie die Treppe hinaufstiegen und zu den Schaukeln gingen.

21

Sie werden zu Alec Hardiman gehen«, sagte Bolton, ohne auch nur aufzublicken, als ich den Konferenzraum betrat.

»Werde ich das?«

»Sie haben um ein Uhr einen Besuchstermin.«

Ich sah Devin und Oscar an. »Habe ich das?«

»Das FBI wird den gesamten Besuchstermin überwachen.«

Ich setzte mich auf einen Stuhl gegenüber von Devin; zwischen uns stand ein dunkler Kirschholztisch von der Größe meiner Wohnung. Oscar saß links von Devin; ein halbes Dutzend FBI-Beamte in Anzug und Schlips waren um den weiteren Tisch aufgereiht. Die meisten von ihnen sprachen in Telefone. Devin und Oscar hatten kein Telefon. Bolton am anderen Ende des Tischs wiederum hatte zwei vor sich stehen, ein normales und eine Direktleitung zu Batman, wie ich annahm.

Bolton stand auf und kam am Tisch entlang auf mich zu. »Worüber haben Kevin Hurlihy und Sie gesprochen?«

»Über Politik«, antwortete ich, »den Kurs des Yen, solche Dinge.«

Bolton legte eine Hand auf meine Rückenlehne und beugte sich nah genug vor, dass ich die Halspastillen in seinem Atem riechen konnte. »Sagen Sie mir, worüber Sie gesprochen haben, Mr. Kenzie.«

»Was glauben Sie denn, Special Agent Bolton? Er sagte mir, ich solle die Finger von dem Fall Warren lassen.«

»Und dann haben Sie in seinen Wagen geschossen.«

»Das kam mir zu dem Zeitpunkt wie eine angemessene Reaktion vor.«

»Warum taucht in diesem Fall andauernd Ihr Name auf?«

»Keine Ahnung.«

»Und warum will Alec Hardiman nur mit Ihnen reden?«

»Noch mal: keine Ahnung.«

Er ließ die Rückenlehne los und ging um den Tisch, blieb hinter Devin und Oscar stehen und stopfte die Hände in die Hosentaschen. Er sah so aus, als hätte er die ganze Woche nicht geschlafen.

»Ich brauche Antworten, Mr. Kenzie.«

»Ich habe keine. Ich habe Devin Kopien meiner Akten im Fall Warren gefaxt. Ich habe ihm Fotos von dem Spitzbart geschickt. Ich habe Ihnen alles erzählt, was mir von meiner Begegnung mit Kara Rider noch eingefallen ist. Darüber hinaus tappe ich genauso im Dunkeln wie Sie.«

Bolton zog eine Hand aus der Tasche und rieb sich den Nacken. »Was haben Sie, Jack Rouse, Kevin Hurlihy, Jason Warren, Kara Rider, Peter Stimovich, Freddy Constantine, District Attorney Timpson und Alec Hardiman gemeinsam?«

»Ist das ein Rätsel?«

»Beantworten Sie meine Frage.«

»Ich. Habe. Keine. Ahnung.« Ich hob die Hände. »Deutlich genug?«

»Sie müssen uns behilflich sein, Mr. Kenzie.«

»Das versuche ich ja, Bolton, aber Ihre Verhörmethoden sind etwa so ausgefeilt wie die eines Kredithais. Wenn Sie mich wütend machen, werde ich Ihnen nicht sonderlich viel helfen können, weil ich viel zu wütend bin, um weiter nachzudenken.«

Bolton trat an die Hinterwand am anderen Ende des Raums. Die Wand nahm die ganze Breite des Büros ein, mindestens zehn Meter, und war etwa vier Meter hoch. Er zog an dem Stoff, der die Wand bedeckte, und als er losließ, sah ich über beinahe der ganzen Fläche eine Korkpinnwand.

Fotos und Diagramme von Tatorten, Ergebnisse von Spektralanalysen und Beweislisten waren mit Reißzwecken und Drahtstiften an der Korktafel festgesteckt. Ich stand auf, ging langsam am Tisch entlang und versuchte, das alles aufzunehmen.

Hinter mir erklärte Devin: »Wir haben jede uns bekannte Person befragt, die mit irgendeinem der Fälle zu tun hat, Patrick. Dazu Befragungen aller Personen, die Stimovich und das jüngste Opfer kannten, Pamela Stokes. Nichts. Rein gar nichts.«

Von den Opfern gab es Fotos, jeweils zwei, als sie noch lebten, mehrere nach dem Tod. Pamela Stokes schien etwa dreißig gewesen zu sein. Auf einem der Fotos blinzelte sie in die Sonne und schirmte sich mit einer Hand die Augen ab, und sie trug ein strahlendes Lächeln auf einem ansonsten farblosen Gesicht.

»Was wissen wir über sie?«

»Verkäuferin bei Anne Klein«, antwortete Oscar. »Wurde

zuletzt gesehen, als sie vor zwei Nächten die Mercury Bar an der Boylston Street verließ.«

»Allein?«, fragte ich.

Devin schüttelte den Kopf. »Mit einem Typen mit Baseballmütze, Sonnenbrille und Spitzbart.«

»Er trägt in einer Bar Sonnenbrille, und niemand findet das verdächtig?«

»Warst du jemals im Mercury?«, entgegnete Oscar. »Rappelvoll mit ach so schickem Möchtegern-Eurotrash. Die tragen alle Sonnenbrillen.«

»Da hätten wir ja den Killer.« Ich wies auf das Bild von Jason und dem Kerl mit dem Spitzbart.

»Zumindest einen von ihnen«, meinte Oscar.

»Seid ihr sicher, dass es zwei sind?«

»Davon gehen wir aus. Jason Warren wurde zweifelsfrei von zwei Männern umgebracht.«

»Woher wissen wir das?«

»Er hat sie gekratzt«, antwortete Devin. »Er hatte zwei verschiedene Blutgruppen unter den Fingernägeln.«

»Haben bei allen Opfern die Familien vor dem Mord Fotos erhalten?«

»Ja«, sagte Oscar. »Mehr wissen wir über die Vorgehensweise nicht. Drei der vier Opfer starben an anderen Orten als den Fundstellen. Kara Rider wurde in Dorchester gefunden, Stimovich in Squantum, und das, was von Pamela Stokes übrig blieb, wurde in Lincoln gefunden.«

Unter den Fotos der jüngsten Opfer hingen unter der Überschrift »Opfer 1974« weitere Fotos. Cal Morrisons leicht großspurig wirkendes Jungengesicht starrte mich an; obwohl ich bis zu jener Nacht in Gerrys Bar seit Jahren nicht mehr an ihn gedacht hatte, konnte ich sofort das Piña-Colada-Shampoo riechen, mit dem er sich die Haare wusch, und ich erinnerte mich, dass wir ihn damit aufgezogen hatten.

»Und es wurde nach Querverbindungen zwischen den Opfern gesucht?«

»Ja«, antwortete Bolton.

»Und?«

»Zwei«, sagte Bolton. »Kara Riders Mutter und Jason Warrens Vater wuchsen in Dorchester auf.«

»Und die andere?«

»Kara Rider und Pam Stokes trugen dasselbe Parfum.«

»Welches?«

»Das Labor sagt, Halston for Women.«

»Das Labor«, sagte ich und schaute mir die Fotos von Jack Rouse, Stan Timpson, Freddy Constantine, Diandra Warren und Diedre Rider an. Von jedem gab es zwei Aufnahmen. Eine aktuelle und eine zweite, die mindestens zwanzig Jahre alt war.

»Und es gibt keinerlei Hinweise auf ein Motiv?« Ich sah Oscar an, doch der schaute weg, dann sah ich Devin an, doch der gab den Ball weiter an Bolton.

»Agent Bolton?«, sagte ich. »Was haben Sie?«

»Jason Warrens Mutter«, sagte er schließlich.

»Was ist mit ihr?«

»Ab und an arbeitet sie als psychologische Gutachterin vor Gericht.«

»Und?«

»Und«, fuhr er fort, »sie hat während des Verfahrens gegen Hardiman ein Gutachten erstellt, das die Strategie der Verteidigung, die auf Unzurechnungsfähigkeit plädierte, zunichtegemacht hat. Diandra Warren, Mr. Kenzie, hat Alec Hardiman ins Gefängnis gebracht.«

Boltons mobile Einsatzzentrale war ein schwarzes Campingmobil mit getönten Scheiben. Es wartete mit laufendem Motor auf uns, als wir auf die New Sudbury Street kamen.

Drinnen saßen die beiden FBI-Agenten Erdham und Fields an einer schwarzgrauen Computerbank, die die gesamte rechte Innenwand einnahm. Auf dem Tisch lag ein Schlangennest aus Kabeln, daneben standen zwei Computer, zwei Faxgeräte und zwei Laserdrucker. Über der Theke hingen sechs Monitore, an der linken Wand dazu passend weitere sechs Stück. Am Ende des Arbeitsplatzes entdeckte ich Digitalreceiver und -rekorder, ein Doppeldeck-VCR, Audio- und Videokassetten, Disketten und CDs.

An der linken Wand waren ein kleiner Tisch und drei Kapitänsstühle an die Wand genietet. Das Wohnmobil reihte sich wankend in den Verkehrsstrom ein, ich ließ mich in einen der Stühle plumpsen und legte die Hand auf einen kleinen Kühlschrank.

»Fahren Sie damit in den Campingurlaub?«, fragte ich.

Bolton kümmerte sich nicht um mich. »Agent Erdham, haben Sie den Schrieb?«

Erdham reichte ihm ein Blatt Papier, und Bolton schob es sich in die Brusttasche.

Dann setzte er sich neben mich. »Sie gehen mit Gefängnisdirektor Lief und dem Gefängnispsychologen Doktor Dolquist zu dem Besuchstermin. Sie werden Sie über Hardiman informieren, also muss ich Ihnen jetzt nicht allzu viel erzählen, nur so viel, dass Sie Hardiman nicht unterschätzen sollten, ganz gleich, wie freundlich er wirken mag. Er steht unter Verdacht, hinter Gitter drei Morde begangen zu haben, doch niemand von den Insassen im Hochsicherheitstrakt will eine Aussage dazu machen. Wir reden hier von Mehrfachmördern, Brandstiftern und Massenvergewaltigern, und alle haben Angst vor Alec Hardiman. Haben Sie verstanden?«

Ich nickte.

»Die Zelle, in der das Treffen stattfindet, ist komplett verwanzt. Wir haben von dieser Kontrollstation aus vollen Audio- und Videozugang. Wir überwachen Sie auf Schritt und Tritt. Hardiman wird an den Füßen und mindestens einer Hand gefesselt sein. Trotzdem, nehmen Sie das hier nicht auf die leichte Schulter.«

»Hat Hardiman die Erlaubnis zu den ganzen Aufnahmen gegeben?«

»Gegen die Videoaufnahmen kann er nichts machen. Nur die Tonaufnahmen verstoßen gegen seine Rechte.«

»Und hat er den Tonaufnahmen zugestimmt?«

Bolton schüttelte den kräftigen Kopf. »Nein, das hat er nicht.«

»Sie machen aber trotzdem welche.«

»Ja. Ich habe nicht vor, sie vor Gericht zu verwenden. Aber vielleicht brauche ich sie, um im Verlauf der Ermittlungen immer wieder mal reinzuhören. Haben Sie ein Problem damit?«

»Da fällt mir gerade keins ein.«

Wieder schwankte das Campingmobil, als wir am Haymarket vorbeikamen und auf die Interstate 93 einbogen, und ich lehnte mich zurück, schaute aus dem Fenster und fragte mich, wie ich nur in diesen Schlamassel geraten konnte.

Doktor Dolquist war ein kleiner, aber kräftig gebauter Mann, der meinem Blick nur kurz standhielt und dann die Augen auf etwas anderes richtete.

Direktor Lief war groß, und sein schwarzer Kopf war so glattrasiert, dass er glänzte.

Dolquist und ich verbrachten eine Weile in Liefs Büro, während sich Lief mit Bolton traf, um die Einzelheiten der Überwachung festzuklopfen. Dolquist besah sich ein Foto von Lief und zwei Freunden, die neben einem Bungalow in der gleißenden Sonne Floridas einen Schwertfisch hochhalten; ich wartete darauf, dass die Stille weniger ungemütlich wurde.

»Sind Sie verheiratet, Mr. Kenzie?« Dolquist starrte weiter das Foto an.

»Geschieden. Schon vor langer Zeit.«

»Kinder?«

»Nein. Sie?«

Er nickte. »Zwei. Das hilft.«

»Hilft wobei?«

Dolquist deutete auf die Wände. »Um mit dem hier klarzukommen. Es hilft, wenn man zu Kindern nach Hause kommt, zu diesem Geruch von Sauberkeit.« Er sah mich an und wandte den Blick wieder ab.

»Das glaube ich«, sagte ich.

»Bei Ihrer Arbeit«, sagte er, »kommen Sie doch sicher mit vielem in Berührung, was an der Menschheit negativ ist.«

»Kommt ganz auf den Fall an«, meinte ich.

»Wie lange machen Sie das schon?«

»Fast zehn Jahre.«

»Sie müssen ja jung angefangen haben.«

»Habe ich, ja.«

»Betrachten Sie das als Lebensaufgabe?« Wieder dieser schnelle Blick, der mir übers Gesicht huschte.

»Ich bin mir noch nicht sicher. Und bei Ihnen, Doktor?«

»Ich glaube schon«, antwortete er betont langsam. »Ich glaube schon«, wiederholte er unglücklich.

»Erzählen Sie mir von Hardiman«, wechselte ich das Thema.

»Alec«, sagte Dolquist, »ist ein Phänomen. Er stammt aus guten Verhältnissen, es gibt keinerlei Hinweise auf Kindesmissbrauch oder Kindheitstraumata und keinerlei frühe Anzeichen eines kranken Verstandes. Soweit wir wissen, hat er nie Tiere gequält oder irgendwelche morbiden Obsessionen gepflegt oder sich sonst auf irgendeine Weise auffällig verhalten. In der Schule war er sehr rege und recht beliebt. Doch eines Tages …«

»Was?«

»Das wissen wir nicht. Mit sechzehn etwa fing der Ärger an. Mädchen in der Nachbarschaft behaupteten, er habe sich entblößt. Katzen hingen erwürgt von den Telefondrähten in der Nähe seines Zuhauses. Es kam zu Gewaltausbrüchen in seiner Klasse. Dann geschah lange nichts. Mit siebzehn kehrte er zu einem nach außen hin normalen Verhalten zurück. Und wenn es nicht mit Rugglestone zu Streitigkeiten gekommen wäre, wer weiß, wie lange die beiden noch gemordet hätten.«

»Aber irgendetwas muss doch vorgefallen sein.«

Dolquist schüttelte den Kopf. »Ich arbeite nun schon seit fast zwei Jahrzehnten mit ihm, Mr. Kenzie, aber ich habe nichts gefunden. Selbst jetzt noch erweckt Alec Hardiman den äußeren Anschein eines höflichen, verständigen, vollkommen harmlosen Menschen.«

»Der er nicht ist.«

Dolquist lachte, ein plötzlicher schroffer Laut in dem kleinen Zimmer. »Er ist der gefährlichste Mensch, dem ich je begegnet bin.« Er nahm einen Bleistifthalter von Liefs Schreibtisch, betrachtete ihn abwesend und stellte ihn wieder hin. »Alec ist seit drei Jahren HIV-positiv.« Er sah mich einen Augenblick an, ohne den Blick abzuwenden. »In letzter Zeit hat sich sein Zustand verschlimmert, AIDS im Endstadium. Er liegt im Sterben, Mr. Kenzie.«

»Glauben Sie, dass er mich deswegen hat kommen lassen? Beichte auf dem Sterbebett, Gewissensbisse auf den letzten Drücker?«

Dolquist schüttelte den Kopf. »Nichts dergleichen. Alec hat kein Gewissen. Seit er positiv getestet wurde, hält man ihn von den anderen Insassen fern. Allerdings glaube ich, dass Alec schon lange vor uns von seiner Infektion wusste. In den Monaten vor der Diagnose hat er mindestens zehn Männer missbraucht. Mindestens zehn. Ich bin der festen Überzeugung, dass er dies nicht getan hat, um sein sexuelles Verlangen zu befriedigen, sondern seine Mordlust.«

Direktor Lief steckte den Kopf zur Tür herein. »Ihr Auftritt.«

Er reichte mir ein paar enge Textilhandschuhe, dann zogen Dolquist und er ebenfalls Handschuhe an.

»Halten Sie sich von seinem Mund fern«, sagte Dolquist leise und schaute zu Boden.

Dann verließen wir das Büro. Keiner von uns sprach ein Wort, während wir den langen Weg durch einen seltsam stillen Zellentrakt zu Alec Hardiman nahmen.

22

Alec Hardiman war einundvierzig, wirkte aber fünfzehn Jahre jünger. Sein blassblondes Haar klebte ihm an der Stirn wie einem Grundschüler. Seine Brille war klein und rechteckig – eine Omabrille –, und wenn er sprach, klang seine Stimme sacht wie Luft.

»Hi, Patrick«, sagte er, als er den Raum betrat. »Freut mich, dass Sie kommen konnten.«

Alex saß an einem kleinen Metalltisch, der an den Boden genietet war. Seine schmalen Hände steckten in Handschellen und waren durch zwei Löcher im Tisch festgebunden, die Füße steckten in Fesseln. Er schaute mich an, und das Neonlicht brannte die Brillengläser weiß.

Ich setzte mich ihm gegenüber. »Ich habe gehört, Sie könnten mir behilflich sein, Häftling Hardiman.«

»Ach wirklich?« Er lümmelte auf seinem Stuhl und machte den Eindruck, als würde er sich sehr behaglich fühlen. Die Wunden auf Gesicht und Hals wirkten roh und frisch. Seine Pupillen strahlten wie aus großer Tiefe.

»Ja. Ich habe gehört, Sie wollten reden.«

»Unbedingt«, bekräftigte er, während Dolquist sich neben mich setzte und Lief mit teilnahmslosem Blick und einer Hand am Schlagstock an der Wand lehnte. »Ich wollte schon lange mal mit Ihnen reden, Patrick.«

»Mit mir? Warum?«

»Sie interessieren mich.« Er zuckte mit den Schultern.

»Sie sitzen schon den größten Teil meines Lebens im Gefängnis, Häftling Hardiman –«

»Nennen Sie mich Alec, bitte.«

»Alec. Ich verstehe Ihr Interesse nicht.«

Er neigte den Kopf so, dass die Brille, die ihm die Nase heruntergerutscht war, wieder zurechtrutschte.

»Wasser?«

»Wie bitte?«, fragte ich.

Er nickte zu einer Karaffe und vier Plastikbechern, die links von ihm auf dem Tisch standen.

»Möchten Sie einen Schluck Wasser?«, fragte er.

»Nein danke.«

»Süßigkeit?« Er lächelte leise.

»Wie bitte?«

»Gefällt Ihnen Ihre Arbeit?«

Ich warf Dolquist einen Blick zu. Die berufliche Entwicklung schien hinter diesen Mauern eine Obsession zu sein.

»Ich kann meine Rechnungen davon bezahlen«, antwortete ich.

»Aber es ist mehr als nur Broterwerb«, meinte Hardiman. »Richtig?«

Ich zuckte mit den Schultern.

»Glauben Sie, dass Sie das mit fünfundfünfzig auch noch machen?«, fragte er.

»Ich bin mir nicht sicher, ob ich das mit fünfunddreißig noch mache, Häftling Hardiman.«

»Alec.«

»Alec«, wiederholte ich.

Er nickte wie ein Priester im Beichtstuhl. »Welche anderen Möglichkeiten haben Sie denn?«

Ich seufzte. »Alec, wir sind nicht hier, um über meine Zukunft zu reden.«

»Was nicht heißt, dass wir es nicht trotzdem tun können, Patrick, oder?« Er hob beide Augenbrauen, und Unschuld legte sich auf sein ausgemergeltes Gesicht. »Ich interessiere mich für Sie. Halten Sie mich bei Laune, bitte.«

Ich sah Lief an, doch der zuckte nur die breiten Schultern.

»Vielleicht werde ich Lehrer«, sagte ich.

»Wirklich?« Alec beugte sich vor.

»Warum nicht?«

»Und warum arbeiten Sie nicht für eine große Detektei?«, fragte er. »Die zahlen gut, hab ich gehört.«

»Manche schon.«

»Zusatzleistungen, Krankenversicherung und all das.«

»Ja.«

»Haben Sie schon daran gedacht, Patrick?«

Ich hasste es, wie er meinen Namen aussprach, wusste aber nicht, warum.

»Habe ich, ja.«

»Aber Sie ziehen es vor, unabhängig zu bleiben.«

»So ähnlich.« Ich goss mir ein Glas Wasser ein; Hardiman richtete den Blick seiner strahlenden Augen auf mich, als ich trank. »Alec«, sagte ich, »was können Sie uns über –«

»Sie kennen doch sicher das Gleichnis vom anvertrauten Geld.«

Ich nickte.

»Jene, die horten oder zu ängstlich sind, auf ihre Fähigkeiten zu hören, ›sind weder kalt noch warm‹ und werden ausgespien aus dem Munde Gottes.«

»Ich kenne das Gleichnis, Alec.«

»Und?« Er lehnte sich zurück und zog mit den Handgelenken an den Handschellen. »Ein Mann, der seiner Berufung den Rücken kehrt, ist weder kalt noch warm.«

»Und was, wenn der Mann noch gar nicht weiß, ob er seine Berufung gefunden hat?«

Er zuckte mit den Schultern.

»Alec, wenn wir jetzt über –«

»Ich glaube, Sie sind mit der Gabe der Wut gesegnet, Patrick. Ja, wirklich. Das habe ich in Ihnen gesehen.«

»Wann?«

»Waren Sie je verliebt?« Alec beugte sich vor.

»Was hat das mit –«

»Und?«

»Ja«, antwortete ich.

»Sind Sie jetzt verliebt?« Er schaute mir ins Gesicht.

»Was kümmert Sie das, Alec?«

Er lehnte sich zurück und sah zur Decke. »Ich war nie verliebt. Ich war nie verliebt, habe nie die Hand einer Frau gehalten und bin mit ihr am Strand spazieren gegangen und habe mich über, ach, häusliche Dinge unterhalten – wer kocht, wer putzt, sollen wir jemanden anrufen, der die Waschmaschine repariert. Nichts von alledem habe ich je erlebt, und manchmal, allein, spätnachts, muss ich deswegen weinen.« Einen Augenblick lang kaute er auf der Unterlippe. »Aber wir träumen wohl alle von einem anderen Leben, nehme ich an. Wir alle wollen auf Erden tausenderlei verschiedene Leben leben. Aber das können wir nicht, oder?«

»Nein«, sagte ich. »Das können wir nicht.«

»Ich habe Sie nach Ihren beruflichen Zielen gefragt, Patrick, weil ich glaube, dass Sie ein Mann von Gewicht sind. Verstehen Sie?«

»Nein.«

Er lächelte traurig. »Die meisten Männer und Frauen verbringen ihre Zeit hier auf Erden, ohne sich auszuzeichnen. Sie führen ein Leben in stiller Verzweiflung und so weiter. Sie kommen auf die Welt, sie existieren eine Weile mit all ihren jeweiligen Leidenschaften, Träumen und Schmerzen, und dann sterben sie. Kaum jemand nimmt davon Notiz. Patrick, im Laufe der Geschichte gibt es Milliarden von ihnen – zig Milliarden –, die gelebt haben, ohne eine Spur zu hinterlassen, so als hätten sie nie gelebt.«

»Die Menschen, von denen Sie reden, dürften wohl widersprechen.«

»Da bin ich sicher.« Er grinste breit und beugte sich vor, als wolle er mir ein Geheimnis verraten. »Aber wer hört zu?«

»Alec, alles, was ich wissen muss, ist, warum –«

»Sie sind im Kern ein Mann von Gewicht, Patrick. Man wird sich noch lange nach Ihrem Tod an Sie erinnern. Stellen Sie sich vor, was für ein Erfolg das sein wird, vor allem in dieser unserer Wegwerfgesellschaft. Stellen Sie sich das mal vor.«

»Und was, wenn ich gar nicht den Wunsch hege, ein ›Mann von Gewicht‹ zu sein?«

Seine Augen verschwanden in dem gleißenden Weiß.

»Vielleicht haben nicht Sie das zu entscheiden. Vielleicht nimmt jemand anderer Ihnen diese Entscheidung ab, ob Sie wollen oder nicht.« Er zuckte mit den Schultern.

»Und wem seine Entscheidung ist das?«, fragte ich.

Alec lächelte. »Wessen.«

»Na gut, *wessen*?«, fragte ich.

»Des Vaters«, antwortete er, »des Sohnes und des Heiligen Geistes.«

»Natürlich«, sagte ich.

»Sind Sie ein Mann von Gewicht, Alec?«, fragte Dolquist. Alec und ich drehten die Köpfe und schauten Dolquist an.

»Nun?«, fragte Dolquist.

Alec Hardiman drehte langsam den Kopf zu mir und sah mich an, dabei rutschte ihm die Brille halb von der Nase. Die Augen hinter den Gläsern waren so milchig grün wie die Untiefen der Karibik. »Verzeihen Sie Doktor Dolquists Unterbrechung, Patrick. Er ist in letzter Zeit ein wenig nervös, was seine Frau angeht.«

»Meine Frau«, meinte Dolquist.

»Doktor Dolquists Frau Judith«, fuhr Hardiman fort, »hat ihn mal wegen eines anderen sitzenlassen. Wussten Sie das, Patrick?«

Dolquist zupfte sich eine Fluse vom Knie und konzentrierte sich auf seine Schuhe.

»Dann kam sie zurück, und er nahm sie wieder auf. Sicherlich gab es Tränen, sie flehte um Vergebung, dazu ein paar abfällige Bemerkungen des Doktors. Reine Vermutung. Aber das ist schon drei Jahre her, nicht wahr, Doktor?«

Dolquist sah Hardiman mit ruhigem Blick an, doch seine Atmung ging flach, und seine rechte Hand zupfte weiter abwesend am Hosenbein herum.

»Wie ich aus gut unterrichteten Quellen weiß«, fuhr Hardiman fort, »lässt Doktor Dolquists Heilige Judith jeden zweiten und vierten Mittwoch des Monats zu, dass jede ihrer Körperöffnungen von zwei ehemaligen Insassen dieser Anstalt im Red Roof Inn an der Route One in Saugus gestopft werden. Ich frage mich, wie Doktor Dolquist das wohl findet.«

»Es reicht, Häftling«, stellte Lief fest.

Dolquist schaute auf einen Punkt irgendwo über Hardimans Kopf, und seine Stimme klang sanft, aber sein Nacken war puterrot. »Alec, um Ihre Wahnvorstellungen kümmern wir uns ein andermal. Heute –«

»Das sind keine Wahnvorstellungen.«

»– ist Mr. Kenzie auf Ihren Wunsch hier und –«

»Jeden zweiten und vierten Mittwoch«, sagte Hardiman, »zwischen vierzehn Uhr und sechzehn Uhr im Red Roof Inn. Zimmer zwo siebzehn.«

Dolquist versagte kurz die Stimme, er hielt inne, holte auf eine Weise Luft, die nicht ganz normal klang; ich hörte es, Hardiman ebenfalls, und er lächelte mich leise an.

»Der Grund, warum wir hier zusammen sind –«

Hardiman machte eine wegwerfende Handbewegung und konzentrierte sich wieder ganz auf mich. Ich spiegelte mich im oberen Teil seiner Brillengläser im eisigen Neonlicht; seine grünen Augen schwebten direkt unter meinen verzerrten Gesichtszügen. Wieder beugte er sich vor, und ich kämpfte gegen den Drang an, mich zurückzulehnen, denn plötzlich spürte ich seine Körperwärme, roch den träge fleischigen Gestank einer verkommenen Seele.

»Alec«, sagte ich, »was können Sie mir über die Morde an Kara Rider, Peter Stimovich, Jason Warren und Pamela Stokes sagen?«

Er seufzte. »Als ich klein war, wurde ich von einem ganzen Schwarm Wespen angegriffen. Ich ging an einem See entlang, keine Ahnung, woher der Schwarm kam, doch plötzlich umringten sie mich wie aus dem Nichts und hüllten mich in dieser großen schwarzgelben Wolke ein. Ich konnte durch die Wolke nur schwach meine Eltern und ein paar Nachbarn erkennen, die das Ufer entlang auf mich zugerannt kamen, und ich wollte ihnen noch sagen, dass alles in Ordnung sei. Alles bestens. Doch dann stachen die Wespen zu. Tausend Nadeln durchbohrten meine Haut, und der Schmerz war unerträglich, ein Orgasmus.« Er schaute mich an, ein Schweißtropfen fiel ihm von der Nase und landete auf seinem Kinn. »Ich war elf Jahre alt und hatte meinen ersten Orgasmus, ich stand da in Badehose, und Hunderte von Wespen tranken mein Blut.« Lief runzelte die Stirn und lehnte sich wieder an die Wand.

»Beim letzten Mal waren es Hornissen«, sagte Dolquist.

»Es waren Wespen.«

»Sie sagten Hornissen, Alec.«

»Ich sagte Wespen«, erklärte Alec gütig und sah mich an. »Sind Sie jemals gestochen worden?«

Ich zuckte mit den Schultern. »Ein oder zwei Mal vielleicht, als ich klein war. Ich erinnere mich nicht.«

Die folgende Stille hielt mehrere Minuten lang an. Alec Hardiman saß mir gegenüber und schaute mich an, als würde er darüber nachdenken, wie ich mich wohl in Stücken auf Porzellantellern machen würde, mit Messer und Gabel, Essig und Öl, Pfeffer und Salz.

Ich erwiderte den Blick, und mir war klar, dass er sich weigern würde, auch nur eine einzige Frage zu beantworten, die ich ihm stellen würde.

Als er wieder sprach, bemerkte ich erst gar nicht, dass sich seine Lippen bewegten, erst später in der Erinnerung.

»Könnten Sie mir die Brille zurechtrücken, Patrick?«

Ich sah Lief an, doch der zuckte nur mit den Schultern. Ich beugte mich vor und schob die Brille die Nase hoch; Alec reckte die Nase zu der Stelle nackter Haut zwischen behandschuhter Hand und Hemdsärmel und schnüffelte hörbar.

Ich zog die Hand zurück.

»Hatten Sie Sex heute Morgen, Patrick?«

Darauf erwiderte ich nichts.

»Ich rieche die Frau an Ihrer Hand«, fuhr er fort.

Lief löste sich so weit von der Wand, dass ich sein warnendes Gesicht sehen konnte.

»Sie sollten eins begreifen«, sagte Hardiman. »Sie sollten begreifen, dass man Entscheidungen treffen muss. Sie können die richtige Entscheidung treffen oder die falsche, doch treffen müssen Sie sie. Nicht alle, die Sie lieben, können leben.«

Ich versuchte, im Mund Speichel zu sammeln, gegen den Sand in meiner Kehle und auf meiner Zunge. »Diandra Warrens Sohn ist tot, weil sie Sie hinter Gitter gebracht hat. Das kapiere ich. Was ist mit den anderen Opfern?«

Alec summte, erst leise, so dass ich die Melodie nicht erkannte, dann senkte er den Kopf und summte lauter. *Send in the Clowns.*

»Die anderen Opfer«, wiederholte ich. »Warum mussten die sterben, Alec?«

»*Isn't it bliss?*«, sang er.

»Es gibt doch einen Grund dafür, dass Sie mich kommen ließen«, sagte ich.

»*Don't you approve ...*«

»Warum mussten sie sterben, Alec?«, wiederholte ich die Frage.

»*One who keeps tearing around ...*« Alecs Stimme war dünn und hoch. »*One who can't move ...*«

»Häftling Hardiman –«

»*So send in the clowns ...*«

Ich sah erst Dolquist an, dann Lief.

Hardiman drohte mir mit dem Finger. »*Don't bother*«, sang er, »*they're here.*«

Dann lachte er. Er lachte schallend, aus vollem Halse, den Mund weit aufgerissen, Spucke sammelte sich in den Mundwinkeln, er riss die Augen weiter auf und starrte mich immer noch an. Die Luft in der Zelle schien in seinem Mund zu verschwinden, so als wolle er sie vollständig einsaugen, sich den ganzen Körper damit füllen und uns nach Atem ringen lassen.

Dann klappte er den Mund zu, seine Augen wurden glasig, und er schaute wieder so vernünftig und sanft wie ein Kleinstadtbibliothekar.

»Warum haben Sie mich kommen lassen, Alec?«

»Sie haben Ihren Haarwirbel gezähmt, Patrick.«

»Was?«

Alec drehte den Kopf beiseite und sprach zu Lief. »Patrick hat früher einen unzähmbaren Wirbel am Hinterkopf gehabt. Der stand ab wie ein gebrochener Finger.«

Ich unterdrückte den Drang, die Hand zum Kopf zu heben und eine störrische Strähne zu bändigen, die ich schon seit Jahren nicht mehr hatte. Mein Magen war plötzlich ganz schwach und kalt.

»Wozu haben Sie mich kommen lassen? Sie hätten mit zig anderen Polizisten, zig FBI-Beamten sprechen können, aber –«

»Wenn ich behaupten würde, mein Blut sei von der Regierung vergiftet worden, dass Alpha-Strahlen aus anderen Galaxien meine geistigen Fähigkeiten beeinträchtigen oder dass ich von meiner Mutter missbraucht worden bin – was würden Sie dazu sagen?«

»Ich wüsste nicht, was ich sagen sollte.«

»Nein, das wüssten Sie nicht. Weil Sie nichts wissen und weil nichts davon wahr ist, und selbst wenn, wäre das völlig bedeutungslos. Was, wenn ich sagen würde, ich bin Gott?«

»Welcher Gott?«

»Der einzig wahre.«

»Dann würde ich mich fragen, wie Gott in diesem Knast landen konnte und warum er sich nicht einfach wieder hinauszaubert.«

Alec lächelte. »Sehr gut. Sehr schlagfertig; aber das ist ja Ihre Art.«

»Was ist denn Ihre?«

»Meine Art?«

Ich nickte.

Er sah Lief an. »Gibt es diese Woche wieder Backhähnchen?«

»Freitag«, antwortete Lief.

Hardiman nickte. »Das ist gut. Backhähnchen mag ich. Patrick, es war mir ein Vergnügen, Sie kennengelernt zu haben. Kommen Sie mal wieder vorbei.«

Lief schaute mich an und zuckte mit den Schultern. »Der Besuchstermin ist vorüber.«

»Warten Sie«, sagte ich.

Hardiman lachte. »Der Besuchstermin ist vorüber, Patrick.«

Dolquist stand auf. Nach kurzem Zögern folgte ich ihm.

»Doktor Dolquist«, sagte Hardiman, »grüßen Sie bitte die Heilige Judith von mir.«

Dolquist drehte sich zur Zellentür um.

Ich folgte ihm, starrte die Gitter an, spürte, wie sie mich festhielten, mich daran hinderten, jemals wieder die Außenwelt zu sehen, mich hier mit Hardiman einsperrten.

Lief ging ans Gitter und zog einen Schlüssel aus der Tasche; wir drei hatten Hardiman den Rücken gekehrt.

Er flüsterte: »Ihr Vater war eine Wespe.«

Ich drehte mich um, doch er sah mich nur teilnahmslos an.

»Wie bitte?«

Alec nickte, schloss die Augen und trommelte mit den Fingerspitzen seiner gefesselten Hände auf den Tisch. Als er sprach, schienen die Worte aus den Ecken der Zelle, aus der Decke und den Gitterstäben selbst zu kommen – nur nicht aus seinem Mund:

»Ich sagte, ›Rotte sie aus, Patrick. Töte sie alle.‹«

Er kräuselte die Lippen, und wir standen eine ganze Weile da und warteten, doch es hatte keinen Zweck. Eine Minute verging in völliger Stille, und Alec verharrte in seiner Position, ohne dass auch nur ein Schauder über seine gespannte bleiche Haut ging.

Die Türen öffneten sich, und wir traten hinaus auf den Gang von Block C, vorbei an den beiden Wachleuten, die vor der Zelle Posten bezogen hatten; Alec Hardiman sang die Worte: »Rotte sie aus, Patrick. Töte sie alle«, und seine Stimme war so leicht und doch so voluminös und kräftig, als würden wir eine Arie zu hören bekommen.

»Rotte sie aus, Patrick.«

Die Worte flogen wie Vogelgezwitscher den Zellengang entlang.

»Töte sie alle.«

23

Lief führte uns durch ein Labyrinth an Versorgungsgängen; dicke Mauern dämpften die Gefängnisgeräusche. In den Gängen roch es nach Desinfektionsmitteln und Industriereinigern, und die Böden glänzten so gelblich wie die Böden in allen staatlichen Einrichtungen.

»Er hat einen Fanclub, müssen Sie wissen.«

»Wer?«

»Hardiman«, antwortete Lief. »Kriminologiestudenten, Jurastudenten, einsame Frauen mittleren Alters, ein paar Sozialarbeiter, ein paar Leute aus Kirchengemeinden. Brieffreunde, die von seiner Unschuld überzeugt sind.«

»Sie wollen mich verarschen.«

Lief lächelte und schüttelte den Kopf. »O nein. Alec hat ein Lieblingsspiel – er lädt sie ein, ihn doch zu besuchen, damit sie seine Hoheit in Fleisch und Blut sehen können oder was auch immer. Manche dieser Leute sind arm. Ihre ganzen Ersparnisse gehen dafür drauf, um hierherzukommen. Und wissen Sie, was der gute alte Alec dann macht?«

»Er lacht sie aus?«

»Er weigert sich, sie zu sehen«, antwortete Dolquist. »Jedes Mal.«

»Genau«, bestätigte Lief. Er tippte ein paar Zahlen in eine Tastatur neben der Tür vor uns ein, und sie öffnete sich mit einem leisen Klicken. »Er hockt in seiner Zelle und schaut zum Fenster hinaus, wie sie verwirrt, gedemütigt und einsam die lange Straße zu ihren Autos zurückgehen, und holt sich dazu einen runter.«

»So ist Alec«, sagte Dolquist, als wir ins Licht vor dem Haupttor traten.

»Was war denn das für ein Witz über Ihren Vater?«, fragte Lief, als wir das Gefängnis verließen und auf Boltons Campingmobil zugingen, das auf halber Strecke des geschotterten Gehwegs stand.

Ich zuckte mit den Schultern. »Keine Ahnung. Soweit ich beurteilen kann, kannte er meinen Vater gar nicht.«

»Hört sich ganz so an, als ob Sie aber genau das denken sollen«, meinte Dolquist.

»Und dieser Scheiß mit dem Wirbel«, meinte Lief. »Entweder kennt er Sie, Mr. Kenzie, oder er hat nur gut geraten.«

Der Schotter knirschte unter unseren Schritten, als wir auf das Campingmobil zugingen; ich sagte: »Ich habe diesen Typen noch nie gesehen.«

»Tja«, meinte Lief, »Alec ist gut darin, andere Leute verrückt zu machen. Als ich gehört habe, dass Sie kommen, hab ich das hier ausgegraben.« Er reichte mir ein Stück Papier. »Das haben wir abgefangen, als Alec versucht hat, es über einen seiner Kuriere an einen Neunzehnjährigen zu schicken, den er missbraucht hat, nachdem er wusste, dass er HIV-positiv war.«

Ich schlug das Stück Papier auf:

Ich gab Dir den Tod
mit meinem Blut.
Jenseits des Grabes
warte ich auf Dich.

Ich reichte Lief das Blatt zurück, als würde es in Flammen stehen.

»Er wollte, dass der Bursche selbst nach seinem Tod noch Angst vor ihm hat. So ist Alec«, meinte Lief. »Vielleicht haben Sie ihn ja wirklich nie getroffen, aber er hat ausdrücklich nach Ihnen verlangt. Vergessen Sie das nicht.«

Ich nickte.

Dolquists Stimme stockte. »Brauchen Sie mich?«

Lief schüttelte den Kopf. »Schreiben Sie mir einen Bericht, legen Sie ihn mir morgen auf den Schreibtisch, dann geht das in Ordnung, Ron.«

Dolquist blieb vor dem Campingmobil stehen und gab mir die Hand. »Hat mich gefreut, Sie kennenzulernen, Mr. Kenzie. Ich hoffe, es klärt sich alles auf.«

»Das hoffe ich auch.«

Dolquist nickte, wandte aber den Blick ab, dann nickte er Lief kurz zu und drehte sich um.

Lief klopfte ihm ein wenig linkisch auf die Schulter, so als ob er das noch nie getan hätte. »Geben Sie auf sich acht, Ron.«

Wir schauten zu, wie der kleine muskulöse Mann den Weg entlangging, bis er stehen blieb, mit einem Ruck abbog und quer über den Rasen auf den Parkplatz zuging.

»Er ist ein wenig sonderlich«, sagte Lief, »aber ein guter Kerl.«

Der breite Schatten der Gefängnismauer fiel über den Rasen; Dolquist umging ihn behutsam. Er ging vorsichtig genau am Rand entlang über den Streifen Sonne, so als habe er Angst, im dunklen Gras zu versinken, falls er einen Schritt zu weit nach links machte.

»Wohin geht er wohl, was glauben Sie?«

»Zu seiner Frau.« Lief spuckte auf den Schotter.

»Sie glauben, es stimmt, was Hardiman gesagt hat.«

Lief zuckte mit den Schultern. »Keine Ahnung. Die Einzelheiten waren allerdings ziemlich präzise. Sie wären doch auch misstrauisch, wenn es um Ihre Frau ginge und sie schon mal untreu gewesen ist, oder?«

Dolquist war nur noch eine winzige Gestalt, als er am anderen Ende der Rasenfläche ankam; er ging um den Gefängnisschatten herum zum Parkplatz und verschwand außer Sicht.

»Armer Kerl«, sagte ich.

Wieder spuckte Lief auf den Schotter. »Hoffen wir, dass Hardiman nicht dafür sorgt, dass jemand anderes das eines Tages über Sie sagt.«

Plötzlich kräuselte eine kalte Brise aus dem dunklen Schatten unter der Mauer heran, ich zog die Schultern ein und öffnete die Hecktür des Campingmobils.

»Tolle Verhörtechnik«, murrte Bolton. »Wo haben Sie die gelernt?«

»Ich hab getan, was ich konnte«, sagte ich.

»Einen Scheiß haben Sie«, entgegnete er. »Sie haben da drin absolut gar nichts über die jüngsten Morde herausbekommen.«

»Tja.« Ich sah mich im Businneren um. Erdham und

Fields saßen an dem schmalen schwarzen Tisch. Über ihnen liefen auf den Monitoren fünf Aufnahmen der Sitzung mit Hardiman, auf dem sechsten war in Echtzeit zu sehen, dass Alec immer noch so dasaß, wie wir ihn verlassen hatten, Augen geschlossen, Kopf in den Nacken, Lippen gekräuselt.

Neben mir beobachtete Lief die zweite Monitorwand auf der anderen Seite, auf denen ganze Reihen von Häftlingsfotos durchliefen, ein wütendes Gesicht nach dem anderen, sechs Stück alle zwei Minuten. Ich schaute hinüber, sah, wie Erdham seine Finger über die Tastatur fliegen ließ, und mir ging auf, dass er die Akten aller Gefängnisinsassen durchging.

»Woher haben Sie denn die Erlaubnis dazu?«, fragte Lief.

Bolton blickte gelangweilt. »Von einem Bundesrichter um fünf Uhr früh.« Er reichte Lief ein Schriftstück. »Schauen Sie selbst.«

Als eine frische Reihe von Fotos auf den Monitoren über seinem Kopf aufleuchtete, sah ich hoch. Lief beugte sich neben mir vor und las aufmerksam das Schriftstück, wobei er mit dem Zeigefinger an den Worten entlangfuhr, ich schaute mir die sechs Gesichter an, die von weiteren sechs abgelöst wurden. Zwei waren schwarz, zwei weiß, einer hatte so viele Tätowierungen im Gesicht, dass er auch genauso gut grün hätte sein können, und einer sah aus wie ein junger Hispanic, nur dass seine Haare schlohweiß waren.

»Halten Sie mal an«, bat ich.

Erdham schaute über die Schulter. »Was?«

»Halten Sie das mal an«, wiederholte ich. »Geht das?«

Er nahm die Hände von der Tastatur. »Schon erledigt.«
Er sah Bolton an. »Bis jetzt noch keine Übereinstimmungen, Sir.«

»Was für Übereinstimmungen?«, fragte ich.

»Wir gleichen die Akten der Häftlinge mit allen Strafregistern ab, ganz gleich, wie unbedeutend, um herauszufinden, ob es irgendeine Art Beziehung zu Alec Hardiman gibt. Wir sind fast durch mit dem Buchstaben ›A‹.«

»Die ersten beiden sind sauber«, erklärte Erdham. »Nicht der geringste Kontakt mit Hardiman.«

Lief sah zu den Monitoren auf. »Lassen Sie den sechsten durchlaufen«, sagte er.

Ich stellte mich neben ihn. »Wer ist der Kerl?«

»Haben Sie ihn schon mal gesehen?«

»Ich weiß nicht«, antwortete ich. »Er kommt mir bekannt vor.«

»An die Haare würden Sie sich erinnern.«

»Ja«, sagte ich, »das würde ich.«

»Evandro Arujo«, erklärte Erdham. »Keine Übereinstimmung beim Zellentrakt, keine Übereinstimmung bei den Arbeitseinsätzen, keine Übereinstimmung bei den Freizeitaktivitäten, keine Übereinstimmung bei –«

»'Ne ganz schöne Menge, was der Computer nicht herausfindet«, meinte Lief.

»– den Strafzumessungen. Ich ruf mal die Vorstrafenregister auf.«

Ich schaute mir das Gesicht an. Glatt, feminin, das Gesicht einer hübschen Frau. Die weißen Haare standen in krassem Kontrast zu den großen Mandelaugen und der bernsteinfarbenen Haut. Auch die dicken Lippen wirkten feminin, schmollend, und die Wimpern waren lang und dunkel.

»Erster großer Zwischenfall – Häftling Arujo behauptet, er sei im Hydrotherapieraum vergewaltigt worden, 6. August '87. Häftling weigert sich, mögliche Vergewaltiger zu identifizieren und verlangt Einzelhaft. Abgelehnt.«

Ich schaute Lief an.

»Ich war damals noch nicht hier«, wiegelte er ab.

»Weswegen saß er?«

»Schwerer Kraftfahrzeugdiebstahl. Erste Verurteilung.«

»Und deswegen war er hier?«, fragte ich.

Bolton gesellte sich zu uns, und wieder konnte ich die Halspastillen in seinem Atem riechen. »Schwerer Kfz-Diebstahl ist doch kein Schwerverbrechen.«

»Sagen Sie das dem Richter«, erwiderte Lief. »Und dem Bullen, dessen Wagen Evandro geschrottet hat, einem Zechkumpan besagten Richters.«

»Zweiter größerer Zwischenfall – Verdacht auf schwere Körperverletzung. März '88. Keine weiteren Informationen.«

»Soll heißen, er hat jemanden vergewaltigt«, erklärte Lief.

»Dritter größerer Zwischenfall – Verhaftung und Prozess wegen fahrlässiger Tötung. Verurteilung Juni '89.«

»Willkommen in Evandros Welt«, sagte Lief.

»Drucken Sie das aus«, verlangte Bolton.

Der Laserdrucker summte; als Erstes erschien das Foto, das wir uns auf dem Monitor angeschaut hatten.

Bolton nahm das Foto und schaute Lief an. »Gab es Kontakt zwischen diesem Häftling und Hardiman?«

Lief nickte. »In den Akten werden Sie dazu allerdings nichts finden.«

»Warum nicht?«

»Weil es einen Unterschied gibt zwischen dem, was man weiß und beweisen kann, und dem, was man einfach weiß. Evandro war Hardimans Knasthure. Ist hier als halbwegs anständiger Bursche reingekommen, der neun Monate wegen Autodiebstahls abzusitzen hatte, und spazierte neuneinhalb Jahre später als durchgeknallter Freak hinaus.«

»Und woher hat er die Haare?«, fragte ich.

»Schock«, antwortete Lief. »Nach dem Rudelbums im Hydroraum fand man ihn aus allen Öffnungen blutend auf, nur die Haare waren schockweiß. Als er von der Krankenstation entlassen wurde, gesellte er sich wieder unter die Mitinsassen, weil mein Vorgänger keine Hispanics mochte, und als ich hier anfing, war er zigmal ge- und verkauft worden und schließlich bei Hardiman gelandet.«

»Und wann wurde er entlassen?«, fragte Bolton.

»Vor sechs Monaten.«

»Rufen sie alle Fotos von ihm auf und drucken Sie sie aus«, sagte Bolton.

Erdhams Finger flogen über die Tasten, und plötzlich erschienen auf den Monitoren fünf verschiedene Bilder von Evandro Arujo.

Das erste war ein erkennungsdienstliches Foto von der Polizei in Brockton. Evandros Gesicht war geschwollen, der rechte Wangenknochen schien gebrochen zu sein, und seine Augen blickten verwundet und verschreckt.

»Da hatte er den Wagen geschrottet«, erklärte Lief. »War mit dem Kopf aufs Lenkrad geknallt.«

Das nächste war am Tag seiner Einlieferung in Walpole gemacht worden. Die Augen waren noch immer groß und blickten verschreckt, doch die Schnitte und Schwellungen waren abgeheilt. Er hatte üppige schwarze Haare und dieselben femininen Züge, doch wirkten sie noch weicher, verbargen noch immer eine Spur Babyspeck.

Das nächste Foto war das bekannte Bild. Weiße Haare, die großen Augen wirkten verändert, so als habe jemand die Schicht Emotion heruntergekratzt wie eine dünne Eihaut.

»Das war nach dem Mord an Norman Sussex«, sagte Lief.

Auf dem vierten Foto hatte er stark abgenommen; seine femininen Züge wirkten grotesk, bildeten das Gesicht einer hageren Hexe auf dem Körper eines jungen Mannes. Die großen Augen strahlten und wirkten irgendwie laut, die prallen Lippen waren zu einem höhnischen Grinsen verzogen.

»Das war am Tag der Urteilsverkündung.«

Das letzte Foto stammte vom Tag seiner Entlassung. Er hatte sich anthrazitfarbene Strähnen ins Haar gefärbt und machte für die Kamera einen Schmollmund.

»Wie ist der Kerl denn überhaupt rausgekommen?«, wollte Bolton wissen. »Der sieht doch komplett durchgeknallt aus.«

Ich starrte das zweite Foto an, den jungen Evandro, dunkle Haare, reines Gesicht, große Augen, furchtsamer Blick.

»Er wurde wegen fahrlässiger Tötung verurteilt«, erwiderte Lief. »Nicht wegen Mord. Nicht mal Totschlag. Ich weiß, dass er Sussex ohne jede Provokation aufgeschlitzt hat, aber beweisen konnte ich es nicht. Die Wunden an Sussex und Arujo passten zu denen, die man sich bei einer Messerstecherei zuzieht.« Er deutete auf Arujos Stirn im jüngsten Foto. Eine dünne weiße Linie zog sich querüber. »Sehen Sie das? Schnittwunde. Sussex konnte uns nicht mehr verraten, was passiert war, und Arujo plädierte auf Selbstverteidigung und behauptete, das selbstgebastelte Messer habe Sussex gehört; er bekam acht Jahre, weil der Richter ihm nicht glaubte, ihm aber auch nicht das Gegenteil beweisen konnte. Unsere Haftanstalten sind überbelegt, das ist ein ernstes Problem, falls Ihnen das noch niemand gesagt hat, und Häftling Arujo war in jeder Hinsicht ein Musterhäftling, der seine Zeit abgesessen und die Strafaussetzung verdient hat.«

Ich sah mir die verschiedenen Stadien von Evandro Arujo an. Verwundet. Jung und verängstigt. Verpfuscht und zerstört. Ausgemergelt und knochentrocken. Launisch und gefährlich. Und ich wusste ohne jeden Zweifel, dass ich ihn schon mal gesehen hatte. Ich wusste nur nicht, wo.

Ich ging die verschiedenen Möglichkeiten durch:

Auf der Straße. In einer Bar. Im Bus. In der U-Bahn. Als Taxifahrer. Im Fitnessstudio. In der Menschenmenge. Beim Baseballspiel. Im Kino. Bei einem Konzert. In –

»Hat mal jemand einen Stift?«

»Was?«

»Einen Stift«, sagte ich. »Schwarz. Oder einen Marker.«

Fields hielt mir einen Filzstift hin, ich zog ein Foto von Evandro aus dem Laserdrucker und kritzelte darauf herum.

Lief trat zu mir und sah mir über die Schulter: »Warum malen Sie dem Kerl einen Spitzbart an, Kenzie?«

Ich betrachtete das Gesicht, das ich im Kino gesehen hatte, dasselbe Gesicht, von dem Angie ein Dutzend Fotos geschossen hatte.

»Damit er sich nicht weiter verstecken kann«, antwortete ich.

24

Devin faxte uns eine Kopie von Evandro Arujos Foto aus der Serie, die Angie ihm gegeben hatte, und Erdham gab sie in seinen Computer ein.

Wir krochen die 95 nordwärts entlang, und das Campingmobil steckte im mittäglichen Verkehrschaos, als Bolton zu Devin sagte: »Ich will, dass sofort eine Großfahndung nach ihm ausgelöst wird«, dann drehte er sich um und bellte Erdham an: »Besorgen Sie mir den Namen seines Bewährungshelfers.«

Erdham sah Fields an, Fields drückte auf eine Taste und sagte: »Sheila Lawn. Hat ihr Büro im Saltonstall-Building.«

Bolton sprach noch mit Devin. »... eins achtzig, dreiundsiebzig Kilo, dreißig, einziges Erkennungsmerkmal ist eine schmale, drei Zentimeter lange Narbe auf der Stirn, direkt unter dem Haaransatz, von einer Messerstecherei ...« Er legte eine Hand über die Sprechmuschel. »Kenzie, rufen Sie sie an.«

Fields gab mir die Telefonnummer, ich griff mir ein Telefon und wählte, während Evandros Foto auf Erdhams Monitor erschien. Sofort klapperte Erdham auf der Tastatur herum, um Kontrast und Farbsättigung zu verbessern.

»Büro von Sheila Lawn.«

»Ich möchte bitte mit Ms. Lawn sprechen.«

»Am Apparat.«

»Ms. Lawn, mein Name ist Patrick Kenzie. Ich bin Privatdetektiv, und ich bräuchte ein paar Informationen zu einem Ihrer Schützlinge.«

»Einfach so?«

»Wie bitte?«

Das Campingmobil wechselte auf eine Fahrspur, die ein paar Zentimeter pro Minute schneller war, und mehrere Hupen gellten.

»Sie glauben doch nicht etwa, dass ich einem Mann, der am Telefon behauptet, Privatdetektiv zu sein, irgendetwas über einen Probanden verrate, oder?«

»Ähm …«

Bolton beobachtete mich, während er zuhörte, was Devin ihm zu sagen hatte, dann streckte er die Hand aus, nahm mir das Telefon ab und sprach aus dem Mundwinkel hinein, während er mit dem anderen Ohr weiter Devin zuhörte.

»Ms. Lawn, hier spricht Special Agent Barton Bolton vom FBI. Ich bin dem Bostoner Büro unterstellt, und meine Dienstnummer lautet sechs-null-vier, eins-neun-zwei. Rufen Sie an und prüfen Sie das nach, aber halten Sie Mr. Kenzie in der Leitung. Es geht um eine Bundesangelegenheit, und wir erwarten Ihre Mitarbeit.«

Er warf mir das Telefon zu und sagte zu Devin: »Sprechen Sie weiter, ich höre.«

»Hi«, sagte ich ins Telefon.

»Hi«, sagte Ms. Lawn. »Das war eine satte Ohrfeige. Und das von einem Mann mit dem illustren Namen Barton. Bleiben Sie dran.«

In der Warteschleife schaute ich aus dem Fenster; das

Campingmobil wechselte mal wieder die Spur, und ich sah, was uns aufgehalten hatte. Ein Volvo war auf einen Datsun aufgefahren, und der Fahrer des einen Fahrzeugs wurde den Standstreifen entlang zu einem Krankenwagen geführt. Sein Gesicht war blutig und mit kleinen Glassplittern übersät, und er streckte seine Hände linkisch aus, als sei er nicht ganz sicher, ob sie tatsächlich noch am Körper hingen.

Der Unfall hielt den Verkehr nicht länger auf, falls er das überhaupt je getan hatte, doch alle hatten gebremst und gestanden, um besser gaffen zu können. Drei Fahrzeuge vor uns hielt ein Mitfahrer durch die Heckscheibe alles auf Video fest. Heimkino für Frau und Kinder. Schau mal, Junge, der hat ganz hübsch was abbekommen.

»Mr. Kenzie?«

»Ich bin noch dran.«

»Das war jetzt die zweite Ohrfeige. Diesmal von Agent Boltons Boss, dass ich die kostbare Zeit des FBI damit vergeude, die Rechte meines Probanden zu schützen. Also, zu welchem meiner Chorknaben brauchen Sie Informationen?«

»Evandro Arujo.«

»Warum?«

»Wir brauchen sie einfach, mehr kann ich dazu nicht sagen.«

»Okay. Schießen Sie los.«

»Wann haben Sie ihn das letzte Mal gesehen?«

»Montag vor zwei Wochen. Evandro ist sehr zuverlässig. Ach, verflucht, im Vergleich zu den meisten anderen ist er ein Traum.«

»Wie das?«

»Versäumt keinen Termin, kommt nie zu spät, hatte zwei Wochen nach seiner Entlassung bereits eine Arbeit –«

»Wo?«

»Hartow-Hundezwinger in Swampscott.«

»Wie lauten Anschrift und Telefonnummer?«

Sie nannte sie mir, ich schrieb mit, riss den Zettel ab und reichte ihn Bolton, der gerade auflegte.

»Sein Boss, Hank Rivers, liebt ihn«, sagte Lawn, »und wenn alle so wären wie Evandro, würde er nur noch Ex-knackis anheuern.«

»Wo wohnt denn Evandro, Ms. Lawn?«

»Seine Adresse lautet, lassen Sie mich nachschauen … hier ist sie: 204, Custer Street.«

»Wo ist das?«

»In Brighton.«

Die Uni war gleich nebenan. Ich schrieb die Adresse auf und gab sie Bolton.

»Steckt er in Schwierigkeiten?«, fragte sie.

»Ja«, antwortete ich. »Falls Sie ihn sehen, Ms. Lawn, bleiben Sie auf Abstand. Rufen Sie die Nummer an, die Agent Bolton Ihnen gerade gegeben hat.«

»Und was, wenn er herkommt? Er hat seinen nächsten Termin in nicht mal zwei Wochen.«

»Er wird nicht kommen. Und falls doch, dann schließen Sie ab und rufen Hilfe.«

»Sie glauben, er hat vor ein paar Wochen die junge Frau gekreuzigt, richtig?«

Das Campingmobil fuhr jetzt zügig, doch drinnen fühlte es sich an, als ob der Straßenverkehr endgültig zum Erliegen gekommen wäre.

»Wie kommen Sie darauf?«, fragte ich.

»Er hat neulich so etwas erwähnt.«

»Was hat er denn gesagt?«

»Sie müssen verstehen, Evandro ist einer der leichtesten Fälle, die ich je zu betreuen hatte, wie ich schon sagte, er war stets sehr lieb und höflich und, verflucht, er hat mir sogar Blumen ins Krankenhaus geschickt, als ich mir ein Bein gebrochen hatte. Ich bin wirklich nicht naiv, wenn es um Exknackis geht, Mr. Kenzie, aber Evandro schien mir ganz der anständige Kerl zu sein, dem ein Ausrutscher passiert ist und der das nicht wiederholen wollte.«

»Was hat er über Kreuzigungen gesagt?«

Bolton und Fields sahen mich an, und ich bemerkte, dass selbst Erdham, der sonst völlig desinteressiert war, meine Spiegelung in seinem Monitor beobachtete.

»Einmal, als die Sitzung gerade zu Ende war, fing er an, mir auf die Brust zu starren. Erst dachte ich, er würde meine Brüste begaffen, doch dann ging mir auf, dass er das Kreuz anstarrte, das ich trug. Normalerweise trage ich es unter der Bluse, doch diesmal war es herausgerutscht, was mir gar nicht aufgefallen war, bis ich Evandro ertappte. Kein sonderlich freundlicher Blick, eher ein bisschen besessen, wenn Sie verstehen, was ich meine. Als ich ihn fragte, was es denn zu starren gäbe, sagte er: ›Was halten Sie von Kreuzigungen, Sheila Lawn?‹ Nicht Lawn oder Ms. Lawn, sondern *Sheila* Lawn.«

»Was haben Sie darauf geantwortet?«

»Ich fragte: ›In welchem Zusammenhang?‹ oder etwas Derartiges.«

»Und Evandro?«

»Er meinte: ›Sexuell, natürlich.‹ Ich glaube, das ›natürlich‹ machte mir am meisten zu schaffen, weil er es wohl für eine ganz normale Sache hielt, bei Kreuzigungen an Sex zu denken.«

»Haben Sie diese Unterhaltung gemeldet?«

»Wem? Machen Sie Witze? Zu mir kommen zehn Männer am Tag, Mr. Kenzie, die noch viel Schlimmeres von sich geben, dabei verstoßen sie nicht mal gegen das Gesetz. Ich würde es sexuelle Belästigung nennen, wenn ich nicht wüsste, dass meine männlichen Kollegen dasselbe zu hören kriegen.«

»Ms. Lawn«, sagte ich, »Sie haben von sich aus aufgebracht, dass Evandro jemanden gekreuzigt haben könnte, dabei habe ich nicht mal erwähnt, dass er wegen Mordes gesucht wird –«

»Nun ja, Sie hängen mit dem FBI herum und meinten, ich solle mich verstecken, wenn ich ihn sehe.«

»Aber wenn Evandro so ein Musterschüler ist, wie kommen Sie dann auf so etwas? Wenn er so nett war, wie kommen Sie da auf den Gedanken –«

»Dass er die junge Frau gekreuzigt hat?«

»Ja.«

»Na ja ... bei diesem Job verdrängt man Tag für Tag so einiges, Mr. Kenzie. Sonst könnte ich ja nicht weitermachen. Diese Unterhaltung mit Evandro zum Beispiel hatte ich völlig vergessen, bis ich in der Zeitung über den Mord las. Es war sofort alles wieder da, auch wie ich mich gefühlt habe, als er mich so anschaute, und sagte: ›Sexuell, natürlich‹, ganz schmutzig und nackt und wie auf dem Präsentierteller. Vor allem aber hatte ich fürchterliche Angst – nur einen Augenblick lang –, weil ich dachte, er würde sich vorstellen …«

Eine ganze Weile herrschte Stille, während sie nach Worten suchte. »Sie zu kreuzigen?«, fragte ich.

Sie holte scharf Luft. »Ja.«

»Abgesehen von der Haarfarbe und dem Spitzbart«, sagte Erdham, während wir zuschauten, wie Evandros Foto auf dem LED-Monitor an Farbe und Kontrast gewann, »hat er sich offenbar den Haaransatz korrigieren lassen.«

»Wie?«

Er hielt das letzte Foto hoch, das von Evandro im Gefängnis gemacht worden war.

»Sehen Sie die Narbe von der Messerstecherei auf der Stirn?«

»Shit«, meinte Bolton.

»Jetzt nicht mehr«, beantwortete Erdham die eigene Frage und tippte auf den Monitor.

Ich besah mir das Foto, das Angie von Evandro gemacht hatte, als er den Sunset Grill verließ. Der Haaransatz saß mindestens einen Zentimeter tiefer als zu der Zeit, als er aus dem Gefängnis entlassen worden war.

»Allerdings glaube ich nicht, dass das unbedingt zu seiner Tarnung gehört«, meinte Erdham. »Dazu ist das zu unauffällig. Die meisten würden es nicht mal bemerken.«

»Er ist eitel«, sagte ich.

»Genau.«

»Was noch?«, fragte Bolton.

»Schauen Sie selbst.«

Ich besah mir die beiden Fotos. Wenn man sich erst mal

daran gewöhnt hatte, dass sein schlohweißes Haar nun dunkelbraun war …

»Seine Augen«, stellte Bolton fest.

Erdham nickte. »Von Natur aus braun, doch auf dem Foto, das Mr. Kenzies Partnerin geschossen hat, sind sie grün.«

Fields legte das Telefon hin. »Agent Bolton?«

»Ja?« Er wandte sich um.

»Seine Wangenknochen«, sagte ich und bemerkte mein Spiegelbild, das sich über Evandros Bild auf dem Monitor gelegt hatte.

»Sie sind gut«, sagte Erdham.

»Kein Treffer bei seiner Adresse oder seiner Arbeitsstelle«, sagte Fields. »Der Hausbesitzer hat ihn seit zwei Wochen nicht mehr gesehen, und sein Boss meinte, er habe sich vor zwei Tagen krankgemeldet und sei seitdem noch nicht wieder aufgetaucht.«

»Ich will, dass Agenten dahin fahren, und zwar pronto.«

»Schon unterwegs, Sir.«

»Was ist mit den Wangenknochen?«, fragte Bolton.

»Implantate«, antwortete Erdham. »Schätze ich jedenfalls. Sehen Sie?« Er drückte drei Mal auf eine Taste und Evandros Foto wurde vergrößert, bis wir nur noch die ruhigen grünen Augen, die obere Nasenhälfte und die Wangenknochen sahen. Erdham tippte mit einem Stift auf den linken Wangenknochen. »Die Haut hier sieht aus wie gepolstert. Auf dem Foto dort spannt sie sich direkt über dem Knochen. Aber da … und sehen Sie hier, die Haut wirkt ein wenig spröde und gerötet? Das kommt daher, weil sie es noch nicht gewohnt ist, so überdehnt zu werden. Ein wenig so wie die gespannte Haut über einer Blase.«

»Sie sind ein Genie«, sagte Bolton.

»Definitiv«, bestätigte Erdham, und seine Augen hinter den Brillengläsern strahlten wie bei einem kleinen Kind, das die Kerzen auf der Geburtstagstorte sieht. »Aber er macht es verdammt clever. Keine Veränderungen, die groß auffallen würden. Bis auf das Haar«, fügte er schnell hinzu, »und das versteht ja jeder. Ansonsten sind das nur dezente kosmetische Veränderungen. Und trotzdem, wenn man das letzte Foto durch den Computer jagen würde, würde es keinen Treffer geben, weil es seinen Gefängnisfotos nicht mehr ähnlich sieht. Man erkennt ihn nur, wenn man genau weiß, wonach man sucht.«

Das Campingmobil neigte sich leicht zur Seite, als wir in Braintree auf die 93 einbogen, und Bolton und ich stützten uns einen Augenblick an der Decke ab.

»Wenn er so weit vorausgedacht hat«, sagte ich, »dann wusste er, dass wir irgendwann nach ihm suchen würden, zumindest nach jemandem, der so aussieht.«

»Ganz genau«, meinte Erdham.

»Also geht er davon aus«, sagte Bolton, »dass wir ihn schnappen.«

»Sieht so aus«, pflichtete ihm Erdham bei. »Warum sonst sollte er Hardimans Morde nachstellen?«

»Er weiß, dass wir ihn schnappen werden«, sagte ich, »aber das ist ihm egal.«

»Vielleicht sogar noch schlimmer«, meinte Erdham. »Vielleicht will er geschnappt werden, was heißt, dass all diese Morde eine Art Botschaft sind und er so lange weitermacht, bis wir sie herausfinden.«

»Sergeant Amronklin hat mir ein paar interessante Neuigkeiten mitgeteilt, während Sie mit Arujos Bewährungshelferin telefoniert haben.«

Das Campingmobil bog am Haymarket von der 93 ab, und wieder mussten Bolton und ich uns am Dach abstützen, um das Gleichgewicht zu halten.

»Als da wären?«

»Er hat Kara Riders Mitbewohnerin in New York aufgetrieben. Ms. Rider hat vor drei Monaten im Unterricht einen Schauspielkollegen kennengelernt. Er sagte, er sei aus Long Island und schaffe es nur ein Mal die Woche nach Manhattan zum Unterricht.« Bolton sah mich an. »Raten Sie mal.«

»Der Kerl hatte einen Spitzbart.«

Er nickte. »Er hört auf den Namen Evan Hardiman. Ist das nicht toll? Ms. Riders Mitbewohnerin sagte außerdem, und ich zitiere: ›Er war der sinnlichste Mann, der je auf Erden wandelte.‹«

»Sinnlich«, sagte ich.

Bolton verzog das Gesicht. »Sie ist ein wenig, nun ja, dramatisch veranlagt.«

»Was hat sie noch erzählt?«

»Sie sagte, Kara habe gemeint, er sei der beste Fick gewesen, den sie je gehabt hätte. ›Das höchste der Gefühle‹, so drückte sie sich aus.«

»Na, Gefühle würde ich das vielleicht nicht nennen.«

»Ich will sofort ein psychologisches Profil«, sagte Bolton, als wir den Fahrstuhl nahmen. »Ich will alles über diesen Arujo wissen, vom Tag seiner Geburt bis heute.«

»Alles klar«, sagte Fields.

Bolton wischte sich mit dem Ärmel übers Gesicht. »Ich will dieselbe Liste wie bei Hardiman, einen Abgleich aller Personen, die jemals mit Arujo in Kontakt gekommen sind, solange er im Knast war, und einen Beamten vor jeder ihrer Haustüren, und zwar bis morgen früh.«

»Verstanden.« Fields schrieb eilig mit.

»Agenten vor dem Haus seiner Eltern, wenn sie noch leben«, fuhr Bolton fort, zog seinen Mantel aus und schnaufte schwer. »Und wenn sie nicht mehr leben, auch. Agenten vor den Türen aller Partnerinnen oder Partner, die er je hatte, aller Freunde, aller Frauen oder Männer, die ihn jemals abgewiesen haben.«

»Das sind eine Menge Mannstunden«, sagte Erdham.

Bolton zuckte mit den Schultern. »Ein Klacks im Vergleich zu dem, was die Belagerung von Waco die Regierung gekostet hat, und diesmal haben wir gute Chancen zu gewinnen. Ich will, dass alle Tatorte noch mal gründlich abgesucht werden, und frische Aussagen von den ganzen Lahmärschen von der Bostoner Polizei, die dort irgendetwas angefasst haben, bevor wir aufgetaucht sind. Ich will, dass alle von Kenzies Liste« – und dabei zählte er an den Fingern ab – »Hurlihy, Rouse, Constantine, Pine, Timpson, Diandra Warren, Glynn, Gault – noch mal befragt werden, dazu ausführliche, nein, *vollständige* Überprüfungen, ob sie jemals in Kontakt mit Arujo gekommen sind.« Als der Fahrstuhl anhielt, griff er in die Brusttasche nach seinem Inhalator. »Verstanden? Verstanden? Na, dann los.«

Die Türen öffneten sich, er stürmte hinaus und sog hörbar das Medikament aus dem kleinen Gerät ein.

Hinter mir fragte Field Erdham: »›Vollständig‹ – schreibt man das mit einem Arschloch oder mit zweien?«

»Mit einem«, antwortete Erdham. »Aber mit einem großen.«

Bolton löste den Schlips, bis ihm der Knoten vor dem Brustbein baumelte, und ließ sich in den Sessel hinter seinem Schreibtisch plumpsen.

»Machen Sie die Tür zu«, sagte er.

Das tat ich. Sein Gesicht war puterrot, und er keuchte.

»Alles okay?«

»Mir ging's noch nie besser. Erzählen Sie mir von Ihrem Vater.«

Ich setzte mich. »Da gibt's nichts zu erzählen. Ich glaube, Hardiman hat nur versucht, mich mit diesem Blödsinn aus der Reserve zu locken.«

»Das glaube ich nicht«, widersprach Bolton und nahm noch einen kleinen Zug von seinem Inhalator. »Sie hatten ihm alle drei den Rücken zugekehrt, als er das sagte, aber ich habe ihn auf dem Monitor beobachtet. Er sah aus, als würde ihm einer abgehen, als er sagte, Ihr Vater sei eine Wespe, so als hätte er sich das für den Höhepunkt aufgehoben.« Er fuhr sich mit der Hand durch die Haare. »Sie hatten einen Wirbel, als Sie klein waren, richtig?«

»Das haben doch viele Kinder.«

»Na ja, nicht viele, die von einem Serienkiller in dessen Zelle zitiert werden.«

Ich hielt eine Hand hoch und nickte. »Ja, ich hatte einen Wirbel, Agent Bolton. Aber den konnte man nur sehen, wenn ich verschwitzt war.«

»Warum?«

»Weil ich eitel war, nehme ich an. Ich hab mir allen möglichen Scheiß in die Haare geschmiert, um ihn anzuklatschen.«

Bolton nickte. »Er kannte Sie.«

»Keine Ahnung, was ich dazu sagen soll, Agent Bolton. Ich habe den Kerl noch nie gesehen.«

Wieder nickte Bolton. »Erzählen Sie mir von Ihrem Vater. Sie können sich denken, dass ich schon Leute darauf angesetzt habe, alles über ihn herauszufinden.«

»Davon bin ich ausgegangen.«

»Wie war er so?«

»Er war ein Arschloch, der anderen gern Schmerzen verursachte, Bolton. Ich rede nicht gern über ihn.«

»Das tut mir sehr leid«, sagte er, »aber Ihre persönlichen Gefühle sind mir im Augenblick völlig egal. Ich versuche, Arujo zu schnappen und das Blutvergießen zu beenden.«

»Und dabei einen ordentlichen Schritt die Karriereleiter hinauf zu machen.«

Bolton hob eine Augenbraue und nickte energisch.

»Absolut. Darauf können Sie wetten. Ich kenne keins der Opfer, Mr. Kenzie, und ganz allgemein gesprochen, möchte ich nicht, dass jemand stirbt. Nie. Andererseits habe ich auch kein sonderliches Mitleid mit diesen Menschen. Dafür werde ich nicht bezahlt. Ich werde dafür bezahlt, Kerle wie Arujo zu schnappen, und das werde ich auch tun. Und wenn das meiner Karriere dient, dann ist das doch prima, oder nicht?« Er riss die winzigen Augen auf. »Erzählen Sie mir von Ihrem Vater.«

»Den größten Teil seines Lebens über war er Lieutenant

bei der Bostoner Feuerwehr. Später ist er in die Lokalpolitik gegangen und wurde Stadtrat. Kurz darauf bekam er Lungenkrebs und starb.«

»Sie beide sind nicht miteinander ausgekommen.«

»Nein. Er war ein brutaler Kerl. Alle, die ihn kannten, hatten Angst vor ihm, und die meisten hassten ihn. Freunde hatte er keine.«

»Sie scheinen das genaue Gegenteil von ihm zu sein.«

»Wie meinen Sie das?«

»Na ja, die Leute mögen Sie. Die Sergeants Amronklin und Lee haben Sie richtig gern, Lief mochte Sie sofort, und nach allem, was ich über Sie erfahren habe, haben Sie beste Kontakte zu so unterschiedlichen Personen wie einem liberalen Kolumnisten und einem durchgeknallten Waffenschieber. Ihr Vater hatte keine Freunde, Sie dagegen einen ganzen Haufen. Ihr Vater war gewalttätig, sie dagegen scheinen keine derartigen Neigungen zu haben.«

Sagen Sie das mal Marion Socia, dachte ich bei mir.

»Ich versuche herauszufinden, Mr. Kenzie, ob Alec Hardiman Jason Warren für die Sünden seiner Mutter büßen ließ. Vielleicht will er Ihnen ja die Sünden Ihres Vaters in die Schuhe schieben.«

»Alles schön und gut, Agent Bolton. Doch Diandra hatte direkt mit Hardimans Haftstrafe zu tun. Bislang aber gibt es keinerlei Verbindung zwischen meinem Vater und Hardiman.«

»Jedenfalls haben wir noch keine gefunden.« Er lehnte sich zurück. »Rollen wir das Ganze doch mal auf. Alles fängt damit an, dass Kara Rider, eine Schauspielerin, sich mit Diandra Warren in Verbindung setzt, und das unter dem Namen Moira *Kenzie*. Das ist kein Zufall. Das ist eine Botschaft. Wir können davon ausgehen, dass Arujo sie dazu angestiftet hat. Dann zeigt sie mit dem Finger auf Kevin Hurlihy und stillschweigend auch auf Jack Rouse. Sie setzen sich mit Gerry Glynn in Verbindung, der mit Alec Hardimans Vater gearbeitet hat. Er bringt Sie auf Hardiman selbst. Hardiman hat in Ihrem Viertel Charles Rugglestone umgebracht. Wir gehen ebenfalls davon aus, dass er Cal Morrison getötet hat. Ebenfalls in Ihrem Viertel. Damals waren Kevin Hurlihy und Sie noch Kinder, aber Jack Rouse hatte ein Lebensmittelgeschäft, Stan Timpson und Diandra Warren wohnten ein paar Blocks entfernt, Kevin Hurlihys Mutter Emma war Hausfrau, Gerry Glynn war Bulle und Ihr Vater, Mr. Kenzie, Feuerwehrmann.«

Er reichte mir eine Straßenkarte mit den Vierteln um den Edward Everett Square, Savin Hill und Columbia Point. Jemand hatte einen Kreis um die Kirchengemeinde von St. Bartholomew gezogen – Edward Everett Square, Blake Yard, JFK/UMASS Station, einen Abschnitt der Dorchester Avenue von der South Boston Line bis zur St. William's Church in Savin Hill. Innerhalb des Kreises hatte jemand zusätzlich fünf kleine schwarze Vierecke und zwei große blaue Punkte eingezeichnet.

»Die Vierecke sind was?« Ich sah Bolton an.

»Die ungefähren Wohnorte von Jack Rouse, Stan und Diandra Timpson, Emma Hurlihy, Gerry Glynn und Edgar Kenzie im Jahr 1974. Die blauen Punkte sind die Fundorte der Mordopfer Cal Morrison und Charles Rugglestone. Die Vierecke und Punkte befinden sich alle innerhalb eines Umkreises von gut einem halben Quadratkilometer Fläche.«

Ich sah mir die Karte an. Mein Viertel. Ein winziger, ärmlicher Flecken aus dreigeschossigen Mietshäusern und verwohnten Nurdachhäusern, winzigen Kaschemmen und Eckläden, für den sich im Normalfall kaum jemand interessierte. Abgesehen von gelegentlichen Kneipenschlägereien, war das nicht die Gegend, die sonderlich viel Aufmerksamkeit auf sich zog. Doch jetzt rückte das FBI das Viertel ins grelle Licht nationalen Interesses.

»Was Sie hier vor sich sehen«, sagte Bolton, »ist eine Todeszone.«

Ich rief Angie von einem leeren Konferenzraum aus an.

Beim vierten Klingeln hob sie ab und war ganz außer Atem. »Hi, ich bin gerade zur Tür herein.«

»Was machst du denn?«

»Mit dir reden, du Blödmann, und meine Post öffnen. Rechnung, Rechnung, Rechnung, Lieferservice, Rechnung ...«

»Wie lief's mit Mae?«

»Bestens. Ich hab sie gerade zu Grace gebracht. Wie war dein Tag?«

»Der Spitzbart heißt Evandro Arujo. Er war Alec Hardimans Lebensabschnittsgefährte im Knast.«

»Du machst Witze.«

»Nein. Sieht ganz so aus, als wäre er unser Mann.«

»Aber er kennt dich nicht.«

»Das ist richtig.«

»Und warum hat er dann deine Visitenkarte in Karas Hand zurückgelassen?«

»Zufall?«

»Na gut. Und der Mord an Jason?«

»Ein Riesenzufall?«

Angie seufzte, und ich hörte, wie sie einen Umschlag aufriss. »Das ergibt alles noch keinen Sinn.«

»Stimmt«, sagte ich.

»Erzähl mir von Hardiman.«

Das tat ich, und dann berichtete ich ihr von meinem restlichen Tag, während sie weitere Umschläge aufriss und abwesend »ja, ja« sagte, was mich normalerweise wütend gemacht hätte. Allerdings kannte ich sie schon lange genug und wusste, dass sie gleichzeitig telefonieren, Radio hören, in die Glotze schauen und Nudeln kochen konnte, während sie ein Gespräch mit einer anwesenden Person führte, ohne auch nur ein Wort von dem zu verpassen, was ich sagte.

Doch auf halber Strecke verstummte das ›Ja‹, und ich bekam nichts weiter zu hören als bedeutungsschwangere Stille.

»Angie?«

Nichts.

»Angie?«, wiederholte ich.

»Patrick«, sagte sie mit so kleiner Stimme, als hinge kein Körper daran.

»Was denn? Was ist los?«

»Ich habe gerade ein Foto mit der Post bekommen.«

Ich sprang so schnell auf, dass die Lichter der Stadt um mich schwankten. »Von wem?«

»Von mir«, sagte sie. Dann: »Und Phil.«

25

Und jetzt soll ich vor diesem Kerl Angst haben?« Phil hielt eins der Fotos hoch, die Angie von Evandro geschossen hatte.

»Ja«, sagte Bolton.

Phil wedelte mit dem Foto. »Tja, hab ich aber nicht.«

»Glaub mir, Phil«, sagte ich, »das solltest du aber.«

Er sah uns alle an – Bolton, Devin, Oscar, Angie und mich, alle drängten sich in Angies winziger Küche – und schüttelte den Kopf. Er griff unter die Jacke, zückte eine Pistole, richtete sie zum Boden aus und prüfte, ob sie geladen war.

»Herrje, Phil«, sagte Angie. »Pack das Ding weg.«

»Haben Sie dafür eine Erlaubnis?«, fragte Devin.

Phil schaute weiter zu Boden, und sein Haaransatz war dunkel vor Schweiß.

»Mr. Dimassi«, sagte Bolton, »das werden Sie nicht brauchen. Wir beschützen Sie.«

Ganz leise sagte Phil: »Ja klar.«

Wir warteten; er warf einen zweiten Blick auf das Foto, das er auf dem Tresen hatte liegen lassen, dann auf die Waffe in seiner Hand, und die Angst drang ihm aus allen Poren. Er sah Angie an, dann schaute er wieder zu Boden; ganz offenkundig musste er das alles erst noch verarbeiten. Er war von der Arbeit gekommen und vor seiner Wohnung von FBI-Agenten abgefangen worden, die ihn hierhergebracht hatten. Nun informierte man ihn darüber, dass jemand, dem er noch nie begegnet war, es darauf abgesehen hatte, sein Herz zum Stillstand zu bringen, und das womöglich noch im Laufe der Woche.

Schließlich blickte er vom Boden auf, und seine normalerweise olivfarbene Haut war so blass wie Magermilch. Er schaute mir in die Augen, setzte sein jungenhaftes Grinsen auf und schüttelte den Kopf, so als würden wir da gemeinsam drinstecken.

»Okay«, räumte er ein. »Vielleicht habe ich doch ein bisschen Angst.«

Die Spannung, die wie eine Seifenblase in der Küche gehangen hatte, platzte leise und löste sich auf.

Er legte die Waffe auf den Herd, setzte sich auf den Küchentresen, sah Bolton an und hob leicht verwirrt die Augenbraue.

»Erzählen Sie mir von diesem Kerl.«

Ein FBI-Agent steckte den Kopf zur Tür herein. »Agent Bolton, Sir? Keinerlei Anzeichen, dass irgendjemand an den Schlössern dieses Hauses herumgespielt oder sonstwie versucht hat, sich Einlass zu verschaffen. Wir haben nach Wanzen gesucht, alles sauber. Der Hinterhof ist überwuchert, da ist seit einem Monat niemand durchgelaufen.«

Bolton nickte, und der Agent verschwand.

»Agent Bolton«, sagte Phil.

Bolton wandte sich wieder ihm zu.

»Könnten Sie mir bitte von dem Kerl erzählen, der meine Frau und mich umbringen will?«

»Exfrau, Phil«, sagte Angie leise. »Ex.«

»Tut mir leid.« Phil sah Bolton an. »Meine Exfrau und mich?«

Bolton lehnte am Kühlschrank, Devin und Oscar setzten sich auf die Stühle, und ich suchte mir ebenfalls einen Platz auf dem Tresen neben dem Herd.

»Der Kerl heißt Evandro Arujo«, sagte Bolton. »Er wird verdächtigt, im letzten Monat vier Morde begangen zu haben. In all diesen Fällen hat er seinen Opfern oder ihnen nahestehenden Personen Fotos geschickt.«

»Fotos wie dieses da?« Phil zeigte auf das Bild von Angie und ihm, das voller Fingerabdruckpulver auf dem Küchentisch lag.

»Ja.«

Die Aufnahme war erst kürzlich gemacht worden. Vielfarbiges Laub im Vordergrund. Phil, der Angie zuhörte, er hielt den Kopf gesenkt, sie schaute ihn an, und beide gingen sie den Grünstreifen entlang, der die Commonwealth Avenue der Länge nach teilt.

»An diesem Foto ist aber doch nichts Bedrohliches.«

Bolton nickte. »Abgesehen davon, dass es überhaupt geschossen und an Ms. Gennaro geschickt wurde. Haben Sie jemals von Evandro Arujo gehört?«

»Nein.«

»Alec Hardiman?«

»Nein.«

»Peter Stimovich oder Pamela Stokes?«

Phil dachte nach. »Kommen mir vage bekannt vor.«

Bolton schlug die Akte auf, die er in der Hand hielt, und reichte Phil Fotos von Stimovich und Stokes.

Phils Miene verdüsterte sich. »Ist dieser Typ nicht letzte Woche erstochen worden?«

»Erheblich schlimmer als nur erstochen«, erwiderte Bolton.

»In den Zeitungen stand erstochen«, sagte Phil. »Und dass der Exfreund seiner Freundin verdächtigt wird.«

Bolton schüttelte den Kopf. »Das ist die Story, die wir lanciert haben. Stimovichs Freundin hatte keinen Exfreund, soweit wir wissen.«

Phil hielt Pamela Stokes' Foto hoch. »Und die ist auch tot?«

»Ja.«

Phil rieb sich die Augen. »Scheiße«, sagte er, und ein Lachen oder ein Schaudern schwang in seiner Stimme mit.

»Sind Sie jemals einem von den beiden begegnet?«

Phil schüttelte den Kopf.

»Und was ist mit Jason Warren?«

Phil sah zu Angie hinüber. »Der Bursche, den ihr beschützen solltet? Der jetzt tot ist?«

Angie nickte. Seit unserer Ankunft hatte sie nicht viel gesagt. Sie rauchte wie ein Schlot und sah zum Fenster auf den Hinterhof hinaus.

»Kara Rider?«, fragte Bolton.

»Hat dieses Arschloch sie auch umgebracht?«

Bolton nickte.

»Du meine Güte.« Phil rutschte vorsichtig vom Tresen, so als sei er sich nicht sicher, dass er festen Boden unter den Füßen vorfand. Er ging steif zu Angie hinüber, nahm eine Zigarette aus ihrer Schachtel, zündete sie an und sah auf seine Exfrau herab.

Sie beobachtete ihn, wie man jemanden beobachtet, der gerade erfährt, dass er Krebs hat; man will herausfinden, ob man ihm Raum lassen soll, damit er um sich schlagen kann, oder näher kommen, um ihn aufzufangen, falls er zusammenbricht.

Phil legte Angie eine Hand auf die Wange, sie lehnte sich dagegen, und zwischen den beiden ging etwas äußerst Intimes vor sich – die Erkenntnis dessen, was sie miteinander verband.

»Mr. Dimassi, kannten Sie Kara Rider?«

Phil nahm seine Hand mit einem langsamen Streicheln von Angies Wange und kehrte zum Tresen zurück.

»Ich kannte sie, als sie noch klein war. Wir alle kannten sie.«

»Haben Sie sie in letzter Zeit gesehen?«

Phil schüttelte den Kopf. »Seit drei oder vier Jahren nicht.« Er starrte die Zigarette an und schnippte dann die Asche in die Spüle. »Warum ausgerechnet wir, Mr. Bolton?«

»Das wissen wir nicht«, antwortete Bolton, und in seiner Stimme schwang eine Spur verzweifelter Gereiztheit mit. »Wir sind hinter Arujo her, sein Gesicht wird morgen in allen Zeitungen in New England sein. Lange wird er sich nicht verstecken können. Wir wissen immer noch nicht, warum er sich seine Opfer aussucht, bis auf den Fall Warren, da gibt es ein mögliches Motiv – dafür wissen wir aber, wen er ins Visier nimmt, und wir können Ms. Gennaro und Sie beschützen.«

Erdham kam in die Küche. »Rings um das Haus hier und um Mr. Dimassis Mietshaus ist alles gesichert.«

Bolton nickte und rieb sich mit fleischigen Händen das Gesicht.

»Okay, Mr. Dimassi«, sagte er, »Folgendes. Vor zwanzig Jahren ermordet ein Mann namens Alec Hardiman seinen Freund Charles Rugglestone in einem Lagerhaus, etwa sechs Blocks von hier. Wir glauben, dass Hardiman und Rugglestone für eine Reihe von Morden in der damaligen Zeit verantwortlich sind, wovon die Kreuzigung von Cal Morrison wohl der berüchtigtste ist.«

»Ich erinnere mich noch an Cal«, sagte Phil.

»Kannten Sie ihn gut?«

»Nein. Er war ein paar Jahre älter als wir. Von einer Kreuzigung habe ich allerdings nichts gehört. Er wurde doch erstochen.«

Bolton schüttelte den Kopf. »Auch das war nur eine Story für die Medien, um uns Zeit zu verschaffen und die Irren rauszuhalten, die noch vor dem Frühstück gestehen würden, den Gewerkschaftsführer Jimmy Hoffa und beide Kennedys ermordet zu haben. Morrison wurde gekreuzigt. Sechs Tage später rastete Hardiman aus und bearbeitete seinen Partner Rugglestone wie eine Horde Wahnsinniger. Keiner weiß, warum, außer dass beide Männer zu dem Zeitpunkt große Mengen PCP und Alkohol im Blut hatten. Hardiman bekam lebenslänglich und sitzt in Walpole, zwölf Jahre später schnappte er sich Arujo und trieb ihn in den Wahnsinn. Arujo war relativ unschuldig, als er in den Knast kam, jetzt ist er das blanke Gegenteil davon.«

»Wenn Sie ihn sehen«, sagte Devin, »dann rennen Sie los, Phil.«

Phil schluckte und nickte leicht.

»Arujo ist seit sechs Monaten draußen«, ergänzte Bolton.

»Wir nehmen an, dass Hardiman einen Kontaktmann draußen hat, einen zweiten Killer, der Arujos Mordlust Vorschub leistet oder andersherum. Wir sind uns da nicht sicher, gehen aber im Augenblick davon aus. Aus irgendeinem Grund weisen uns Hardiman, Arujo und dieser unbekannte Dritte in eine einzige Richtung – in dieses Viertel hier. Sie weisen uns auf ganz bestimmte Personen hin – Mr. Kenzie, Diandra Warren, Stan Timpson, Kevin Hurlihy und Jack Rouse –, aber wir wissen nicht, warum.«

»Und diese anderen – Stimovich und Stokes –, welche Verbindung haben sie hierher?«

»Wir gehen davon aus, dass es sich um Zufallsopfer handelt. Mordlust, ohne jedes weitere Motiv.«

»Und warum werden Angie und ich ins Visier genommen?«

Bolton zuckte mit den Schultern. »Könnte ein Ablenkungsmanöver sein. Wir wissen es nicht. Könnte sein, dass sie Ms. Gennaro einfach nur nervös machen wollen, weil sie an der Suche nach ihnen beteiligt ist. Wer immer Arujos Partner ist, beide haben jedenfalls von Anfang an versucht, Mr. Kenzie and Ms. Gennaro mithineinzuziehen. Kara Riders Rolle zielte genau darauf ab. – Vielleicht versucht er auch«, fuhr Bolton fort und sah mich an, »Mr. Kenzie zu jener Entscheidung zu zwingen, von der Hardiman sprach.«

Alle schauten mich an.

»Hardiman meinte, ich müsse eine Art Wahl treffen. ›Nicht alle, die Sie lieben, können leben.‹ Vielleicht soll ich entscheiden, ob ich Phil oder Angie rette.«

Phil schüttelte den Kopf. »Jeder, der uns kennt, weiß, dass wir seit zehn Jahren nicht mehr eng miteinander befreundet sind, Patrick.«

Ich nickte.

»Früher aber schon?«, fragte Bolton.

»Wie Brüder«, antwortete Phil; ich versuchte, Verbitterung und Selbstmitleid aus seiner Stimme herauszuhören; ich erkannte nur stille, traurige Akzeptanz.

»Wie lange?«, fragte Bolton.

»Von klein auf bis etwa zwanzig. Oder?«

Ich zuckte mit den Schultern. »Kommt ungefähr hin, ja.«

Ich sah Angie an, doch sie schaute zu Boden.

»Hardiman meint, Sie kennen sich, Mr. Kenzie.«

»Ich habe den Mann noch nie gesehen.«

»Oder Sie erinnern sich nur nicht daran.«

»Das Gesicht kann man nicht vergessen«, entgegnete ich.

»Wenn Sie ihn als Erwachsenen kennenlernen, ja. Aber als Kind?«

Bolton reichte Phil zwei Fotos von Hardiman – eins von 1974, das andere neueren Datums. Phil schaute sie sich an, und ich konnte sehen, dass er Hardiman erkennen wollte, damit das Ganze einen Sinn ergab, damit es einen Grund gab, warum dieser Mann seinen Tod wollte. Schließlich schloss er die Augen, seufzte und schüttelte den Kopf.

»Ich habe diesen Typen noch nie gesehen.«

»Sind Sie sicher?«

Er gab die Fotos zurück. »Ganz sicher.«

»Tja, zu schade«, meinte Bolton, »denn ab jetzt ist er Teil Ihres Lebens.«

Ein Agent brachte Phil gegen acht Uhr nach Hause. Angie, Devin, Oscar und ich fuhren in meine Wohnung, damit ich eine Tasche für die Nacht packen konnte.

Bolton wollte, dass Angie verletzlich und einsam wirkte, doch wir überzeugten ihn davon, dass wir uns so normal wie nur möglich verhalten sollten, wenn Evandro oder sein Partner uns beobachtet hatten. Und normalerweise hingen wir etwa ein Mal im Monat mit Devin und Oscar ab, wenn auch meist nicht nüchtern.

Ich bestand darauf, zu Angie zu ziehen; mir war völlig egal, was Bolton davon hielt.

Eigentlich gefiel ihm der Gedanke sogar. »Ich dachte eh schon, Sie beide hätten was miteinander, seit ich Sie kenne; schätze, Evandro denkt auch so.«

»Sie sind ein Schwein«, sagte Angie, doch Bolton zuckte nur mit den Schultern.

In meiner Wohnung setzten wir uns in die Küche, ich zog Kleidungsstücke aus dem Trockner und stopfte sie in eine Sporttasche. Ich schaute aus dem Fenster und sah, wie Lyle Dimmick zusammenpackte, Farbe von den Händen wischte und den Pinsel in eine Dose mit Verdünnung stellte.

»Wie ist denn deine Beziehung zum FBI?«, fragte ich Devin.

»Die wird von Tag zu Tag schlechter«, antwortete er. »Was glaubst du, warum wir von dem Besuch bei Alec Hardiman heute Nachmittag ausgeschlossen worden sind?«

»Die haben euch also zu Babysittern degradiert?«, fragte Angie.

»Eigentlich«, sagte Oscar, »haben wir extra um diesen

Job gebeten. Wir können es gar nicht erwarten, euch mal auf engstem Raum zu erleben.«

Er sah Devin an, und beide lachten.

Devin fand einen Stofffrosch, den Mae auf meinem Küchentresen liegengelassen hatte, und hob ihn hoch. »Deiner?«

»Maes.«

»Na klar.« Er hielt ihn vor sich und schnitt Grimassen. »Ihr beiden solltet den kleinen Kerl behalten«, sagte er, »so als Ausgleich.«

»Wir haben schon mal zusammengewohnt«, sagte Angie und machte ein mürrisches Gesicht.

»Stimmt«, sagte Devin, »zwei Wochen lang. Aber du hast gerade deinen Mann abserviert, Angie. Und wenn ich mich richtig erinnere, habt ihr bei der Gelegenheit nicht allzu viel Zeit miteinander verbracht. Patrick hat faktisch bei den Boston Red Sox im Stadion gewohnt, und du hast die Nächte rings um Kenmore Square durchgemacht. Doch jetzt seid ihr gezwungen, es miteinander auszuhalten, solange die Ermittlungen dauern. Könnten Monate, sogar Jahre werden, bis das vorüber ist.« Er sprach mit dem Frosch. »Wie findest du das?«

Ich schaute aus dem Fenster; Devin und Oscar kicherten, Angie schäumte. Lyle stieg vom Gerüst, dabei hielt er Radio und Kühlbox seltsam verdreht in einer Hand; in seiner Gesäßtasche steckte ein Flachmann.

Etwas störte mich, wie ich ihn so betrachtete. Lyle hatte noch nie länger als bis fünf Uhr gearbeitet, und jetzt war es halb neun abends. Abgesehen davon, hatte er mir am Vormittag gesagt, dass er Zahnschmerzen habe …

»Hast du Chips im Haus?«, fragte Oscar.

Angie stand auf und ging zu den Hängeschränken über dem Herd. »Bei Patrick würde ich nicht darauf wetten, dass es was Essbares gibt.« Sie öffnete den linken Schrank und suchte zwischen den Dosen herum.

Heute Morgen hatten Mae und ich gefrühstückt, aber da hatte ich schon mit Lyle gesprochen. Und mit Kevin. Ich war in die Küche zurückgekommen, hatte Bubba angerufen …

»Na, was hab ich gesagt?«, meinte Angie zu Oscar und öffnete den mittleren Schrank. »Keine Chips.«

»Ihr zwei werdet prima miteinander auskommen«, kommentierte Devin.

Nach Bubba hatte ich Lyle gebeten, die Musik leiser zu machen, weil Mae noch schlief. Und er hatte gesagt …

»Letzter Versuch.« Angie griff nach der rechten Schranktür.

… es würde ihm nichts ausmachen, weil er einen Termin beim Zahnarzt habe und sowieso nur den halben Tag arbeiten werde.

Ich stand auf und sah aus dem Fenster hinunter auf den Hof unter dem Gerüst, da schrie Angie auf und machte einen Satz rückwärts.

Der Hof war leer. »Lyle« war verschwunden.

Ich sah in den Schrank, aus dem mich zwei Augen anstarrten. Blau, menschlich, und sie lagen einfach da.

Oscar schnappte sich das Funkgerät. »Geben Sie mir Bolton. Sofort.«

Angie stolperte am Tisch entlang nach hinten. »Oh, Scheiße.«

»Devin«, sagte ich, »Der Maler ...«

»Lyle Dimmick«, sagte er. »Den haben wir durchgecheckt.«

»Das war nicht Lyle«, sagte ich.

Oscar hörte unser Gespräch mit, als Bolton ans Funkgerät kam.

»Bolton«, sagte er, »lassen Sie Ihre Männer ausschwärmen. Arujo ist in der Gegend, hat sich als Cowboy-Maler verkleidet. Er ist gerade los.«

»In welche Richtung?«

»Keine Ahnung. Lassen Sie Ihre Leute ausschwärmen.«

»Wir sind unterwegs.«

Angie und ich stürmten drei Stufen auf einmal die Hintertreppe hinunter und sprangen mit gezückten Waffen über die Brüstung der Veranda in den Hinterhof. Er hatte in alle Richtungen verschwinden können. War er nach Westen gegangen, dann war er immer noch dabei, denn in dieser Richtung gab es vier Blocks keine Querstraße. Nordwärts, in Richtung Schule wäre er dem FBI in die Arme gelaufen. Blieb noch südwärts durch den Block hinter meinem Haus oder ostwärts zur Dorchester Avenue.

Ich ging nach Süden, Angie nach Osten.

Wir fanden ihn nicht.

Devin und Oscar auch nicht.

Auch das FBI hatte kein Glück.

Um neun kreiste ein Hubschrauber über dem Viertel, die Polizei hatte Hunde kommen lassen, und FBI-Agenten durchsuchten Haus für Haus. Meine Nachbarn waren letztes Jahr nicht sonderlich erfreut gewesen, als ich ihnen fast einen Bandenkrieg vor die Haustür geholt hatte; ich konnte mir lebhaft vorstellen, mit welchen keltischen Flüchen sie heute Nacht meine Seele belegten.

Evandro Arujo hatte das Sicherheitssystem umgangen, indem er sich als Lyle Dimmick ausgegeben hatte. Jeder Nachbar, der aus dem Fenster schaute und eine Leiter an meinen Fenstern im zweiten Stock lehnen sah, hätte einfach angenommen, dass Ed Donnegan mein Haus auch gekauft und Lyle angeheuert hätte, es zu streichen.

Der Mistkerl war in meiner Wohnung gewesen.

Die Augen gehörten wahrscheinlich zu Peter Stimovich, der ohne Augen aufgefunden worden war, ein Detail, das Bolton mir vorenthalten hatte.

»Nett, dass Sie mich eingeweiht haben«, sagte ich.

»Kenzie«, entgegnete Bolton mit einem seiner Seufzer, »ich werde nicht dafür bezahlt, Sie auf dem Laufenden zu halten. Ich werde dafür bezahlt, Sie zu informieren, soweit es unseren Interessen entgegenkommt.«

Unter den Augen, die ein Gerichtsmediziner des FBI vorsichtig aus meinem Schrank nahm und in getrennte Plastikbeutel verpackte, lag eine weitere Nachricht für mich, ein weißer Umschlag und ein großer Stapel Flugblätter. Die Nachricht lautete: »schönsiewiederzusehen«, in derselben Schrift wie die ersten zwei Nachrichten.

Bolton nahm den Umschlag, bevor ich ihn öffnen konnte, dann besah er sich die anderen Zettel, die ich erhalten hatte. »Und warum haben Sie uns noch nichts davon gesagt?«

»Ich wusste nicht, dass sie von ihm sind.«

Bolton reichte sie jemandem von der Spurensicherung.

»Kenzies und Gennaros Abdrücke finden sich bei Agent Erdham in der Akte. Nehmen Sie die Aufkleber auch mit.«

»Was halten Sie von den Flugblättern?«, fragte Devin.

Es waren mehr als tausend, schön säuberlich mit Gummibändern in zwei Stapeln zusammengebunden, manche vergilbt, andere verknittert, wiederum andere gerade mal zehn Tage alt. Auf allen fanden sich in der linken Ecke Fotos von vermissten Kindern, mit den wichtigsten Angaben darunter, und alle trugen sie dieselbe Überschrift: Haben Sie mich gesehen?

Nein, hatte ich nicht. Über die Jahre habe ich Hunderte dieser Flugblätter mit der Post bekommen, schätze ich, und ich habe sie mir immer genau angeschaut, nur um sicher zu gehen, bevor ich sie in den Müll warf, aber in all der Zeit habe ich kein einziges Gesicht wiedererkannt. Wenn man jede Woche ein Flugblatt bekommt, dann ist es leicht, sie einfach zu vergessen, doch wie ich sie jetzt durchblätterte, mit Gummihandschuhen, die so eng saßen, dass ich spüren konnte, wie mir der Schweiß aus den Poren drang, war die Wirkung überwältigend.

Tausende. Verschwunden. Ein Land für sich. Ein Alptraum verlorener Leben. Viele von ihnen waren tot, nahm ich an. Andere waren wohl gefunden worden, doch schlechter dran als vorher. Die anderen streunten umher, strichen wie ein Wanderzirkus durch die Gegend, schwebten wie Echos durch die Herzen unserer Städte, schliefen auf Steinen, Rosten und alten Matratzen, mit hohlen Wangen und fahler Haut, mit leeren Augen und verlausten Haaren.

»Das ist dasselbe wie mit den Autoaufklebern«, sagte Bolton.

»Wie das?«, fragte Oscar.

»Er will, dass Kenzie sein postmodernes Unbehagen mit ihm fühlt. Dass die Welt aus den Fugen geraten ist und nicht wieder instand gesetzt werden kann, dass tausenderlei Stimmen sich gegenseitig Meinungen entgegenschleudern, ohne dass der eine dem anderen zuhört. Dass sich unsere Vorstellungen ständig in die Quere kommen, dass es keine allgemeine, für alle verbindliche Erkenntnis gibt. Dass tagtäglich Kinder verschwinden und wir sagen: ›Wie tragisch. Reich mir mal das Salz rüber.‹« Er schaute mich an. »Stimmt doch, oder?«

»Schon möglich.«

Angie schüttelte den Kopf. »Nein. Bockmist.«

»Wie bitte?«

»Bockmist«, wiederholte sie. »Das gehört vielleicht dazu, aber das ist nicht alles. Agent Bolton, Sie gehen davon aus, dass wir vielleicht zwei Mörder haben, nicht nur einen kleinen Evandro Arujo. Korrekt?«

Bolton nickte.

»Der zweite Mann, der wartet und brütet seit zwei Jahrzehnten vor sich hin, verflucht. Das ist doch Ihre Theorie, richtig?«

»Richtig.«

Angie nickte. Sie zündete sich eine Zigarette an. »Ich hab schon mehrmals versucht, mir das Rauchen abzugewöhnen. Wissen Sie, welche Mühe einen das kostet?«

»Wissen Sie, wie gut ich das in diesem Augenblick gefunden hätte, wenn Sie es geschafft hätten?«, entgegnete Bolton und zog den Kopf vor der Qualmwolke ein, die in der Küche hing.

»Tja, Pech.« Angie zuckte mit den Schultern. »Aber mal ehrlich, wir haben doch alle irgendeine Lieblingssucht. Die eine Sache, die uns so sehr ans Herz gewachsen ist. Die uns in gewisser Hinsicht ausmacht. Worauf könnten Sie auf gar keinen Fall verzichten?«

»Ich?«, fragte Bolton.

»Sie.«

Er lächelte und schaute peinlich berührt zu Boden. »Bücher.«

»Bücher?« Oscar lachte.

Bolton drehte sich zu ihm hin. »Was ist daran falsch?«

»Nichts, nichts. Nur zu, Agent Bolton. Sie sind der Boss.«

»Welche Bücher?«, fragte Angie.

»Die großen Klassiker«, antwortete Bolton leicht verlegen. »Tolstoi, Dostojewski, Joyce, Shakespeare, Flaubert.«

»Und wenn man sie verbieten würde?«, fragte Angie.

»Dann würde ich gegen das Gesetz verstoßen«, antwortete Bolton.

»Sie wilder Kerl«, meine Devin. »Ich bin entsetzt.«

»He.« Bolton starrte ihn wütend an.

»Und Sie, Oscar?«

»Essen«, antwortete Oscar und klatschte sich auf den Bauch. »Kein Ökofraß, nein, richtig leckeres, ungesundes Zeugs. Steaks, Spareribs, Eier, paniertes Kotelett und Soße.«

»Ich bin geschockt«, sagte Devin.

»Mist«, meinte Oscar. »Jetzt hab ich gleich wieder Hunger gekriegt.«

»Devin?«

»Zigaretten«, antwortete er. »Alkohol vielleicht.«

»Patrick?«

»Sex.«

»Du Wüstling«, sagte Oscar.

»Also gut«, meinte Angie. »Das sind so die Dinge, die uns am Laufen halten, uns das Leben erträglich machen. Zigaretten, Bücher, Essen, noch mal Zigaretten, Alkohol und Sex. So sind wir eben.« Sie klopfte auf den Stapel Flugblätter. »Und was ist mit dem Kerl? Was kann er auf gar keinen Fall lassen?«

»Das Morden«, sagte ich.

»Schätze ich auch«, meinte Angie.

»Also«, fuhr Oscar fort, »wenn er gezwungen ist, für zwanzig Jahre auszusetzen –«

»Das schafft er nicht«, sagte Devin. »Auf gar keinen Fall.«

»Aber er hat es im Stillen getan«, entgegnete Bolton.

Angie hob den Stapel Flugblätter hoch. »Bis heute.«

»Er hat Kinder umgebracht«, sagte ich.

»Zwanzig Jahre lang«, ergänzte Angie.

Erdham tauchte um zehn auf und meldete, dass ein Mann mit Cowboyhut, der einen gestohlenen roten Jeep Cherokee fuhr, an einer Kreuzung am Wollaston Beach über die rote Ampel gebrettert war. Die Quincy Police hatte die Verfolgung aufgenommen und ihn an einer steilen Kurve der 3A in Weymouth verloren; er hatte die Kurve geschafft, sie nicht.

»Die verlieren einen verfluchten Jeep in einer Kurve?«, fragte Devin ungläubig. »Diese Mario Andrettis fliegen raus, aber der Cherokee kriegt die Kurve?«

»Schaut ganz so aus. Zuletzt wurde er in südlicher Richtung auf der Brücke über dem alten Marinehafen gesehen.«

»Um welche Uhrzeit?«, fragte Bolton.

Erdham schaute in seinen Notizen nach. »Neun fünfunddreißig am Wollaston Beach. Neun vierundvierzig haben sie ihn verloren.«

»Sonst noch was?«, fragte Bolton.

»Ja«, antwortete Erdham langsam und sah mich an.

»Was?«

»Mallon?«

Fields kam mit einem ganzen Stapel kleiner Tonbandgeräte und mindestens fünfzehn Meter Koaxialkabel in die Küche.

»Was ist das denn?«, fragte Bolton.

»Er hat die gesamte Wohnung verwanzt«, erklärte Fields, ohne mich dabei anzuschauen. »Die Tonbandgeräte klebten mit Isolierband unter der Veranda des Hausbesitzers. Keine Bänder. Die Kabel führten zu einem Anschluss oben auf dem Dach und speisten sich in die Zuleitungen von Kabelfernsehen, Stromzufuhr und Telefonzugang. Er hat die Kabel an allen anderen Kabeln entlanggeführt, und wenn man nicht genau danach sucht, wäre es keinem aufgefallen.«

»Sie wollen mich verarschen«, sagte ich.

Fields schüttelte entschuldigend den Kopf. »Tut mir leid. Nach dem Staub und Schimmel auf den Kabeln zu urteilen, hat er alles mitgeschnitten, was seit mindestens einer Woche in Ihrer Wohnung vor sich ging.« Er zuckte mit den Schultern. »Vielleicht noch länger.«

26

W arum hat er den Cowboyhut nicht abgesetzt?«, fragte ich, als wir zu Angies Wohnung zurückfuhren.

Mit großer Erleichterung hatte ich meine Wohnung verlassen. Jetzt stapften Leute von der Spurensicherung und
Bullen darin herum, rissen Dielenbretter heraus und legten
eine dicke Schicht Fingerabdruckpulver über alles. Sie fanden eine Wanze in der Fußleiste im Wohnzimmer, eine
zweite an der Unterseite meiner Schlafzimmerkommode,
eine dritte war in den Küchenvorhang eingenäht worden.

Ich versuchte, mich von dem ungeheuren Eingriff in
meine Privatsphäre abzulenken, deshalb konzentrierte ich
mich auf den Cowboyhut.

»Was?«, fragte Devin.

»Warum trug er noch den Cowboyhut, als er in Wollaston über die Ampel fuhr?«

»Er hat vergessen, ihn abzusetzen«, meinte Oscar.

»Schon möglich, wenn er aus Texas oder Wyoming
wäre«, sagte ich. »Der Kerl kommt aber aus Brockton. Es
wird ihn beim Fahren stören, dass er einen Cowboyhut
trägt. Er weiß, dass das FBI hinter ihm her ist. Und dass wir
nach dem Fund der Augen darauf kommen, dass er sich als
Lyle ausgibt, muss ihm auch klar sein.«

»Und dennoch trägt er den Hut«, sagte Angie.

»Er macht sich über uns lustig«, bemerkte Devin nach einer Weile. »Er will uns beweisen, dass wir nicht gut genug sind, ihn zu schnappen.«

»Das ist vielleicht ein Herzchen«, meinte Oscar. »Ein echter Sonnenschein.«

Bolton hatte seine Agenten in den Wohnungen links und rechts von Phil untergebracht, im Haus der Livoskis gegenüber von Angie und bei den McKays dahinter. Beide Familien waren ordentlich für diese Zumutung entlohnt worden und residierten nun im Downtown Marriott, dennoch rief Angie beide Familien an und entschuldigte sich für die Unannehmlichkeiten.

Sie legte auf und ging unter die Dusche; ich setzte mich bei ausgeschaltetem Licht und zugezogenen Vorhängen im Esszimmer an den staubigen Tisch. Oscar und Devin saßen in einem Wagen unten auf der Straße; sie hatten zwei Funkgeräte zurückgelassen. Schwer und kantig lagen sie auf dem Tisch vor mir, und in dem weichen Dämmerlicht wirkten die Zwillingsumrisse wie Sender in eine andere Galaxis.

Angie trug ein graues T-Shirt der Monsignor Ryan Memorial High School, als sie aus der Dusche kam, und rote Flanellshorts, die ihr um die Oberschenkel flatterten. Ihre Haare waren nass, und sie wirkte ganz klein, als sie Aschenbecher und Zigaretten auf den Tisch stellte und mir eine Coke gab.

Sie zündete sich eine Zigarette an. Durch die Flamme sah ich kurz, wie angespannt und verängstigt sie war.

»Wird schon werden«, sagte ich.

Sie zuckte mit den Schultern. »Ja.«

»Die schnappen ihn, bevor er auch nur in unsere Nähe kommt.«

Wieder zuckte sie mit den Schultern. »Ja.«

»Angie, er wird dich nicht erwischen.«

»Seine Trefferquote ist ziemlich gut bis jetzt.«

»Und wir sind ziemlich gut darin, Menschen zu beschützen, Angie. Wir beschützen uns gegenseitig.«

Sie pustete eine Qualmwolke über meinen Kopf. »Sag das mal Jason Warren.«

Ich legte meine Hand auf die ihre. »Als wir den Fall Warren niedergelegt haben, wussten wir doch gar nicht, womit wir es zu tun hatten. Jetzt schon.«

»Patrick, er ist ohne jede Schwierigkeit in deine Wohnung eingedrungen.«

Ich war nicht gewillt, auch nur einen Gedanken daran zu verschwenden. Diese Verletzung meiner Privatsphäre, mit der ich zu leben hatte, seit Fields all diese Tonbandgeräte hochgehalten hatte, hatte mich tief und hässlich getroffen.

»Meine Wohnung wurde aber auch nicht von fünfzig FBI –«

Angie drehte ihre Hand unter meiner, bis sich unsere Handflächen berührten, und sie drückte ihre Finger um mein Handgelenk. »Dieser Evandro ist vollkommen irre«, sagte sie. »Dieser Kerl ist … anders als alle anderen, mit denen wir je zu tun hatten. Er ist kein Mensch, er ist eine Urgewalt, und ich glaube, wenn er es nur fest genug will, dann kriegt er mich.«

Sie zog so kräftig an ihrer Zigarette, dass die Glut aufflammte und ich rote Ränder unter ihren Augen sah.

»Wird er nicht –«

»Schsch«, machte sie und zog ihre Hand fort. Sie drückte die Kippe aus und räusperte sich. »Ich möchte nicht, dass sich das anhört, als sei ich ein Weichei oder das typisch hysterische Frauchen, aber ich muss jetzt in den Arm genommen werden, und ich ...«

Ich stand auf und kniete mich zwischen ihre Beine, sie schlang ihre Arme um mich, drückte ihr Gesicht an meins und grub ihre Finger in meinen Rücken.

Ihre Stimme war ein warmes Flüstern in meinem Ohr. »Falls er mich erwischt, Patrick –«

»Das werde ich nicht –«

»Falls er mich erwischt, dann musst du mir eins versprechen.«

Ich wartete, spürte, wie der Schrecken durch ihre Brust rasselte und aus den Poren kam.

»Versprich mir«, sagte sie, »dass du lange genug am Leben bleibst, um ihn umzubringen. Langsam. Tagelang, wenn du kannst.«

»Und was, wenn er mich zuerst erwischt?«, fragte ich.

»Er schafft uns nicht beide auf einmal. So gut ist keiner. Wenn er dich vor mir erwischt«, sie beugte sich ein wenig zurück, um mir in die Augen schauen zu können, »dann streiche ich dieses Haus mit seinem Blut an. Jeden Zentimeter.«

Ein paar Minuten später ging Angie zu Bett; ich schaltete in der Küche ein kleines Licht an und ging die Akten durch, die Bolton mir zu Alec Hardiman, Charles Rugglestone, Cal Morrison und die Morde im Jahr 1974 gegeben hatte.

Hardiman und Rugglestone sahen erschreckend normal

aus. Alec Hardimans einziges auffallendes Merkmal war die Tatsache, dass er, wie Evandro, auf eine fast schon feminine Weise sehr gut aussah. Doch es gibt eine Menge gutaussehender Männer auf der Welt, von denen eine ganze Reihe keine Macht über andere hat.

Rugglestone wirkte mit seinem spitzen Haaransatz und dem langen Gesicht eher wie ein Bergmann aus West Virginia. Er wirkte nicht sonderlich freundlich, aber er sah auch nicht aus wie jemand, der Kinder kreuzigte und Pennbrüder ausweidete.

Die Gesichter sagten mir nichts.

Die Menschen, so sagte meine Mutter einmal, sind nicht zu verstehen, man kann nur auf sie reagieren.

Meine Mutter war fünfundzwanzig Jahre mit meinem Vater verheiratet gewesen, da dürfte sie reichlich Übung darin gehabt haben.

Ich musste ihr recht geben. Ich war bei Hardiman gewesen, hatte gelesen, wie er sich über Nacht von einem Engel in einen Dämon verwandelt hatte, und nichts verriet mir, wie es dazu hatte kommen können.

Über Rugglestone war noch weniger bekannt. Er hatte in Vietnam gedient, war ehrenhaft entlassen worden und hatte zum Zeitpunkt seiner Ermordung seit mehr als sechs Jahren keinen Kontakt mehr zu seiner Familie gehabt. Seine Mutter nannte ihn, Zitat, »einen guten Jungen«.

Ich blätterte weiter in Rugglestones Akte und stieß auf Skizzen von dem leeren Lagerhaus, in dem sich Hardiman unerklärlicherweise auf ihn gestürzt hatte. Das Lagerhaus gab es nicht mehr; an seiner Stelle waren heute ein Supermarkt und eine chemische Reinigung.

Die Skizze zeigte, wo Rugglestones Leiche, an einen Stuhl gefesselt, erstochen, verprügelt, verbrannt, gefunden worden war. Sie zeigte auch, wo Hardiman von Detective Gerry Glynn gefunden worden war, der auf einen anonymen Anruf antwortete; Hardiman lag nackt und zusammengerollt in dem alten Speditionsbüro, er war von oben bis unten in Rugglestones Blut getränkt, und der Eispickel lag einen Meter neben ihm.

Wie hatte Gerry sich wohl gefühlt, als er nichtsahnend dort reinspazierte, Rugglestones Leiche fand und dann auf den Sohn seines Partners stieß, der neben der Mordwaffe lag?

Und wer war der anonyme Anrufer gewesen?

Ich blätterte weiter und entdeckte das vergilbte Foto eines weißen Lieferwagens, zugelassen auf Rugglestone. Der Wagen schien alt und vernachlässigt, die Windschutzscheibe fehlte. Das Wageninnere war, so der Bericht, in den vierundzwanzig Stunden vor Rugglestones Tod mit dem Schlauch abgespritzt, Armaturenbrett und Seitenwände waren abgewischt worden, die Scheibe aber erst kurz davor eingeschlagen worden. Glas lag auf den Vordersitzen, Splitter glitzerten auf dem Boden. Mitten auf der Ladefläche lagen zwei Betonziegel.

Jemand, Kinder womöglich, hatte die Steine durch die Windschutzscheibe geworfen, als der Wagen vor dem Lagerhaus stand. Reiner Vandalismus, während Hardiman nur ein paar Schritte entfernt einen Mord beging.

Vielleicht hatten die Vandalen Geräusche aus dem Gebäude gehört, sie unheimlich gefunden und angerufen.

Ich schaute mir den Lieferwagen noch eine Weile an und spürte so etwas wie Grauen.

Ich habe Lieferwagen noch nie gemocht. Aus irgendeinem Grunde, dem Dodge und Ford sicher gern entgegenwirken würden, bringe ich sie mit Abartigem in Verbindung – mit Fahrern, die Kinder belästigen, mit Vergewaltigern, die auf Supermarktparkplätzen herumlungern, mit Kindheitsgerüchten von Killerclowns, mit dem Bösen.

Ich blätterte eine Seite um und stieß auf Rugglestones toxikologischen Befund. Er hatte große Mengen an PCP und Amphetamin im Blut gehabt, genug, um ihn für eine Woche wach zu halten. Das hatte er versucht, mit einem Blutalkoholspiegel von 1,2 Promille auszugleichen, doch selbst diese Menge konnte die Wirkung von derart viel künstlichem Adrenalin nicht dämpfen. Sein Blut musste unter Strom gestanden haben.

Wie hatte Hardiman, der elf Kilo leichter war, es geschafft, ihn zu fesseln?

Ich blätterte weiter und fand den Obduktionsbericht von Rugglestone. Zwar hatte ich die beiden Darstellungen von Gerry Glynn und Bolton noch im Ohr, doch das Ausmaß der Verletzungen, die Rugglestone zugefügt worden waren, war kaum zu fassen.

Siebenundsechzig Schläge mit einem Hammer, der sich unter einem Stuhl im Büro bei Alec Hardiman fand. Manche Schläge prasselten aus einer Höhe von zwei Meter fünfzehn auf ihn herab, andere aus nicht mal fünfzehn Zentimetern Entfernung. Sie waren aus allen möglichen Richtungen gekommen.

Ich schlug Hardimans Akte auf und legte die beiden Akten nebeneinander. Bei dem Prozess hatte Hardimans Verteidiger argumentiert, dass sein Mandant schon als Kind eine Nervenschädigung in der linken Hand davongetragen habe, dass er nicht beidhändig sei und mit der linken Hand niemals derart kräftig hätte mit dem Hammer ausholen können.

Die Anklage verwies auf den Nachweis von PCP in Hardimans Blut, Richter und Geschworene waren geschlossen der Meinung, dass die Droge einem sowieso schon geistesgestörten Mann Kraft für zehn verleihen konnte.

Niemand folgte der Argumentation des Verteidigers, dass das PCP in Hardimans Blut nichts war im Vergleich zu der Menge, die bei Rugglestone gefunden worden war, und dass Hardiman es nicht auch noch mit Speed befeuert, sondern es durch eine Mischung aus Morphinen und Seconol bekämpft hatte. Kam nun noch Alkohol ins Spiel, dann musste Hardiman froh sein, an jenem Nachmittag überhaupt noch stehen zu können, ganz zu schweigen von derart übermenschlichen körperlichen Anstrengungen.

Über vier Stunden lang hatte er Rugglestone Brandwunden zugefügt. Er hatte mit den Füßen begonnen, und bevor die Flammen auf die Unterschenkel übergriffen, hatte er sie gelöscht, dann hatte er sich wieder mit Hammer, Eispickel oder Rasiermesser an die Arbeit gemacht, mit dem er Rugglestones Haut an einhundertzehn Stellen aufschlitzte, kreuz und quer. Dann verbrannte er ihm Unterschenkel und Knie, löschte die Flammen wieder und so weiter.

Die Untersuchungen von Rugglestones Wunden hatten den Einsatz von Zitronensaft, Wasserstoffperoxid und Speisesalz nachgewiesen. Bei den Schnitten im Gesicht und am Kopf hatten sich zwei Cremes nachweisen lassen – Ponds Cold Cream und weiße Theaterschminke.

War er geschminkt gewesen?

Ich schaute in Hardimans Akte nach. Zum Zeitpunkt der Verhaftung waren auch bei Hardiman an den Haarwurzeln rings um das Gesicht Spuren von weißer Schminke nachgewiesen worden, so als habe er sich abgeschminkt, aber keine Zeit mehr gehabt, sich die Haare zu waschen.

Ich ging Cal Morrisons Akte durch. An einem wolkenverhangenen Nachmittag gegen drei Uhr hatte er sein Haus verlassen, um zu einem Footballspiel auf einem Bolzplatz im Columbia Park zu gehen. Sein Haus lag keine Meile vom Park entfernt; zwar hatte die Polizei alle möglichen Routen überprüft, doch fanden sie keine Zeugen, die Cal nach dem Zeitpunkt, als er einem Nachbarn auf der Summer Street gewunken hatte, noch gesehen hatten.

Sieben Stunden später war er gekreuzigt worden.

Die Spurensicherung hatte Beweise dafür gefunden, dass Cal mehrere Stunden rücklings auf einem Teppich gelegen hatte. Auf einem billigen Teppichboden, amateurhaft in Stücke geschnitten, so dass ihm Fussel davon in den Haaren hingen. Der Teppich hatte zudem Flecken von Öl und Bremsflüssigkeit aufgewiesen.

Unter den Nägeln seiner linken Hand entdeckten sie Blut von der Blutgruppe A und Chemikalien, wie sie für weiße Schminke benötigt wird.

Eine Weile hatten die Beamten mit dem Gedanken gespielt, sie könnten nach einer Mörderin suchen, Haarproben und Fußabdrücke schmissen diese Theorie schnell wieder über den Haufen.

Schminke. Warum hatten Rugglestone und Hardiman Schminke getragen?

27

Gegen elf Uhr nachts rief ich Devin über das Funkgerät und erzählte ihm von der Schminke.

»Hat mir damals auch Kopfzerbrechen bereitet«, meinte er.

»Und?«

»Und am Ende stellte es sich als unwichtig heraus. Hardiman und Rugglestone waren ein Pärchen, Patrick.«

»Sie waren homosexuell, Devin – das heißt nicht, dass sie Transvestiten waren oder so was. In diesen Akten findet sich kein Hinweis darauf, dass man sie jemals geschminkt gesehen hat.«

»Ich weiß nicht, was ich dazu sagen soll, Patrick. Jedenfalls kam nie was dabei heraus. Hardiman und Rugglestone haben Morrison umgebracht, und dann hat Hardiman Rugglestone umgebracht, und falls sie dabei Ananas auf dem Kopf und rosa Tutus um die Hüften getragen haben, ändert das nichts an der Tatsache.«

»Irgendetwas stimmt nicht an diesen Akten, Devin. Ich weiß es.«

Er seufzte. »Wo ist Angie?«

»Schläft.«

»Allein?« Er kicherte.

»Was?«, fragte ich.

»Nichts.«

Im Hintergrund hörte ich Oscars schallendes Gelächter.

»Spuck schon aus«, sagte ich.

Nach dem Krächzen des Funkgeräts war Devins amüsiertes Seufzen zu hören. »Oscar und ich haben eine kleine Wette am Laufen.«

»Worum geht's?«

»Um dich und deine Partnerin und wie lange es ihr beide miteinander aushaltet, bis entweder das eine oder das andere passiert.«

»Als da wären?«

»Ich hab gesagt, ihr bringt euch gegenseitig um, Oscar hingegen behauptet, noch vor dem Wochenende seid ihr beide spitz wie sonst was.«

»Nett«, sagte ich. »Kommt ihr beiden nicht zu spät zu eurem Kurs in Political Correctness?«

»Die Zentrale nennt das Empathische Gesprächsführung«, erwiderte Devin, »Sergeant Lee und ich finden, wir sind empathisch genug.«

»Aber klar.«

»Klingt ganz so, als würdest du uns das nicht abkaufen«, ging Oscar dazwischen.

»Doch, doch. Ihr beiden seid Musterbeispiele für den neuen einfühlsamen Mann.«

»Echt?«, meinte Devin. »Glaubst du, das hilft uns dabei, Weiber anzubaggern?«

Ich legte auf und rief Grace an.

Den Anruf hatte ich den ganzen Abend vor mir hergeschoben. Grace war erwachsen und ziemlich verständnisvoll, aber ich war mir nicht sicher, wie ich ihr erklären sollte, warum ich bei Angie eingezogen war. Ich bin nicht sonderlich besitzergreifend, aber ich wüsste nicht, wie ich reagieren würde, wenn Grace mich anriefe, um mir zu sagen, sie würde ein paar Tage bei einem Freund bleiben.

Wie sich herausstellte, kamen wir nicht sofort darauf zu sprechen.

»Hi«, sagte ich.

Schweigen.

»Grace?«

»Ich bin mir nicht sicher, ob ich mit dir reden will, Patrick.«

»Warum denn nicht?«

»Du weißt verdammt genau, warum nicht.«

»Nein«, sagte ich, »weiß ich nicht.«

»Wenn du irgendwelche Spielchen mit mir spielen willst, dann lege ich auf.«

»Grace, ich habe keine Ahnung, was du –«

Sie legte auf.

Ich starrte das Telefon eine Weile an und wollte es schon an die Wand werfen. Dann holte ich ein paarmal tief Luft und rief sie erneut an.

»Was?«, fragte sie.

»Nicht auflegen.«

»Kommt darauf an, wie viel Blödsinn du mir andrehen willst.«

»Grace, wie soll ich auf etwas reagieren, wenn ich nicht weiß, was ich falsch gemacht haben soll?«

»Ist mein Leben in Gefahr?«, fragte sie.

»Wovon redest du?«

»Beantworte meine Frage. Ist mein Leben in Gefahr?«

»Soweit ich weiß, nicht.«

»Und warum lässt du mich dann beschatten?«

Schluchten taten sich in meiner Magengrube auf; Eis schmolz an meiner Wirbelsäule.

»Grace, ich lasse dich nicht beschatten.«

Evandro? Kevin Hurlihy? Der mysteriöse Killer? Wer?

»Blödsinn«, sagte sie. »Der Irre im Trenchcoat ist doch nicht von allein auf diese Idee gekommen und zieht einfach los –«

»Bubba?«, fragte ich.

»Das weißt du doch ganz genau, verdammt.«

»Grace, mal ganz langsam. Sag mir genau, was passiert ist.«

Sie seufzte in den Hörer. »Ich sitze mit Annabeth und meiner Tochter – meiner *Tochter,* Patrick – im St. Botolph Restaurant, und an der Bar sitzt ein Typ und hat mich im Blick. Nicht besonders unauffällig, nein, aber auch nicht bedrohlich. Und dann –«

»Wie sah der Kerl aus?«

»Was? So ähnlich wie Larry Bird, bevor ihn das Kino entdeckt hat – groß, sehr blass, fürchterlicher Haarschnitt, Pferdegesicht und ein Mords-Adamsapfel.«

Kevin. Kevin, verflucht. Er hatte nur ein paar Schritte entfernt von Grace und Mae und Annabeth gesessen. Und sich verschiedene Möglichkeiten ausgedacht, ihnen die Wirbelsäule zu brechen.

»Ich bring ihn um«, flüsterte ich.

»Was?«

»Red weiter, Grace. Bitte.«

»Schließlich fasst er sich ein Herz, steht von der Bar auf und kommt an unseren Tisch, um seine jämmerliche Anmache auszuprobieren, und plötzlich taucht dein offenkundig durchgeknallter Freund aus dem Nichts auf und schleift ihn an den Haaren aus dem Restaurant. Vor dreißig Augenzeugen hat er den Mann dann ein paarmal mit dem Gesicht gegen einen Hydranten geschlagen.«

»Ach, herrje«, sagte ich.

»›Ach herrje‹?«, fragte sie. »Ist das alles, was dir dazu einfällt? *Ach, herrje?* Patrick, der Hydrant stand gleich auf der anderen Straßenseite vor unserem Fenster. Mae hat alles mit angesehen. Er hat dem Mann das Gesicht eingeschlagen, und sie hat es gesehen. Sie hat den ganzen Tag geweint. Und der arme, arme Mann, der –«

»Ist er tot?«

»Das weiß ich nicht. Ein paar Freunde von ihm hielten mit dem Wagen an, und dieser … dieser vollkommen *Wahnsinnige* und irgendein kümmerlicher Spießgeselle standen einfach da und schauten zu, wie sie den Mann da hineinzerrten und davonfuhren.«

»Der ›arme, arme Mann‹, Grace, ist ein Auftragskiller der irischen Mafia. Er heißt Kevin Hurlihy, und er hat mir heute Morgen mitgeteilt, dass er dir was antun will, um mir das Leben zu versauen.«

»Du machst Witze.«

»Schön wär's.«

Schwere Stille machte sich in der Leitung breit. »Und jetzt«, sagte Grace schließlich, »jetzt ist er Teil meines Lebens? Im Leben meiner Tochter, Patrick? Im Leben meiner Tochter?«

»Grace, ich –«

»Was?«, unterbrach sie mich. »Was, was, was? Hm? Dieser Irre in dem Trenchcoat ist jetzt mein Schutzengel oder was? Und jetzt soll ich mich sicherer fühlen?«

»Na ja, irgendwie schon.«

»Du hast mir das alles eingebrockt. Diese Gewalt. Du … Verflucht noch mal!«

»Grace, hör mal –«

»Ich ruf dich später wieder an«, sagte sie mit leiser, distanzierter Stimme.

»Ich bin bei Angie.«

»Was?«

»Ich bleibe über Nacht.«

»Bei Angie«, sagte sie.

»Sieht so aus, als wäre sie das nächste Ziel des Kerls, der Jason Warren und Kara Rider umgebracht hat.«

»Bei Angie«, wiederholte sie. »Vielleicht rufe ich dich später an.«

Sie legte auf.

Kein »Bis bald.« Kein »Pass auf dich auf.« Nur ein »Vielleicht«.

Nach zweiundzwanzig Minuten rief Grace zurück. Ich saß am Tisch und schaute mir Fotos von Hardiman, Rugglestone und Cal Morrison an, bis sie alle in meinem Kopf verschwammen und zu einem Gesicht wurden; unablässig nagten dieselben Fragen an meinem Verstand herum, und ich wusste, die Antworten lagen direkt vor mir, lagen nur ganz knapp außerhalb meines Blickfelds.

»Hi«, sagte sie.

»Hi.«

»Wie geht's Angie?«, fragte sie.

»Sie hat Angst.«

»Kann ich ihr nicht verdenken«, sagte sie und seufzte in den Hörer. »Und wie geht's dir, Patrick?«

»Ganz okay, glaub ich.«

»Hör mal, ich werde mich nicht dafür entschuldigen, dass ich vorhin so sauer war.«

»Das erwarte ich auch nicht von dir.«

»Ich möchte dich in meinem Leben haben, Patrick …«

»Gut.«

»… ich bin mir nur nicht sicher, ob ich dein Leben in meinem Leben haben möchte.«

»Ich verstehe nicht«, sagte ich.

Die Leitung summte leer, und ich ertappte mich dabei, wie ich Angies Zigarettenschachtel beäugte, so sehr wollte ich eine rauchen.

»Dein Leben«, wiederholte Grace. »Die Gewalt. Du gierst doch regelrecht danach, oder nicht?«

»Nein.«

»Doch«, entgegnete sie leise. »Neulich war ich in der Bücherei und habe diese Zeitungsartikel über dich aus dem letzten Jahr herausgesucht. Als diese Frau erschossen wurde.«

»Und?«

»Ich hab über dich gelesen«, fuhr sie fort. »Ich hab die Fotos gesehen, wie du neben der Frau kniest und dem Mann, den du niedergeschossen hast. Du warst von oben bis unten blutverschmiert.«

»Das war ihr Blut.«

»Was?«

»Das Blut«, sagte ich. »Es war von Jenna. Der Frau, die erschossen wurde. Vielleicht auch ein wenig von Curtis Moore, dem Kerl, den ich verwundet habe. Nicht von mir.«

»Ich weiß«, sagte Grace. »Ich weiß. Aber wie ich mir so die Bilder angeschaut und über dich gelesen habe, da hatte ich das Gefühl: ›Wer ist das?‹ Ich kenne den Mann auf den Fotos überhaupt nicht. Ich kenne diesen Mann nicht, der auf Menschen schießt. Es war ganz seltsam.«

»Was soll ich sagen, Grace?«

»Hast du schon mal jemanden erschossen?« Ihre Stimme klang ganz scharf.

Ich schwieg.

Schließlich sagte ich: »Nein.«

Sie das erste Mal anzulügen war ganz leicht.

»Aber du könntest es, richtig?«

»Das könnten wir alle.«

»Kann sein, Patrick. Kann sein. Aber die meisten von uns suchen sich nicht die Situationen aus, in denen das passieren könnte. Du schon.«

»Ich habe mir diesen Mörder in meinem Leben nicht ausgesucht, Grace. Ich habe mir auch Kevin Hurlihy nicht ausgesucht.«

»Doch«, entgegnete sie, »das hast du. Dein ganzes Leben ist der bewusste Versuch, der Gewalt zu trotzen. Du kannst ihn nicht schlagen.«

»Wen?«

»Deinen Vater.«

Ich griff nach der Zigarettenschachtel und schob sie über den Tisch, bis sie vor mir lag.

»Das versuche ich doch gar nicht«, sagte ich.

»Beinahe hätte ich es dir abgenommen.«

Ich zog eine Zigarette aus der Schachtel und klopfte sie mitten in dem Fächer aus Fotos von Hardiman, Rugglestones verbrannter Leiche und dem gekreuzigten Cal Morrison fest.

»Worauf willst du hinaus, Grace?«

»Du hängst mit solchen Menschen herum wie ... Bubba. Wie Devin und Oscar. Du lebst in einer Welt voller Gewalt und umgibst dich mit gewalttätigen Menschen.«

»Das hat doch mit dir nichts zu tun.«

»Hat es sehr wohl, verdammt! Ich weiß, eher würdest du sterben, als zuzulassen, dass mir jemand was antut. Das weiß ich.«

»Aber ...«

»Aber um welchen Preis? Was geschieht dabei mit dir? Du kannst doch nicht dein Leben lang Gullys reinigen, nach Hause kommen und nach Seife duften, Patrick. Solange du diese Arbeit machst, wird sie an dir nagen. Sie wird dich aushöhlen.«

»Hat sie das schon?«

Einen langen schwarzen Augenblick lang hörte ich nur Stille. »Noch nicht«, antwortete Grace. »Aber das ist ein Wunder. Wie viele Wunder hast du noch frei, Patrick?«

»Das weiß ich nicht«, antwortete ich mit rauher Stimme.

»Ich auch nicht«, sagte sie. »Und das Risiko gefällt mir nicht.«

»Grace –«

»Ich melde mich bald wieder«, sagte sie, und ihre Stimme zögerte bei dem Wort »bald«.

»Okay.«

»Gute Nacht.«

Sie legte auf, und ich lauschte dem Besetztzeichen. Dann zerdrückte ich die Zigarette und schob die Schachtel von mir.

»Wo bist du?«, fragte ich Bubba, als ich ihn endlich auf dem Handy erreichte.

»Vor einer von Jack Rouses Autowerkstätten.«

»Warum?«

»Na ja, Jack ist da drin und Kevin und der Großteil seiner Mannschaft.«

»Kevin hast du dir ja ordentlich vorgenommen«, stellte ich fest.

»Weihnachten fällt früh dieses Jahr.« Er kicherte. »Der gute alte Kev nimmt sein Essen für eine Weile durch einen Strohhalm zu sich, Kumpel.«

»Du hast ihm den Kiefer gebrochen?«

»Und die Nase. Zwei-für-eins-Spezialangebot.«

»Aber«, sagte ich, »direkt vor Grace?«

»Warum denn nicht? Ich sag dir was, Patrick, das ist eine ziemlich undankbare Frau, mit der du da ausgehst.«

»Hast du mit einem Trinkgeld gerechnet?«, fragte ich.

»Ein Lächeln vielleicht«, antwortete er. »Ein Dankeschön, ein dankbares Rollen mit den Augen hätte schon gereicht.«

»Du hast vor den Augen ihrer Tochter einen Mann vermöbelt, Bubba.«

»Und? Er hat es nicht anders verdient.«

»Grace wusste nichts davon, und Mae ist noch zu jung, um das zu verstehen.«

»Was soll ich sagen, Patrick? Ein schlechter Tag für Kev, ein guter Tag für mich. Tja.«

Ich seufzte. Mit Bubba über gesellschaftliche Konventionen und moralische Verantwortung zu reden ist so, als wolle man einem Big Mac Cholesterin erklären.

»Passt Nelson immer noch auf Grace auf?«, fragte ich.

»Wie ein Habicht.«

»Bis das alles vorbei ist, Bubba, darf er die Augen nicht von ihr lassen.«

»Ich glaub nicht, dass er das überhaupt will. Ich glaub, er hat sich in die Frau verknallt.«

Mir schauderte leicht. »Und was haben Kevin und Jack vor?«

»Die packen. Sieht so aus, als würden sie eine Reise machen.«

»Wohin?«

»Weiß ich nicht. Das finden wir noch raus.«

Seine Stimme hatte einen leicht ernüchterten Ton. »Heh, Bubba.«

»Ja?«

»Danke, dass du auf Grace und Mae aufpasst.«

Das munterte ihn auf. »Jederzeit. Du würdest für mich ja dasselbe machen.«

Na ja, vielleicht ein wenig feinfühliger, aber …

»Na klar«, sagte ich. »Solltest dich vielleicht eine Weile bedeckt halten.«

»Warum?«

»Vielleicht will Kevin Rache üben.«

Bubba lachte. »Na und?« Er schnaubte. »Kevin.«

»Und was ist mit Jack? Er wird das Gesicht wahren wollen, deshalb muss er dich vermöbeln, weil du einen seiner Männer aufgemischt hast.«

Bubba seufzte. »Jack ist doch nur ein Quatschkopf, Patrick. Du kapierst das nicht. Er hat sich mit Gewalt Respekt verschafft, er ist gefährlich, klar, aber nur bei Leuten, die verletzlich sind. Nicht bei jemandem wie mir. Er weiß genau, um mich zu beseitigen, muss er all seine Truppen einsetzen und sich auf einen offenen Krieg gefasst machen, wenn er mich nicht erwischt. Er ist … als ich in Beirut gedient habe, da haben sie uns Gewehre ohne Munition gegeben. Jack ist auch so eins. Ein Gewehr ohne Munition. Und ich bin dieses durchgeknallte schiitische Arschloch, das seine Botschaft mit einem Laster voller Sprengstoff umkreist. Ich bin der Tod. Jack ist einfach zu feige, sich mit dem Tod anzulegen. Ganz ehrlich, wir reden hier von einem Kerl, der das erste Mal Macht gespürt hat, als er die EEPA geleitet hat.«

»Epa?«, fragte ich.

»E-E-P-A. Die Edward Everett Protection Association. Diese Nachbarschafts-Bürgerwehr. Erinnerst du dich noch? Damals in den Siebzigern?«

»Nur vage.«

»Scheiße, ja. Alles brave Bürger, die ganz heiß darauf waren, ihre Viertel vor den Niggern und Hispanics zu schützen und vor Leuten, die einen auch nur falsch anglotzten. Verdammt, die haben mich zwei Mal aufgemischt. Dein alter Herr hat mir den Hintern versohlt, Junge, das –«

»Mein alter Herr?«

»Ja. Kommt einem komisch vor, so im Nachhinein. Die Gruppe gab's vielleicht sechs Monate, aber eins muss ich ihnen lassen; wenn die solchen Abschaum wie mich in die Finger gekriegt haben, dann haben sie ordentlich ausgeteilt.«

»Wann war das?«, fragte ich; ein paar Sachen fielen mir selbst wieder ein – die Treffen im Wohnzimmer meines Vaters, der Lärm lauter, selbstgerechter Stimmen, Eis, das in Gläsern klirrte, leere Drohungen gegenüber Autodieben, Einbrecherbanden und Graffitischmierern im Viertel.

»Keine Ahnung.« Bubba gähnte. »Ich hab damals Radkappen geklaut, ich muss noch ein kleiner Hosenscheißer gewesen sein. Wir waren vielleicht elf, zwölf. 1974, '75 etwa. Während der Schulbus-Unruhen, ja.«

»Und Jack Rouse und mein Vater ...«

»Waren die Anführer. Dann waren da noch – warte mal – Paul Burns und Terry Climstich und so ein kleiner Kerl, der immer eine Krawatte trug, der hat nicht lange im Viertel gewohnt, und zwei Frauen. Das vergess ich nie – die haben mich ertappt, wie ich die Radkappen an Paul Burns' Karre klauen wollte, und haben mich getreten, keine große Sache, aber als ich aufschaue, stehen da zwei Frauen. Also ehrlich mal.«

»Wer waren die Frauen?«, fragte ich. »Bubba?«

»Emma Hurlihy und Diedre Rider. Kannst du dir das vorstellen? Ein paar Frauen, die mir in den Hintern treten. Eine verrückte Welt, hm?«

»Ich muss los, Bubba. Ich melde mich bald wieder, okay?« Ich legte auf und rief Bolton an.

28

Was haben diese Leute gemacht?«, fragte Angie.

Wir standen zusammen mit Bolton, Devin, Oscar, Erdham und Fields rings um den Couchtisch und sahen uns die Fotos an, die Fields besorgt hatte; dazu hatte er den Herausgeber der *Dorchester Community Sun* herausgeklingelt, einer lokalen Wochenzeitung, die seit 1962 die Neuigkeiten aus der Nachbarschaft brachte.

Das Foto stammte aus einer Lobeshymne über Nachbarschaftsgruppen, die in der Woche des 12. Juni 1974 erschienen war. Unter der Schlagzeile NACHBARN TRAGEN VERANTWORTUNG lobhudelte der Artikel über die wagemutigen Heldentaten der EEPA, aber auch über die Adams Corner Neighborhood Watch in Neponset, die Savin Hill Community League, die Field's Corner Citizens Against Crime und die Ashmont Civic Pride Protectors.

In der dritten Spalte wurde mein Vater zitiert: »Ich bin Feuerwehrmann, und wenn Feuerwehrleute eins wissen, dann, dass man ein Feuer in den unteren Etagen löschen muss, sonst gerät es außer Kontrolle.«

»Dein alter Herr hatte ein Gespür für treffende Formulierungen«, meinte Oscar. »Schon damals.«

»Das war einer seiner Lieblingssprüche. Den hat er jahrelang draufgehabt.«

Fields hatte das Foto von den Mitgliedern der EEPA vergrößert, und nun standen sie da auf einem Basketballplatz und versuchten, furchteinflößend und freundlich zugleich zu blicken.

Mein Vater und Jack Rouse knieten in der Mitte der Gruppe, links und rechts von einem EEPA-Schild mit irischen Kleeblättern in den oberen Ecken. Beide sahen so aus, als wollten sie für Football-Sammelkarten posieren, und ahmten die Haltung von Abwehrspielern nach, eine Faust in den Boden gestemmt, die andere Hand am Schild.

Hinter ihnen stand ein sehr junger Stan Timpson, die einzige Person, die eine Krawatte trug, dann von links nach rechts Diedre Rider, Emma Hurlihy, Paul Burns und Terry Climstich.

»Was ist das da?«, fragte ich und zeigte auf einen winzigen schwarzen Balken rechts neben dem Foto.

»Der Name des Fotografen«, sagte Fields.

»Können wir das irgendwie vergrößern und uns anschauen?«

»Schon erledigt, Mr. Kenzie.«

Wir drehten uns um und schauten ihn an.

»Diandra Warren hat das Foto gemacht.«

Diandra sah aus wie der wandelnde Tod.

Ihre Haut hatte die Farbe von weißem Resopal angenommen, und die Kleidung, die an ihrem knochigen Körper schlotterte, war völlig verknittert.

»Erzählen Sie mir von der Edward Everett Protection Association, Diandra«, bat ich sie.

»Die was?« Sie sah mich aus trüben Augen an. Wie sie da

vor mir stand, hatte ich das Gefühl, ich hätte jemanden aus meiner Jugend vor mir, den ich seit mehreren Jahrzehnten nicht mehr gesehen hatte, nur um festzustellen, dass die Zeit nicht nur ein paar Spuren hinterlassen, sondern ihn gnadenlos verwüstet hat.

Ich legte das Foto auf den Tresen vor ihr.

»Ihr Mann, mein Vater, Jack Rouse, Emma Hurlihy, Diedre Rider.«

»Das war vor fünfzehn, zwanzig Jahren«, sagte sie.

»Zwanzig«, bestätigte Bolton.

»Warum haben Sie denn meinen Namen nicht erkannt?«, fragte ich. »Sie kannten doch meinen Vater.«

Sie legte den Kopf zur Seite und sah mich an, als hätte ich gerade behauptet, sie sei meine seit langem vermisste Schwester.

»Ich kannte Ihren Vater gar nicht, Mr. Kenzie.«

Ich zeigte auf das Foto. »Da ist er, Doktor Warren. Er steht einen Schritt neben Ihrem Mann.«

»Das ist Ihr Vater?« Sie besah sich das Foto.

»Das da neben ihm ist Jack Rouse. Und direkt über seiner linken Schulter, das ist Kevin Hurlihys Mutter.«

»Ich wusste nicht …« Sie schaute sich die Gesichter genauer an. »Ich kannte diese Personen nicht mit Namen, Mr. Kenzie. Ich habe dieses Foto gemacht, weil Stan mich darum gebeten hatte. Er hatte mit dieser albernen Gruppe zu tun, nicht ich. Ich wollte nicht mal, dass sie sich in unserem Haus trafen.«

»Warum denn nicht?«, fragte Devin.

Diandra seufzte und machte eine schwache Handbewegung. »All dieses Machogetue unter dem Deckmantel, etwas für die Gemeinschaft zu tun. Einfach lächerlich. Stan versuchte, mich davon zu überzeugen, wie gut sich das doch in seinem Lebenslauf machen würde, aber er war auch nicht besser als die anderen, sie waren einfach nur eine Straßenbande und hielten das für einen Dienst an der Gesellschaft.«

»Unseren Unterlagen zufolge haben Sie im November 1974 die Scheidung von Mr. Timpson eingereicht. Warum?«

Sie zuckte mit den Schultern und gähnte hinter vorgehaltener Hand.

»Doktor Warren?«

»Himmel Herrgott noch mal«, sagte sie schroff. Sie schaute uns an; für einen Augenblick kehrte Leben in sie zurück und verschwand ebenso schnell wieder. Sie ließ den Kopf in die Hände sinken, und schlaffe Strähnen fielen ihr über die Finger.

»Stanley«, sagt sie, »zeigte mir in jenem Sommer sein wahres Gesicht. Im Grunde seines Herzens war er ein Katholik, überzeugt von seiner moralischen Überlegenheit. Eines Abends kam er mit Blut an den Schuhen nach Hause, weil er einen glücklosen Autodieb getreten hatte, und schwafelte etwas von Gerechtigkeit. Er wurde hässlich ... im körperlichen Umgang, behandelte mich nicht wie seine Frau, sondern wie seine Kurtisane. Er war eigentlich ein anständiger Kerl, der ein paar Probleme mit seiner Männlichkeit hatte. Doch auf einmal wurde aus ihm ein SA-Mann.« Sie klopfte mit dem Finger auf das Foto. »Und diese Gruppe ist dafür verantwortlich. Dieser lächerliche Haufen Dummköpfe.«

»Können Sie sich an einen speziellen Zwischenfall erinnern, Doktor Warren?«

»Was für einen Zwischenfall?«

»Hat er jemals irgendwelche Räubergeschichten von den Einsätzen erzählt?«, fragte Devin.

»Nein. Nicht, nachdem wir wegen dem Blut am Schuh miteinander gestritten hatten.«

»Und Sie sind sicher, dass es sich um das Blut eines Autodiebs handelte?«

Sie nickte.

»Doktor Warren«, sagte ich, und sie blickte auf, »wenn sie sich derart von Timpson entfremdet hatten, warum haben Sie dann dem Büro des Staatsanwalts beim Prozess gegen Hardiman geholfen?«

»Stan hatte mit dem Fall nichts zu tun. Zu der Zeit war er für die Prostituierten vor dem Nachtgericht zuständig. Ich hatte dem Büro des Staatsanwalts schon mal geholfen, als ein Verteidiger auf Unzurechnungsfähigkeit plädierte, das Ergebnis hatte ihnen gefallen, also baten sie mich, Alec Hardiman zu begutachten. Ich hielt ihn für einen Soziopathen, der zu Größenwahn neigte und an Verfolgungswahn litt, aber nicht unzurechnungsfähig war, da er sehr gut zwischen Recht und Unrecht unterscheiden konnte.«

»Gab es irgendwelche Verbindungen zwischen der EEPA und Alec Hardiman?«, wollte Oscar wissen.

Diandra schüttelte den Kopf. »Nicht, dass ich wüsste.«

»Warum hat sich die EEPA aufgelöst?«

Sie zuckte mit den Schultern. »Ihnen wurde langweilig, nehme ich an. Ich weiß es wirklich nicht. Zu dem Zeitpunkt war ich schon weggezogen. Stan zog ein paar Monate später um.«

»Und Sie erinnern sich an sonst nichts aus der Zeit?«

Diandra betrachtete sehr lange das Foto.

»Ich erinnere mich«, sagte sie müde, »dass ich schwanger war, als ich die Aufnahme machte, mir war schlecht an dem Tag. Ich habe mir eingeredet, dass es an der Hitze lag und an dem Kind in meinem Bauch. Aber daran lag es nicht. Es lag an denen.« Sie schob das Foto von sich. »Die ganze Gruppe war krank, korrupt. Als ich das Foto machte, hatte ich den Eindruck, sie würden irgendwann mal jemandem richtig Leid zufügen. Und sie würden Spaß daran haben.«

Im Campingmobil setzte Fields die Kopfhörer ab und sah Bolton an. »Der Seelenklempner aus dem Knast, dieser Doktor Dolquist, will Mr. Kenzie sprechen. Ich kann ihn durchstellen.«

Bolton nickte und drehte sich zu mir um. »Machen Sie den Lautsprecher an.«

Ich hob beim ersten Klingeln ab.

»Mr. Kenzie? Ron Dolquist.«

»Doktor Dolquist«, sagte ich, »darf ich laut stellen?«

»Sicher.«

Das tat ich; seine Stimme nahm einen metallischen Klang an, so als würde sie über mehrere Satelliten auf einmal reinkommen.

»Mr. Kenzie, ich bin noch einmal sehr ausführlich meine Notizen aus den Sitzungen mit Alec Hardiman durchgegangen, die ich im Laufe der Jahre gemacht habe, und ich glaube, ich bin da auf etwas gestoßen. Direktor Lief hat mir berichtet, Sie gehen davon aus, dass Evandro Arujo auf Hardimans Befehl hin draußen agiert?«

»Das ist richtig.«

»Haben Sie daran gedacht, dass Evandro möglicherweise einen Komplizen hat?«

Alle acht Mann im Campingmobil drehten die Köpfe zum Lautsprecher.

»Wie kommen Sie darauf, Doktor?«

»Nun, ich hatte das ganz vergessen, aber in den ersten paar Jahren sprach Alec recht häufig von jemandem namens John.«

»John?«

»Ja. Damals bemühte sich Alec angestrengt, dass seine Verurteilung revidiert würde, und er versuchte einfach alles, die Psychiater davon zu überzeugen, dass er unter Wahnvorstellungen litt, Verfolgungswahn, Schizophrenie, egal. Dieser John, so glaubte ich damals, war nur sein Versuch, eine multiple Persönlichkeitsstörung vorzutäuschen. Nach 1979 erwähnte er John nie wieder.«

Bolton beugte sich über meine Schulter vor. »Und warum sind Sie jetzt anderer Ansicht, Doktor?«

»Agent Bolton? Oh. Nun ja, zum damaligen Zeitpunkt habe ich diesen John als eine Manifestierung seiner eigenen Persönlichkeit für möglich gehalten – ein Phantasie-Alec, wenn Sie so wollen, der durch Wände gehen und im Nebel verschwinden kann, solche Dinge eben. Doch als ich letzte Nacht meine Notizen durchging, stieß ich auf Hinweise zu einer möglichen Trinität, und ich erinnerte mich, dass er zu Ihnen, Mr. Kenzie, sagte, dass Sie zu einem ›Mann von Gewicht‹ werden würden durch –«

»Den ›Vater, Sohn und Heiligen Geist‹«, beendete ich den Satz für ihn.

»Genau. Wenn ich mit Alec über diesen John sprach,

nannte er ihn Vater John. Alec wäre dann der Sohn. Und Arujo –«

»Der Geist«, sagte ich. »Er verschwindet im Nebel.«

»Genau. Alecs Verständnis von der Bedeutung der Dreieinigkeit lässt einiges zu wünschen übrig, aber er hat es mit den mythologischen und religiösen Anspielungen – er nimmt sich davon, was er brauchen kann, legt es sich zurecht, wie es ihm passt, und der Rest interessiert ihn nicht.«

»Erzählen Sie uns mehr von John, Doktor.«

»Ach ja. John, so Alec, ist sein absolutes Gegenteil. Nur seinen Opfern und engsten Verbündeten – Hardiman, Rugglestone und jetzt Arujo – gegenüber nimmt er seine Maske ab und lässt sie den ›reinen Zorn seines wahren Gesichts‹ erkennen, wie Alec sich ausdrückt. Wenn man John sieht, dann erkennt man, was man an seinen Mitmenschen sehen *will;* man erkennt Nächstenliebe, Weisheit und Liebenswürdigkeit. John aber ist nichts von alledem. Alec zufolge ist John ein ›Wissenschaftler‹, der das menschliche Leid aus erster Hand erforscht, um nach den Grundlagen der Schöpfung zu suchen.«

»Den Grundlagen der Schöpfung?«, fragte ich.

»Ich lese Ihnen mal vor, was ich im September 1978 bei einer Sitzung mit Alec mitgeschrieben habe, kurz bevor er aufhörte, John zu erwähnen. Ich zitiere:

›Wenn Gott gütig ist, warum verfügen wir dann über eine derart große Leidensfähigkeit? Unsere Nerven sollen uns auf Gefahren aufmerksam machen; das ist die biologische Begründung für den Schmerz. Und doch spüren wir Schmerzen, die das Maß der simplen Warnung vor Gefahren bei weitem überschreiten. Wir erleiden Schmerzen von einer Stärke, die sich jeder Beschreibung entzieht. Wir haben nicht allein diese Fähigkeit, die alle Tiere besitzen, wir besitzen auch die geistige Fähigkeit, sie emotional und psychisch immer wieder neu zu durchleben. Kein anderes Tier verfügt über diese Fähigkeit. Hasst uns Gott so sehr? Oder liebt er uns so sehr? Und wenn beides nicht zutrifft, wenn es sich nur um einen zufälligen Fehler unserer DNA handelt, besteht dann nicht der Sinn all dieser Schmerzen darin, uns abzuhärten? Uns dem Leid anderer gegenüber so gleichgültig zu machen, wie ER es ist? Und sollten wir IHM nicht nacheifern und tun, was John tut – uns am Schmerz ergötzen, ihn verlängern und verstärken, ebenso an den Methoden, um ihn herbeizuführen? John begreift, dass es sich hierbei um den Kern der Reinheit handelt.‹«

Dolquist räusperte sich. »Zitat Ende.«

»Doktor?«, fragte Bolton.

»Ja?«

»Beschreiben Sie uns John einfach mal Ihrer Vorstellung nach.«

»Er ist auffallend kräftig, aber kein Bodybuilder, nur ein kräftiger Mann. Er kommt anderen gesund und vernünftig vor, vielleicht sogar weise. Ich würde davon ausgehen, dass er in seiner Nachbarschaft beliebt ist und im Rahmen seiner Möglichkeiten Gutes vollbringt.«

»Ist er verheiratet?«, fragte Bolton.

»Das bezweifle ich. Selbst ihm dürfte klar sein, dass Frau und Kinder erahnen würden, dass etwas mit ihm nicht stimmt, egal, wie gut er sich tarnt. Vielleicht war er mal verheiratet, jetzt aber nicht mehr.«

»Was noch?«

»Ich glaube nicht, dass er in den letzten zwei Jahrzehnten das Morden eingestellt hat. Unmöglich. Ich glaube allerdings, dass er recht unauffällig dabei vorging.«

Wir sahen Angie an, die sich an eine imaginäre Hutkrempe klopfte.

»Was noch, Doktor?«

»Der Nervenkitzel liegt für ihn vorrangig im Morden. Zweitrangig, wenn auch fast so wichtig, ist die Freude, die er dabei empfindet, hinter seiner Maske zu leben. John starrt uns aus dem Schutz der Maske an und lacht uns hinter dieser Deckung aus. Das ist etwas sehr Sexuelles für ihn, und deshalb muss er sie nach all den Jahren schließlich abnehmen.«

»Ich kann Ihnen nicht ganz folgen«, sagte ich.

»Betrachten Sie es wie eine fortdauernde Erektion, wenn Sie so wollen. John wartet nun seit über zwanzig Jahren auf den Höhepunkt. Sosehr er die Erektion mag, so stark ist auch sein Drang zu ejakulieren.«

»Er will ertappt werden.«

»Er will sich *entblößen*. Das ist nicht dasselbe. Er will die Maske abnehmen und Ihnen ins Gesicht spucken, wenn Sie ihm in die *wahren* Augen schauen, das heißt aber nicht, dass er sich so einfach Handschellen anlegen lassen wird.«

»Sonst noch etwas, Doktor?«

»Ja. Ich glaube, er kennt Mr. Kenzie. Und ich meine nicht, dass er schlicht weiß, wer er ist. Sie sind sich schon mal begegnet, vor langer Zeit. Persönlich.«

»Wie kommen Sie darauf?«, fragte ich.

»Ein solcher Mensch geht merkwürdige Beziehungen ein, doch ganz gleich, wie merkwürdig sie auch sein mögen, für ihn sind sie ungeheuer wichtig. Es ist ungeheuer wichtig für ihn, dass er einen seiner Verfolger kennt. Aus irgendeinem Grund hat er Sie auserwählt, Mr. Kenzie. Und er hat Sie das wissen lassen, indem er Hardiman nach Ihnen schicken ließ. John und Sie kennen sich, Mr. Kenzie. Dafür würde ich meinen Ruf aufs Spiel setzen.«

»Danke, Doktor«, sagte Bolton. »Sie haben uns aus Ihren Notizen vorgelesen, weil Sie nicht die Absicht haben, sie uns zu überlassen, nehme ich an.«

»Nicht ohne einen richterlichen Erlass«, sagte Dolquist, »und selbst dann werde ich es Ihnen nicht einfach machen. Wenn ich noch irgendetwas finde, womit Sie diese Morde beenden können, rufe ich Sie sofort an. – Mr. Kenzie?«

»Ja?«

»Könnte ich bitte allein mit Ihnen sprechen?«

Bolton zuckte mit den Schultern, ich schaltete die Lautsprecher aus und drückte das Telefon ans Ohr. »Ja, Doktor?«

»Alec hat sich geirrt.«

»Womit?«

»Meine Frau. Er hat sich geirrt.«

»Das höre ich gern«, sagte ich.

»Ich wollte … das nur klarstellen. Er hat sich geirrt«, wiederholte Dolquist. »Auf Wiederhören, Mr. Kenzie.«

»Auf Wiederhören, Doktor.«

»Stan Timpson ist in Cancun«, sagte Erdham.

»Was?«, fragte Bolton.

»Sie haben richtig gehört, Sir. Ist mit Frau und Kindern für drei Tage nach Mexiko geflogen, um sich zu entspannen.«

»Um sich zu entspannen«, wiederholte Bolton. »Er ist der Staatsanwalt von Suffolk County, wo ein Serienmörder frei herumläuft. Und er fliegt nach Mexiko?« Er schüttelte den Kopf. »Holen Sie ihn.«

»Sir? Ich bin kein Außendienstmitarbeiter.«

Bolton zeigte mit dem Finger auf ihn. »Na, dann schicken Sie jemanden. Schicken Sie zwei Mann, und holen Sie ihn zurück.«

»Soll ich ihn verhaften, Sir?«

»Es geht nur um eine Befragung. Wo wohnt er?«

»Seine Sekretärin meinte, im Marriott.«

»Aber?«

Erdham nickte. »Aber er ist dort nie eingetroffen.«

»Vier Mann«, sagte Bolton. »Setzen Sie vier Agenten in den nächsten Flieger nach Cancun. Und bringen Sie seine Sekretärin auch zum Verhör.«

»Ja, Sir.« Erdham griff nach dem Telefon; das Campingmobil bog auf den Expressway.

»Die haben sich alle verkrochen, oder?«, sagte ich.

Bolton seufzte. »Sieht so aus. Jack Rouse und Kevin Hurlihy sind unauffindbar. Diedre Rider ist seit der Beerdigung ihrer Tochter nicht mehr gesehen worden.«

»Was ist mit Burns und Climstich?«, fragte Angie.

»Beide verstorben. Paul Burns war Bäcker von Beruf und hat 1979 seinen Kopf in einen seiner Öfen gesteckt. Climstich ist 1983 gestorben, Herzinfarkt. Beide haben keine Nachkommen hinterlassen.« Er ließ das Foto in seinen Schoß fallen und starrte es an. »Sie sehen aus wie Ihr Vater, Mr. Kenzie.«

»Ich weiß«, sagte ich.

»Sie sagten, er sei ein Rüpel gewesen. War das alles?«

»Was meinen Sie damit?«

»Ich muss wissen, wozu der Mann fähig war.«

»Er war zu allem fähig, Agent Bolton.«

Bolton nickte und blätterte durch die Akte. »Emma Hurlihy ist 1975 in die Psychiatrie eingeliefert worden. In ihrer Familie gab es früher keinerlei Anzeichen für psychische Störungen, und sie zeigte auch bis Ende 1974 keinerlei auffälliges Verhalten. Diedre Riders erste Verhaftung wegen Trunkenheit und ungebührlichem Benehmen war im Februar 1975. Danach wurde sie in regelmäßigen Abständen von der Polizei aufgegriffen. Jack Rouse entwickelte sich innerhalb von fünf Jahren von einem leicht korrupten Eckladenbesitzer zum Kopf der irischen Mafia. Berichten zufolge, die ich von der Abteilung für Organisiertes Verbrechen und von der Abteilung für Schwerverbrechen des Boston Police Department habe, war Rouses Aufstieg einer der blutigsten in der Geschichte der irischen Mafia hier. Er kam an die Macht, indem er alle beseitigte, die ihm in die Quere kamen. Wie kam es nur dazu? Woher nimmt ein kleiner Buchmacher den Mumm, um alles zu tun, damit über Nacht ein großer Mann aus ihm wird?«

Bolton sah uns an; wir schüttelten die Köpfe.

Bolton blätterte weiter in der Akte. »Generalstaatsanwalt Stanley Timpson, also, das ist mal ein interessanter Typ. Abschluss in Harvard mit einer der schlechtesten Noten seines Jahrgangs. Jurastudium in Suffolk mit einem mittelmäßigen Abschluss. Fiel bei der Zulassung zum Rechtsanwalt vor Gericht zweimal durch, bevor er die Prüfung endlich bestand. Der einzige Grund, warum er überhaupt ins Büro des Staatsanwalts übernommen wurde, waren die guten Verbindungen von Diandra Warrens Vater, wobei seine ersten Beurteilungen nicht prächtig sind. 1975 allerdings bricht der Tiger in ihm durch. Er macht sich einen Namen, und das vor dem Nachtgericht wohlgemerkt, indem er sich weigert, irgendwelche Deals auszuhandeln. Er wird ans Kammergericht versetzt, dort das gleiche Spielchen. Die Leute beginnen, sich vor ihm zu fürchten, die Staatsanwaltschaft schiebt ihm Fälle von Kapitalverbrechen zu, und sein Stern geht weiter auf. 1984 gilt er als der gefürchtetste Ankläger in New England. Auch hier die Frage, wie konnte es dazu kommen?«

Das Campingmobil bog in meinem Viertel vom Expressway ab und fuhr zu unserem Büro in der St. Bartholomew's Church, wo Bolton seine morgendliche Einsatzbesprechung einberufen hatte.

»Ihr Vater, Mr. Kenzie, bewirbt sich 1978 um das Amt eines Stadtrats. Das Einzige, was er sich in seiner Amtszeit erwirbt, ist der Ruf, so rücksichtslos und machtgierig zu sein, dass selbst Lyndon B. Johnson vor Scham rot geworden wäre. Allen Darstellungen zufolge ist er ein unbedeutender Beamter, aber ein unerbittlicher Politiker. Auch hier haben wir wieder eine unauffällige Person – einen Feuerwehrmann, um Himmels willen –, der auf einmal über sich selbst hinauswächst.«

»Was ist mit Climstich?«, fragte Angie. »Burns begeht Selbstmord, trägt Climstich auch irgendeinen Schaden davon?«

»Mr. Climstich wurde so etwas wie ein Eremit. Seine Frau verließ ihn im Herbst 1975. Laut den eidesstattlichen Versicherungen beim Scheidungsprozess brachte Mrs. Climstich unüberbrückbare Differenzen vor, und das nach achtundzwanzig Ehejahren. Sie erklärte, dass ihr Mann sich zurückgezogen habe, sehr morbid wirke und süchtig nach Pornographie sei. Des Weiteren erklärte sie, dass besagte Pornographie äußerst anstößigen Charakters sei und dass Mr. Climstich von Grausamkeit geradezu besessen sei.«

»Und was schließen Sie aus alldem, Agent Bolton?«, fragte Angie.

»Ich würde sagen, mit diesen Menschen ist etwas sehr Seltsames passiert. Entweder wurden sie erfolgreich und wurden regelrechte Überflieger, oder« – er fuhr mit dem Finger über die Namen von Emma Hurlihy und Paul Burns – »sie zerbrachen am Leben.« Dann sah er Angie an, so als habe sie die Antwort darauf. »Etwas hat diese Menschen verändert, Ms. Gennaro. Etwas hat sie verwandelt.«

Das Campingmobil hielt hinter der Kirche; Angie betrachtete das Foto und fragte: »Was haben diese Leute getan?«

»Ich weiß es nicht«, sagte Bolton und warf mir ein schiefes Lächeln zu. »Doch wie Alec Hardiman es wohl ausdrücken würde, es hatte definitiv Gewicht.«

29

Angie und ich gingen zu einem Donut-Laden auf der Boston Street; Devin und Oscar folgten uns unauffällig.

Wir beide waren völlig übermüdet; vor meinen Augen zerplatzten durchsichtige Blasen in der Luft.

Wir sprachen kaum ein Wort, saßen am Fenster, tranken Kaffee und schauten in den grauen Morgen hinaus. Nach und nach kam ein Puzzleteil nach dem anderen zusammen, doch noch immer ergab das Ganze kein Bild.

Die EEPA, so nahm ich an, hatte sich irgendwie mit Hardiman, Rugglestone oder womöglich dem dritten mysteriösen Killer angelegt. Doch wie? Hatten sie etwas beobachtet, das Hardiman oder den mysteriösen Killer kompromittiert hätte? Falls ja, was hätte das sein können? Und warum hatten sie dann die ursprünglichen Mitglieder der EEPA nicht schon Mitte der Siebziger erledigt? Wozu zwanzig Jahre warten, um sich dann auf deren Nachkommen oder die ihnen Nahestehenden zu stürzen?

»Du siehst erledigt aus, Patrick.«

Ich lächelte sie müde an. »Du auch.«

Sie trank ihren Kaffee. »Nach der Besprechung sollten wir nach Hause und ins Bett gehen.«

»Das hört sich komisch an.«

Angie kicherte. »Ja, schon. Du weißt, was ich meine.«

Ich nickte. »Nach all den Jahren versuchst du immer noch, mich in die Kiste zu locken.«

»Träum weiter, du Schlaumeier.«

»Welchen Grund«, fragte ich, »gäbe es 1974 für einen Mann, Schminke zu tragen?«

»An der Stelle hakt es bei dir, richtig?«

»Ja.«

»Ich weiß es nicht, Patrick. Vielleicht waren sie sehr eitel. Vielleicht wollten sie ihre Krähenfüße verbergen.«

»Mit weißer Theaterschminke?«

»Vielleicht waren sie Pantomimen. Oder Clowns. Oder Gruftis.«

»Oder KISS-Fans«, fügte ich hinzu.

»Auch das.« Sie summte eine Melodie aus *Beth*.

»Verflucht.«

»Was?«

»Es gibt da einen Zusammenhang«, sagte ich. »Das spüre ich.«

»Mit dem Make-up, meinst du?«

»Ja«, antwortete ich. »Und es gibt eine Verbindung zwischen Hardiman und der EEPA. Ich bin mir sicher. Es ist direkt vor unserer Nasenspitze, wir sind nur zu müde, um es zu sehen.«

Angie zuckte mit den Schultern. »Schauen wir mal, was Bolton bei seiner Einsatzbesprechung zu sagen hat. Vielleicht ergibt dann alles einen Sinn.«

»Na klar.«

»Sei nicht so pessimistisch«, mahnte sie.

Die Hälfte von Boltons Leuten waren im Viertel unterwegs auf der Suche nach Informationen, andere observierten Angies Wohnung, Phils Apartment und auch meine Bleibe, deshalb hatte sich Bolton von Father Drummond die Erlaubnis geholt, dass wir uns in der Kirche trafen.

Wie zu dieser Morgenstunde üblich, roch es in der Kirche nach der Messe um sieben Uhr früh nach Weihrauch und Kerzenwachs, in den Kirchenbänken dagegen stärker nach Allzweckreiniger, Holzpolitur und verblühenden Chrysanthemen. Sonnenstäubchen spielten in den zinngrauen Lichtstreifen, die durch die östlichen Fenster über dem Altar fielen und in den Mittelreihen verschwanden. An einem kalten Herbstmorgen wirkt eine Kirche mit ihren dunkelbraunen und roten Farbtönen, der whiskeygetönten Luft und den bunten Bleiglasfenstern, die das schwache Sonnenlicht erwärmen, stets so, wie es sich die Kirchenväter wohl vorgestellt haben – wie ein von allen irdischen Fehlbarkeiten geläuterter Ort, an dem man außer flüsternden Stimmen nur noch das leise Rascheln von Kleidung hören sollte, wenn jemand das Knie beugt.

Bolton setzte sich am Altar auf den vergoldeten roten Zelebrantenstuhl des Priesters. Er hatte ihn ein wenig nach vorn gezogen, um die Füße auf die Chorschranke zu legen; FBI-Beamte und mehrere Polizisten saßen in den ersten vier Reihen, die meisten mit Stift, Papier oder Diktiergerät bewaffnet.

»Schön, dass Sie kommen konnten«, sagte Bolton.

»Tun Sie das nicht«, sagte Angie und warf einen Blick auf seine Schuhe.

»Was?«

»Auf dem Stuhl des Priesters sitzen und die Schuhe auf die Schranke legen.«

»Warum nicht?«

»Man könnte daran Anstoß nehmen.«

»Ich nicht«, sagte er schulterzuckend. »Ich bin nicht katholisch.«

»Ich aber«, entgegnete sie.

Bolton schaute sie an, um zu sehen, ob sie einen Witz machte, doch sie erwiderte seinen Blick ruhig und fest, und er erkannte, wie ernst sie es meinte.

Er seufzte, stand auf und schob den Stuhl wieder an seinen Platz zurück. Wir gingen zu den Kirchenbänken, Bolton passierte den Altar und stieg auf die Kanzel.

»Besser?«, rief er.

Angie zuckte mit den Schultern, Devin und Oscar setzten sich in die Reihe vor uns. »Schon in Ordnung.«

»Na, da bin ich aber froh, dass ich Ihr Zartgefühl nicht länger verletze, Ms. Gennaro.«

Sie rollte mit den Augen in meine Richtung, als wir uns in die fünfte Reihe setzten, und wieder verspürte ich einen Anflug großer Bewunderung für ihren Glauben, ich selbst hatte ihn schon lange verloren. Sie trägt ihn nicht vor sich her und für die patriarchische Kirchenhierarchie hat sie nur Verachtung übrig, dennoch hält sie an Religion und Ritual mit einer durch nichts zu erschütternden Inbrunst fest.

Bolton fand schnell Gefallen an der Kanzel. Seine Pranken strichen über die geschnitzten lateinischen Wörter und kirchlichen Symbole, mit denen die Seiten verziert waren, und seine Nasenlöcher blähten sich ein wenig, als er auf sein Publikum hinunterschaute.

»In der vergangenen Nacht hat es folgende Entwicklungen gegeben: Bei einer Durchsuchung der Wohnung von Evandro Arujo wurden unter einer Bodendiele unter einem Heizkörper Fotos gefunden. Nachdem Arujo auf den Titelseiten erschien – einmal mit, einmal ohne Spitzbart –, haben sich die Meldungen verdreifacht, wo er vermeintlich gesehen worden sei. Die meisten davon sind wohl Schrott. Allerdings ist er angeblich fünf Mal im unteren South Shore gesehen worden, zwei weitere Sichtungen gab es in Cape Cod in der Gegend von Bourne. Ich hab Agenten losgeschickt, die letzte Nacht South Shore bis in die letzten Ecken abgesucht haben, bis zum Cape und den Inseln. Straßensperren wurden errichtet auf beiden Seiten der 6, 28 und 3, ebenso auf der I-495. Zwei Leute wollen Arujo in einem schwarzen Nissan Sentra gesehen haben, doch auch hier muss man angesichts der plötzlichen Hysterie in der Öffentlichkeit sehr vorsichtig sein.«

»Der Jeep?«, fragte ein Agent.

»Noch nichts, bislang. Vielleicht sitzt er noch drin, vielleicht hat er ihn stehengelassen. Vom Parkplatz des Bayside Expo Center wurde gestern früh ein roter Cherokee gestohlen, und wir gehen davon aus, dass es sich dabei um den Wagen handelt, in dem Evandro gestern gesehen wurde. Die Autonummer lautet 299-ZSR. Die Polizei in Wollaston hat gestern bei der Verfolgungsjagd einen Teil des Nummernschilds am Jeep entziffern können, der dazu passt.«

»Sie sagten etwas von Fotos«, sagte Angie.

Bolton nickte. »Mehrere Aufnahmen von Kara Rider, Jason Warren, Stimovich und Stokes. Sie passen zu jenen, die den Angehörigen der Opfer zugeschickt wurden. Arujo ist ohne jeden Zweifel der Hauptverdächtige bei diesen Morden. Auf weiteren Fotos, die wir gefunden haben, sind unbekannte Personen zu sehen, bei denen wir annehmen müssen, dass es sich um mögliche Opfer handelt. Das Gute daran, Ladys und Gentlemen, wir können möglicherweise voraussagen, wo er das nächste Mal zuschlagen wird.«

Bolton hustete in die Hand. »Die Spurensicherung«, sagte er, »hat eindeutig ergeben, dass es bei den vier Toten zwei Täter gibt. Die blauen Flecken an Jason Warrens Handgelenken beweisen, dass er von einer Person festgehalten wurde, während eine zweite Person ihm Gesicht und Brust mit einem Rasiermesser aufschlitzte. Kara Riders Kopf wurde mit zwei Händen festgehalten, während zwei weitere Hände ihr den Eispickel in den Kehlkopf stießen. Auch die Wunden bei Peter Stimovich und Pamela Stokes bestätigen, dass es zwei Mörder gibt.«

»Irgendeine Idee, wo sie ermordet wurden?«, fragte Oscar.

»Im Augenblick nicht, nein. Jason Warren wurde in dem Lagerhaus in South Boston umgebracht. Die anderen kamen anderswo um. Aus irgendeinem Grund hatten die Killer das Bedürfnis, Warren schnell zu erledigen.« Er zuckte mit den Schultern. »Keine Ahnung, warum. Die anderen drei wiesen nur geringe Spuren von Chloroform im Blut auf, was darauf hindeutet, dass sie nur bewusstlos waren, als die Mörder sie an den Tatort brachten.«

»Stimovich wurde mindestens eine Stunde lang gefoltert«, sagte Devin, »Stokes zwei Stunden lang. Sie haben dabei laut geschrien.«

Bolton nickte. »Wir suchen also nach einem abgelegenen Tatort.«

»Und wie viele haben wir davon?«, fragte Angie.

»Zahllose. Mietwohnungen, ungenutzte Gebäude, Naturschutzgebiete, ein halbes Dutzend kleiner Inseln vor der Küste, leerstehende Gefängnisse, Krankenhäuser, Lagerhäuser, was auch immer. Wenn einer dieser Mörder zwei Jahrzehnte lang stillgehalten hat, dann können wir davon ausgehen, dass er alles minutiös geplant hat. Er hätte problemlos sein Haus mit einem schalldichten Keller oder Zimmer ausstatten können.«

»Hat es weitere Hinweise darauf gegeben, dass der Schläfer womöglich Kinder umgebracht hat?«

»Nichts Handfestes«, antwortete Bolton. »Doch von den 1162 Kindern auf den Flugblättern, die einen Zeitraum von zehn Jahren umfassen, wurden 287 tot aufgefunden. 211 Fälle sind offiziell noch anhängig.«

»Wie viele davon in New England?«, fragte ein FBI-Beamter.

»56«, antwortete Bolton leise. »49 ungelöst.«

»In Prozenten ausgedrückt«, bemerkte Oscar, »ist das ein verflucht hoher Wert.«

»Ja«, sagte Bolton müde, »das ist es.«

»Und wie viele kamen auf ähnliche Weise um wie die jüngsten Opfer?«

»In Massachusetts keine«, antwortete Bolton, »allerdings gab es ein paar Tote durch Stichwunden und mehrere mit durchstochenen Händen, die schauen wir uns noch an. Es gibt zwei Fälle von derart extremer Gewaltanwendung, das kommt schon an die jüngsten Opfer ran.«

»Wo?«

»Einer in Lubbock, Texas, 1986. Ein anderer außerhalb von Miami, in Dade County, 1991.«

»Amputation?«

»Kann ich bestätigen.«

»Fehlende Körperteile?«

»Auch das kann ich bestätigen.«

»Wie alt waren die Kinder?«

»Das Opfer in Lubbock war vierzehn, männlich. Das Opfer in Dade sechzehn, weiblich.« Er räusperte sich und klopfte sich die Brusttaschen nach seinem Inhalator ab, fand ihn aber nicht. »Des Weiteren, und darüber haben wir Sie alle ja gestern Nacht in Kenntnis gesetzt, hat uns Mr. Kenzie eine mögliche Verbindung zwischen den von 1974 und den jüngsten Fällen aufgezeigt. Meine Herren, es sieht ganz so aus, als hätten unsere Mörder ein ganz persönliches Hühnchen mit den Kindern von Mitgliedern der EEPA zu rupfen, doch haben wir bislang noch keine Verbindung zwischen der Gruppe und Alec Hardiman oder Evandro Arujo feststellen können. Wir müssen allerdings davon ausgehen, dass es diese Verbindung gibt, auch wenn wir den Grund dafür noch nicht kennen.«

»Was ist mit Stimovich und Stokes?«, fragte ein Agent. »Wo ist da die Verbindung?«

»Wir glauben, dass es keine gibt. Wir gehen davon aus, dass die beiden zu den ›schuldlosen‹ Opfern gehören, von denen der Killer in seinem Brief schreibt.«

»In welchem Brief?«, wollte Angie wissen.

Bolton schaute uns von der Kanzel aus an. »In dem Brief unter Stimovichs Augen, Mr. Kenzie.«

»Den ich nicht lesen durfte.«

Er nickte, warf einen Blick auf seine Notizen und schob die Brille auf der Nase hoch. »Bei der Durchsuchung von Jason Warrens Zimmer im Wohnheim wurde in einer verschlossenen Schreibtischschublade ein Tagebuch gefunden, das Mr. Warren gehörte. Auf Wunsch werden Kopien davon an die Agenten ausgegeben, doch für den Augenblick möchte ich nur den Eintrag vom 17. Oktober vorlesen, dem Tag, an dem Mr. Kenzie und Ms. Gennaro Warren mit Arujo gesehen haben.« Er räusperte sich, offenbar war ihm ungemütlich dabei, mit einer Stimme zu sprechen, die nicht die seine war. »›E. war wieder in der Stadt. Etwas über eine Stunde lang. Er hat keine Vorstellung von seiner Macht, hat keine Ahnung davon, wie attraktiv seine Furcht vor dem eigenen Ich ist. Er will mit mir schlafen, kann sich aber seiner Bisexualität noch nicht völlig stellen. Das würde ich verstehen, sagte ich zu ihm. Ich hätte ewig dazu gebraucht. Freiheit ist schmerzhaft. Zum ersten Mal berührte er mich, dann verschwand er. Zurück nach New York. Und zu seiner Frau. Aber ich werde ihn wiedersehen. Das weiß ich. Ich habe ihn an der Angel.‹«

Als Bolton zu Ende zitiert hatte, war er tatsächlich rot geworden.

»Evandro ist der Köder«, sagte ich.

»Offenbar«, bestätigte Bolton. »Arujo lockt sie an, und sein geheimnisvoller Partner schnappt sie sich. In allen Berichten über Arujo – von Mithäftlingen zu weiteren Einträgen in diesem Tagebuch, von Kara Riders Mitbewohnerin zu den Personen aus der Bar, in jener Nacht, in der er Pamela Stokes aufgabelte –, findet sich immer wieder derselbe Punkt: Der Mann verfügt über eine starke sexuelle Anziehungskraft. Wenn er clever ist – und ich weiß, dass er es ist –, macht er es seinen Opfern ein bisschen schwer, dann werden sie letzten Endes auf seine Bedingungen eingehen, wenn es um Geheimhaltung und Treffen an abgelegenen Orten geht. Deshalb die angebliche Frau, von der er Jason Warren erzählt hat. Gott weiß, was er den anderen alles erzählt hat, aber ich glaube, seine Anziehungskraft beruhte darauf, dass er so tat, als würden sie ihn anziehen.«

»Eine männliche Helena von Troja«, meinte Devin.

»Harry von Troja«, warf Oscar ein, und ein paar FBI-Beamte kicherten.

»Die Auswertung der Spuren an den Tatorten erbrachte Folgendes: Erstens, beide Killer wiegen zwischen siebzig und fünfundsiebzig Kilogramm. Zweitens, da Evandro Arujos Schuhgröße von 42,5 zu der Spur passt, die wir bei Kara Rider gefunden haben, hat sein Partner die Schuhgröße 41. Drittens, der zweite Killer hat braune Haare und ist recht kräftig. Stimovich war ein sehr starker Mann, und jemand hat ihn bezwungen, bevor er ihm Betäubungsmittel verabreichte; Arujo ist nicht sonderlich kräftig, also gehen wir davon aus, dass es sein Partner ist.

Viertens, die erneute Befragung aller Personen, die irgendwie in Kontakt mit den Opfern standen, hat ergeben, dass alle, bis auf Professor Eric Gault und Gerald Glynn, wasserdichte Alibis für die vier Morde haben. Gault und Glynn werden gerade im JFK Federal Building verhört, und Gault hat einen Lügendetektortest nicht bestanden. Beide sind kräftig, und beide sind sie klein genug, um Schuhe

Größe 41 zu tragen, auch wenn beide behaupten, Schuhgröße 42 zu haben. Weitere Fragen?«

»Werden sie verdächtigt?«, fragte ich.

»Warum fragen Sie?«

»Weil Gault mich Diandra Warren empfohlen hat und Gerry Glynn mir wichtige Informationen gegeben hat.«

Bolton nickte. »Was nur unsere Vermutungen hinsichtlich der Pathologie des mysteriösen Killers bekräftigt.«

»Und die wären?«, fragte Angie.

»Doktor Elias Rottenheim von der Abteilung Verhaltensforschung hat folgende Theorie hinsichtlich des mysteriösen, schlafenden Killers postuliert. Ich verweise auch auf die Mitschriften des morgendlichen Telefonats mit Doktor Dolquist. Ich zitiere hier Doktor Rottenheim: ›Die Versuchsperson erfüllt alle Kriterien, die bei jenen vorzufinden sind, die an der dualen Affektion einer narzisstischen Persönlichkeitsstörung in Kombination mit einer induzierten psychotischen Störung leiden, in der die Versuchsperson die auslösende oder primäre Ursache ist.‹«

»Und das Ganze jetzt noch mal für Doofe«, meinte Devin.

»Der Kern von Doktor Rottenheims Bericht ist, dass derjenige, der unter einer narzisstischen Persönlichkeitsstörung leidet, in diesem Falle also unser Schläfer, den Eindruck hat, dass seine Taten etwas Großartiges sind. Er verdient Liebe und Bewunderung einfach dafür, dass es ihn gibt. Er weist alle Merkmale eines Soziopathen auf, ist besessen davon, auf alles ein Anrecht zu haben, und er glaubt daran, etwas Besonderes, ja gottgleich zu sein. Der Killer, der unter einer induzierten psychotischen Störung leidet, ist in der Lage, andere davon zu überzeugen, dass seine Störung völlig logisch und natürlich ist. Deshalb also induziert. Er ist der Primärfall, also der Auslöser der Wahnvorstellungen anderer.«

»Er hat Evandro Arujo oder Alec Hardiman oder beide überzeugt«, sagte Angie, »dass Morden gut ist.«

»So sieht es aus.«

»Und wie passt dieses Profil auf Gault oder Glynn?«, wollte ich wissen.

»Gault hat Sie zu Diandra Warren geführt. Glynn hat Sie zu Alec Hardiman geführt. Man könnte also meinen, dass keiner der Männer was damit zu tun haben kann, weil sie versucht haben zu helfen. Aber denken Sie daran, was Dolquist gesagt hat – dieser Typ steht in irgendeiner Beziehung zu Ihnen, Mr. Kenzie. Er fordert Sie heraus, ihn zu fassen.«

»Gault oder Glynn könnte also Arujos mysteriöser Partner sein?«

»Möglich ist alles, Mr. Kenzie.«

Der November führte einen aussichtslosen Kampf gegen die immer dicker werdende schiefergraue Wolkendecke am Himmel. In der Sonne selbst war es warm genug, um die Jacke auszuziehen. Im Schatten wollte man einen Parka.

»In dem Brief«, sagte Bolton, als wir aus der Kirche kamen und den Schulhof überquerten, »erwähnte der Schreiber, manche Opfer seien ›würdig‹, andere wiederum träfe der Vorwurf der ›Schuldlosigkeit‹.«

»Was soll das heißen?«, fragte ich.

»Das ist ein Shakespeare-Zitat. In *Othello* stellt Iago fest,

›Manch wackre, keusche Frau kommt grade so ganz schuldlos ins Geschrei.‹ Einige Wissenschaftler behaupten, dies sei genau der Augenblick, an dem sich Iago von dem Kriminellen, der ein Motiv hat, in eine Kreatur verwandelt, die von dem besessen ist, was Coleridge ›grundlose Bösartigkeit‹ nennt.«

»Kapier ich nicht«, sagte Angie.

»Iago hatte einen Grund, sich an Othello zu rächen, so unbedeutend der auch gewesen sein mag. Er hatte allerdings keinen Grund, Desdemona zu vernichten oder die venezianische Armee eine Woche vor einem Angriff der Türken um ihre Offiziere zu bringen. Doch er war, so wird es begründet, dermaßen beeindruckt von seiner eigenen Fähigkeit zur Bösartigkeit, dass dies allein schon Grund genug war, jemanden zu vernichten. Zu Beginn des Stücks schwört Iago, die Schuldigen – Othello und Cassio – zu Fall zu bringen, doch im vierten Akt macht er sich daran, irgendjemanden zu vernichten – ›ganz schuldlos‹ –, und das nur, weil er es kann. Weil er Freude daran hat.«

»Und unser Killer –«

»Könnte ähnlich gelagert sein. Er tötet Kara Rider und Jason Warren, weil sie die Kinder seiner Feinde sind.«

»Und die Morde Stimovich und Stokes?«, fragte Angie.

»Vollkommen grundlos«, antwortete Bolton. »Nur so zum Spaß.«

Ein leichter Nieselregen legte sich auf unsere Haare und Jacken.

Bolton griff in seine Aktentasche und reichte Angie ein Blatt Papier.

»Was ist das?«

Bolton blinzelte in den Dunst. »Eine Kopie des Briefs aus Kenzies Wohnung.«

Angie hielt das Blatt weit von sich, als ob der Inhalt ansteckend wäre.

»Sie wollten doch eingeweiht werden«, sagte Bolton. »Richtig?«

»Ja.«

Er wies auf den Brief. »Jetzt sind Sie eingeweiht.« Er zuckte mit den Schultern und ging davon.

patrick,

es geht um den schmerz. das musst du begreifen.

am anfang gab es keinen plan. ICH *habe eher zufällig jemanden umgebracht, und* ICH *verspürte all das, was man dabei verspüren soll – schuld, abscheu, angst, schande, selbsthass.* ICH *nahm ein bad, um ihr blut abzuwaschen.* ICH *saß in der wanne und musste* MICH *übergeben, doch* ICH *blieb im wasser sitzen.* ICH *saß da, und das wasser stank von ihrem blut und* MEINER *schande, stank nach* MEINER *todsünde.*

Dann ließ ICH *das wasser ab, duschte und … und dann machte* ICH *weiter. was tun denn die menschen, wenn sie etwas unmoralisches oder unfassbares getan haben? sie machen weiter. wenn man einmal durch die maschen des gesetzes gerutscht ist, gibt es keine wahl.*

also lebte ICH MEIN *leben weiter, und schande und schuld wichen von* MIR. ICH *dachte, diese gefühle würden für immer bleiben, doch das taten sie nicht.*
ICH *weiß noch,* ICH *dachte, so einfach kann das*

doch nicht sein. doch das war es. und schon bald tötete ICH *aus neugier wieder jemanden. und es fühlte sich, nun ja, gut an. beruhigend. so, wie sich wohl ein glas bier für einen alkoholiker nach langer abstinenz anfühlt. so, wie sich die erste gemeinsame nacht eines liebespaares nach langer trennung anfühlen muss.*

jemandem das leben zu nehmen ist ähnlich wie sex. manchmal ist es ein alles übersteigender, orgiastischer akt. andere male ist es eher so lala, okay, nichts besonderes, aber was soll man machen? doch stets ist es interessant. etwas, das man nicht vergisst.

ICH *weiß nicht, warum* ICH *dir schreibe, patrick.* ICH, *der* ICH *das schreibe, bin nicht der, der* ICH *bei* MEINER *täglichen arbeit bin, und auch nicht der, der* ICH *bin, wenn* ICH *töte.* ICH *habe viele gesichter, manche davon wirst du nie zu sehen bekommen, andere wirst du niemals sehen wollen.* ICH *habe einige deiner gesichter gesehen – ein hübsches gesicht, ein grausames, ein nachdenkliches, noch ein paar weitere – und* ICH *frage* MICH, *welches du tragen wirst, wenn wir uns bei einer leiche begegnen sollten. das frage* ICH MICH.

mancher, habe ICH *sagen hören, kommt grundlos ins geschrei. mag sein. dann sei es so.* ICH *bin* MIR *nicht mal sicher, ob selbst die würdigen opfer der mühe wert sind.*

einmal träumte ICH, ICH *wäre auf einem planeten aus*
allerweißestem sand gestrandet. auch der himmel war
ganz weiß. das war alles – ICH, *sich ergießende weiße*
sanddünen, weit wie das meer, und ein brennend wei-
ßer himmel. ICH *war allein. und klein. nach tagelan-*
gem herumirren konnte ICH *meinen eigenen verfall*
riechen und ICH *wusste,* ICH *würde in diesen weißen*
dünen unter einem heißen himmel sterben, also flehte
ICH *um* DUNKELHEIT. *schließlich kam* SIE. *und* SIE
hatte eine stimme und einen namen. »komm«, sagte
die DUNKELHEIT, *»komm mit mir.« doch* ICH *war*
schwach, ICH *verrottete,* ICH *kam nicht auf die füße.*
*»*DUNKELHEIT*«, sagte* ICH, *»nimm* MEINE *hand. führe*
MICH *fort von hier.« und die* DUNKELHEIT *tat es.*

begreifst du, was ICH *dir sagen will, patrick?*

alles gute,
DER VATER

»Oh«, stöhnte Angie und warf den Brief auf den Esstisch,
»das ist ja großartig. Scheint ja ein richtig netter Kerl zu
sein.« Wütend sah sie den Brief an. »Verflucht noch mal.«
»Ja.«
»Und so etwas lebt«, sagte sie.
Ich nickte. Schon allein die Vorstellung war entsetzlich.
Ein ganz normaler Mensch, der jeden Morgen aufsteht, zur
Arbeit geht und sich im Grunde für einen guten Kerl hält,
hat mehr als genug Böses in sich. Vielleicht betrügt er seine
Frau, vielleicht behandelt er einen Kollegen schäbig, viel-

leicht glaubt er insgeheim, dass es den einen oder anderen Menschenschlag gibt, der ihm unterlegen ist.

Meistens muss er sich damit nicht auseinandersetzen, dafür sorgt schon unsere Fähigkeit, uns vor uns selbst zu rechtfertigen. Und so kann er im Glauben, ein guter Mensch gewesen zu sein, friedlich entschlummern.

Die meisten von uns können das. Und wir tun es auch.

Doch der Mann, der diesen Brief geschrieben hatte, hatte sich dem Bösen hingegeben. Er ergötzte sich am Leid anderer. Er versuchte nicht, Herr über seinen Hass zu werden, er schwelgte darin.

Vor allem aber war die Lektüre dieses Briefs ermüdend. Auf besonders widerliche Art.

»Ich bin erledigt«, sagte Angie.

»Ich auch.«

Wieder warf sie einen Blick auf den Brief, legte sich die Hände auf die Schultern und schloss die Augen.

»Am liebsten würde ich ja sagen, das sei unmenschlich«, sagte sie. »Ist es aber nicht.«

Ich schaute ebenfalls auf den Brief. »Das ist sehr menschlich.«

Ich schlug mein Bett auf Angies Sofa auf und versuchte, es mir gerade bequem zu machen, als sie mich aus dem Schlafzimmer rief.

»Was denn?«, fragte ich.

»Komm mal kurz her.«

Ich ging zum Schlafzimmer und lehnte mich gegen den Türrahmen. Sie saß im Bett und hatte die Daunensteppdecke um sich gelegt wie ein rosafarbenes Meer.

»Alles okay auf dem Sofa?«

»Bestens«, sagte ich.

»Okay.«

»Okay«, sagte ich und wollte wieder gehen.

»Weil –«

Ich drehte mich um. »Hm?«

»Es ist groß, weißt du? Viel Platz.«

»Das Sofa?«

Angie runzelte die Stirn. »Das Bett.«

»Oh.« Ich sah sie fragend an. »Was ist denn?«

»Muss ich es aussprechen?«

»Was denn?«

Sie versuchte zu lächeln, doch es sah sehr gequält aus.
»Ich hab Angst, Patrick. Okay?«

Keine Ahnung, wie viel Mühe es sie gekostet hat, das auszusprechen.

»Ich auch«, sagte ich und betrat das Schlafzimmer.

Irgendwann, während wir schliefen, rutschte Angie herüber, und als ich die Augen öffnete, hatte sie ihr Bein über
meins gelegt, fest zwischen meine Oberschenkel. Ihr Kopf
lag in meiner Schulterkuhle, ihre linke Hand auf meiner
Brust. Ihr Atem an meinem Hals ging gleichmäßig.

Ich dachte an Grace, doch irgendwie bekam ich kein kla-
res Bild von ihr. Ich sah ihre Haare und ihre Augen, doch
wenn ich versuchte, mir ihr Gesicht vorzustellen, blieb es
verschwommen.

Angie stöhnte, und ihr Bein drückte gegen meins.

»Nicht«, murmelte sie ganz leise. »Nicht«, wiederholte
sie im Schlaf.

Auf diese Art geht die Welt zugrunde, dachte ich und versank wieder in meine Träume.

Später rief Phil an; ich hob beim ersten Klingeln ab.

»Bist du wach?«, fragte er.

»Ich bin wach.«

»Ich dachte, ich schau mal vorbei.«

»Angie schläft noch.«

»Schon okay. Ich … na ja, so allein rumzusitzen und darauf zu warten, dass dieser Kerl irgendwas unternimmt, macht mich irre.«

»Komm vorbei, Phil.«

Während wir geschlafen hatten, waren die Temperaturen um fast zehn Grad gefallen, und der Himmel hatte sich in Granit verwandelt. Der Wind toste aus Kanada herunter und strömte ins Viertel, ließ die Fenster klappern und die Autos bocken, die am Straßenrand standen.

Dann fing es an zu hageln. Als ich in Angies Bad ging, um zu duschen, fauchte er gegen die Scheiben wie von Meereswogen angeschleppter Sand. Als ich mich abtrocknete, knallte er gegen Fenster und Mauern, als ob der Wind Nägel ausspuckte und mit Radmuttern warf.

Ich zog mich im Schlafzimmer an, unten kochte Phil Kaffee, und ich ging zu ihm.

»Schläft sie immer noch?«, fragte er.

Ich nickte.

»Ist zu Boden gegangen wie Spinks gegen Tyson, oder? In der einen Sekunde ist sie voller Energie, und ihre Augen strahlen, in der nächsten ist sie weg, als hätte sie einen Monat nicht geschlafen.« Er goss Kaffee in einen Becher. »So war sie schon immer.«

Ich holte mir eine Coke und setzte mich an den Tisch. »Es wird ihr nichts zustoßen, Phil. Keiner kommt an sie heran. Und an dich auch nicht.«

»Hm.« Er trug den Becher zum Tisch. »Hast du schon mit ihr geschlafen?«

Ich lehnte mich zurück, legte den Kopf beiseite und sah ihn stirnrunzelnd an. »Das ist ziemlich unpassend, Phil.«

Er zuckte mit den Schultern. »Sie liebt dich, Patrick.«

»Aber nicht so. Das hast du nie verstanden.«

Er lächelte. »Ich habe eine Menge verstanden, Patrick.« Er hielt den Becher in beiden Händen. »Ich weiß, dass sie mich geliebt hat. Das bestreite ich gar nicht. Aber die ganze Zeit über war sie immer auch halb in dich verliebt.«

Ich schüttelte den Kopf. »In all den Jahren, in denen du sie geschlagen hast, Phil, hat sie dich nicht ein Mal, nicht ein einziges Mal betrogen.«

»Das weiß ich.«

»Wirklich?« Ich beugte mich vor und senkte die Stimme. »Das hat dich aber nicht davon abgehalten, sie in regelmäßigen Abständen als Nutte zu beschimpfen. Hat dich auch nicht davon abgehalten, ihr die Scheiße aus dem Leib zu prügeln, wenn dir danach war, oder?«

»Patrick«, entgegnete er leise, »ich weiß, was für ein Arschloch ich war. Immer noch bin.« Er runzelte die Stirn und sah in seinen Becher. »Ich schlage meine Frau und bin Alkoholiker. Punkt. Also bitte.« Er lächelte verbittert den Becher an. »Ich habe diese Frau geschlagen«, sagte er und schaute über die Schulter zum Schlafzimmer hinüber. »Ich habe sie geschlagen, ich verdiene ihren Hass, und sie wird mir nie wieder vertrauen. Nie wieder. Wir werden niemals … Freunde sein. Nicht annähernd so wie früher.«

»Wahrscheinlich nicht.«

»Tja. Egal warum ich bin, wie ich bin, ich habe sie verloren, das verdiene ich auch nicht anders, denn auf lange Sicht wird sie es im Leben ohne mich besser haben.«

»Ich glaube nicht, dass sie vorhat, dich aus ihrem Leben zu streichen, Phil.«

Wieder lächelte er mich verbittert an. »Typisch Angie. Ganz ehrlich, Patrick. Trotz ihrer Haltung, all ihrem ›Scheiß drauf, ich brauche niemanden‹ kann Angie nicht loslassen. Nichts. Das ist ihre Schwäche. Warum glaubst du, lebt sie noch immer im Haus ihrer Mutter? Mit all den Möbeln, die schon hier standen, als sie noch ein Kind war?«

Ich sah mich um, sah die alten schwarzen Töpfe ihrer Mutter in der Speisekammer, ihre Häkeldeckchen auf dem Sofa, sah, dass Phil und ich auf Stühlen saßen, die Angies Eltern im Marshall Field's in Uphams Corner gekauft hatten, dem Warenhaus, das Ende der Sechziger abgebrannt war. Manchmal hat man etwas sein ganzes Leben lang direkt vor der Nase, und es wartet nur darauf, als das gesehen zu werden, was es ist, doch meistens sitzt man viel zu nah davor.

»Guter Punkt«, musste ich zugeben.

»Warum glaubst du, hat sie Dorchester nie verlassen? Eine so kluge und schöne Frau wie sie, doch unsere Flitterwochen waren das einzige Mal, dass sie außerhalb von Massachusetts war. Warum glaubst du, hat sie zwölf Jahre gebraucht, um mich zu verlassen? Jede andere wäre nach sechs

Jahren abgehauen. Angie kann nicht loslassen. Das ist ihre Schwäche. Hat wahrscheinlich etwas damit zu tun, dass ihre Schwester ganz das Gegenteil ist.«

Ich weiß nicht genau, welche Art von Blick ich ihm zuwarf, jedenfalls hob er entschuldigend die Hände.

»Schwieriges Thema«, sagte er. »Ich vergaß.«

»Worauf willst du hinaus, Phil?«

Er zuckte mit den Schultern. »Angie kann nicht loslassen, also wird sie alles daransetzen, mich zu einem Teil ihres Lebens zu machen «

»Und?«

»Das werde ich nicht zulassen. Ich bin ihr nur ein Klotz am Bein. Im Augenblick möchte ich, dass wir – wie soll ich sagen – gesunden. Wir brauchen einen Schlusspunkt. Damit sie erkennt, dass ich der böse Bube war. Das Ganze war allein meine Schuld. Nicht ihre.«

»Und wenn das erledigt ist?«

»Dann hau ich ab. Ich finde überall Arbeit. Die Reichen bauen doch andauernd ihre Häuser um. Nicht mehr lange, dann bin ich fort. Ich finde, ihr beide verdient eure Chance.«

»Phil –«

»Bitte, Pat. Bitte«, sagte er. »Ich bin's. Wir sind schon ewig befreundet. Ich kenne dich. Und ich kenne Angela. Vielleicht läuft da zwischen Grace und dir etwas wirklich Nettes, und das ist toll, finde ich. Wirklich. Aber sei mal ehrlich.« Er stieß mit dem Ellbogen gegen meinen und sah mir tief in die Augen. »Okay? Sei ein Mal in deinem Leben ehrlich zu dir, Mann. Du liebst Angie doch schon seit dem Kindergarten. Und sie liebt dich.«

»Sie hat dich geheiratet, Phil.« Ich schubste seinen Ellbogen fort.

»Weil sie sauer war auf dich –«

»Das ist nicht der einzige Grund.«

»Ich weiß. Sie hat mich auch geliebt. Vielleicht hat sie mich eine Weile lang sogar mehr geliebt als dich. Das bezweifle ich nicht. Aber man kann mehr als nur eine Sache lieben. Wir sind Menschen, wir sind chaotisch.«

Ich musste lächeln; zum ersten Mal seit zehn Jahren, dass ich in Phils Gegenwart lächelte. »Das stimmt.«

Wir sahen uns an, und ich spürte das alte Band zwischen uns – das Band heiliger Freundschaftsschwüre und gemeinsamer Kindheit. Phil und ich hatten uns in unseren Familien nie angenommen gefühlt. Sein Vater war Alkoholiker und ein unverbesserlicher Weiberheld gewesen, der mit jeder Frau in der Nachbarschaft schlief und dafür sorgte, dass seine Frau das auch ja mitbekam. Als Phil sieben oder acht war, da war sein Zuhause eine Kampfzone, in der Teller und Anschuldigungen durch die Luft flogen. Wenn Carmine und Laura Dimassi im selben Raum waren, dann war es in etwa so sicher wie in Beirut, doch aus falschverstandenem Katholizismus heraus weigerten sie sich, sich scheiden zu lassen oder getrennt zu leben. Sie mochten die täglichen Scharmützel und die nächtlichen Versöhnungen, leidenschaftliche Liebesakte, bei denen sie gegen die Wand rumsten, die ihr Schlafzimmer von dem ihres Sohnes trennte.

Ich blieb aus anderen Gründen so oft von zuhause fern wie nur möglich, deshalb fanden Phil und ich beieinander Zuflucht; das erste Zuhause, in dem wir uns beide wohlfühlten, war ein verlassener Taubenschlag gewesen, den wir auf dem Dach einer großen Werksgarage an der Sudan Street entdeckten. Wir schafften den Taubendreck raus, verstärkten den Schlag mit Brettern von alten Paletten und besorgten uns ein paar Möbel; es dauerte nicht lange, bis sich noch andere Streuner zu uns gesellten – Bubba, eine Weile auch Kevin Hurlihy, Nelson Ferrare, Angie. Die kleinen Strolche, nur voller Klassenhass und diebischer Herzen und dem völligen Mangel an Respekt vor der Obrigkeit.

Wie Phil mir gegenüber am Tisch seiner Exfrau saß, konnte ich den Jungen von damals sehen, den einzigen Bruder, den ich je hatte. Er grinste, so als würde er sich selbst gerade an alles erinnern, und ich konnte unser Kinderlachen hören, wie wir durch die Straßen zogen, wie die Wilden über die Dächer stürmten und versuchten, unseren Eltern stets drei Schritte voraus zu sein. Himmel, für Kinder, die eigentlich die ganze Zeit hätten wütend sein müssen, haben wir viel gelacht.

Der Hagel draußen hörte sich an, als würden tausend Stöcke aufs Dach trommeln.

»Was ist mit dir passiert, Phil?«

Sein Grinsen verschwand. »He, du –«

Ich hob eine Hand. »Nein. Ich will dich gar nicht verurteilen. Ich wundere mich nur. Du hast zu Bolton gesagt, wir waren wie Brüder. Wir *waren* Brüder, um Gottes willen. Und dann hast du dich abgewandt. Wann hat denn all der Hass überhandgenommen, Phil?«

Er zuckte mit den Schultern. »Ein paar Dinge habe ich dir nie verziehen, Pat.«

»Was denn, zum Beispiel?«

»Na ja … dass Angie und du, du weißt schon …«

»Miteinander geschlafen haben?«

»Dass sie ihre Unschuld an dich verloren hat. Ihr wart meine besten Freunde, und wir waren alle so erzkatholisch und verklemmt und unerfahren. In dem Sommer habt ihr beide euer eigenes Ding gemacht.«

»Nein.«

»O doch.« Er lachte. »O doch. Ihr habt mich mit Bubba und Frankie Shakes und einem Haufen anderer hoffnungsloser Fälle mit Brei im Hirn alleingelassen. Und dann – wann war das, im August?«

Ich wusste, was er mit »das« meinte. Ich nickte. »Vierter August.«

»Dann habt ihr zwei unten am Carson Beach rumgemacht. Und dann hast du Obergenie sie auch noch schäbig behandelt. Und sie ist zu mir gerannt. Und ich war wieder mal nur zweite Wahl.«

»Wieder mal?«

»Wieder mal.« Er lehnte sich zurück und breitete die Arme in einer fast entschuldigenden Geste aus. »He«, sagte er, »ich hatte Charme und sah gut aus, aber du hattest Instinkt.«

»Du machst Witze, ich?«

»Nein«, entgegnete er. »Ehrlich, Pat. Ich hab immer viel zu lange über alles nachgedacht, aber du hast es gemacht. Du warst der Erste, der bemerkt hatte, dass Angie nicht einfach nur ein Kumpel war, der Erste, der nicht mehr an der Straßenecke rumgelungert hat, der Erste, der –«

»Ich war rastlos. Ich war –«

»Instinkt«, beharrte Phil. »Du konntest schon immer vor

allen anderen eine Situation einschätzen und entsprechend handeln.«

»Blödsinn.«

»Blödsinn?« Wieder lachte er. »Mal ehrlich, Pat. Das ist deine Gabe. Erinnerst du dich noch an diese verfluchten grusligen Clowns in Savin Hill?«

Ich lächelte und mir schauderte gleichzeitig. »O ja.«

Er nickte, und ich wusste, er konnte noch immer diese Angst spüren, die uns noch wochenlang nach unserer Begegnung mit den Clowns verfolgt hatte.

»Wer weiß, ob wir heute hier wären«, sagte er, »wenn du nicht diesen Baseball durch die Windschutzscheibe geworfen hättest.«

»Phil«, sagte ich, »wir hatten eine blühende Phantasie, und –«

Phil schüttelte heftig den Kopf. »Ja, ja, schon klar. Wir waren Kinder, und wir waren aufgekratzt wegen des Mordes an Cal Morrison in derselben Woche, und dann die ganze Zeit die Gerüchte über diese Clowns und so weiter. Stimmt schon, aber wir waren da, Patrick. Du und ich. Und du weißt, was mit uns passiert wäre, wenn wir in den Lieferwagen zu den Clowns gestiegen wären. Ich sehe es noch immer vor mir. Verfluchte Scheiße. Die verdreckten Kotflügel, der Gestank, der aus dem offenen Fenster kam –«

Der weiße Lieferwagen mit der kaputten Windschutzscheibe aus Hardimans Akte.

»Phil«, sagte ich. »Phil. Um Gottes willen.«

»Was denn?«

»Die Clowns. Das hast du gerade selbst gesagt. Das war in der Woche, als Cal ermordet wurde. Und dann habe ich, verdammt noch mal, ich habe den Baseball durch die Windschutzscheibe gepfeffert –«

»Und wie.«

»Und es meinem Vater erzählt.« Ich hatte vor Entsetzen den Mund weit aufgerissen und hielt mir eine Hand davor.

»Warte mal«, sagte er, und ich sah, dass dieselbe Erkenntnis, die mir gerade wie Ameisen die Wirbelsäule entlanglief, auch Phil erreicht hatte. Seine Augen flammten auf wie Fackeln.

»Ich habe den Lieferwagen markiert«, sagte ich. »Ich habe ihn gekennzeichnet, Phil, ohne es überhaupt gewusst zu haben. Und die EEPA hat ihn gefunden.«

Er starrte mich an, und ich sah, er wusste es ebenfalls.

»Patrick, willst du damit sagen –«

»Die Clowns waren Alec Hardiman und Charles Rugglestone.«

31

In den Tagen und Wochen nach Cal Morrisons Ermordung hatte man als Kind in meinem Viertel Angst.

Man hatte Angst vor Schwarzen, weil Cal ja angeblich von einem Schwarzen umgebracht worden war. Man hatte Angst vor ungepflegten grauhaarigen Männern, die einen in der U-Bahn zu lange anstarrten. Man hatte Angst vor Autos, die an den Kreuzungen zu lange stehen blieben, obwohl die Ampel schon auf Grün stand, und die langsamer zu werden schienen, wenn sie auf einen zukamen. Man hatte Angst vor den Obdachlosen und den nasskalten Seitengassen und dunklen Parks, in denen sie schliefen.

Man hatte vor fast allem Angst.

Doch vor nichts hatten die Kinder in meinem Viertel so sehr Angst wie vor Clowns.

Im Rückblick schien das vollkommen lachhaft. Killerclowns tobten durch die Schundheftchen und B-Movies im Autokino. Sie hausten im Reich der Vampire und der Urzeitmonster, die Tokio zertrampelten. Geschichten, die erfunden worden waren, um die einzige Zielgruppe zu erschrecken, die noch naiv genug dafür war – Kinder.

Als ich erwachsen wurde, hatte ich keine Angst mehr vor dem Wandschrank, wenn ich mitten in der Nacht aufwachte. Das Knarren des alten Hauses, in dem ich aufwuchs, versetzte mich nicht länger in Panik; es knarrte eben – das wehmütige Klagen von altem Holz und die entspannten Seufzer sich setzender Fundamente. Angst hatte ich nur noch vor dem Lauf einer auf mich gerichteten Waffe oder der plötzlichen Gewaltbereitschaft in den Augen verbitterter Säufer und Männer, denen aufgeht, dass ihr ganzes Leben vergangen war, ohne dass jemand anderer davon Notiz genommen hatte.

Als Kind aber verkörperten die Clowns alles, was mir Angst machte.

Ich weiß nicht, wann das Gerücht aufkam – vielleicht am Lagerfeuer im Sommercamp, vielleicht nachdem einer aus unserer Meute einen dieser schlechten Filme im Autokino gesehen hatte –, aber als ich etwa sechs war, wussten alle Kinder von den Clowns, auch wenn keiner wirklich behaupten konnte, sie jemals gesehen zu haben.

Dennoch griffen die Gerüchte weiter um sich.

Die Clowns fuhren einen Lieferwagen, sie hatten Beutel voller Süßigkeiten und bunter Ballons bei sich, und aus ihren übergroßen Jackenärmeln wucherten üppige Blumensträuße.

Hinten im Lieferwagen hatten sie eine Maschine, die die Kinder in Null Komma nichts k. o. schlug, und war man erst mal bewusstlos, dann wachte man nicht wieder auf.

Und während man ohnmächtig, aber noch am Leben war, machten sie sich abwechselnd über deinen Körper her.

Und dann schnitten sie einem die Kehle durch.

Und weil sie Clowns waren und ihre Münder aufgemalt hatten, lächelten sie ununterbrochen.

Phil und ich waren fast in dem Alter, wo man keine Angst

mehr vor den Clowns hatte, also in dem Alter, in dem man weiß, dass es keinen Weihnachtsmann gibt und dass man womöglich doch nicht der lange verloren geglaubte Sohn eines wohltätigen Milliardärs ist, der eines Tages auftaucht und einen holt.

Wir kamen gerade von einem Little-League-Spiel in Savin Hill zurück und hatten die Zeit vertrödelt, bis es schon fast dunkel war, hatten Kriegsspiele in dem Wäldchen hinter der Motley School gespielt und waren über die altersschwache Feuerleiter aufs Schuldach gestiegen. Als wir wieder herunterkamen, war es spät und kalt, die Schatten an den Mauern wurden lang und breiteten sich auf dem nackten Pflaster aus wie eingraviert.

Wir liefen die Savin Hill Avenue entlang. Die Sonne war bereits untergegangen, und der Himmel glänzte wie poliertes Metall; wir warfen den Baseball hin und her und ignorierten unsere knurrenden Mägen, weil das nämlich bedeutete, dass wir früher oder später nach Hause gehen mussten, doch zu Hause, zumindest bei uns, war es schlimm.

Als wir die abschüssige Avenue bei der U-Bahn-Station hinuntergingen, tauchte der Lieferwagen hinter uns auf, und ich erinnere mich noch deutlich daran, dass mir auffiel, wie menschenleer die Straße war. Sie lag in jener plötzlichen Leere vor uns, die sich um die Essenszeit herum über ein Wohnviertel senkt. Obwohl es noch nicht dunkel war, sahen wir in manchen Häusern an der Straße schon die orangefarbenen und gelben Lichter, und ein einsamer Hockeypuck lag an der Radkappe eines Wagens.

Alle waren daheim zum Abendessen. Selbst in den Bars war es still.

Phil schleuderte den Ball mit seinem guten Arm, und er stieg etwas höher, als ich erwartet hatte; ich musste springen und mich gewaltig strecken, um ihn zu kriegen. Als ich wieder landete, drehte ich mich zur Seite und sah in das weiße Gesicht mit den blauen Haaren und den breiten roten Lippen, das mich vom Beifahrersitz aus anstarrte.

»Guter Fang«, sagte der Clown.

In meinem Viertel gab es für uns Kinder nur eine mögliche Reaktion auf Clowns.

»Leck mich«, sagte ich.

»Wie nett«, meinte der Clown; sein Lächeln gefiel mir überhaupt nicht; seine behandschuhte Hand lag auf dem Außenblech der Tür.

»Sehr nett«, meinte der Fahrer. »Sehr, sehr nett. Weiß deine Mutter, dass du so sprichst?«

Ich stand wie angewachsen keine zwei Schritte von der Tür entfernt, rührte mich nicht und konnte den Blick nicht von dem roten Mund des Clowns abwenden.

Phil war gute drei Meter weiter den Hügel hinunter, und auch er schien wie angewachsen.

»Wollt ihr Jungs mitfahren?«, fragte der Clown. Ich hatte einen trockenen Mund und schüttelte den Kopf.

»Plötzlich hat er keine große Klappe mehr, der Bursche.«

»Nein.« Der Fahrer reckte den Kopf an seinem Kumpel vorbei, und ich sah das leuchtend rote Haar und die gelben Flecken rings um die Augen. »Ihr seht ganz verfroren aus.«

»Du kriegst ja schon Gänsehaut«, sagte der Beifahrer.

Ich machte zwei Schritte nach rechts, und meine Füße fühlten sich an, als würden sie in einem nassen Schwamm versinken.

Der Clown sah sich schnell auf der Straße um und schaute mich erneut an.

Der Fahrer schaute in den Rückspiegel, und seine Hand verschwand vom Lenkrad.

»Patrick?«, sagte Phil. »Lass uns verschwinden.«

»Patrick«, wiederholte der Clown langsam, so als würde er das Wort schmecken. »Das ist ein hübscher Name. Und wie heißt du weiter, Patrick?«

Bis heute weiß ich nicht, warum ich darauf antwortete. Eine Wahnsinnsangst, vielleicht, der Versuch, Zeit zu schinden, doch selbst damals hätte ich darauf kommen können, einen falschen Namen zu sagen, doch das tat ich nicht. Ich hegte die verzweifelte Hoffnung, dass sie mich als Person wahrnehmen würden, nicht als Opfer, wenn sie meinen Nachnamen wüssten, und dass sie Gnade walten lassen würden.

»Kenzie«, sagte ich.

Der Clown lächelte mich verführerisch an, und ich hörte das Türschloss klacken; es klang wie das Laden einer Schrotflinte.

In diesem Augenblick warf ich den Baseball.

Ich erinnere mich nicht daran, den Entschluss dazu gefasst zu haben. Ich tat zwei Schritte zur Seite – zähe, langsame Schritte, wie im Traum –, und ich glaube, eigentlich zielte ich auf den Clown, der die Beifahrertür öffnete.

Stattdessen flog mir der Ball aus der Hand. »Shit!«, sagte jemand, und es gab einen lauten Knall, als der Ball gegen die Scheibe prallte, das Glas zerbrach und Risse sich wie Spinnweben über die Scheibe zogen.

»Hilfe! Hilfe!«, schrie Phil.

Die Beifahrertür schwang auf, und ich sah die Wut im Gesicht des Clowns aufflammen.

Ich sprang stolpernd nach vorn, und die Schwerkraft zog mich die Savin Hill Avenue hinunter.

»Hilfe!«, schrie Phil, dann rannte er los; ich war direkt hinter ihm, suchte mit rudernden Armen das Gleichgewicht zu halten, und der Asphalt sprang mir ruckend entgegen.

Ein kräftiger Mann mit einem Schnurrbart so dicht wie eine Bürste trat aus der Bulldog's Bar an der Ecke Sydney Street, und wir hörten hinter uns Reifen quietschen. Der kräftige Mann schien verärgert; er hielt einen abgesägten Baseballschläger in der Hand, und im ersten Augenblick dachte ich, er wolle uns damit schlagen.

Ich weiß noch, dass auf seiner Schürze fleischig rote und braune Flecken waren.

»Was zum Henker ist hier los?«, wollte der Mann wissen, und er schaute mir angestrengt über die Schulter; ich wusste, der Lieferwagen raste auf uns drei zu. Er würde über den Bordstein donnern und uns ummähen.

Ich drehte mich um, wollte meinem Tod ins Auge sehen, doch ich sah nur eine schmutzig orangefarbene Lichtspur, als der Lieferwagen in den Grampian Way abbog und verschwand.

Der Barbesitzer kannte meinen Vater, und zehn Minuten später kam mein alter Herr ins Bulldog's; Phil und ich saßen da mit unserem Ginger Ale und taten so, als wenn es Whiskey wäre.

Mein Vater war nicht immer gemein. Er hatte auch seine guten Tage. Und aus irgendeinem Grunde war jener Tag einer seiner besten. Er war nicht wütend, dass wir nach der Abendessenszeit noch draußen waren, dabei war ich für dasselbe Vergehen erst eine Woche vorher geschlagen worden. Normalerweise waren ihm meine Freunde gleichgültig, doch diesmal verwuschelte er Phil die Haare, spendierte uns noch ein paar Ginger Ale und zwei mächtige Corned-Beef-Sandwiches, und wir saßen mit ihm in der Bar, bis sich die Nacht an die Tür zu unserer Linken geschlichen und die Bar sich gefüllt hatte.

Als ich ihm mit zittriger Stimme beichtete, was geschehen war, wurde sein Gesicht so zärtlich und freundlich wie noch nie, er schaute mich mit leiser Besorgnis an, wischte mir mit einem dicken Finger vorsichtig die klammen Strähnen aus der Stirn und tupfte mir mit einer Serviette die Corned-Beef-Krümel aus dem Mundwinkel.

»Ihr beiden hattet ja vielleicht einen Tag«, sagte er. Er pfiff bewundernd und lächelte Phil an, und Phil lächelte zurück.

Das so seltene Lächeln meines Vaters war das reinste Wunder.

»Ich wollte die Scheibe nicht kaputtmachen«, sagte ich. »Das war keine Absicht, Dad.«

»Ist schon okay.«

»Du bist nicht böse?«

Er schüttelte den Kopf.

»Ich –«

»Das hast du gut gemacht, Patrick. Wirklich gut«, flüsterte er. Er drückte meinen Kopf an seine breite Brust, gab mir einen Kuss auf die Wange und strich mir den Haarwirbel mit der Hand glatt. »Ich bin stolz auf dich.«

Das war das einzige Mal, dass ich das jemals aus dem Mund meines Vaters zu hören bekam.

»Clowns«, sagte Bolton.

»Clowns«, bestätigte ich.

»Clowns, ja«, sagte Phil.

»Okay«, meinte Bolton langsam. »Clowns«, wiederholte er und nickte.

»Ja, wirklich«, sagte ich.

»Hm-hm.« Wieder nickte Bolton, dann drehte er den mächtigen Kopf zu mir und sah mich an. »Sie wollen mich verarschen.« Er wischte sich mit dem Handrücken über den Mund.

»Nein.«

»Das meinen wir vollkommen ernst«, sagte Phil.

»Himmel.« Bolton lehnte an der Spüle und sah zu Angie hinüber. »Jetzt sagen Sie nur nicht, dass Sie auch mitspielen, Ms. Gennaro. Ich dachte immer, wenigstens Sie verfügen über ein bisschen Verstand.«

Sie zog den Gürtel um ihren Morgenmantel fester. »Keine Ahnung, was ich glauben soll.« Sie sah zu Phil und mir hinüber und zuckte mit den Schultern. »Sie scheinen sich ziemlich sicher zu sein.«

»Hören Sie doch mal einen Moment zu –«

Bolton kam in drei großen Schritten auf mich zu. »Nein. Nein. Wegen Ihnen haben wir unsere Überwachung abgeblasen, Mr. Kenzie. Sie lassen mich herkommen und erzählen mir, Sie hätten den Fall gelöst. Sie –«

»Das habe ich nicht –«

»– hätten alles rausgekriegt und müssten mich sofort

sprechen. Ich komme her und finde *ihn* hier« – er zeigte auf Phil – »und jetzt sind auch noch die hier« – er reckte den Kopf in Devins und Oscars Richtung – »und jede Hoffnung, wir könnten Evandro herlocken, ist zunichte, weil es hier drin ausschaut wie bei einer verfluchten Vollversammlung der Strafverfolgungsbehörden.« Er hielt inne und holte Luft. »Aber damit hätte ich leben können, solange wir, ach, ich weiß nicht, vorankommen mit dem Fall. Aber nein, Sie erzählen mir was von Clowns.«

»Mr. Bolton«, sagte Phil, »wir meinen es ernst.«

»Ach. Na gut. Schauen wir mal, ob ich das richtig verstehe – vor zwanzig Jahren hielten zwei Zirkuskünstler mit buschigen Haaren und Gummihosen in einem Lieferwagen neben Ihnen, als sie gerade zu einem Spiel der Little League gingen und –«

»Kamen«, sagte ich.

»Was?«

»Wir *kamen* gerade von einem Spiel«, erklärte Phil.

»Mea culpa«, sagte Bolton, verbeugte sich und fuchtelte mit der Hand. »Mea maxima scheiß culpa, tu morani.«

»Ich bin noch nie auf Latein beleidigt worden«, meinte Devin zu Oscar. »Du?«

»Auf Mandarin schon«, sagte Oscar. »Auf Latein noch nie.«

»Also gut«, sagte Bolton. »Sie beide wurden von zwei Zirkusclowns belästigt, als sie von einem Spiel *kamen,* und weil – verstehe ich das richtig, Mr. Kenzie? –, weil Alec Hardiman bei dem Gespräch im Gefängnis *Send in the Clowns* gesungen hat, glauben Sie, er sei einer der Clowns gewesen, und das bedeutet natürlich, dass er Leute umbringt, um es Ihnen heimzuzahlen, dass Sie an jenem Tag entkommen sind?«

»So einfach ist das nicht.«

»Ach, na gut, Gott sei Dank. Hören Sie, Mr. Kenzie, vor fünfundzwanzig Jahren habe ich Carol Yaeger aus Chevy Chase, Maryland, gefragt, ob sie mit mir ausgehen will, und sie hat mich ausgelacht. Aber das heißt noch nicht –«

»Kaum zu glauben«, bemerkte Devin.

»–, dass ich ein paar Jahrzehnte warte und alle umbringe, die sie jemals kannte.«

»Bolton«, unterbrach ich ihn, »so gern ich Ihnen dabei zuschaue, wie Sie sich echauffieren, aber dafür haben wir keine Zeit. Haben Sie die Akten Hardiman, Rugglestone und Morrison dabei, um die ich gebeten habe?«

Er klopfte auf seine Aktentasche. »Hier drin.«

»Schlagen Sie sie auf.«

»Mr. Kenzie –«

»Bitte.«

Er öffnete die Tasche, zog die Akten heraus und legte sie auf den Küchentisch. »Und jetzt?«

»Schlagen Sie den Bericht des Gerichtsmediziners zu Rugglestone auf. Und schauen Sie sich vor allem den Abschnitt über die unidentifizierten Substanzen an.«

Er fand den Abschnitt und rückte sich die Brille zurecht.

»Was wurde in Rugglestones Gesichtsverletzungen gefunden?«

Bolton las: »›Zitronenextrakt; Hydrogenperoxid; Puder, Mineralöl, Stearinsäure, PEG 32, Triethanolamin, Lanolin … alles Inhaltsstoffe von weißer Theaterschminke.‹« Er blickte auf. »Und?«

»Lesen Sie Hardimans Akte. Den gleichen Abschnitt.«

Bolton blätterte ein paar Seiten durch und las.

»Na und? Beide trugen sie Make-up.«

»Weiße Schminke«, betonte ich. »Die Art, die Pantomimen benutzen«, sagte ich. »Und Clowns.«

»Ich verstehe, worauf –«

»Bei Cal Morrison wurden dieselben Substanzen unter den Fingernägeln gefunden.«

Er schlug die Akte Morrison auf und blätterte, bis er die Stelle fand.

»Trotzdem«, wiegelte er ab.

»Suchen Sie nach den Fotos des Lieferwagens, der vor der Lagerhalle gefunden wurde – er war auf Rugglestone eingetragen.«

Bolton blätterte durch die Akte. »Hier ist es.«

»Die Windschutzscheibe fehlt«, sagte ich.

»Ja.«

»Aber der Lieferwagen war sauber abgespritzt worden, wahrscheinlich am selben Tag. Irgendwann zwischen der Wagenwäsche und dem Zeitpunkt, als die Polizei ihn fand, hat jemand ein paar Gasbetonsteine durch die Scheibe geworfen, wahrscheinlich während Rugglestone ermordet wurde.«

»Und?«

»Und ich hatte die Scheibe markiert. Ich habe den Baseball geworfen und die Scheibe eingeschmissen. Das war der einzige Hinweis darauf, dass Hardiman und Rugglestone die Clowns waren. Ist die Markierung weg, ist auch das Motiv weg.«

»Worauf wollen Sie hinaus?«

Erst als ich es aus meinem eigenen Mund hörte, konnte ich es selbst glauben.

»Ich denke, die EEPA hat Charles Rugglestone ermordet.«

»Er hat recht«, sagte Devin schließlich.

Kurz nach acht war der Hagel dem Regen gewichen, und gefror sofort. Wasser strömte Angies Fenster hinunter und verwandelte sich vor unseren Augen in Adern aus knisterndem Eis.

Bolton hatte einen Agenten zurück in das Campingmobil geschickt, um Kopien von den Akten Rugglestone, Hardiman und Morrison zu machen, und wir hatten die letzte Stunde damit verbracht, sie in Angies Esszimmer zu studieren.

»Ich bin mir da nicht so sicher«, entgegnete Bolton.

»Also bitte«, sagte Angie. »Es steht doch alles hier drin, Sie müssen nur richtig hinschauen. Alle nehmen an, dass Alec Hardiman wie für zehn wütet, als er Rugglestone umbringt, obwohl er bis zur Oberlippe mit PCP zugedröhnt war. Und ich hätte wohl dasselbe gedacht, wenn ich der Ansicht gewesen wäre, dass Hardiman noch andere Personen umgebracht hat. Allerdings hatte er die Nervenschädigung in der linken Hand, Seconol im Blut und wurde bewusstlos vorgefunden. Jetzt schauen Sie sich Rugglestones Verletzungen mal unter der Voraussetzung an, dass sie vielleicht von zehn Personen – oder sagen wir sieben – verursacht worden sind, dann ergibt das alles einen Sinn.«

»Patricks Vater weiß von der kaputten Windschutzscheibe«, sagte Devin. »Seine EEPA-Freunde und er suchen den Wagen, dazu Hardiman und Rugglestone …«

»Die EEPA hat Rugglestone ermordet«, hielt Oscar schockiert fest.

Bolton schaute auf die Akte, dann sah er mich an, dann wieder die Akte. Seine Lippen bewegten sich, als er den Abschnitt las, in denen Rugglestones Verletzungen detailliert geschildert wurden. Als er wieder aufblickte und mich ansah, war sein Gesicht schlaff; er öffnete den Mund. »Sie haben recht«, sagte er leise. »Sie haben recht.«

»Lass dir das nicht zu Kopf steigen«, drohte Devin. »Du Arschloch.«

»Ein Kindermärchen«, flüsterte Bolton leise.

»Was?«

Wir beide saßen im Esszimmer. Die anderen waren in der Küche, Oscar bereitete die Filetspitzen, für die er berühmt war.

Bolton hob in der Dunkelheit die Hände in die Höhe. »Das Ganze hört sich an wie ein Märchen der Gebrüder Grimm. Zwei Clowns, ein leerer Lieferwagen, die Bedrohung der Unschuld.«

Ich zuckte mit den Schultern. »Damals hatte ich einfach nur Angst.«

»Ihr Vater«, sagte er.

Ich sah zu, wie an der Fensterscheibe Eisfinger gefroren.

»Sie wissen, worauf ich hinauswill«, sagte er.

Ich nickte. »Er dürfte derjenige gewesen sein, der Rugglestone die Brandwunden zugefügt hat.«

»Stück für Stück«, meinte Bolton. »Während der Mann schrie.«

Ströme von Regen bahnten sich einen Weg durchs Eis,

das knackte und zerbrach und sofort von frischen, durchscheinenden Eisadern ersetzt wurde.

»Ja«, sagte ich und erinnerte mich an den Kuss meines Vaters an jenem Abend. »Mein Vater hat Rugglestone bei lebendigem Leib verbrannt. Stück für Stück.«

»War er zu so etwas fähig?«

»Wie ich Ihnen schon sagte, Agent Bolton, er war zu allem fähig.«

»Aber so etwas?«, fragte Bolton.

Ich erinnerte mich an die Lippen meines Vaters auf meiner Wange, das Blut, das ich durch seine Brust pochen hörte, als er mich an sich drückte, die Liebe in seiner Stimme, wie er mir sagte, dass er stolz auf mich sei.

Dann dachte ich an den Abend, als er mich mit dem Bügeleisen verbrannte, dachte an den Geruch von versengter Haut, der von meinem Unterleib aufgestiegen war und mir die Nase verklebte, während mein Vater mich mit einer Wildheit anstarrte, die an Ekstase grenzte.

»Er war dazu nicht nur fähig«, sagte ich, »es machte ihm wahrscheinlich auch noch Spaß.«

Wir aßen gerade im Esszimmer, als Erdham hereinkam.

»Ja?«, fragte Bolton.

Erdham reichte ihm ein Foto. »Ich dachte, das sollten Sie sich ansehen.«

Bolton wischte sich Mund und Finger an einer Serviette ab, dann hielt er das Foto ins Licht.

»Eins der Fotos, die Sie in Arujos Wohnung gefunden haben. Richtig?«

»Ja, Sir.«

»Haben Sie die Person auf dem Foto identifiziert?«

Erdham schüttelte den Kopf. »Nein, Sir.«

»Und warum schaue ich es mir überhaupt an, Agent Erdham?«

Erdham sah zu mir und runzelte die Stirn. »Es geht nicht so sehr um die Person, Sir. Schauen Sie mal, wo das Foto geschossen wurde.«

Bolton besah sich das Bild. »Und?«

»Sir, wenn Sie –«

»Moment.« Bolton ließ die Serviette auf den Teller fallen.

»Ja, Sir«, sagte Erdham, und es schauderte ihn.

Bolton sah mich an. »Das ist in Ihrer Wohnung.«

Ich legte meine Gabel weg. »Was reden Sie da?«

»Das Foto wurde auf der vorderen Veranda Ihres Hauses aufgenommen.«

»Bin ich drauf oder Patrick?«, fragte Angie.

Bolton schüttelte den Kopf. »Eine Frau und ein kleines Mädchen.«

»Grace«, sagte ich.

32

Ich stürzte als Erster aus Angies Haus. Als ich auf die Veranda trat, hatte ich bereits das Handy am Ohr, und mehrere FBI-Fahrzeuge kamen quietschend die Straße hinauf.

»Grace?«

»Ja?«

»Alles okay?« Ich rutschte auf dem vereisten Weg aus und konnte mich gerade noch fangen, indem ich die Brüstung packte, als Angie und Bolton mir folgten.

»Was? Du hast mich geweckt. Ich muss um sechs Uhr arbeiten. Wie spät ist es?«

»Zehn. Tut mir leid.«

»Können wir morgen telefonieren?«

»Nein. Nein. Du musst in der Leitung bleiben und alle Türen und Fenster kontrollieren.«

Die Autos kamen schlitternd vor dem Haus zum Stehen. »Was? Was ist das für ein Lärm?«

»Grace, kontrollier deine Türen und Fenster. Sorg dafür, dass alles verriegelt ist.«

Ich ging vorsichtig zum rutschigen Bürgersteig. Die Bäume waren mit schweren glitzernden Dolchen aus Eis behängt, Straße und Bürgersteig schwarz überfroren.

»Patrick, ich –«

»Auf der Stelle, Grace.«

Ich sprang auf den Rücksitz des dunkelblauen Lincoln an der Spitze der Wagen; Angie setzte sich neben mich. Bolton nahm vorn Platz und gab dem Fahrer Grace' Adresse.

»Los.« Ich schlug gegen die Kopfstütze des Fahrers.

»Patrick«, fragte Grace, »was ist denn?«

»Hast du die Türen kontrolliert?«

»Ich bin dabei. Haustür ist zu. Kellertür ist zu. Warte, ich gehe zur Hintertür.«

»Auto von rechts«, sagte Angie.

Unser Fahrer gab Gas, wir schossen über die Kreuzung Richtung Süden, und der sich von Osten nähernde Wagen trat auf die Bremse; alle Räder blockierten, der Fahrer drückte auf die Hupe, und der Wagen rutschte über die Kreuzung, während die Karawane hinter uns nach rechts ausscherte und das Heck des Wagens umfuhr.

»Hintertür ist zu«, sagte Grace. »Ich kontrolliere die Fenster.«

»Gut.«

»Du machst mir eine Heidenangst.«

»Ich weiß, tut mir leid. Die Fenster.«

»Vorderes Zimmer und Wohnzimmer zu. Ich gehe jetzt ins Maes Zimmer. Zu, zu …«

»Mami?«

»Alles okay, Schätzchen. Schlaf weiter. Ich komme gleich wieder.«

Der Lincoln donnerte mit mindestens hundert Sachen auf den Beschleunigungsstreifen zur 93. Die Hinterräder rutschten auf einer Eisfläche oder angefrorenem Matsch und knallten gegen die Leitplanke.

»Ich bin in Annabeths Zimmer«, flüsterte Grace. »Zu. Zu. Offen.«

»Was?«

»Ja, offen. Annabeth hat ihr Fenster einen Spaltbreit offen gelassen.«

»Verdammt.«

»Patrick, was ist los?«

»Mach das Fenster zu, Grace. Mach es zu.«

»Hab ich. Was glaubst du denn –«

»Wo ist deine Waffe?«

»Meine Waffe? Ich habe keine. Ich hasse Schusswaffen.«

»Dann schnapp dir ein Messer.«

»Was?«

»Schnapp dir ein Messer, Grace. Himmel. Schnapp dir –«

Angie riss mir das Handy aus der Hand und brachte mich mit einem Finger vor den Lippen zum Schweigen.

»Grace, ich bin's, Angie. Hör zu. Du könntest in Gefahr sein. Wir sind uns nicht sicher. Bleib in der Leitung und rühr dich nicht von der Stelle, es sei denn, du bist sicher, dass du einen Eindringling im Haus hast.«

Die Ausfahrtsschilder flogen vorbei – Andrew Square, Massachusetts Avenue –, der Lincoln schlingerte auf die Frontage Road, schoss an der Müllhalde für Industrieabfälle und Erdaushub vorbei und sauste Richtung East Berklee.

»Bolton«, sagte ich, »sie ist kein Köder.«

»Ich weiß.«

»Ich verlange, dass Sie sie in der Schutzhaft so gut verstecken, dass selbst der Präsident sie nicht finden könnte, wenn er wollte.«

»Verstanden.«

»Hol Mae«, sagte Angie, »bleibt in einem Zimmer und schließt ab. Wir sind in drei Minuten da. Wenn jemand versucht, die Tür aufzubrechen, dann klettert ihr durchs Fenster, rennt auf die Huntington oder die Massachusetts Avenue und schreit, so laut ihr könnt.«

Wir überfuhren die erste rote Ampel an der East Berklee, ein Wagen schlitterte beiseite, sprang über den Bordstein und fuhr gegen den Lichtmast vor dem Pine Street Inn.

»Das gibt einen Prozess«, sagte Bolton.

»Nein, nein«, sagte Angie besorgt. »Verlasst das Haus erst, wenn ihr drinnen etwas hört. Wenn er draußen ist, wartet er doch genau darauf. Wir sind fast da, Grace. In welchem Zimmer seid ihr?«

Als wir auf die Columbus Avenue schlingerten, touchierte das linke Hinterrad den Bordstein.

»Maes Zimmer? Gut. Wir sind noch acht Blocks entfernt.«

Columbus Avenue lag unter einem halben Zentimeter Eis, das so schwarz und hart war, als würden wir über eine Schicht Lakritz fahren.

Als die Räder durchdrehten, wieder Grip hatten und erneut durchdrehten, schlug ich mit der Faust gegen die Seitentür.

»Immer mit der Ruhe«, mahnte Bolton.

Angie tätschelte mir das Knie.

Der Lincoln bog nach rechts in die West Newton, und schwarzweiße Bilder explodierten in meinem Kopf wie Blitzbirnen.

Kara liegt gekreuzigt in der Kälte.

Jason Warrens Kopf baumelt an einem Stromkabel.

Peter Stimovich starrt augenlos vor sich hin.

Mae balgt mit dem Hund im Gras.

Grace' feuchter Leib legt sich in einer warmen Nacht auf mich.

Cal Morrison liegt hinten in dem verdreckten weißen Lieferwagen eingesperrt.

Der Clown grinst anzüglich rot und flüstert meinen Namen.

»Grace«, flüsterte ich.

»Alles okay«, sagte Angie ins Handy, »wir sind fast da.«

Wir bogen in die St. Botolph, der Fahrer bremste, erwischte aber erneut eine Eisplatte, und wir rutschten an Grace' Haus vorbei, bevor der Wagen zwei Häuser weiter ruckend stehen blieb.

Die folgenden Wagen hielten kreuz und quer hinter uns, ich stieg aus und rannte zum Haus. Ich glitt auf dem Bürgersteig aus und ließ mich auf ein Knie sinken, als zwischen zwei Autos zu meiner Rechten ein Mann angerannt kam. Ich drehte mich um, richtete meine Waffe auf seine Brust und sah, wie er im dunklen Regen eine Hand hob.

Er schrie: »Patrick, stopp!«, und ich ließ den Abzug los.

Nelson.

Er ließ den Arm sinken, sein Gesicht war nass und verängstigt, Oscar kam wie eine Lokomotive von hinten angestürmt und rannte ihn um; als die beiden aufs Eis schlugen, verschwand Nelsons schmächtiger Körper vollständig unter Oscars massigem Leib.

»Oscar«, sagte ich, »er ist okay. Er ist okay. Er arbeitet für mich.«

Ich stürmte die Treppe zu Grace' Tür hinauf.

Als Grace öffnete und fragte: »Patrick, was zum Teufel geht hier vor sich?«, tauchten Angie und Devin hinter mir auf. Grace sah mir über die Schulter, Bolton bellte seine Leute an, und Grace riss die Augen auf.

In der ganzen Straße gingen die Lichter an.

»Jetzt ist alles in Ordnung«, sagte ich.

Devin hatte die Waffe gezückt und trat neben Grace. »Wo ist Mae?«

»Was? In ihrem Zimmer.«

Die Waffe schussbereit gezückt, betrat er das Haus.

»He, warten Sie.« Grace eilte ihm hinterher.

Angie und ich folgten ihr; FBI-Beamte trampelten mit Taschenlampen über die Nachbargrundstücke.

Grace wies auf Devins Waffe. »Stecken Sie das weg, Sergeant. Stecken Sie –«

Mae weinte laut. »Mami.«

Devin drückte die Waffe eng ans Knie und linste um die Ecken.

Ich stand im warmen Schein des Wohnzimmers, mir war übel, und die Hände zitterten mir vor Adrenalin. Ich hörte Mae in ihrem Zimmer weinen und folgte dem Geräusch.

Ein Gedanke – *Beinahe hätte ich Nelson erschossen* – huschte mir schaudernd durch den Kopf.

Grace drückte Mae an ihre Schulter, Mae schlug die Augen auf, sah mich und brach erneut in Tränen aus.

Grace sah mich an. »Himmel Herrgott, Patrick, war das nötig?«

Die Strahlen der Taschenlampen drangen von außen durch die Fenster.

»Ja«, antwortete ich.

»Patrick«, sagte sie und starrte wütend meine Hand an. »Nimm das weg.«

Ich schaute nach unten, bemerkte die Waffe in meiner Hand und erkannte, dass dies der Grund war, warum Mae wieder weinte. Ich schob sie in den Holster, sah die beiden an, Mutter und Tochter, die sich auf dem Bett fest umarmten, und ich kam mir schmutzig und widerlich vor.

»Als Erstes«, sagte Bolton zu Grace im Wohnzimmer, während sich Mae in ihrem Zimmer anzog, »bringen wir Sie und Ihre Tochter in Sicherheit. Draußen steht ein Wagen, und ich möchte, dass Sie dort einsteigen und mit uns kommen.«

»Wohin?«, fragte Grace.

»Patrick«, sagte ein kleines Stimmchen.

Ich drehte mich um und sah Mae, die in ihrer Tür stand; sie hatte sich Jeans und Sweatshirt angezogen, und ihre Schnürsenkel waren offen.

»Ja?«, fragte ich sanft.

»Wo ist deine Pistole?«

Ich versuchte zu lächeln. »Die hab ich weggepackt. Tut mir leid, dass ich dir Angst gemacht habe.«

»Ist sie dick?«

»Was?« Ich beugte mich vor und band ihr die Schuhe zu.

»Ist sie …« Sie zappelte herum, suchte nach dem Wort, und es war ihr peinlich, dass sie es nicht fand.

»Schwer?«, fragte ich.

Sie nickte. »Ja. Schwer.«

»Ja, sie ist schwer, Mae. Zu schwer für dich.«

»Und für dich?«

»Für mich ist sie auch ziemlich schwer«, sagte ich.

»Und warum hast du sie dann?« Sie legte den Kopf ein wenig nach links und sah mir ins Gesicht.

»Die gehört zu meiner Ausrüstung«, antwortete ich. »Wie das Stethoskop bei deiner Ma.«

Ich gab ihr einen Kuss auf die Stirn.

Sie küsste mich auf die Wange und schlang mir ihre Arme um den Hals; sie waren so weich, als würden sie nicht aus derselben Welt stammen, in der es all die Alec Hardimans und Evandro Arujos und Messer und Schusswaffen gab. Dann ging sie in ihr Zimmer zurück.

Im Wohnzimmer schüttelte Grace den Kopf. »Nein.«

»Wie bitte?«, fragte Bolton.

»Nein«, wiederholte Grace. »Ich gehe nicht. Nehmen Sie Mae mit, und ich rufe ihren Vater an. Er wird sich freinehmen – da bin ich mir ganz sicher – und mit ihr fahren, damit sie nicht allein ist. Ich besuche sie, bis das alles vorüber ist, aber ich selber gehe nicht.«

»Doktor Cole, das ist unmöglich.«

»Ich bin im ersten Jahr meiner Facharztausbildung zur Chirurgin, Agent Bolton. Verstehen Sie das?«

»Ja, schon, aber Ihr Leben ist in Gefahr.«

Grace schüttelte den Kopf. »Sie können mich beschützen. Sie können mich beschatten. Und Sie können meine Tochter verstecken.« Sie sah zu Maes Zimmer hinüber, und Tränen stiegen ihr in die Augen. »Aber ich kann meine Arbeit nicht einfach hinschmeißen. Nicht jetzt. Wenn ich mitten im Probejahr verschwinde, kriege ich nie eine vernünftige Anstellung.«

»Doktor Cole«, sagte Bolton, »das kann ich nicht zulassen.«

Grace schüttelte den Kopf. »Es wird Ihnen nichts anderes übrigbleiben, Agent Bolton. Sie beschützen meine Tochter. Ich gebe auf mich selbst acht.«

»Der Mann, mit dem wir es hier zu tun haben –«

»Ist gefährlich, ich weiß. Das haben Sie mir schon gesagt. Ich habe auch durchaus Angst, Agent Bolton, aber ich werde nicht aufgeben, worauf ich mein ganzes Leben lang hingearbeitet habe. Nicht jetzt. Für niemanden.«

»Er wird dich erwischen«, sagte ich; noch immer spürte ich Maes Arme um meinen Hals.

Alle im Zimmer sahen mich an.

»Nicht, wenn ich –«, setzte Grace an

»Nicht, wenn du *was*? Ich kann euch nicht alle beschützen, Grace.«

»Darum bitte ich dich auch gar nicht –«

»Er sagte, ich hätte die Wahl.«

»Wer?«

»Hardiman«, antwortete ich und war überrascht, wie laut meine Stimme wurde. »Ich würde mich zwischen den Personen entscheiden müssen, die ich liebe. Damit meinte er Mae und dich, Angie und Phil. Und ich kann euch nicht alle beschützen, Grace.«

»Dann lass es bleiben, Patrick.« Ihre Stimme war kalt. »Lass es. Du hast das doch alles in mein Leben gezerrt. In das Leben meiner Tochter. Weil du unbedingt ein Leben voller Gewalt führen willst, hast du diesen Menschen zu mir geführt. Und jetzt ist dein Leben auch meins und das meiner Tochter, und keiner von uns hat dich darum gebeten.« Sie schlug sich die Faust seitlich gegen den Oberschenkel, sah dann zur Tür hinüber und holte scharf Luft. »Ich komme schon zurecht. Bringen Sie Mae irgendwo in Sicherheit. Ich rufe ihren Vater an.«

Bolton sah Devin an, doch der zuckte nur mit den Schultern.

»Ich kann Sie nicht zwingen, sich in Schutzhaft zu begeben –«

»Nein«, ging ich dazwischen. »Nein, nein, nein. Grace, du kennst diesen Kerl nicht. Er wird dich erwischen. Das steht fest.«

Ich durchquerte das Zimmer, bis ich vor ihr stand.

»Und?«, fragte sie.

»Und?«, fragte ich. »Und?«

Ich spürte, dass mich alle anstarrten. Ich spürte, dass ich nicht ganz bei mir war. Ich war rasend und rachsüchtig. Ich war gewalttätig, hässlich und verstört.

»Und?«, wiederholte Grace.

»Und er wird dir den verfluchten Kopf abschneiden«, sagte ich.

»Patrick«, mahnte Angie.

Ich beugte mich zu Grace vor. »Verstehst du das? Er schneidet dir den Kopf ab. Als Letztes. Erst wird er dich eine Weile missbrauchen, Grace, dann wird er dir einzelne Körperteile abschneiden und dir Nägel durch die verfluchten Hände jagen und dann –«

»Schluss damit«, sagte sie leise.

Ich konnte nicht aufhören. Es schien wichtig, dass sie das alles wusste.

»– wird er dich aufschneiden, Grace. Das liebt er. Er

schneidet seine Opfer auf, damit er ihre Eingeweide dampfen sehen kann. Und dann reißt er dir vielleicht die Augen aus und lässt seinen Partner auch noch ran und –«

Hinter mir schrie jemand auf.

Grace hatte sich bereits die Hände über die Ohren gelegt, doch als sie den Schrei hörte, nahm sie sie fort. Ich drehte mich um, und da stand Mae mit puterrotem Gesicht, und die Arme zuckten, als würde elektrischer Strom durch sie fließen.

»Nein, nein, nein!« Sie schrie und weinte vor Entsetzen, drückte sich an mir vorbei, sprang ihre Mutter an und klammerte sich ungestüm fest.

Grace sah an ihrer Tochter vorbei, die sie an die Brust drückte, und fixierte mich mit einem Blick voller Hass.

»Verlasse mein Haus«, sagte sie.

»Grace.«

»Auf der Stelle«, betonte sie.

»Doktor Cole«, sagte Bolton, »ich möchte, dass Sie –«

»Ich gehe mit Ihnen«, unterbrach sie ihn.

»Bitte?«

Grace sah mich immer noch an. »Ich begebe mich in Ihre Schutzhaft, Agent Bolton. Ich lasse meine Tochter nicht allein. Ich komme mit«, sagte sie leise.

»Hör mal, Grace –«

Sie legte ihre Hände auf die Ohren ihrer Tochter.

»Ich dachte, ich hätte dir gesagt, dass du dich verpissen sollst.«

Das Telefon klingelte, und sie griff danach, ohne den Blick abzuwenden. »Hallo.« Sie runzelte die Stirn. »Ich habe Ihnen doch heute Nachmittag schon gesagt, Sie sollen nicht wieder anrufen. Wenn Sie mit Patrick sprechen wollen –«

»Wer ist das denn?«, fragte ich.

Sie warf mir den Hörer hin. »Hast du deinem irren Freund meine Nummer gegeben, Patrick?«

»Bubba?« Ich nahm den Hörer, und sie drückte sich an mir vorbei und trug Mae ins Kinderzimmer.

»Hallo, Patrick.«

»Wer ist da?«, fragte ich.

»Wie gefallen Ihnen die Fotos, die ich von Ihren Freunden gemacht habe?«

Ich sah Bolton an und sagte tonlos: »Evandro.«

Bolton stürmte hinaus, Devin einen Schritt hinter ihm.

»Die haben mich nicht sonderlich beeindruckt, Evandro.«

»Ach«, meinte er. »Wie schade. Dabei habe ich an meiner Technik gearbeitet, habe versucht, mit Licht und Raum zu spielen, auf die Bildaufteilung zu achten und alles. Ich finde, ich entwickle mich künstlerisch. Finden Sie nicht?«

Vor dem Fenster kletterte ein Agent auf den Telefonmast im Seitenhof.

»Ach, ich weiß nicht, Evandro. Ich bezweifle, dass Annie Leibovitz sich umschaut oder so.«

Evandro kicherte. »Aber ich habe es geschafft, dass Sie sich umschauen, oder, Patrick?«

Devin kam zurück und hielt mir einen Zettel hin, auf dem stand: »Halt ihn zwei Minuten in der Leitung.«

»Ja, das stimmt. Wo sind Sie, Evandro?«

»Ich beobachte Sie.«

»Wirklich?« Ich unterdrückte den Drang, mich umzu-

drehen und durch die Fenster auf die Straße hinauszu-
schauen.

»Ich beobachte Sie und Ihre Freundin und all die netten
Polizisten, die ums Haus trampeln.«

»Na, wenn Sie schon mal in der Nähe sind, schauen Sie
doch vorbei.«

Wieder ein leises Kichern. »Ich warte lieber. Sie sehen
gut aus, Patrick – das Telefon ans Ohr gepresst, die Sorgen-
falten auf der Stirn, die Haare unordentlich vom Regen.
Sehr attraktiv.«

Grace kam zurück ins Wohnzimmer und ließ einen Koffer auf den Boden neben der Tür plumpsen.

»Vielen Dank für das Kompliment, Evandro.«

Grace blinzelte, als sie den Namen hörte, und sah Angie
an.

»Ist mir ein Vergnügen«, meinte Evandro.

»Welche Kleidung trage ich?«

»Wie bitte?«, fragte er.

»Was habe ich an?«

»Patrick, als ich die Fotos von Ihrer Freundin und ihrer –«

»Was habe ich an, Evandro?«

»– kleinen Tochter gemacht habe, da –«

»Sie wissen nicht, was ich anhabe, weil Sie das Haus gar
nicht sehen können. Richtig?«

»Ich sehe weit mehr, als Sie glauben.«

»Sie labern einen Scheiß, Evandro.« Ich lachte. »Sie machen hier auf –«

»Wagen Sie es nicht, über mich zu lachen.«

»– allwissenden Meisterkriminellen, der alles sieht –«

»Mäßigen Sie sich im Ton. Auf der Stelle, Patrick.«

»– dabei sind Sie nichts als ein kleiner Penner.«

Devin schaute auf die Uhr und reckte drei Finger in die Höhe. Noch dreißig Sekunden.

»Ich werde das Kind in Stücke teilen und sie Ihnen mit der Post schicken.«

Ich schaute mich um und sah Mae, die über ihrem Koffer in ihrem Zimmer stand und sich die Augen rieb.

»Sie werden nicht mal in Ihre Nähe kommen, Sie Wichser. Sie hatten Ihre Chance und haben sie vermasselt.«

»Ich werde alle auslöschen, die Sie kennen.« Seine Stimme war rauh vor Zorn.

Bolton kam zur Haustür herein und nickte.

»Beten Sie lieber, dass ich Sie nicht als Erster sehe, Evandro.«

»Das werden Sie nicht, Patrick. Niemand tut das. Goodbye.«

Dann war eine zweite Stimme in der Leitung zu hören, heiserer als die von Evandro: »Wir sehen uns, Jungs.«

Die Verbindung brach ab, und ich sah Bolton an.

»Beide«, sagte er.

»Ja.«

»Erkennen Sie die andere Stimme?«

»Nicht mit diesem falschen Akzent.«

»Sie sitzen am North Shore.«

»*North* Shore?«, fragte Angie.

Bolton nickte. »Nahant.«

»Sie hocken auf einer Insel?«, fragte Devin.

»Wir riegeln sie ab«, sagte Bolton. »Ich habe schon die Küstenwache alarmiert und Streifenwagen aus Nahant,

Lynn und Swampscott losgeschickt, um die Brücke von der Insel zu sperren.«

»Wir sind also in Sicherheit?«, fragte Grace.

»Nein«, antwortete ich.

Sie ignorierte mich und sah Bolton an.

»Das Risiko kann ich nicht eingehen«, meinte Bolton. »Und Sie auch nicht, Doktor Cole. Solange wir sie nicht gestellt haben, kann ich Ihre Sicherheit und die Ihrer Tochter nicht aufs Spiel setzen.«

Grace sah Mae an, die mit ihrem Pocahontas-Koffer aus dem Zimmer kam. »Okay. Sie haben recht.«

Bolton drehte sich zu mir um. »Zwei Mann stehen bei Mr. Dimassis Wohnung, aber die Personaldecke wird dünn. Die Hälfte meiner Leute ist immer noch am South Shore. Ich brauche alle, die ich noch habe.«

Ich sah Angie an, und sie nickte.

»An Vorder- und Hintertür Ihres Hauses haben wir hochmoderne Alarmanlagen angebracht, Ms. Gennaro.«

»Für ein paar Stunden können wir ganz gut auf uns selbst aufpassen«, sagte ich.

Bolton legte mir eine Hand auf die Schulter. »Wir haben sie, Mr. Kenzie.« Dann sah er Grace und Mae an. »Bereit?«

Grace nickte und streckte die Hand nach Mae aus. Mae nahm sie und sah mich an; ihr Gesicht war eine Maske aus Verwirrung und einer Traurigkeit, die älter war als Mae selbst.

»Grace.«

»Nein.« Sie schüttelte den Kopf, als ich die Hand nach ihrer Schulter ausstreckte. Sie kehrte mir den Rücken zu und ging aus dem Haus.

Der Wagen, in dem sie davonfuhren, war ein schwarzer Chrysler New Yorker mit kugelsicheren Scheiben und einem Fahrer mit kalten, hellwachen Augen.

»Wohin bringen Sie sie?«, fragte ich.

»Weit weg«, antwortete Bolton. »Ganz weit weg.«

Mitten auf der Massachusetts Avenue landete ein Helikopter, und Bolton, Erdham und Fields liefen übers Eis vorsichtig zu der Maschine.

Der Helikopter hob ab und wirbelte Müll gegen die Schaufenster entlang der Avenue; Devin und Oscar hielten neben uns.

»Ich hab deinen Zwergenfreund ins Krankenhaus gebracht«, sagte Oscar und streckte seine Hände entschuldigend vor. »Hab ihm sechs Rippen gebrochen, tut mir leid.«

Ich zuckte mit den Schultern. Das würde ich schon irgendwann bei Nelson wiedergutmachen.

»Ich hab ein Team zu Angies Haus geschickt«, sagte Devin. »Ich kenn den Kerl. Tim Dunn. Ihr könnt ihm vertrauen. Fahrt ruhig dorthin.«

Angie und ich standen im Regen und schauten zu, wie die beiden sich in die Polizei- und FBI-Karawane einreihten und die Massachusetts Avenue entlang verschwanden; das Prasseln der Regentropfen auf dem Eis war eines der einsamsten Geräusche, das ich jemals gehört habe.

33

Unser Taxifahrer stellte sich auf den vereisten Straßen recht geschickt an; er fuhr 30 und trat nur dann auf die Bremse, wenn er keine andere Wahl mehr hatte.

Die Stadt war von Eis eingeschlossen. Große gläserne Flächen bedeckten die Fassaden, Regenrinnen bogen sich unter der Last der weißen Eiszapfen. Die Bäume schimmerten platinfarben, und die Autos an den Straßenrändern hatten sich in Skulpturen verwandelt.

»Heute Nacht wird's 'ne Menge Stromausfälle geben, Mann«, sagte der Taxifahrer.

»Glauben Sie?«, meinte Angie abwesend.

»Oh, darauf können Sie wetten, junge Dame. Bei dem Eis zieht's die Stromkabel bis auf den Boden. Warten Sie nur ab. In so einer schlimmen Nacht sollte niemand unterwegs sein. Wirklich nicht.«

»Und Sie?«, fragte ich.

»Ich hab ein paar Mäuler zu stopfen. Die Kleinen müssen ja nicht wissen, wie schwer's für ihren Papa ist. Nein. Die müssen nur wissen, dass sie satt werden.«

Ich sah Maes Gesicht vor mir, vor Verwirrung und tiefstem Entsetzen ganz zerknautscht. Die Worte, die ich ihrer Mutter entgegengeschleudert hatte, klangen mir in den Ohren.

So etwas müsser die Kleinen nicht wissen.

Wie hatte ich das nur vergessen können?

Als wir beide auf Angies Haus zugingen, blinkte uns Timothy Dunn zwei Mal mit seiner Taschenlampe an.

Vorsichtig kam er über die Straße zu uns. Er war ein schlanker Bursche mit einem breiten, offenen Gesicht unter der dunkelblauen Kappe. Das Gesicht eines Farmerburschen, den die Mutter gern als Priester gesehen hätte.

Die Kappe hatte eine Plastikhaube, um sie trockenzuhalten, und der schwere schwarze Regenmantel glänzte vom Sprühregen. Als er an den Vorderstufen zu uns trat, tippte er sich gegen die Kappe.

»Mr. Kenzie, Ms. Gennaro, ich bin Officer Timothy Dunn. Wie geht's?«

»Könnte besser sein«, antwortete Angie.

»Ja, Ma'am, ich hab's mitbekommen.«

»Miss«, sagte Angie.

»Wie bitte?«

»Nennen Sie mich bitte Miss oder Angie. Ma'am, da komme ich mir so alt vor, ich könnte glatt Ihre Mutter sein.« Sie musterte ihn durch den Regen. »Bin ich doch nicht, oder?«

Dunn lächelte verlegen. »Nicht, dass ich wüsste, Miss.«

»Wie alt sind Sie?«

»Vierundzwanzig.«

»Puh.«

»Und Sie?«, fragte er.

Angie lachte. »Sie sollten eine Frau niemals nach Gewicht oder Alter fragen, Officer Dunn.«

Er nickte. »Na ja, so oder so hat es der Herr ziemlich gut mit Ihnen gemeint, Miss.«

Ich verdrehte die Augen.

Angie wich ein Stück zurück und schaute sich Dunn eingehend an.

»Sie werden es noch weit bringen, Officer Dunn.«

»Danke, Miss. Das höre ich öfter.«

»Das können Sie ruhig glauben«, sagte sie.

Dunn schaute einen Augenblick zu Boden, trat von einem Bein aufs andere und zupfte sich an seinem rechten Ohrläppchen; eine nervöse Angewohnheit, fiel mir auf.

Er räusperte sich. »Sergeant Amronklin meinte, die Jungs vom FBI schicken Verstärkung, sobald sie ihre Leute in South Shore eingesammelt haben. Um zwei, drei Uhr früh, spätestens. Wenn ich recht verstehe, sind die Türen vorn und hinten alarmgesichert und die Rückseite des Hauses sicher.«

Angie nickte.

»Ich möchte trotzdem lieber nachsehen.«

»Nur zu.«

Wieder tippte er an seine Kappe und ging ums Haus; wir standen auf der Veranda und hörten den im gefrorenen Gras knirschenden Schritten zu.

»Wo hat Devin denn den Musterknaben her?«, fragte Angie.

»Ist vielleicht ein Neffe«, sagte ich.

»Ein Neffe von Devin?« Sie schüttelte den Kopf. »Niemals.«

»Kannst du mir glauben. Devin hat acht Schwestern, und die Hälfte davon sind richtige Nonnen. Die andere Hälfte ist mit Männern verheiratet, die jetzt schon wissen, dass sie in den Himmel kommen.«

»Und wie passt Devin in diesen Genpool?«

»Das ist ein Rätsel, muss ich zugeben.«

»Dieser Junge ist so unschuldig und offen«, sagte Angie.

»Er ist zu jung für dich.«

»Jeder junge Mann braucht eine Frau, die ihn verdirbt«, entgegnete sie.

»Und dafür bist du gerade die Richtige.«

»Worauf du einen lassen kannst. Hast du gesehen, wie sich seine Oberschenkel in der engen Hose bewegen?«

Ich seufzte.

Der Schein der Taschenlampe tanzte vor Timothy Dunns knirschenden Schritten her, als er wieder ums Haus kam.

»Die Luft ist rein«, sagte er, und kam die Stufen herauf.

»Vielen Dank, Officer.«

Er schaute ihr in die Augen, seine Pupillen weiteten sich und flatterten nach rechts.

»Tim«, sagte er. »Bitte nennen Sie mich Tim, Miss.«

»Dann sagen Sie Angie zu mir. Und das ist Patrick.«

Er nickte, und sein Blick tanzte mir schuldbewusst übers Gesicht.

»Also«, sagte er.

»Also«, meinte Angie.

»Also, ich sitze im Wagen. Wenn ich mich dem Haus nähern muss, rufe ich vorher an. Sergeant Amronklin hat mir die Nummer gegeben.«

»Und was, wenn besetzt ist?«, fragte ich.

Daran hatte er gedacht. »Ich blinke drei Mal mit der Taschenlampe in das Fenster dort.« Er zeigte zum Wohnzimmer hinüber. »Ich habe einen Plan vom Haus gesehen; das sollte in alle Räume leuchten, bis auf Küche und Badezimmer. Richtig?«

»Ja.«

»Und falls Sie schlafen oder das Licht nicht sehen, klingle ich. Zweimal kurz. Okay?«

»Hört sich gut an«, sagte ich.

»Wird schon gutgehen«, sagte er.

Angie nickte. »Danke Ihnen, Tim.«

Er nickte, konnte ihr aber nicht in die Augen sehen. Er ging über die Straße zu seinem Wagen und stieg ein.

Ich verzog das Gesicht. »Tim«, sagte ich.

»Ach, sei still.«

»Sie werden darüber hinwegkommen«, sagte Angie.

Wir saßen im Esszimmer und unterhielten uns über Grace und Mae. Von unserem Platz aus konnte ich den roten Lichtpunkt an der vorderen Alarmanlage pulsieren sehen. Er beruhigte mich überhaupt nicht, sondern schien unsere Verletzlichkeit nur noch zu betonen.

»Werden sie nicht.«

»Wenn sie dich lieben, werden sie erkennen, dass du aufgebracht warst und ausgeflippt bist. Schwer ausgeflippt, muss ich zugeben, aber unter Stress eben.«

Ich schüttelte den Kopf. »Grace hatte recht. Ich hab ihr das alles ins Haus geschleppt. Und dann bin ich selbst zur Gefahr geworden. Ich habe ihrem Kind Angst gemacht, Angie.«

»Kinder halten einiges aus«, wiegelte sie ab.

»Wenn du an Grace' Stelle wärst, und ich hätte diese

Nummer bei dir abgezogen, und dein Kind wegen mir einen Monat lang Alpträume hätte, was würdest du dann machen?«

»Ich bin nicht Grace.«

»Aber wenn du an ihrer Stelle wärst?«

Angie schüttelte den Kopf und sinnierte in das Bier in ihrer Hand.

»Na los«, sagte ich.

Sie schaute immer noch in ihr Bier und sagte: »Ich würde dich aus meinem Leben jagen. Für immer.«

Wir gingen ins Schlafzimmer und setzten uns auf die Stühle, die links und rechts vom Bett standen; wir waren erschöpft, aber noch zu aufgedreht, um schlafen zu können.

Es hatte aufgehört zu regnen, im Schlafzimmer brannte kein Licht. Das Eis warf einen silbrigen Schein durch die Fenster und tauchte das Zimmer in ein Perlweiß.

»Irgendwann wird sie uns auffressen«, meinte Angie. »Diese Gewalt.«

»Ich habe immer gedacht, wir sind stärker.«

»Da hast du dich geirrt. Nach einer Weile wird man davon angesteckt.«

»Redest du von mir oder von dir?«

»Von uns beiden. Weißt du noch, als ich vor ein paar Jahren Bobby Royce umgelegt habe?«

Natürlich. »Du hast mir das Leben gerettet.«

»Und ihm seins genommen.« Sie zog kräftig an ihrer Zigarette. »Jahrelang hab ich mir eingeredet, dass ich nicht wirklich gefühlt hatte, was ich fühlte, als ich abgedrückt habe –, dass das gar nicht sein konnte.«

»Was hast du denn gefühlt?«, fragte ich.

Angie beugte sich vor; die Füße gegen die Bettkante gestemmt, umklammerte sie ihre Knie.

»Ich bin mir vorgekommen wie Gott«, sagte sie. »Ich habe mich großartig gefühlt, Patrick.«

Später lag Angie im Bett, stellte sich den Aschenbecher auf den Bauch und starrte an die Decke; ich saß auf dem Stuhl.

»Das ist mein letzter Fall«, sagte sie. »Für eine Weile zumindest.«

»Okay.«

Sie drehte den Kopf zu mir. »Das macht dir doch nichts aus?«

»Nein.«

Sie pustete Rauchringe zur Decke.

»Ich bin es einfach leid, Angst haben zu müssen, Patrick. Ich bin all diese Angst leid, aus der nur Wut wird. Es macht mich völlig fertig, wie viel Hass das bei mir erzeugt.«

»Ich weiß.«

»Ich bin es leid, mich ununterbrochen mit Irren und Versagern, mit Schleimscheißern und Lügnern abzugeben. So langsam hab ich den Eindruck, es gibt nichts anderes auf der Welt.«

Ich nickte. Ich war das alles auch leid.

»Wir sind doch noch jung.« Sie sah mich an. »Oder?«

»Ja.«

»Wir sind doch jung genug, um noch mal was ganz anderes zu machen, wenn wir wollen. Für einen klaren Schnitt.«

Ich beugte mich vor. »Seit wann hast du dieses Gefühl?«

»Seit wir Marion Socia erschossen haben. Vielleicht sogar, seit ich Bobby Royce erschossen habe, ich weiß nicht. Lange. Ich fühle mich jetzt schon so lange so schmutzig, Patrick. Das war doch früher nicht so.«

Ich flüsterte nur noch. »Werden wir denn wieder sauber, Angie? Oder ist es schon zu spät?«

Sie zuckte mit den Schultern. »Versuchen kann man es ja mal. Findest du nicht?«

»Sicher.« Ich nahm ihre Hand. »Wenn du das glaubst, dann sollten wir es versuchen.«

Sie lächelte. »Du bist der beste Freund, den ich je hatte.«

»Und du die beste Freundin«, erwiderte ich.

Ich schrak in Angies Bett auf.

»Was?«, fragte ich, aber niemand redete mit mir. Es war still. Aus dem Augenwinkel nahm ich eine Bewegung wahr. Ich drehte mich um und sah zum hinteren Fenster hinüber. Ich sah die vereisten Glasscheiben, dunkle Blattumrisse drückten sich gegen das Glas und verschwanden wieder in der Dunkelheit, als die Pappel sich draußen im Wind bog.

Mir fiel auf, dass die roten Ziffern an Angies Wecker nicht leuchteten.

Ich beugte mich zur Kommode, um im eisigen Licht vom Fenster einen Blick auf meine Uhr zu erhaschen: 1 Uhr 45.

Ich drehte mich auf dem Bett um, hob das Rollo hinter mir ein wenig an und schaute zu den Nachbarhäusern hinüber. Alles war dunkel. Eisüberzogen und ohne Strom wirkte die Gegend wie ein Bergdorf.

Als das Telefon klingelte, machte es einen ungeheuren Lärm. Ich hob ab. »Hallo.«

»Mr. Kenzie?«

»Ja.«

»Tim Dunn.«

»Die Lichter sind aus.«

»Ja«, sagte er. »Es kommt überall in der Stadt zu Stromausfällen. Das Eis ist so schwer, dass die Leitungen reißen, im ganzen Staat brennen Transformatoren durch. Ich habe Boston Edison über unsere Situation informiert, aber es wird eine Weile dauern.«

»Okay. Danke, Officer Dunn.«

»Nichts zu danken.«

»Officer Dunn?«

»Ja?«

»Welche von Devins Schwestern ist Ihre Mutter?«

»Woher wissen Sie das?«

»Ich bin Detektiv, schon vergessen?«

Er lachte. »Theresa.«

»Ah«, sagte ich. »Sie ist eine der älteren. Vor denen hat Devin Angst.«

Er lachte leise. »Ich weiß. Es ist schon komisch.«

»Danke, dass Sie auf uns aufpassen, Officer Dunn.«

»Jederzeit«, sagte er. »Gute Nacht, Mr. Kenzie.«

Ich legte auf und sah hinaus in die gedämpfte, tiefschwarze, silberne und perlmuttfarbene Nacht.

»Patrick?«

Angie hob den Kopf vom Kissen und wischte sich mit der linken Hand das wirre Haar aus dem Gesicht. Sie stützte sich auf den Ellbogen, und ich sah, wie sich ihre Brüste unter dem Aufdruck Monsignor Ryan Memorial High School auf ihrem T-Shirt bewegten.

»Was ist los?«

»Nichts«, antwortete ich.

»Alptraum?« Sie setzte sich auf, zog ein Bein unter sich und streckte das andere glatt und nackt unter der Decke hervor.

»Ich dachte, ich hätte was gehört.« Ich nickte in Richtung Fenster. »War aber nur ein Ast.«

Angie gähnte. »Den wollte ich schon die ganze Zeit absägen.«

»Das Licht ist auch aus. Überall in der Stadt.«

Sie schaute hinaus. »Wow.«

»Dunn meinte, überall im Staat würden die Transformatoren durchknallen.«

»Nein, nein«, sagte sie plötzlich, warf die Decke von sich und stand auf. »Das geht nicht. Viel zu dunkel.«

Sie kramte in ihrem Schrank herum und fand einen Schuhkarton. Sie stellte ihn auf den Boden und zog eine Handvoll weißer Kerzen hervor.

»Soll ich dir helfen?«, fragte ich.

Angie schüttelte den Kopf, ging durchs Zimmer und steckte die Kerzen in Kerzenhalter und -ständer, die ich im Dunkeln nicht sehen konnte. Sie waren überall verteilt – auf den beiden Nachttischen, der Kommode, dem Schminktisch. Es verwirrte mich, ihr dabei zuzusehen, wie sie die Dochte anzündete. Die Flamme ging nicht ein einziges Mal aus, während sie von einer Kerze zur nächsten ging, bis ihr Lichtschein an den Wänden flackerte und sich im Zimmer ausbreitete.

In nicht mal zwei Minuten hatte sie das Schlafzimmer in eine Kapelle verwandelt.

»So«, sagte sie und kroch wieder unter die Decke.

Eine ganze Weile sagte keiner von uns ein Wort. Ich schaute zu, wie die Flammen flackerten und größer wurden, das warme gelbe Licht auf ihrer Haut spielte und in ihren Haaren glühte.

Angie drehte sich auf dem Bett zu mir um und kreuzte die Beine. Sie knetete die Decke zwischen den Händen, die sich um ihre Hüfte bauschte. Dann legte sie den Kopf in den Nacken und schüttelte ihn, bis sich ihre Haare lösten und ihr den Rücken hinunterflossen.

»Ich sehe im Traum andauernd Leichen«, sagte sie.

»Ich sehe nur Evandro«, gab ich zu.

»Und was tut er?« Sie beugte sich ein wenig vor.

»Er ist hinter uns her«, sagte ich. »Und kommt näher.«

»In meinen Träumen ist er schon da.«

»Und die Leichen …«

»Sind wir.« Sie krampfte die Hände im Schoß zusammen und schaute sie an, als würde sie damit rechnen, dass sie sich von ganz allein gegenseitig abrissen.

»Ich will noch nicht sterben, Patrick.«

Ich setzte mich auf. »Ich auch nicht.«

Angie beugte sich vor. Sie wirkte mysteriös, wie sie dasaß; sie schien Geheimnisse zu hüten, die sie wohl mit niemandem teilen würde.

»Wenn uns jemand erwischt –«

»Dazu wird es nicht kommen.«

Sie drückte ihre Stirn gegen meine. »O doch, das wird es.«

Das Haus knarzte und kam dem Boden wieder einen Millimeter näher.

»Wir sind darauf vorbereitet.«

Sie lachte, doch es klang feucht und erstickt.

»Wir sind die reinsten Nervenbündel, Patrick. Du weißt es, ich weiß es, und er weiß es. Wir haben seit Tagen nicht mehr richtig gegessen und geschlafen. Er hat uns emotional und psychisch und auf jede nur erdenkliche Weise völlig fertiggemacht.« Sie legte mir ihre klammen Hände auf die Wangen. »Er serviert uns ab, wenn er will.«

Ich spürte ein Zittern, elektrische Entladungen, die in ihren Handflächen blitzten. Ihr Körper pochte vor Hitze und Blut und Gezeiten, und ich wusste, sie hatte recht.

Wenn er wollte, konnte er uns abservieren.

Diese Einsicht war verflucht hässlich, und sie gründete sich auf die niedrigste Form der Selbsterkenntnis – wir alle sind nichts als ein Haufen Organe, Adern, Muskeln und Sehnen, die in verletzlichen, nutzlos eitlen äußeren Hüllen an Blutbahnen hängen. Und Evandro konnte auftauchen und uns ausknipsen, so leicht, wie man einen Lichtschalter drückt, und unser jeweiliger Haufen aus Organen und Sehnen würde seine Funktion einstellen, und die Finsternis wäre allumfassend.

»Vergiss nicht, was wir gesagt haben«, betonte ich. »Wenn wir schon sterben müssen, dann nehmen wir ihn mit.«

»Na, wenn schon« entgegnete sie. »Na, wenn schon, Patrick! Ich will Evandro nicht mitnehmen. Ich will einfach nicht sterben. Ich will, dass er mich in Ruhe lässt!«

»He«, sagte ich leise. »Schon okay. Na, komm schon.«

Sie lächelte mich traurig an. »Tut mir leid. Es ist mitten in der Nacht, ich habe eine solche Angst wie noch nie in meinem Leben, und mir ist gerade nicht nach taffen Sprüchen. Die klingen in letzter Zeit so entsetzlich hohl.«

Ihre Augen waren feucht, genau wie ihre Handflächen, mit denen sie mir über die Wangen strich, als sie sich langsam zurücklehnte.

Ich packte sie sanft bei den Handgelenken, und sie beugte sich wieder vor. Mit der rechten Hand fuhr sie mir in die Haare, wischte sie mir aus der Stirn und ließ sich dann auf mich hinabsinken; sie schob ihre Oberschenkel zwischen meine, und ihr linker Fuß strich an meinem rechten Fuß vorbei, als sie die Decke zum Fußende des Bettes schob.

Eine ihrer Haarsträhnen kitzelte mir im linken Auge; als sich unsere Gesichter beinahe berührten, erstarrten wir. Ich konnte die Angst riechen, in ihrem Atem, in unseren Haaren, auf unserer Haut.

Ihre dunklen Augen blickten mich in einer Mischung aus Neugier und Entschlossenheit an. Ich sah die Geister uralter Verletzungen, über die wir nie gesprochen hatten. Ihre Finger gruben sich fest in meine Haare, und ihr Becken presste gegen meines.

»Das sollten wir nicht tun«, sagte sie.

»Nein«, pflichtete ich ihr bei.

»Was ist mit Grace?«, flüsterte sie.

Ich ließ die Frage im Raum stehen, denn ich hatte keine Antwort darauf.

»Was ist mit Phil?«, fragte ich.

»Mit Phil ist es vorbei«, antwortete sie.

»Es gibt gute Gründe dafür, warum wir das seit siebzehn Jahren nicht getan haben«, sagte ich.

»Ich weiß. Ich versuche gerade, mich an sie zu erinnern.«

Ich hob die Hand und fuhr ihr damit durch das Haar; sie biss mich ins Handgelenk und drückte den Rücken durch, um ihr Becken noch fester an mich zu pressen.

»Renee«, sagte sie und packte voller Wut meine Haare.

»Renee ist Vergangenheit.« Ich packte ihre Haare ebenso fest.

»Bist du sicher?«

»Hast du mich je von ihr reden hören?« Ich schob mein linkes Bein an ihrem rechten vorbei und hakte meinen Knöchel über ihren Fuß.

»Da müsste ich nachdenken«, sagte sie. Ihre linke Hand glitt an meiner Brust entlang und drückte an der Stelle gegen meine Hüfte, wo nackte Haut auf Boxershorts traf. »Nein, es ist geradezu auffällig, wie wenig du über die Frau gesagt hast, mit der du verheiratet gewesen bist.« Der Handballen schob die Unterwäsche ein Stück über die Hüfte.

»Angie –«

»Lass das.«

»Was?«

»Nenn mich nicht Angie, wenn wir über meine Schwester und dich reden.«

Da war es. Es waren zehn Jahre vergangen, seit wir dieses Thema auch nur gestreift hatten, doch da war es wieder mit all seinen schmutzigen Andeutungen.

Angie lehnte sich zurück, bis sie auf meinen Oberschenkeln saß und meine Hände auf ihren Hüften ruhten.

»Ich habe genug für sie gezahlt«, sagte ich.

Angie schüttelte den Kopf. »Nein.«

»Doch.«

Sie zuckte mit den Schultern. »Ist mir aber auch egal. Im Augenblick jedenfalls.«

»Angie –«

Sie legte mir einen Finger auf den Mund, dann zog sie ihr T-Shirt aus und warf es auf den Boden. Sie packte meine Hände und drückte sie auf ihre Brüste, und als sie den Kopf senkte, hüllten ihre Haare meine Arme ein. »Ich habe dich siebzehn Jahre lang vermisst«, flüsterte sie.

»Ich dich auch«, sagte ich heiser.

»Gut«, wisperte sie.

Ihre Lippen schwebten über meinem Mund, und mit einer Hand schob sie mir die Unterhose die Beine hinunter. Ihre schmale Zunge schnellte an meine Oberlippe. »Gut«, wiederholte sie.

Ich hob den Kopf und küsste sie. Meine rechte Hand verfing sich in ihren Haaren, und als ich mich von ihrem Mund löste, folgte sie mir, legte ihre Lippen auf meine, und dann spürte ich wieder ihre Zunge. Ich legte ihr meine Hände auf den Rücken, meine Finger gruben sich in ihre Haut, dann schob ich sie unter ihren Slip.

Sie hob einen Arm und hielt sich am Kopfende fest; sie zog sich höher, während meine Zunge an ihrer Kehle entlangglitt und meine Hände ihren seidigen Slip eng über die Hüften und ihren Hintern abrollten. Ihre Brust berührte meinen Mund, sie schnappte kurz nach Luft und lehnte den Oberkörper etwas zurück. Ihr Handballen fuhr mir grob über den Unterleib in die Leistengegend, und als sie sich wieder über mich beugte, versuchte sie, ihren zusammengerollten Slip an ihren Knöcheln fortzustrampeln.

Da klingelte das Telefon.

»Verflucht soll er sein«, sagte ich. »Wer immer das ist.«

Ihre Nase stieß ganz leicht gegen meine, sie stöhnte, dann mussten wir beide lachen, dabei waren unsere Zähne keine drei Zentimeter voneinander entfernt. »Hilf mir mal aus dem Slip«, sagte sie. »Ich hab mich ganz verheddert.«

Wieder klingelte das Telefon, laut und schrill.

Unsere Beine und Unterwäsche hatten sich völlig verknotet; ich ließ meine Hand ihre Beine hinuntergleiten, um danach zu greifen, und stieß dort unten auf Angies Hand. Die plötzliche Berührung war einer der erotischsten Momente, den ich je erlebt habe.

Erneut schrillte das Telefon; Angie streckte sich seitlich auf dem Bett aus, unsere Knöchel kamen frei, und ich sah den Schweiß, der im Schein der Kerzen auf ihrer olivfarbenen Haut glänzte.

Angie stöhnte genervt; als sie über mich hinweg nach dem Telefon griff, glitten unsere Körper aneinander.

»Es könnte Officer Dunn sein«, sagte sie. »Verflucht.«

»Tim«, sagte ich. »Nenn ihn Tim.«

»Du kannst mich mal«, sagte sie, lachte kehlig und schlug mir auf die Brust.

Sie hob den Hörer über mich hinweg und ließ sich aufs Bett fallen; vor dem weißen Laken wirkte ihre Haut noch dunkler.

»Hallo«, sagte sie und pustete sich die feuchten Strähnen aus der Stirn.

Ich hörte etwas kratzen. Leise, aber hartnäckig. Am Fenster rechts von uns schlugen die dunklen Blätter rhythmisch gegen die Scheibe.

Kratz, kratz.

Angies rechtes Bein löste sich von mir, und mir war plötzlich kalt.

»Phil, bitte«, sagte sie. »Es ist fast zwei Uhr früh.«

Angie klemmte sich den Hörer mit der Schulter ans Ohr, hob den Unterleib und zog sich den Slip wieder über die Hüften.

»Ich freu mich auch, dass es dir gutgeht«, sagte sie. »Aber können wir nicht morgen früh weiterreden?«

Wieder scharrten die Blätter an der Scheibe, und ich suchte meine Boxershorts und zog sie an.

Angie tätschelte mir beiläufig die Hüfte, und als ich sie ansah, verdrehte sie die Augen, als wollte sie sagen: »Ist es denn zu fassen?« Plötzlich kniff sie mich über der Hüfte, wo ich Speckröllchen hätte, wie sie behauptete, und sie musste sich auf die Unterlippe beißen, um ein Grinsen zu unterdrücken. Es gelang ihr nicht.

»Phil, du hast getrunken. Richtig?«

Kratz, kratz.

Ich schaute zum Fenster hinüber, doch die Blätter waren verschwunden; die dunkle Brise bog den Ast wohl gerade weg vom Haus.

»Ich weiß das, Phillip«, sagte Angie traurig. »Ich weiß. Ich versuche es ja.« Sie nahm die Hand von meiner Hüfte, drehte sich zum Telefon um und stand auf. »Nein, das tue ich nicht. Ich hasse dich nicht.«

Sie stand mit einem Knie auf dem Bett da, schaute zum Fenster hinaus und mühte sich in ihr T-Shirt; das Telefonkabel drückte ihr von hinten gegen die Oberschenkel.

Ohne die Wärme ihres Körpers war mir kalt, doch solange sie mit Phil schwatzte, war mir nicht danach, unter die Decke zu kriechen. Ich zog Jeans und Hemd wieder an.

»Ich verurteile dich nicht«, sagte sie. »Aber wenn Arujo es heute Nacht auf dich abgesehen hat, willst du da nicht lieber alle Sinne beisammenhaben?«

Ein weißer Lichtstrahl traf ihre Schulter und mischte sich mit dem Glanz des Kerzenscheins. An der Wand vor ihr blinkte es drei Mal. Angie hatte den Kopf gesenkt und bemerkte das Blinken nicht, also ging ich den Flur entlang, schlang gegen die Kälte die Arme um mich und schaute zu, wie Tim Dunn die Straße überquerte und auf das Haus zukam.

Ich wollte gerade den Alarm ausschalten, als ich mich an den Stromausfall erinnerte.

Ich öffnete, bevor er klopfen konnte.

»Was gibt's denn?«, fragte ich.

Dunn hatte den Kopf gesenkt, um sich vor der Nässe draußen zu schützen. Er starrte meine nackten Füße an.

Im Wohnzimmer krächzte ein Funkgerät.

»Kalt?«, fragte Dunn und zupfte sich am Ohrläppchen.

»Ja. Kommen Sie rein«, sagte ich. »Machen Sie die Tür hinter sich zu.«

Im Flur machte ich kehrt, als Devins Stimme aus dem Funkgerät platzte: »Patrick, macht, dass ihr aus dem Haus verschwindet, verdammt. Arujo hat uns reingelegt. Arujo hat uns reingelegt. Er ist nicht in Nahant.«

Ich drehte mich um. Dunn hob den Kopf, doch unter der Krempe schaute mich das Gesicht von Evandro Arujo an.

»Nein, er ist nicht in Nahant, Patrick. Er ist hier. Für den Rest deines Lebens.«

34

Bevor ich noch etwas sagen konnte, drückte Evandro mir ein Stilett gegen die Haut unter dem rechten Auge. Er bohrte die Messerspitze auf den Knochen und schloss die Tür hinter sich.

Das Messer war bereits blutig.

Evandro bemerkte meinen Blick und lächelte traurig. »Officer Dunn«, flüsterte er, »wird wohl keine fünfundzwanzig werden, fürchte ich. Schade, eigentlich.«

Er schob mich vor sich her, indem er die Messerspitze fester gegen den Knochen drückte, und ich ging ein paar Schritte den Flur entlang.

»Patrick«, sagte er, mit der anderen Hand an Dunns Dienstwaffe, »ein Ton und ich steche Ihnen ein Auge aus und erschieße Ihre Partnerin, bevor sie auch nur einen Schritt aus dem Schlafzimmer macht. Verstanden?«

Ich nickte.

Im schwachen Schein der Kerzen im Flur sah ich, dass er Dunns Diensthemd trug; es war blutdurchtränkt.

»Warum mussten Sie ihn umbringen?«, flüsterte ich.

»Er hat sich das Haar gegelt«, antwortete Evandro. Er hielt sich einen Finger vor die Lippen, als wir auf halber Höhe des Flurs zum Badezimmer kamen, und bedeutete mir, stehenzubleiben.

Ich gehorchte.

Evandro hatte sich das Ziegenbärtchen abrasiert, und die Haare, die unter der Kappe vorlugten, waren honigblond gefärbt. Seine Kontaktlinsen waren blassgrau, und ich nahm an, dass die Koteletten falsch waren, denn beim letzten Mal hatte er keine gehabt.

»Umdrehen«, flüsterte er. »Langsam.«

Ich hörte Angie im Schlafzimmer seufzen. »Also Phil, wirklich, ich bin so müde.«

Scheiße. Sie hatte das Funkgerät nicht gehört.

Evandro zog mir die flache Seite des Stiletts über die Haut, als ich den Kopf drehte. Ich spürte die Spitze im Nacken und dann in dem Hohlraum unter meinem rechten Ohr, genau an der Stelle zwischen Wangenbein und Unterkiefer.

»Wenn du versuchst, mich reinzulegen«, flüsterte er mir ins Ohr, »dann kommt dir die Messerspitze zur Nase wieder heraus. Kleine Schritte.«

»Phillip«, sagte Angie. »Bitte …«

Das Schlafzimmer hatte zwei Türen. Eine führte in den Flur, die andere, zwei Meter entfernt, in die Küche. Nach ein paar Schritten drückte Evandro mir die Spitze in die Haut, damit ich stehen blieb. »Schsch«, flüsterte er. »Schsch.«

»Nein«, sagte Angie mit müder Stimme. »Nein, Phil, ich hasse dich nicht. Du bist ein guter Mann.«

»Ich war da draußen vier Meter entfernt«, flüsterte Evandro. »Du und deine Partnerin und der arme Officer Dunn habt euch darüber unterhalten, wie ihr das Haus vor mir sichern wollt, während ich in der Hecke vom Nachbarn hockte. Ich konnte dich von dort aus riechen, Patrick.«

Ich spürte, wie die Messerspitze durch die Haut an der Kante meines Unterkiefers drang wie eine Nadel.

Ich hatte keine Chance. Wenn ich versuchte, Evandro den Ellbogen vor die Brust zu schlagen, was das Erste wäre, womit er rechnete, war die Gefahr viel zu groß, dass er mir das Messer durchs Gehirn trieb. Alle anderen Möglichkeiten – einen Faustschlag in die Eier, einen harten Tritt auf seinen Fuß, eine plötzliche Drehung nach links oder rechts – bargen dasselbe Risiko. In einer Hand hielt er das Messer, in der anderen den Revolver, und beide Waffen bohrten sich mir in den Leib.

»Ruf doch bitte morgen noch mal an«, sagte Angie, »dann reden wir weiter.«

»Oder auch nicht«, flüsterte Evandro. Er schob mich vorwärts.

An der Tür nahm er plötzlich den Revolver von meiner Seite. Die Messerspitze verließ mein Ohr und bohrte sich mir in den Hinterkopf, wo Schädel und Wirbelsäule aufeinandertreffen. Dann drehte er sich so, dass ich ihm mit dem Körper Deckung gab.

Angie war verschwunden. Sie stand nicht mehr neben dem Bett, auf dem verlassen der Telefonhörer lag. Ich hörte Evandros Atem schneller gehen, und er spähte mir über die Schulter, um besser sehen zu können.

Auf dem Bettlaken waren noch die Umrisse unserer Leiber zu sehen. Angies Zigarette qualmte im Aschenbecher vor sich hin. Die Kerzenflammen glühten wie die gelben Augen von Rohrkatzen.

Evandro sah zum Schrank hinüber. Zwischen all den Kleidern würde man sich gut verstecken können.

Wieder schubste er mich nach vorn, wieder überlegte ich, ihm einen Stoß mit dem Ellbogen zu verpassen.

Er richtete Dunns Dienstrevolver über meine Schulter hinweg auf den Schrank und spannte den Hahn.

»Ist sie da drin?«, flüsterte er und stellte sich links von mir, zielte auf den Schrank und bohrte mir das Messer noch fester gegen den Kopf.

»Keine Ahnung«, sagte ich.

Ich hörte ihre Stimme, noch bevor ich wusste, dass sie da war.

Sie kam von direkt hinter mir; gleich nach dem harten metallischen Klicken eines gespannten Hahns.

»Keine. Bewegung.«

Evandro bohrte die Spitze des Messers so hart gegen meine Schädelbasis, dass ich mich auf Zehenspitzen stellen musste, und ich spürte, wie mir das Blut den Nacken hinunterfloss.

Der Stoß zwang mich, den Kopf nach links zu drehen, und ich sah den Lauf von Angies .38er in Evandros rechtem Ohr stecken. Ihre Fingerknöchel waren weiß.

Angie schlug Evandro die Waffe mit einem schnellen Schlag aus der Hand. Ich rechnete schon damit, dass sich ein Schuss lösen würde, als sie zu Boden fiel, doch sie lag mit gespanntem Hahn da und zeigte auf den Schminktisch.

»Angela Gennaro«, sagte Evandro. »Nett, dich kennenzulernen. Sehr raffiniert, so zu tun, als ob du immer noch am Telefon wärst.«

»Ich bin immer noch am Telefon, du Arschloch. Sieht es so aus, als hätte ich aufgelegt?«

Evandros Lider flatterten. »Nein, tut es nicht.«

»Und was sagt dir das?«

»Das sagt mir, dass jemand vergessen hat aufzulegen.« Er schnüffelte. »Hier riecht es nach Sex. Nach Körpern, die verschmelzen. Ich hasse diesen Geruch. Ich hoffe, ihr hattet Spaß dabei.«

»Die Polizei ist gleich hier, also runter mit dem Messer.«

»Das würde ich gern, Angela, aber erst muss ich dich umbringen.«

»Du erwischst uns nicht beide.«

»Du kannst nicht klar denken, Angela. Dir wird wohl der Sex zu Kopf gestiegen sein. So geht das. Eigentlich handelt es sich dabei nur um den Gestank der Höhlenbewohner. Nachdem ich Kara und Jason gevögelt habe – und glaub mir, das war nicht mein Wunsch, sondern ihrer –, da hätte ich ihnen am liebsten auf der Stelle die Kehlen durchgeschnitten. Aber man hat mich davon überzeugt zu warten. Ich war –«

»Er versucht, dich durch sein Geschwätz einzulullen, Angie.«

Sie drückte ihm die Waffe fester ins Ohr. »Komm ich dir eingelullt vor, Evandro?«

»Denk dran, was du in den letzten paar Wochen gelernt hast. Ich arbeite nicht allein, schon vergessen?«

»Tja, jetzt bist du allein, Evandro. Also leg das beschissene Messer weg.«

Evandro bohrte tiefer, und ein weißer Blitz fuhr mir durchs Gehirn.

»Ihr seid dem nicht gewachsen«, sagte Evandro. »Ihr denkt, wir kriegen euch nicht beide, dabei kriegt ihr uns nicht.«

»Erschieß ihn«, sagte ich.

»Was?«, rief Evandro wild.

»Erschieß ihn!«

Rechts von uns in der Küche sagte jemand: »Hallo.«

Angie drehte den Kopf, und ich roch die Kugel, die sie traf: Schwefel, Kordit und Blut.

Ihre eigene Waffe ging zwischen Evandro und mir los, und das Mündungsfeuer war wie Flammen in meinen Augen.

Ich zuckte nach vorn und spürte, wie das Stilett aus meiner Haut fuhr und hinter uns klappernd zu Boden fiel, dann grub mir Evandro seine Fingernägel ins Gesicht.

Ich hieb ihm den Ellbogen gegen den Kopf, hörte Knochen brechen und einen Schrei, plötzlich ging Angies Waffe zwei Mal los, und in der Küche splitterte Glas.

Evandro und ich kämpften uns blind ins Schlafzimmer vor; langsam tauchten in dem grellen Weiß in meinen Augen wieder Umrisse auf. Ich stieß mit dem Fuß gegen Dunns Dienstrevolver, der krachend losging.

Evandro krallte sich in mein Gesicht, ich wirbelte herum und grub ihm die Hände in die Haut unter dem Brustkorb, packte ihn an den untersten Rippen und schleuderte ihn über Angies Schminktisch hinweg in den Spiegel.

Der grelle Blitz ließ nach, und ich sah seinen schmächtigen Körper über Angies Make-up fliegen und das Glas zerschlagen. Der Spiegel zerbarst in große gezackte Splitter, die wie Rückenflossen aussahen, die Kerzen flackerten und flammten auf, als sie zu Boden fielen. Ich sprang über das Bett, Evandro landete auf dem Boden, und der Schminktisch kippte um.

Ich schnappte im Sprung meine Waffe vom Nachttisch, landete auf der anderen Seite und feuerte ohne zu zögern auf die Stelle, wo ich ihn zuletzt gesehen hatte.

Doch dort war er nicht mehr.

Ich drehte den Kopf, sah Angie, die sich auf dem Boden aufsetzte, ein Auge zudrückte, zielte und den Arm ruhig hielt. Neben ihr auf dem Boden brannte eine umgestürzte Kerze. Schritte verhallten auf dem Küchenboden; Angie drückte ab.

Dann noch einmal.

In der Küche schrie jemand.

Dann hörte ich einen zweiten Schrei von draußen, doch das war das Kreischen von Metall, das Aufjaulen eines Motors, plötzlich explodierte die Küche in gleißendem Neon, gefolgt vom Summen der Elektrogeräte.

Ich trampelte die Kerze an Angies Arm aus, trat hinter ihr in den Flur hinaus und richtete meine Waffe auf Evandro. Er stand mit dem Rücken zu uns in der Küche und ließ beide Arme an den Seiten baumeln. Er schwankte hin und her zu einer Musik, die nur er hörte.

Angies erster Schuss hatte ihn mitten im Rücken getroffen und ein großes Loch in Dunns schwarzlederne Polizistenjacke gerissen. Es füllte sich zusehends rot; Evandro hörte auf zu schwanken und ging auf ein Knie nieder.

Ihr zweiter Schuss hatte ihm direkt über dem rechten Ohr ein Stück von der Kopfhaut weggerissen.

Er hob die Hand mit der Waffe geistesabwesend dorthin, Dunns Dienstwaffe fiel zu Boden und rutschte über den Bodenbelag.

»Bist du okay?«, fragte ich Angie.

»Blöde Frage«, stöhnte sie. »Himmel. Geh in die Küche.«

»Wo ist der Kerl, der auf dich geschossen hat?«

»Der ist zur Küchentür hinaus. Jetzt geh schon.«

»Scheiß drauf. Du bist verletzt.«

Sie verzog das Gesicht. »Ich komm schon klar. Patrick, er kann immer noch die Waffe aufheben. Jetzt geh endlich da rein.«

Ich trat von hinten an Evandro, hob Dunns Dienstwaffe auf und stellte mich vor ihn. Evandro starrte mich an, während er vorsichtig die Stelle betastete, an der das Stück vom Kopf gewesen war; sein Gesicht war im flackernden Neonlicht an der Decke ganz grau.

Er weinte stumm, und die Tränen vermischten sich mit dem Blut, das ihm übers Gesicht lief; seine Haut war so blass, dass sie mich an die Clowns aus meiner Kindheit erinnerte.

»Es tut nicht weh«, sagte er.

»Das kommt noch.«

Er starrte mich mit verwirrten, einsamen Augen an.

»Es war ein blauer Mustang«, sagte er, und es schien ihm wichtig zu sein, dass ich verstand.

»Was?«

»Der Wagen, den ich geklaut habe. Blau mit weißen Schalensitzen.«

»Evandro«, sagte ich, »wer ist dein Partner?«

»Die Radkappen«, fuhr er fort, »glänzten.«

»Wer ist dein Partner?«

»Empfindest du irgendetwas für mich?«, fragte er mit weit aufgerissenen Augen und hielt die Hände flehend ausgestreckt.

»Nein«, antwortete ich mit flacher, tonloser Stimme.

»Dann haben wir dich erwischt«, sagte er. »Wir siegen.«

»Wer ist wir?«, fragte ich.

Er blinzelte gegen das Blut und die Tränen. »Ich war in der Hölle.«

»Ich weiß.«

»Nein. Nein. Ich war in der *Hölle*«, schrie er, wieder kullerten ihm Tränen aus den Augen, und er verzog das Gesicht.

»Und dann hast du anderen die Hölle bereitet. Schnell, Evandro, wer ist dein Partner?«

»Weiß ich nicht mehr.«

»Blödsinn, Evandro. Sag's mir.«

Ich drang nicht mehr zu ihm durch. Er starb vor meinen Augen. Er legte die Hand auf den Kopf und versuchte, das Blut zu stillen, und ich wusste, er würde jeden Augenblick oder in ein paar Stunden sterben, doch sterben würde er auf jeden Fall.

»Ich weiß es nicht mehr«, wiederholte er.

»Evandro, er hat dich alleingelassen. Du wirst sterben. Er nicht. Komm schon. Ich –«

»Ich erinnere mich nicht, wer ich war, bevor ich in den Knast kam. Keine Ahnung. Ich erinnere mich nicht mal mehr –« Sein Brustkorb hob sich plötzlich, er blies die Wangen auf wie ein Kugelfisch, und ich hörte etwas in seiner Brust rumoren.

»Wer –«

»– erinnere mich nicht mal mehr, wie ich als Kind ausgesehen habe.«

»Evandro?«

Er spuckte Blut auf den Boden und sah es einen Augenblick an. Als er mich wieder anschaute, war er entsetzt.

Mein Gesicht bot ihm anscheinend wenig Trost.

»Oh, Scheiße«, sagte er, streckte die Hände aus und sah sie an.

»Evandro –«

Und dann starb er – er starrte seine Hände an, sie sanken neben seinen Körper, wie er dort auf einem Knie ruhte, und er schaute verwirrt und verängstigt, einsam und allein.

»Ist er tot?«

Nachdem ich im Schlafzimmer eine einzelne Kerze ausgetreten hatte, die ein Loch in den Fußboden zu brennen drohte, kehrte ich in den Flur zurück. »Mausetot. Wie geht's dir?«

Fette Schweißperlen glänzten auf ihrer Haut. »Ziemlich beschissen, Patrick.«

Mir gefiel ihre Stimme nicht. Sie war erheblich höher als sonst und hatte etwas Klagendes an sich.

»Wo hat's dich erwischt?«

Sie hob den Arm, und ich sah ein dunkelrotes Loch oberhalb ihrer Hüfte und unterhalb der Rippen, das zu atmen schien.

»Wie sieht's aus?« Sie lehnte den Kopf an den Türpfosten.

»Nicht schlimm«, log ich. »Ich hol dir ein Handtuch.«

»Ich hab nur seinen Körper gesehen«, sagte sie. »Die Statur.«

»Was?« Ich nahm ein Handtuch von dem Stapel im Bad und kehrte in den Flur zurück. »Wen?«

»Das Arschloch, das auf mich geschossen hat. Als ich

zurückschoss, habe ich seine Statur gesehen. Klein, aber kräftig.«

Ich drückte ihr das Handtuch gegen die Flanke. »Okay. Klein, aber kräftig. Notiert.«

Angie schloss die Augen. »Schmehr«, sagte sie.

»Was? Mach die Augen auf, Angie. Komm schon.«

Sie schlug sie auf und lächelte müde. »Waffe«, murmelte sie, »'s schwer.«

Ich nahm sie ihr aus der Hand. »Jetzt nicht mehr. Angie, du musst wach bleiben, bis –«

Es gab ein lautes Krachen an der Haustür, ich wirbelte im Flur herum und zielte auf Phil und zwei Rettungssanitäter, die das Haus stürmten.

Ich senkte die Waffe, und Phil ging neben Angie im Flur auf die Knie.

»O Gott«, sagte er. »Schätzchen?« Er wischte ihr die feuchten Haare von der Stirn.

Einer der Sanitäter befahl: »Machen Sie Platz. Na los.«

Ich trat beiseite.

»Schätzchen?«, jammerte Phil.

Angie schlug flatternd die Augen auf. »Hi«, sagte sie.

»Machen Sie Platz, Sir«, forderte der Sanitäter. »Sofort.«

Phil setzte sich auf den Boden und rutschte etwas beiseite.

»Miss«, sagte der Sanitäter, »spüren Sie das?«

Draußen kamen quietschend Streifenwagen zum Stehen und tauchten die Fenster in flammende Farben.

»… Angst«, sagte Angie.

Der zweite Sanitäter klappte die Räder einer Rolltrage im Flur aus und zog am Kopfende eine Metallstange hoch.

Plötzlich hörte ich ein Geräusch, ich schaute nach unten und sah, wie Angies Fersen auf die Dielen hämmerten.

»Schock«, sagte der Sanitäter. Er packte ihre Schultern. »Packen Sie die Beine«, brüllte er. »Packen Sie die Beine, Mann.«

Ich griff zu, und Phil jammerte: »O Gott. So tu doch was, jetzt tu doch was!«

Angies Füße trafen mich in der Achselhöhle, und ich klemmte sie zwischen Arm und Brust ein, während sie die Augen verdrehte, ihr Kopf vom Türpfosten rutschte und auf den Boden knallte.

»Jetzt«, sagte der erste Sanitäter, sein Kollege reichte ihm eine Spritze, und er rammte sie Angie in die Brust.

»Was machen Sie da?«, rief Phil. »Himmel Herrgott, was machen Sie da mit ihr?«

Noch ein letztes Mal zuckte Angie in meinen Armen, dann schien sie fast zu Boden zu schweben.

»Wir heben sie hoch«, sagte der Sanitäter zu mir. »Vorsichtig, aber zügig. Bei drei. Eins …«

In der Haustür tauchten vier Polizisten auf, die Hände an den Waffen.

»Zwei«, sagte der Sanitäter. »Gehen Sie aus der Tür, verflucht! Wir müssen eine Verwundete raustragen.« Der zweite Sanitäter zog eine Sauerstoffmaske aus seiner Tasche und hielt sie bereit.

Die Polizisten wichen zurück.

»Drei.«

Wir hoben Angie hoch, doch ihr Körper fühlte sich in meinen Armen viel zu leicht an, so als hätte sie sich noch nie bewegt, wäre nie gerannt, hätte nie getanzt.

Der zweite Sanitäter legte ihr die Sauerstoffmaske an und brüllte: »Weg frei!«, und sie zogen sie durch den Flur hinaus auf die Veranda.

Phil und ich folgten ihnen, doch kaum war ich auf die vereiste Veranda getreten, hörte ich, wie mindestens zwanzig Waffen entsichert und auf mich gerichtet wurden.

»Waffen weg und runter auf die Knie, verdammt!«

Ich wusste, dass es keinen Zweck hatte, mit nervösen Polizisten zu diskutieren.

Ich legte meinen Revolver und Dunns Dienstwaffe auf den Boden, kniete mich hin und hielt die Hände hoch.

Phil stand dermaßen neben sich, dass er sich gar nicht angesprochen fühlte.

Er machte noch zwei Schritte hinter der Trage her, dann verpasste ihm ein Polizist einen Schlag mit dem Gewehrkolben gegen das Schlüsselbein.

»Das ist der Ehemann«, sagte ich. »Das ist der Ehemann.«

»Schnauze, du Arschloch! Die verfluchten Hände hoch. Los! Los! Los!«

Ich gehorchte. Ich kniete da, und die Bullen kamen vorsichtig näher; die bitterkalte Luft strich um meine nackten Füße und fuhr unter das dünne Hemd, die Sanitäter hoben Angie in den Rettungswagen und fuhren mit ihr davon.

35

Als die Polizei alles geregelt hatte, lag Angie schon seit über einer Stunde im OP.

Phil durfte gegen vier Uhr früh gehen, nachdem er im City Hospital angerufen hatte, doch ich musste dableiben und vier Beamten und einem nervösen stellvertretenden Bezirksstaatsanwalt alles haarklein erzählen.

Timothy Dunns Leiche war nackt in einer Mülltonne neben den Schaukeln auf dem Ryan-Spielplatz gefunden worden. Man ging davon aus, dass Evandro ihn dorthin gelockt hatte; er hatte mit irgendetwas Dunns Aufmerksamkeit erregt, nichts, was so auffällig gewesen war, um es als Bedrohung oder Gefahr zu erkennen.

Am Basketballkorb hing ein weißes Laken direkt im Blickfeld von Dunns zivilem Dienstwagen. Ein Mann, der in einer eisigen Nacht um zwei Uhr morgens ein Laken an einen Korb hängte, wäre wohl merkwürdig genug gewesen, um die Neugier eines jungen Polizisten zu wecken, wäre aber wohl kein Grund gewesen, Verstärkung anzufordern.

Das Laken war an der Stange festgefroren und hing dort, ein weißes Karo vor einem zinnfarbenen Himmel.

Als Dunn am Spielplatz angelangt war, schlich Evandro sich von hinten an und stieß ihm das Stilett ins rechte Ohr.

Der Mann, der auf Angie geschossen hatte, war durch die Hintertür hereingekommen. Seine Schuhabdrücke – Größe 41 – fanden sich im ganzen Hinterhof, verloren sich aber auf der Dorchester Avenue. Die Alarmanlagen, die Erdham hatte installieren lassen, waren durch den Stromausfall nutzlos geworden, und der Mann hatte nur noch das minderwertige Bolzenschloss an der Hintertür knacken müssen, um hereinzuspazieren.

Angies Schüsse hatten ihn verfehlt. Eine Kugel steckte in der Wand neben der Tür. Die andere war vom Herd abgeprallt und hatte das Fenster über der Spüle durchschlagen.

Blieb nur noch die Sache mit Evandro.

Wenn einer der Ihren ermordet wird, können Polizisten ziemlich furchterregend werden. Die ganze Wut, die normalerweise unter der Oberfläche lauert, bricht hervor, und gnade Gott dem armen Kerl, den sie als Nächstes verhaften.

In dieser Nacht war es noch schlimmer als sonst, denn Timothy Dunn war mit einem hochdekorierten Kollegen verwandt. Dunn, ein vielversprechender Anfänger, war zudem noch jung und unschuldig gewesen, man hatte ihn seiner Uniform beraubt und ihn in eine Mülltonne gestopft.

Während Detective Cord – ein weißhaariger Mann mit freundlicher Stimme und gnadenlosem Blick – mich in der Küche befragte, umkreiste Officer Rogin – ein Hüne von Polizist – Evandros Leiche und ballte immer wieder die Fäuste.

Rogin kam mir vor wie einer dieser Typen, die aus demselben Grund Polizist werden, wie sie Gefängniswärter werden – weil sie Sadisten sind, die eine Möglichkeit suchen, um sich innerhalb gesellschaftlicher Normen abzureagieren.

Evandros Leiche war noch so, wie ich sie zurückgelassen hatte; sie widersprach allen mir bekannten Gesetzen der Physik und der Schwerkraft, denn sie ruhte weiterhin auf einem Knie, die Arme hingen an den Seiten, der Blick auf den Boden gerichtet.

Er würde so in Leichenstarre fallen, und das machte Rogin sauer. Er musterte Evandro eine ganze Weile, schnaufte durch die Nase und machte Fäuste, so als würde er ihn wieder zum Leben erwecken, wenn er nur genug Gefahr ausstrahlte, um ihn noch einmal erschießen zu können.

Es funktionierte nicht.

Also machte er einen Schritt zurück und trat der Leiche mit dem Stahlkappenschuh ins Gesicht.

Evandro fiel auf den Rücken, und die Schultern schlugen auf dem Boden auf. Ein Bein blieb unter dem Leib stecken, der Kopf fiel nach links, und seine Augen schauten den Herd an.

»Rogin, was soll der Scheiß?«

»Gut gemacht, Hughie.«

»Das kommt in den Bericht«, sagte Detective Cord. Rogin sah ihn an, und es war sofort klar, dass die beiden schon öfter aneinandergeraten waren.

Rogin zuckte mit den Schultern und spuckte auf Evandros Nase.

»Dem hast du's aber gegeben«, meinte ein Polizist. »Der Scheißer wagt es nie wieder, einfach zu sterben, bevor du ihn erwischt, Rogin.«

Dann erfüllte tiefes Schweigen das Haus.

Rogin blinzelte unsicher in Richtung Flur.

Devin, das Gesicht rosig vor Kälte, betrat die Küche und

schaute Evandros Leiche an. Oscar und Bolton folgten ihm und blieben ein paar Schritte hinter ihm stehen.

Devin schaute die Leiche eine ganze Weile an, und keiner sagte ein Wort. Ich bin nicht mal sicher, ob überhaupt jemand Luft holte.

»Fühlen Sie sich besser?« Er sah Rogin an.

»Sergeant?«

»Fühlen Sie sich jetzt besser?«

Rogin wischte sich die Hand an der Hüfte ab. »Ich weiß nicht, was Sie meinen, Sir.«

»Ganz einfache Frage«, sagte Devin. »Sie haben gerade eine Leiche getreten. Fühlen Sie sich besser?«

»Ähm …« Rogin sah zu Boden. »Ja. Tu ich.«

Devin nickte. »Gut«, sagte er leise. »Gut. Freut mich, dass Sie das Gefühl haben, etwas erreicht zu haben, Officer Rogin. Das ist wichtig. Was haben Sie heute Nacht noch erreicht?«

Rogin räusperte sich. »Ich habe den Tatort gesichert –«

»Gut. Das ist immer gut.«

»Und ich, ähm –«

»Sie haben auf der Veranda einen Mann niedergeschlagen«, sagte Devin. »Richtig?«

»Ich hab gedacht, er ist bewaffnet, Sir.«

»Verständlich«, meinte Devin. »Sagen Sie, haben Sie sich an der Suche nach dem zweiten Schützen beteiligt?«

»Nein, Sir. Das war –«

»Haben Sie vielleicht eine Decke für die nackte Leiche von Officer Dunn besorgt?«

»Nein.«

»Nein. Nein.« Devin schubste Evandros Leiche mit der

Schuhspitze an und besah sie sich vollkommen gleichgültig. »Haben Sie später irgendwas unternommen, um den zweiten Schützen ausfindig zu machen, oder haben Sie die Nachbarn befragt oder eine gründliche Durchsuchung der angrenzenden Häuser vorgenommen?«

»Nein. Aber ich –«

»Also, mal abgesehen davon, dass Sie eine Leiche getreten, einen wehrlosen Mann geprügelt und ein paar Meter gelbes Absperrband gezogen haben, haben Sie nicht sonderlich viel erreicht, oder, Officer?«

Rogin begutachtete etwas auf dem Herd. »Nein.«

»Wie bitte?«, fragte Devin.

»Ich sagte, nein, Sir.«

Devin nickte und stieg über die Leiche, bis er neben Rogin stand.

Rogin war ein großer Mann, Devin eher nicht, deshalb musste Rogin sich hinunterbeugen, als Devin ihn zu sich winkte. Er beugte den Kopf, und Devin flüsterte ihm ins Ohr.

»Verlassen Sie meinen Tatort, Officer Rogin«, sagte er.

Rogin sah ihn an.

Devin flüsterte, doch alle in der Küche konnten es hören: »Solange Sie Ihre Arme noch an den Schultern haben.«

»Wir haben es vermasselt«, sagte Bolton. »Ehrlich gesagt, *ich* habe es vermasselt.«

»Nein«, entgegnete ich.

»Das ist meine Schuld.«

»Das ist Evandros Schuld«, widersprach ich. »Und die seines Kumpanen.«

Bolton lehnte den Kopf an die Wand in Angies Hausflur. »Ich war übereifrig. Sie haben Köder ausgelegt, und ich habe angebissen. Ich hätte Sie niemals allein lassen dürfen.«

»Einen Stromausfall hätten Sie auch nicht vorhersehen können, Bolton.«

»Nicht?« Er hob beide Hände und ließ sie angewidert sinken.

»Bolton«, sagte ich, »Grace ist in Sicherheit. Mae ist in Sicherheit. Phil ist in Sicherheit. Das sind die Zivilisten in dieser Sache. Nicht Angie und ich.«

Ich ging den Flur entlang in Richtung Wohnzimmer.

»Kenzie?«

Ich drehte mich um.

»Wenn Ihre Partnerin und Sie keine Zivilisten sind, aber auch keine Polizisten, was sind Sie dann?«

Ich zuckte mit den Schultern. »Zwei Idioten, die längst nicht so hartgesotten sind, wie sie geglaubt haben.«

Als wir später im Wohnzimmer saßen, verriet uns das trübe graue Licht, dass es langsam hell wurde.

»Hast du es Theresa schon gesagt?«, fragte ich Devin.

Er sah zum Fenster hinaus. »Noch nicht. In ein paar Minuten fahr ich hin.«

»Es tut mir leid, Devin.« Das war nicht viel, aber mehr fiel mir auch nicht ein.

Oscar hüstelte und sah zu Boden.

Devin fuhr mit dem Finger über das Fensterbrett und starrte den Staub an, den er zurückbehielt. »Mein Sohn ist gestern fünfzehn geworden«, sagte er.

Devins Exfrau Helen und ihre beiden Kinder lebten in

Chicago bei Helens zweitem Gatten, einem Kieferorthopäden. Helen hatte das Sorgerecht; nach einem hässlichen Zwischenfall zu Weihnachten vor vier Jahren war Devin das Umgangsrecht entzogen worden.

»Ach ja? Wie geht's denn Lloyd so?«

Devin zuckte mit den Schultern. »Er hat mir vor ein paar Monaten ein Foto geschickt. Er ist groß geworden, und seine Haare sind so lang, dass ich seine Augen nicht sehen konnte.« Er betrachtete seine schwieligen, narbigen Hände. »Spielt Schlagzeug in einer Band. Helen sagt, seine Noten würden darunter leiden.«

Er sah zur Straße hinaus, und das trübe Grau wirkte nass und dehnte sich aus. Devin zitterte die Stimme beim Sprechen.

»Schätze, es gibt Schlimmeres, als Musiker zu sein, oder, Patrick?«

Ich nickte.

Phil war mit dem Crown Victoria ins Krankenhaus gefahren, deshalb fuhr mich Devin zu der Autowerkstatt, in der ich meinen Porsche stehen hatte. Es wurde langsam hell ringsherum.

Vor der Werkstatt angekommen, lehnte er sich zurück und schloss die Augen, während die warmen Abgase, die aus dem kaputten Auspuffrohr stiegen, den Wagen einhüllten.

»Arujo und sein Partner haben in einem verlassenen Haus auf Nahant ein Telefon mit einem Modem verkabelt«, erklärte er. »Auf diese Weise konnten sie von einer Telefonzelle in der Nähe aus anrufen, so dass der Anruf zu dem

Computertelefon umgeleitet wurde. Ziemlich ausgeklügelt.«

Ich wartete, während er sich das Gesicht rieb und die Augen noch fester zusammenkniff, so als wolle er sich gegen die nächste Schmerzwelle wappnen.

»Ich bin Bulle«, sagte er. »Mit Leib und Seele. Ich muss meinen Job erledigen. Professionell.«

»Ich weiß.«

»Finde diesen Kerl, Patrick.«

»Das werde ich.«

»Mit allen zur Verfügung stehenden Mitteln.«

»Bolton –«

Devin hob die Hand. »Bolton will auch, dass das ein Ende hat. Zieh keine Aufmerksamkeit auf dich. Bleib unsichtbar. Was Bolton und mich angeht, hast du volle Deckung. Man wird dich nicht observieren.« Er schlug die Augen auf, drehte sich auf dem Sitz um und schaute mich lange an. »Sorg dafür, dass dieser Kerl nicht im Gefängnis Bücher schreibt oder Interviews im Fernsehen gibt.«

Ich nickte.

»Die werden sein Gehirn unter die Lupe nehmen wollen.« Er zupfte ein loses Stückchen PVC vom geborstenen Armaturenbrett. »Das geht natürlich nicht, wenn kein Gehirn mehr da ist, das sie untersuchen können.«

Ich klopfte ihm auf den Arm und stieg aus.

Als ich im Krankenhaus anrief, war Angie immer noch im OP. Ich bat darum, Phil auszurufen; er klang ziemlich erledigt, als er ans Telefon kam.

»Wie steht's?«, fragte ich.

426

»Sie wird immer noch behandelt. Die sagen mir nichts.«

»Bleib ruhig, Phil. Sie ist stark.«

»Kommst du her?«

»Bald«, antwortete ich. »Ich muss erst noch jemandem einen Besuch abstatten.«

»He, Patrick«, meinte Phil besorgt, »bleib du auch ruhig.«

Ich fand Eric in seiner Wohnung in der Back Bay.

Er kam in einem verschlissenen Bademantel und grauer Trainingshose an die Tür; sein Gesicht war angespannt, und am Kinn wuchs ein grauer Dreitagebart. Er hatte sich die Haare nicht zusammengebunden, und wie sie ihm so um die Ohren und über die Schulter fielen, wirkte er sehr alt.

»Sprich mit mir, Eric.«

Er warf einen Blick auf die Waffe an meinem Gürtel. »Lass mich in Ruhe, Patrick. Ich bin müde.«

Hinter ihm sah ich alte Zeitungen auf dem Boden und einen Stapel Teller und Tassen in der Spüle.

»Du kannst mich mal, Eric. Wir müssen reden.«

»Ich habe schon geredet.«

»Mit dem FBI, ich weiß. Du bist am Lügendetektor durchgefallen, Eric.«

Er blinzelte. »Was?«

»Du hast mich schon verstanden.«

Er kratzte sich am Bein, gähnte und schaute auf einen Punkt über meiner Schulter. »Lügendetektoren sind vor Gericht nicht zugelassen.«

»Hier geht es nicht ums Gericht«, entgegnete ich. »Hier geht es um Jason Warren. Und um Angie.«

»Angie?«

»Sie hat eine Kugel gefangen, Eric.«

»Ist sie …?« Er streckte eine Hand aus, als wisse er nicht, was er mit ihr anfangen sollte. »Himmel, Patrick, kommt sie durch?«

»Das weiß ich noch nicht, Eric.«

»Du musst ja bald den Verstand verlieren.«

»Mir sind alle Sicherungen durchgeknallt, Eric. Das solltest du bedenken.«

Er zuckte zusammen, und eine Welle aus Verbitterung und Hoffnungslosigkeit spülte kurz durch seine Augen.

Er kehrte mir den Rücken zu, ließ die Tür auf und ging in seine Wohnung zurück. Ich folgte ihm durch das Wohnzimmer, einem Trümmerhaufen aus Büchern und leeren Pizzakartons, Weinflaschen und leeren Bierdosen.

In der Küche goss er sich einen Kaffee ein; die Kaffeemaschine war völlig verdreckt von verschüttetem Kaffee, den er nicht weggewischt hatte. Sie war nicht mal eingesteckt. Keine Ahnung, wie alt der Kaffee wohl war.

»Waren Jason und du ein Paar?«, fragte ich.

Er trank seinen alten Kaffee.

»Eric? Warum hast du die University of Massachusetts verlassen?«

»Du weißt, was mit Professoren passiert, die mit Studenten schlafen?«, entgegnete er.

»Professoren schlafen doch andauernd mit Studenten«, sagte ich.

Er lächelte und schüttelte den Kopf. »Professoren schlafen andauernd mit Stud*innen*.« Er seufzte. »Und so, wie an den meisten Unis die politische Stimmung ist, ist selbst das gefährlich geworden. *In loco parentis. An Eltern Statt.* Keine sonderlich bedrohlich klingende Formulierung, es sei denn, man meint damit einundzwanzigjährige Männer und Frauen, und zwar in dem Land, in dem wir unter gar keinen Umständen wollen, dass unsere Kinder tatsächlich erwachsen werden.«

Ich fand eine saubere Stelle am Küchentresen und lehnte mich an.

Eric schaute von seiner Kaffeetasse auf. »Aber du hast recht, Patrick, für die meisten Leute ist es okay, wenn Professoren mit Studentinnen schlafen, solange diese Studentinnen nicht auch noch Kurse bei dem Professor belegen.«

»Und wo ist dann das Problem?«

»Das Problem sind schwule Professoren und schwule Studenten. Dieser Art von Beziehung steht man noch immer mit größtem Argwohn gegenüber, das kann ich dir versichern.«

»Eric«, sagte ich, »halt die Luft an. Wir reden hier vom akademischen Boston. Der stärksten Bastion des Liberalismus im ganzen Land.«

Er lachte leise. »Das glaubst du, oder?« Er schüttelte den Kopf, ein merkwürdiges Lächeln spielte auf seinen dünnen Lippen. »Wenn du eine Tochter hättest, Patrick, und sagen wir mal, sie ist zwanzig, sie ist klug, sie studiert in Harvard oder an der Bryce oder der Bostoner Uni, und du würdest herausfinden, dass sie mit einem Professor schläft, was würdest du da denken?«

Ich hielt seinem Blick stand. »Ich will ja nicht behaupten, dass mir das gefallen würde, Eric, aber überraschen würde es mich nicht. Und außerdem ist sie erwachsen, das ist ihre Entscheidung.«

Eric nickte. »Und wenn wir dasselbe Szenario nehmen, nur dass es sich um deinen Sohn handelt, der mit seinem Professor schläft?«

Ich musste stocken. Der Gedanke kratzte an einem zutiefst unterdrückten, eher puritanischen denn katholischen Teil in mir, und das Bild, das ich im Kopf hatte – ein junger Mann in einem schmalen Bett mit Eric –, empörte mich einen Augenblick lang, bis ich alles wieder unter Kontrolle hatte, mich von dem Bild distanzierte und mich an die intellektuellen Haltegriffe meiner eigenen liberalen Einstellung klammerte.

»Ich würde –«

»Siehst du?« Eric strahlte, doch seine Augen wirkten weiterhin leer und verstört. »Die Vorstellung war abstoßend, richtig?«

»Eric, ich –«

»Richtig?«

»Ja«, sagte ich leise und fragte mich, was das aus mir machte.

Er hob die Hand. »Schon okay, Patrick. Ich kenne dich seit zehn Jahren, und du bist einer der am wenigsten schwulenfeindlichen straighten Männer, die ich kenne. Und trotzdem bist du schwulenfeindlich.«

»Nicht, wenn es um –«

»– dich und deine schwulen Freunde geht«, ergänzte er für mich, »dann ist alles bestens. Das glaube ich sofort. Aber wenn es um die Vorstellung geht, dein *Sohn* und seine schwulen Freunde könnten …«

Ich zuckte mit den Schultern. »Schon möglich.«

»Jason und ich hatten eine Affäre«, sagte er und schüttete den Kaffee in den Ausguss.

»Wann?«, fragte ich.

»Letztes Jahr. Es ging vorüber. Es ging sowieso nur einen Monat lang. Ich war ein Freund der Familie, und ich kam mir vor, als würde ich Diandra betrügen. Jason wollte wohl lieber mit jemandem in seinem Alter zusammen sein, glaube ich, außerdem hatte er immer noch eine ziemliche Anziehungskraft auf Frauen. Die Trennung war sehr einvernehmlich.«

»Hast du dem FBI davon erzählt?«

»Nein.«

»Eric, warum denn nicht, um Himmels willen?«

»Das wäre das Ende meiner beruflichen Laufbahn«, antwortete er. »Überleg mal, wie du auf meine hypothetische Annahme reagiert hast. Ganz gleich, für wie liberal du die akademische Welt hältst, die Kuratoren der meisten Colleges sind straight, weiß und männlich. Und vergiss nicht ihre Country-Club-Frauen. Und wenn die glauben, dass eine Schwuchtel von Professor ihre Kinder oder die Kinder ihrer Freunde zu Schwuchteln macht, dann machen sie ihn fertig. Darauf kannst du wetten.«

»Eric, das kommt heraus. Das FBI, Eric. Wir reden vom FBI. Die durchleuchten dein Leben unter dem Mikroskop. Und früher oder später werden sie darauf stoßen.«

»Das geht nicht, Patrick. Das geht einfach nicht.«

»Was ist mit Evandro Arujo? Kanntest du ihn?«

Er schüttelte den Kopf. »Nein. Jason hatte Angst, Diandra hatte Angst, deshalb habe ich dich hinzugezogen.«

Ich glaubte ihm. »Eric, bitte überleg es dir, und rede mit dem FBI.«

»Wirst du ihnen von unserer Unterhaltung erzählen?«

Ich schüttelte den Kopf. »So arbeite ich nicht. Ich werde ihnen sagen, dass ich dich nicht für einen Verdächtigen halte, aber ich glaube nicht, dass sie ohne einen Beweis ihre Meinung ändern werden.«

Er nickte, verließ die Küche und ging zur Tür. »Danke, dass du vorbeigekommen bist, Patrick.«

Ich blieb in der Tür stehen. »Sag es ihnen, Eric.«

Er legte mir eine Hand auf die Schulter, lächelte mich an und versuchte, tapfer zu wirken. »In der Nacht, als Jason umkam, war ich mit einem Studenten zusammen. Meinem Liebhaber. Sein Vater ist ein einflussreicher Anwalt aus North Carolina und ein hochrangiges Mitglied der Christian Coalition. Was glaubst du, wird er tun, wenn er das herausfindet?«

Ich senkte den Blick auf den staubigen Teppichboden.

»Unterrichten ist alles, was ich kann, Patrick. Das ist mein *Leben*. Ohne die Uni werde ich mich in Luft auflösen.«

Ich sah ihn an, und noch während er diese Worte sprach, schien er sich vor meinen Augen schon zu verflüchtigen.

Auf dem Weg zum Krankenhaus hielt ich beim Black Emerald, doch es war geschlossen. Ich sah zu Gerrys Wohnung hinauf, die darüberlag. Die Jalousien waren zugezogen. Ich schaute mich nach Gerrys Grand Torino um, der normalerweise direkt vor der Bar parkte. Er war nicht da.

Falls ich den Killer tatsächlich kannte, schon bevor all

dies anfing, so Dolquists Theorie, dann engte das den Kreis der Verdächtigen durchaus ein. Das FBI hatte Eric und Gerry auf seiner Liste. Gerry zumindest war kräftig genug.

Aber welches Motiv konnte er haben?

Ich kannte Gerry schon mein ganzes Leben lang. War er fähig, jemanden umzubringen? *Wir alle sind dazu fähig*, flüsterte die Stimme in meinem Ohr. *Jeder Einzelne von uns.*

»Mr. Kenzie.«

Ich drehte mich um und sah Agent Fields, der neben dem offenen Kofferraum eines dunklen Plymouth stand. Er legte Aufnahmegeräte hinein. »Mr. Glynn ist sauber.«

»Ach?«

»Wir haben ihn letzte Nacht überwacht. Er ist um ein Uhr in seine Wohnung gegangen, hat bis drei Uhr ferngesehen und ist zu Bett gegangen. Wir haben die ganze Nacht hier festgesessen, und er ist nicht weggegangen. Glynn ist nicht unser Mann, Mr. Kenzie. Tut mir leid.«

Ich nickte; einerseits war ich erleichtert, andererseits fühlte ich mich schuldig, Gerry überhaupt in Verdacht gehabt zu haben.

Davon abgesehen, war ich enttäuscht. Vielleicht wollte ich, dass Glynn es war.

Damit das alles endlich ein Ende hatte.

»Die Kugel hat ziemlichen Schaden angerichtet«, erklärte mir Doktor Barnett. »Sie hat ihr die Leber zerfetzt, beide Nieren gestreift und sich im Darm festgesetzt. Zwei Mal hätten wir sie beinahe verloren, Mr. Kenzie.«

»Wie geht es ihr jetzt?«

»Sie ist noch nicht über den Berg«, antwortete er. »Ist sie stark? Hat sie ein kräftiges Herz?«

»Ja«, sagte ich.

»Dann hat sie bessere Chancen als manch anderer. Das ist alles, was ich im Augenblick sagen kann.«

Nach anderthalb Stunden in der OP-Nachsorge brachten sie Angie gegen halb neun auf die Intensivstation.

Sie sah aus, als habe sie mindestens zwanzig Kilo verloren, und ihr Körper schien im Bett zu verschwinden.

Phil und ich standen im Zimmer herum, während eine Schwester Angie an den Tropf hängte und an den Vitaldatenmonitor anschloss.

»Wozu ist das denn?«, fragte Phil. »Es geht ihr doch gut oder nicht?«

»Es kam zwei Mal zu Blutungen, Mr. Dimassi. Wir überwachen sie, um sicherzugehen, dass das nicht noch einmal vorkommt.«

Phil nahm Angies Hand; sie wirkte ganz klein in seiner.

»Angie?«, fragte er.

»Sie wird den Großteil des Tages verschlafen«, erklärte die Schwester. »Sie können jetzt nichts für sie tun, Mr. Dimassi.«

»Ich gehe nicht«, sagte Phil.

Die Schwester sah mich an, doch ich erwiderte ihren Blick mit ausdrucksloser Miene.

Um zehn verließ ich die Intensivstation und stieß auf Bubba, der im Wartezimmer saß.

»Wie geht's ihr?«

»Sie glauben, dass sie durchkommt«, antwortete ich.

Bubba nickte.

»Wir werden mehr wissen, wenn sie aufwacht, schätze ich.«

»Und wann ist das?«

»Am späten Nachmittag«, sagte ich. »Vielleicht am Abend.«

»Kann ich irgendwas tun?«

Ich beugte mich über den Trinkbrunnen und trank wie ein Verdurstender, der aus der Wüste kommt.

»Ich muss mit Fat Freddy sprechen«, sagte ich.

»Klar. Wozu?«

»Ich muss Jack Rouse und Kevin Hurlihy aufstöbern und ihnen ein paar Fragen stellen.«

»Ich glaube nicht, dass Freddy damit ein Problem haben wird.«

»Wenn sie meine Fragen nicht beantworten«, fügte ich hinzu, »dann brauche ich die Erlaubnis, auf sie zu schießen, bis sie es tun.«

Bubba beugte sich über den Brunnen und schaute mich an. »Ernsthaft?«

»Bubba, du kannst Freddy sagen, wenn ich seine Erlaubnis nicht bekomme, tue ich es trotzdem.«

»Das ist doch mal ein Wort«, meinte er.

Phil und ich wechselten uns ab.

Musste einer von uns beiden aufs Klo oder was trinken, dann hielt der andere Angies Hand. Den ganzen Tag über ruhte ihre Hand in einer von unseren.

Gegen Mittag ging Phil in die Cafeteria; ich führte ihre Hand an meine Lippen und schloss die Augen.

Als wir uns kennenlernten, fehlten Angie die beiden Vorderzähne, und ihre Haare waren so kurz und so schlecht geschnitten, dass ich sie für einen Jungen hielt. Wir waren in der Turnhalle im Little House Recreation Center an der East Cottage Street; freies Toben für Sechsjährige. Das war, bevor es in meinem Viertel irgendwelche offizielle Nachmittagsbetreuung nach der Schule gab; die Eltern konnten ihre Kinder für fünf Dollar die Woche drei Stunden am Tag im Little House abgeben, wo uns die Betreuer freie Hand ließen, solange wir nichts kaputtmachten.

An jenem Tag war der Boden der Turnhalle übersät mit braunen Völkerbällen, orangefarbenen Schaumgummibällen, harten Plastik-Footbällen, mit Hallenhockeyschlägern, Pucks und Basketbällen, und etwa zwei Dutzend ungelenke Sechsjährige tobten herum und machten einen Höllenlärm.

Die Pucks waren sehr begehrt, und nachdem ich mir einen Hockeyschläger genommen hatte, schlich ich mich an das kleine Kind mit dem furchtbaren Haarschnitt heran, das am Spielfeldrand linkisch einen Puck vor sich herschob. Ich kam von hinten, hob ihren Schläger mit meinem vom Boden und stibitzte den Puck.

Und sie griff mich an, verpasste mir einen Schlag an den Kopf und holte ihn sich zurück.

Wie ich da auf der Intensivstation saß und mir ihre Hand ans Gesicht drückte, konnte ich mich so lebhaft an jenen Tag erinnern, als wäre er gestern gewesen. Ich beugte mich vor, legte meine Wange an ihre, drückte mir ihre Hand an die Brust und schloss die Augen.

Als Phil zurückkam, schnorrte ich mir eine Zigarette bei ihm und ging zum Rauchen auf den Parkplatz.

Ich hatte seit sieben Jahren nicht mehr geraucht, doch der Tabak duftete wie Parfüm, als ich ihn anzündete, und der Qualm in meinen Lungen fühlte sich in der eisigen Luft sauber und rein an.

»Der Porsche da«, sagte jemand rechts von mir, »ganz netter Wagen. Baujahr sechsundsechzig?«

»Dreiundsechzig«, antwortete ich und drehte mich zu dem Mann um.

Pine trug einen Kamelhaarmantel, eine burgunderfarbene Twillhose und einen schwarzen Kaschmirpullover. Die schwarzen Handschuhe an seinen Händen wirkten wie eine zweite Haut.

»Wie können Sie sich den leisten?«, fragte er.

»Eigentlich habe ich nur das Chassis gekauft«, antwortete ich. »Der Rest kam im Lauf der Zeit dazu.«

»Gehören Sie zu denen, die ihren Wagen mehr lieben als Frau oder Freunde?«

Ich hielt die Schlüssel hoch. »Ist doch nur Chrom und Metall und Gummi, Pine, und im Augenblick ist er mir vollkommen gleichgültig. Nehmen Sie ihn, wenn Sie wollen.«

Er schüttelte den Kopf. »Viel zu auffällig für meinen Geschmack. Ich fahre einen Honda Acura.«

Ich nahm einen zweiten Zug an der Zigarette, und mir wurde sofort schwindlig. Sterne tanzten vor meinen Augen.

»Vincent Patrisos einzige Enkeltochter niederzuschießen«, meinte Pine, »war eine äußerst unkluge Sache.«

»Ja.«

»Mr. Constantine ist darüber informiert worden, dass zwei Personen, denen er angeordnet hatte, bei Ihren Ermittlungen zu kooperieren, dies nicht getan haben.«

»Das ist richtig.«

»Und nun liegt Ms. Gennaro auf der Intensivstation.«

»Ja.«

»Ich soll Ihnen von Mr. Constantine ausrichten, dass er nichts damit zu tun hat.«

»Ich weiß.«

»Mr. Constantine lässt Ihnen ebenfalls ausrichten, dass Sie freie Hand haben bei allem, was Sie tun müssen, um den Mann zu schnappen und zu identifizieren, der Ms. Gennaro niedergeschossen hat.«

»Freie Hand?«

»Freie Hand, Mr. Kenzie. Falls Mr. Hurlihy und Mr. Rouse nie wieder auftauchen, so hegen weder Mr. Constantine noch seine Partner den Wunsch, nach ihnen zu suchen, soll ich Ihnen versichern. Haben Sie verstanden?«

Ich nickte.

Pine reichte mir eine Karte. Auf der einen Seite stand eine Adresse geschrieben – 411 South Street, 3. Stock. Auf der anderen Seite stand eine Telefonnummer, die ich als Bubbas Handynummer erkannte.

»Treffen Sie sich so schnell wie möglich dort mit Mr. Rogowski.«

»Danke.«

Er zuckte mit den Schultern und warf einen Blick auf meine Zigarette. »Sie sollten das Rauchen lassen, Mr. Kenzie.«

Dann ging er auf den Parkplatz hinaus, ich drückte die Kippe aus und ging wieder hinein.

Angie schlug um Viertel vor drei die Augen auf.

»Schätzchen?«, sagte Phil.

Angie blinzelte und versuchte zu sprechen, doch ihr Mund war zu trocken.

Da uns die Schwester vorher ermahnt hatte, gaben wir ihr ein paar Eisstückchen, aber kein Wasser, und sie nickte dankbar.

»Nenn mich nicht Schätzchen«, krächzte sie. »Wie oft muss ich dir das denn noch sagen, Phillip?«

Phil lachte und gab ihr einen Kuss auf die Stirn, ich küsste sie auf die Wange, und sie schlug schwach nach uns.

Wir lehnten uns zurück.

»Wie fühlst du dich?«, fragte ich.

»Blöde Frage«, erwiderte Angie.

Doktor Barnett stopfte Stethoskop und Stiftlampe wieder in seine Taschen und sagte zu Angie: »Sie bleiben bis morgen auf der Intensiv, nur um Sie im Auge zu behalten, aber es sieht ganz gut aus.«

»Es tut höllisch weh«, sagte Angie.

Doktor Barnett lächelte. »Wie auch anders. Die Kugel hat eine wirklich hässliche Schneise geschlagen, Ms. Gennaro. Später werden wir uns über den Schaden unterhalten müssen, den sie angerichtet hat. Ich kann Ihnen schon mal so viel versprechen, dass es eine ganze Reihe an Nahrungsmitteln gibt, die Sie nie wieder essen können. Und abgesehen von Wasser, sind für eine Weile alle Flüssigkeiten tabu.«

»Verflixt«, sagte sie.

»Es gibt noch ein paar weitere Einschränkungen, über die wir reden müssen, aber –«

»Und was ist mit …?« Angie sah Phil an, dann mich, dann schaute sie weg.

»Ja?«, fragte Barnett.

»Na ja«, meinte sie, »die Kugel ist ziemlich durch meinen Unterleib geklappert und …«

»Ihre Fortpflanzungsorgane sind davon nicht betroffen, Ms. Gennaro.«

»Oh«, machte sie, sah mein Grinsen und schaute mich wütend an. »Sei ja still, Patrick.«

Gegen fünf Uhr nachmittags kehrten die Schmerzen mit aller Macht zurück, und sie verabreichten Angie so viel Pethidin, dass es einen bengalischen Tiger umgehauen hätte.

Ich legte ihr meine Hand an die Wange, und sie blinzelte, als die Wirkung einsetzte.

»Der Kerl, der auf mich geschossen hat?«, sagte sie mit schwerer Zunge.

»Was ist mit ihm?«

»Weißt du schon, wer es ist?«

»Nein.«

»Aber du kriegst es raus, oder?«

»Auf jeden Fall.«

»Gut, dann …«

»Ja?«

»Schnapp ihn dir, Patrick«, sagte sie. »Schieß ihm den Arsch weg.«

36

411 South Street war das einzige leere Gebäude in einer
Straße voller Künstlerlofts und Teppichmacher, Kostümde-
signer, Textilhändler und Galerien, Termine nur nach Vor-
anmeldung. Bostons zwei Block große Version von SoHo.

411, vier Stockwerke hoch, war eine Parkgarage gewesen,
bevor die Stadt tatsächlich eine nötig hatte. Ende der Vier-
ziger wechselte das Gebäude den Besitzer, und der neue
Eigentümer baute es zu einem Vergnügungszentrum für
Seeleute um. Im Erdgeschoss hatte es eine Bar mit Billard-
salon gegeben, im ersten Stock ein Spielcasino, und im
zweiten ein Bordell.

Fast mein ganzes Leben lang hatte das Gebäude leer gestanden, deshalb wusste ich gar nicht, was sich im dritten
Stock befand, bis ich mit meinem Porsche in einem uralten
Lastenaufzug an den dunklen Fluren vorbeizog und sich
die Türen auf eine nasskalte, modrige Bowlingbahn öffneten.

Dort, wo das Dach eingedrückt war, baumelten Lam-
penfassungen herunter, und mehrere Bahnen waren nur
noch Schuttstreifen. Bowlingkegel lagen in weiß verstaub-
ten Haufen in den Rinnen, die Händetrockner waren schon
vor ewigen Zeiten aus dem Boden gerissen und wahrscheinlich verscherbelt worden. In ein paar der Regale lagen aller-

dings noch Bowlingkugeln, und ich erkannte im Staub und Schmier auf einigen der Bahnen noch die Markierungen.

Wir ließen den Wagen im Aufzug stehen und stiegen aus. Bubba saß in einem Lehnsessel an der Mittelbahn. Am Fuß des Sessels waren noch die Schrauben zu sehen, die Bubba am ursprünglichen Standort aus dem Boden gerissen hatte, das Leder war an mehreren Stellen aufgeplatzt, die Schaumstofffüllung quoll heraus und lag auf dem Boden.

»Wem gehört denn der Laden?«, fragte ich.

»Freddy.« Bubba trank Wodka aus der Flasche. Sein Gesicht war gerötet, und seine Augen wirkten wässrig, was bedeutete, dass er bereits bei der zweiten Flasche angelangt war, kein gutes Omen.

»Freddy hält sich zum Spaß ein leerstehendes Gebäude?«

Bubba schüttelte den Kopf. »Der erste und zweite Stock sehen nur vom Fahrstuhl aus wie Scheiße. Eigentlich sind sie ganz nett. Freddy und seine Jungs nutzen sie manchmal für Versammlungen und so 'n Mist.« Er sah Phil an, aber in seinem Blick lag nichts Freundliches. »Was zum Henker machst du denn hier, du Penner?«

Phil machte einen Schritt zurück, hielt sich aber besser als die meisten, die Bubba mal an einem seiner schlechteren Tage erlebten.

»Ich stecke da mit drin, Bubba. Bis zum Hals.«

Bubba grinste; die Dunkelheit, die die Bahnen hinter ihm ausfüllte, schien sich zu erheben. »Na dann«, meinte er. »Wie schön für dich. Bist du sauer, weil jemand Angie ins Krankenhaus gebracht hat, aber du warst es diesmal nicht? Macht sich jemand in deinem Spezialgebiet breit, du Schwuchtel?«

Phil kam einen Schritt näher. »Das hat nichts damit zu tun, was zwischen uns schiefgelaufen ist, Bubba.«

Bubba schaute mich an und runzelte die Stirn. »Sind dem Kerl ein paar Eier gewachsen, oder ist er einfach nur blöd?«

Ich hatte Bubba bisher nur ein paarmal in diesem Zustand erlebt; jedes Mal war er dem Wahnsinn näher, als mir lieb gewesen wäre. Meiner neuerlichen Schätzung nach hatte er drei Flaschen Wodka intus, und es ließ sich nicht abschätzen, ob er seine dunkleren Triebe im Zaum halten würde.

Bubba kümmerte sich um genau zwei Menschen auf der Welt – um Angie und mich. Phil wiederum hatte im Laufe der Jahre zu viel Zeit damit zugebracht, Angie weh zu tun, deshalb hatte Bubba für ihn nichts anderes übrig als blanken Hass. Von jemandem gehasst zu werden ist relativ. Falls es sich um einen Marketingfuzzi handelt, dessen Infiniti du im Straßenverkehr ausgebremst hast, dann brauchst du dir keine großen Sorgen zu machen. Wenn Bubba dich hasst, ist es allerdings keine schlechte Idee, das Weite zu suchen, am besten ein paar Kontinente weit.

»Bubba«, sagte ich.

Er drehte den Kopf langsam zu mir und sah mich trübe an.

»Phil ist auf unserer Seite. Das ist alles, was du im Augenblick wissen musst. Er will dabei sein, was immer wir tun.«

Bubba reagierte nicht, sondern drehte nur den Kopf wieder zurück und starrte Phil ebenso trübe an.

Phil hielt dem Blick so lange stand, wie er nur konnte,

Schweißperlen standen ihm an den Schläfen, doch schließlich sah er zu Boden.

»Also gut, du Mistkerl«, brummte Bubba. »Wir lassen dich ein paar Runden mitspielen, wenn du unbedingt nach Erlösung von all dem strebst, was du deiner Frau angetan oder welchen Scheiß auch immer du dir eingeredet hast.« Er stand auf und baute sich vor Phil auf, bis dieser zu ihm hochsah. »Nur damit keine Missverständnisse aufkommen – Patrick verzeiht. Angie verzeiht. Ich nicht. Eines Tages bist du fällig.«

Phil nickte. »Das weiß ich, Bubba.«

Bubba nahm den Zeigefinger und hob Phils Kinn hoch. »Und falls irgendetwas von dem, was in diesem Raum passiert, nach außen dringt, dann weiß ich, dass es nicht von Patrick stammt. Und das bedeutet, dass ich dich kaltmache, Phil. Kapiert?«

Phil versuchte zu nicken, doch Bubbas Finger hinderte ihn daran.

»Ja«, presste Phil durch die zusammengebissenen Zähne.

Bubba sah an einer dunklen Wand an der anderen Seite des Fahrstuhls hinauf. »Licht«, rief er.

Hinter der Wand betätigte jemand einen Schalter, und ein kränklich grünweißes Neonlicht flammte flackernd in den wenigen verbliebenen Fassungen im hinteren Teil der Bowlingbahnen auf. Wieder flackerte es, und über den Pindecks gingen mehrere dunstig gelbe Lichtstreifen an.

Bubba hob die Arme und drehte sich majestätisch um, wie Moses, der das Rote Meer teilt, und wir schauten die Bahnen entlang, während eine Ratte in einer der Rinnen davonhuschte, um sich in Sicherheit zu bringen.

»Verfluchte Scheiße«, murmelte Phil.

»Hast du was gesagt?«, wollte Bubba wissen.

»Nein. Nichts«, brachte Phil heraus.

Am Ende der Bahn direkt vor mir kniete Kevin Hurlihy im Pindeck. Die Hände waren ihm hinter dem Rücken und die Beine an den Knöcheln gefesselt, und die Schlinge um den Hals hing an einem Haken in der Wand über dem Deck. Sein Gesicht war geschwollen und glänzte vor blutigen Beulen. Die Nase, die Bubba gebrochen hatte, war schlaff und blau, und sein gebrochener Unterkiefer war verdrahtet.

Jack Rouse, der noch übler zugerichtet war, hing in ähnlicher Weise in der Nachbarbahn. Jack war erheblich älter als Kevin, sein Gesicht war fast grün und glatt vor Schweiß.

Bubba sah unsere schockierten Gesichter und grinste. Er beugte sich zu Phil und sagte: »Schau sie dir gut an. Und dann denk dran, was ich eines Tages mit dir anstellen werde, Schwuchtel.«

Bubba schlenderte über die Bahn zu den beiden; ich fragte ihn: »Hast du sie schon ausgefragt?«

Er schüttelte den Kopf und trank einen Schluck. »Nein, nein. Ich wusste ja gar nicht, was ich fragen soll.«

»Und warum hast du Ihnen dann die Scheiße rausgeprügelt, Bubba?«

Er ging zu Kevin und beugte sich zu ihm hin, dann sah er mich mit seinem irren Grinsen an. »Mir war langweilig.«

Er zwinkerte, schlug Kevin gegen den Unterkiefer, und Kevin schrie durch die verdrahteten Zähne.

»Himmel, Patrick«, flüsterte Phil. »Himmel.«

»Entspann dich, Phil«, sagte ich, dabei war ich selbst vollkommen aufgewühlt.

Bubba trat zu Jack hinüber und verpasste ihm einen so harten Schlag gegen den Kopf, dass es durch das gesamte Stockwerk klang, doch Jack schrie nicht, sondern schloss nur für einen Augenblick die Augen.

»Okay.« Bubba machte kehrt, wobei ihn sein Trenchcoat kurz wie ein Cape umwehte. Er kam zu uns zurückgestolpert; seine Stiefel klangen wie die Hufschläge von Brauereipferden. »Stell deine Fragen, Patrick.«

»Wie lange sind sie schon hier?«, fragte ich.

Er zuckte mit den Schultern. »Ein paar Stunden.« Er nahm eine staubige Bowlingkugel von der Ablage.

»Vielleicht sollten wir ihnen einen Schluck zu trinken geben.«

Bubba wirbelte zu mir herum. »Was? Willst du mich verarschen? Patrick« – er legte den Arm um mich und wies mit der Bowlingkugel auf die beiden – »das ist das Arschloch, das gedroht hat, Grace und dich umzubringen. Schon vergessen? Das sind die Mistkerle, die das alles schon vor einem Monat hätten beenden können, bevor Angie niedergeschossen wurde, bevor Kara Rider gekreuzigt wurde. Sie sind der Feind«, zischte er, und die Fahne in seinem Atem schwappte über mich hinweg wie eine Welle.

»Stimmt schon«, sagte ich, als Kevin unwillkürlich schwankte. »Aber –«

»Kein Aber!«, unterbrach mich Bubba. »Kein Aber! Du hast heute gesagt, du bist bereit, sie über den Haufen zu schießen, falls nötig. Richtig? Richtig?«

»Ja.«

»Und jetzt? Hm? Da sind sie, Patrick. Steh zu deinem Wort. Blamier mich nicht, verflucht. Tu's ja nicht.«

Er nahm seinen Arm weg, drückte die Bowlingkugel an die Brust und tätschelte sie.

Ich hatte gesagt, ich würde auf sie schießen, um Antworten zu erhalten, und als ich das sagte, meinte ich das auch. Aber das zu sagen und zu meinen war leicht, wenn man in einem Wartezimmer im Krankenhaus sitzt, weit weg von dem Fleisch und Blut, das ich bedrohte.

Und nun waren hier zwei blutüberströmte menschliche Wesen, völlig hilflos, meiner Gnade ausgeliefert. Keine vagen Vorstellungen, sondern atmende, zitternde Wesen.

Meiner Gnade ausgeliefert.

Ich ließ Bubba und Phil stehen und ging die Bowlingbahn entlang zu Kevin. Er sah mich kommen und schien daraus Kraft zu schöpfen. Vielleicht hielt er mich für den Schwachpunkt.

Als Grace mir erzählte, dass er sich ihrem Tisch genähert hatte, da sagte ich, ich würde ihn umbringen. Und wenn er in jenem Augenblick den Raum betreten hätte, hätte ich das wohl auch getan. Das war ein Anfall von Zorn.

Das hier war Folter.

Ich kam näher, Kevin holte Luft und schüttelte den Kopf, als wolle er ihn frei bekommen, dann schaute er mich aus trüben Augen an.

Kevin foltert, flüsterte eine Stimme in meinem Kopf. *Er mordet. Er hat Spaß daran. Er würde kein Mitleid mit dir haben. Du bist ihm nichts schuldig.*

»Kevin«, sagte ich und ließ mich vor ihm auf ein Knie nieder, »die Lage ist beschissen. Das weißt du. Sagst du mir nicht, was ich wissen will, dann wird sich Bubba auf dich stürzen wie die Spanische Inquisition.«

»Fick dich.« Seine gebrochene Stimme drang durch den schmalen Spalt seiner Zähne. »Fick dich, Kenzie. Okay?«

»Nein, Kev. Nein. Hilfst du mir hier nicht raus, dann machen wir dich auf jede nur erdenkliche Art fertig. Fat Freddy hat mir bei dir freie Hand gelassen. Bei dir und Jack.«

Seine linke Gesichtshälfte rutschte ein wenig herab.

»Das ist die Wahrheit, Kev.«

»Blödsinn.«

»Glaubst du, wir wären hier, wenn das nicht stimmen würde? Du hast es zugelassen, dass auf Vincent Patrisos Enkeltochter geschossen wurde.«

»Hab ich nicht –«

Ich schüttelte den Kopf. »So sieht er das aber. Ganz egal, was du dazu zu sagen hast.«

Seine rotunterlaufenen Augen quollen vor, er schüttelte den Kopf und starrte mich an.

»Kevin«, sagte ich leise, »sag mir, was zwischen der EEPA, Hardiman und Rugglestone los war. Wer ist der dritte Mann?«

»Frag Jack.«

»Mach ich«, sagte ich. »Aber jetzt frage ich dich.«

Er nickte, doch die Schlinge zog sich um seinen Hals zu, und er röchelte. Ich zog ihm den Knoten vom Kehlkopf, er seufzte und schaute zu Boden.

Dann schüttelte er heftig den Kopf, und ich wusste, er würde nicht reden.

»Achtung!«, brüllte Bubba.

Kevin riss die Augen auf, sein Hals ruckte in der Schlinge nach hinten, und ich machte Platz; die Bowlingkugel schoss die Bahn hinunter und schien noch an Schwung zuzulegen. Sie sprang über die Spalten in dem uralten Dielenboden und landete in Kevins Unterleib.

Er jaulte auf, fiel nach vorn in die Schlinge, und ich riss ihn an der Schultern hoch, damit er sich nicht das Genick brach, Tränen strömten ihm über die Wangen.

»Spare«, sagte Bubba.

»He, Bubba«, sagte ich, »stopp mal.«

Doch Bubba hatte schon wieder Anlauf genommen. Er kreuzte einen Fuß vor dem anderen an der Aus-Linie, die Kugel verließ seine Hand und flog über die Zielpfeile hinweg, dann landete sie mit einem Rückwärtsdrall auf der Bahn, schoss über das Holz und zerschmetterte Kevin das linke Knie.

Kevin schrie auf und fiel nach rechts.

»Du bist dran, Jack.« Bubba nahm sich eine Kugel und ging zur Nebenbahn.

»Ich sterbe, Bubba.« Jacks Stimme klang weich und resigniert, was Bubba für einen Augenblick aufhielt.

»Nicht, wenn du redest, Jack«, sagte ich.

Er schaute mich an, als hätte er mich gerade erst bemerkt. »Weißt du, was der Unterschied ist zwischen deinem alten Herrn und dir, Patrick?«

Ich schüttelte den Kopf.

»Dein alter Herr hätte die Bowlingkugeln selbst geworfen. Du, du nutzt die Folter, aber du folterst nicht selbst. Du bist der letzte Abschaum.«

Ich sah ihn an, und plötzlich überkam mich dieselbe Wut, die mich schon in Grace' Haus gepackt hatte. Dieser Scheißkerl von einem irischen Mafiakiller kam mir mit

Selbstgerechtigkeit? Während Grace und Mae in irgend-einem FBI-Bunker in Nebraska oder sonst wo hockten und Grace' berufliche Karriere den Bach runterging? Während Kara Rider in ihrem Grab lag, Jason Warren zerstückelt worden war, Angie im Krankenhaus lag und Tim Dunn nackt in eine Mülltonne gestopft worden war?

Ich hatte wochenlang danebengestanden und zuge-schaut, wie solche Leute wie Evandro und sein Partner, Hardiman, Jack Rouse und Kevin Hurlihy nur zum Spaß Gewalt über Unschuldige brachten. Weil sie die Schmerzen anderer genossen. Weil sie es konnten.

Und plötzlich war ich nicht nur wütend auf Jack, Kevin oder Hardiman, ich war wütend auf alle, die willentlich Gewalt anwenden. Menschen, die Abtreibungskliniken in die Luft jagen und Bomben in Flugzeugen legen, die Fami-lien niedermetzeln und Giftgas in U-Bahn-Tunneln verströ-men, die Geiseln hinrichten und Frauen umbringen, die anderen Frauen ähneln, welche sie früher mal abgewiesen haben.

Im Namen *ihres* Schmerzes. Oder *ihrer* Prinzipien. Oder *ihrer* Profite.

Ich hatte genug von ihrer Gewalt und ihrem Hass und meinem eigenen Anstand, der womöglich im vergangenen Monat einige Menschen das Leben gekostet hatte. Ich hatte das alles gründlich satt.

Jack sah mich trotzig an, ich spürte, wie mir das Blut in den Ohren rauschte, und hörte immer noch Kevin neben mir vor Schmerzen durch die Zähne zischen. Ich sah Bubba in die Augen, bemerkte, wie sie strahlten, und fühlte mich belebt.

Allmächtig.

Ich sah Jack an, zückte meine Waffe und versetzte Kevin mit dem Griff einen Schlag in die Zähne.

Er gab einen Schrei von sich, der nach blankem Unglauben und plötzlicher nackter Angst klang.

Ich packte seine Haare und schaute dabei weiter Jack an; sie fühlten sich zwischen meinen Fingern ölig und glatt an. Ich rammte ihm den Lauf gegen die Schläfe und spannte den Hahn.

»Falls du irgendwas für diesen Kerl übrighast, Jack, dann rede.«

Jack sah Kevin an, und ich konnte erkennen, wie sehr es ihn schmerzte. Einmal mehr war ich überrascht über die enge Bindung zweier Menschen, die so wenig von Liebe wussten.

Jack öffnete den Mund, und er sah ganz alt aus.

»Du hast fünf Sekunden, Jack. Eins. Zwei. Drei …«

Kevin stöhnte, und seine gebrochenen Zähne klapperten gegen die Drähte in seinem Mund.

»Vier.«

»Dein Vater«, sagte Jack leise, »hat Rugglestone über vier Stunden lang von oben bis unten versengt.«

»Das weiß ich. Wer war noch dabei?«

Jack öffnete den Mund und sah Kevin an.

»Wer noch, Jack? Sonst zähle ich wieder. Bis vier.«

»Wir alle. Timpson. Kevins Mutter. Diedre Rider. Burns. Climstich. Ich.«

»Was ist passiert?«

»Wir entdeckten Hardiman und Rugglestone, die sich in dem Lagerhaus versteckt hatten. Wir hatten die ganze

Nacht nach dem Lieferwagen gesucht, und am Morgen entdeckten wir ihn direkt in unserem Viertel.« Jack fuhr sich mit einer blassen, fast weißen Zunge über die Oberlippe. »Dein Vater hatte die Idee, Hardiman an einen Stuhl zu fesseln und ihn zuschauen zu lassen, wie wir Rugglestone erledigten. Erst wollten wir jeder ein paar Schuss auf ihn abfeuern, dann Hardiman bearbeiten und dann die Polizei rufen.«

»Und warum habt ihr das nicht gemacht?«

»Ich weiß nicht. Da drinnen ist irgendwas über uns gekommen. Dein Vater fand eine Kiste unter den Dielen versteckt. Die Schachtel steckte in einer Kühlbox. Darin lagen Leichenteile.« Er sah mich wild an. »Leichenteile. Von Kindern. Auch von Erwachsenen, aber Himmel, da lag auch ein Kinderfuß drin, Kenzie. In einem kleinen roten Schuh mit blauen Punkten. Verflucht noch mal. Als wir das sahen, sind wir durchgedreht. Da hat dein Vater das Benzin geholt. Und wir haben Eispickel und Rasiermesser benutzt.«

Ich winkte ab, hatte genug gehört von den braven Bürgern der EEPA und wie sie Charles Rugglestone systematisch gefoltert und am Ende ermordet hatten.

»Und wer mordet jetzt anstelle von Hardiman?«

Jack machte ein verwirrtes Gesicht. »Wie heißt er noch gleich. Arujo. Der Typ, den deine Partnerin gestern Nacht erschossen hat, richtig?«

»Arujo hatte einen Partner. Kennst du ihn, Jack?«

»Nein«, antwortete er. »Den kenne ich nicht. Kenzie, wir haben einen Fehler gemacht. Wir haben Hardiman am Leben gelassen, aber –«

»Warum?«

»Was, ›warum‹?«

»Warum habt ihr ihn am Leben gelassen?«

»Weil das unser einziger Ausweg war, nachdem G uns ertappt hatte. Das war der Deal, den er mit uns einging.«

»G? Wovon zum Henker redest du?«

Er seufzte. »Wir sind erwischt worden, Patrick. Wie wir da mit blutigen Klamotten rings um Rugglestone standen und zuschauten, wie er in Flammen aufging.«

»Wer hat euch erwischt?«

»G. Hab ich doch gesagt.«

»Wer ist G., Jack?«

Er runzelte die Stirn. »Gerry Glynn, Kenzie.«

Plötzlich war mir ganz schwindlig, so als hätte ich wieder mal versucht, eine Zigarette zu rauchen.

»Und er hat euch nicht verhaftet?«, fragte ich.

Jack nickte. »Das sei doch ganz verständlich, meinte er. Er sagte, die meisten Leute würden wohl dasselbe tun.«

»Das hat *Gerry* gesagt?«

»Von wem rede ich denn gerade, Scheiße. Ja. Gerry. Er hat extra betont, dass wir ihm was schulden, dann hat er uns weggeschickt und Alec Hardiman verhaftet.«

»Was meinst du damit, ihm was schulden?«

»Wir waren ihm verpflichtet. Waren ihm für den Rest unseres Lebens Gefallen schuldig, alles Mögliche. Dein Vater hat Strippen gezogen und ihm die Konzession und die Ausschanklizenz für die Bar beschafft. Ich hab ihm eine kreative Finanzierung besorgt. Andere Leute haben andere Dinge gemacht. Wir durften nicht miteinander reden, und abgesehen von deinem Alten und mir, habe ich keine Ahnung, wer ihm was verschafft hat.«

»Ihr durftet nicht miteinander reden? Gerry hat es euch verboten?«

»Na klar, Gerry.« Er starrte mich an; die Adern an seinem Hals waren hellblau und hart. »Du hast keine Ahnung, mit wem du es bei Gerry zu tun hast, richtig? Himmel.« Er lachte laut auf. »Verflucht noch mal! Du hast ihm diesen ganzen Blödsinn von wegen freundlicher Bulle abgekauft, oder?«, sagte er und zerrte an der Schlinge. »Kenzie, Gerry Glynn ist ein verfluchtes Monster. Im Vergleich zu ihm bin ich ein Waisenknabe.« Wieder lachte er, ein schrilles, schreckliches Geräusch. »Glaubst du etwa, das illegale Taxi, das vor seinem Laden steht, bringt die Leute immer dorthin, wo sie hinwollen?«

Ich erinnerte mich an die Nacht in der Bar und an den betrunkenen Burschen, den Gerry mit zehn Dollar in das Taxi gesetzt hatte. Hatte er es nach Hause geschafft? Und wer war der Fahrer gewesen? Evandro?

Bubba und Phil waren die Bowlingbahn heruntergekommen, und ich sah sie an und nahm die Waffe von Kevins Kopf.

»Habt ihr das gewusst?«

Phil schüttelte den Kopf.

Bubba meinte: »Ich wusste, dass Gerry dubiose Geschäfte macht, ein bisschen Koks verscherbeln und von der Bar aus ein paar Häschen laufen lassen, aber mehr auch nicht.«

»Er hat eure ganze verfluchte Generation reingelegt«, sagte Jack. »Den ganzen Haufen. Himmel.«

»Genauer«, sagte ich. »Werd mal ein bisschen genauer, Jack.«

Er grinste uns an, und seine alten Augen tanzten. »Gerry Glynn ist einer der übelsten Mistkerle, die es je in diesem Viertel gegeben hat. Sein Sohn ist früh gestorben. Habt ihr das gewusst?«

»Er hatte einen Sohn?«, fragte ich.

»Klar hatte er einen scheiß Sohn. Brendan. Ist '65 gestorben. Irgendeine irre Blutung im Stammhirn. Niemand hatte eine Erklärung dafür. Der Bursche war vier, er packt sich an den Kopf und fällt in Gerrys Vorgarten tot um, während er mit Gerrys Frau spielt. Gerry ist ausgeflippt und hat seine Frau umgebracht.«

»Blödsinn«, entgegnete Bubba. »Der Typ war ein Bulle.«

»Und? Gerry hat sich eingeredet, dass sie daran schuld war. Dass sie ihn betrogen hatte und Gott sie strafte und ihr Kind holte. Er hat sie zu Tode geprügelt und es irgendeinem Schwarzen angehängt. Der Schwarze wurde eine Woche nach Anklageerhebung in Dedham erstochen. Damit war der Fall abgeschlossen.«

»Und wie hat Gerry einen Kerl erledigen können, der im Gefängnis sitzt?«

»Gerry war Schließer in Dedham. Damals durften Bullen noch zwei Jobs im selben Gebiet haben. Ein Zeuge, irgendein Knacki, hat angeblich mitangehört, wie Gerry alles eingefädelt hat. Gerry hat den Kerl eine Woche nach seiner Entlassung am Scollay Square umgenietet.«

Jamal Cooper. Opfer Nr. 1. Himmel.

»Kenzie, du Blödmann, Gerry ist einer der furchteinflößendsten Kerle auf Erden.«

»Und es ist dir nie aufgegangen, dass er vielleicht Hardimans Partner war?«, fragte ich ihn.

Alle starrten mich an.

»Hardimans …?« Jack riss den Mund weit auf, und seine Kiefermuskeln zuckten unter der straffen Haut. »Nein, nein. Also, Gerry ist gefährlich, aber er ist kein …«

»Was ist er nicht, Jack?«

»Er ist kein irrer Serienkiller.«

Ich schüttelte den Kopf. »Wie bescheuert bist du eigentlich?«

Jack sah mich an. »Ach Scheiße, Kenzie, Gerry ist aus dem Viertel. Solche Irren gibt es doch in unserem Viertel nicht.«

»Du bist auch aus dem Viertel, Jack. War mein Vater auch. Und schau mal, was ihr in dem Lagerhaus abgezogen habt.«

Ich ging die Bowlingbahn hinauf, und Jack rief hinter mir her: »Und was ist mit dir, Kenzie? Was ist mit dem, was du hier heute abziehst?«

Ich warf einen Blick zurück, sah, wie Kevin mit blutverschmiertem Mund und Kinn sich bemühte, trotz der Schmerzen bei Bewusstsein zu bleiben.

»Ich habe niemanden umgebracht, Jack.«

»Wenn ich nicht gesungen hätte, hättest du es aber getan, Kenzie. Du hättest es getan.«

Ich wandte mich ab und ging einfach weiter.

»Du hältst dich wohl für was Besseres, hm, Kenzie? Denk dran, was ich gerade gesagt habe. Denk dran, was du getan hättest.«

Die Schüsse kamen aus dem Dunkel vor mir.

Ich sah das Mündungsfeuer, spürte, wie die erste Kugel an meiner Schulter vorbeizischte.

Die zweite Kugel ploppte aus dem Dunkel ins Licht, und ich ließ mich zu Boden fallen.

Hinter mir hörte ich das dunkle, schmatzende Geräusch von Metall, das in Fleisch eindringt. Zwei Mal.

Pine trat aus dem Schatten und schraubte den Schalldämpfer von seiner Waffe; Qualm waberte um seine behandschuhte Hand.

Ich drehte mich um und sah die Bahnen entlang.

Phil war in die Knie gegangen und hielt seinen Kopf in den Händen.

Bubba legte den Kopf in den Nacken und goss sich Wodka in die Kehle.

Kevin Hurlihy und Jack Rouse, auf jeder Stirn identische Einschusslöcher, sahen mich mit leeren Augen an.

»Willkommen in meiner Welt«, sagte Pine und hielt mir die Hand hin.

37

Wie Pine dastand und Phil beobachtete, während wir im Fahrstuhl nach unten fuhren, gefiel mir ganz und gar nicht. Phil hielt den Kopf gesenkt und hatte eine Hand auf den Porsche gelegt, so als müsse er sich dort abstützen, um nicht umzufallen. Pine wandte seinen Blick nicht von ihm.

Als wir uns dem Erdgeschoss näherten, sagte Pine etwas zu Bubba, der stopfte sich die Hände in die Manteltaschen und zuckte mit den Schultern.

Die Fahrstuhltüren öffneten sich, wir stiegen in den Wagen, verließen das Gebäude auf der Rückseite und nahmen die Gasse, die zur South Street führte.

»Mein Gott«, sagte Phil.

Ich fuhr langsam die Gasse entlang und konzentrierte mich auf die Scheinwerfer, die die tiefe Dunkelheit vor uns durchbrachen.

»Halt an«, bat Phil verzweifelt.

»Nein, Phil.«

»Bitte. Ich muss kotzen.«

»Ich weiß«, sagte ich. »Du musst warten, bis wir weit genug weg sind.«

»Warum denn, um Himmels willen?«

Ich bog in die South Street ein. »Wenn Pine oder Bubba

dich kotzen sehen, werden sie glauben, dass sie dir nicht trauen können. Reiß dich zusammen.«

Ich fuhr einen Block weiter, bog nach rechts ab und gab auf der Summer Street Gas. Einen halben Block nach der South Station fuhr ich hinter das Postamt, kontrollierte jede Ladebucht, um mich zu vergewissern, dass noch niemand mit der Beladung der Lastwagen begonnen hatte, und hielt dann hinter einem Müllcontainer.

Wir hatten noch gar nicht richtig gehalten, da war Phil schon aus dem Wagen gesprungen. Ich schaltete das Radio ein, um nicht hören zu müssen, wie sich sein Körper gegen all das zu sträuben versuchte, was er gerade miterlebt hatte.

Ich drehte noch lauter; die Scheiben vibrierten, als *Plowed* von Sponge aus den Lautsprechern dröhnte, und die bösen Gitarrenriffs schnitten sich mir in den Schädel.

Zwei Männer waren tot; genauso gut hätte ich selbst abdrücken können. Sie waren nicht unschuldig. Sie waren nicht sauber. Aber sie waren Menschen.

Phil kehrte zum Wagen zurück. Ich gab ihm die Kleenex aus dem Handschuhfach und drehte das Radio leiser. Er drückte sich das Papiertaschentuch vor den Mund, als ich wieder auf die Summer bog und Richtung Southie fuhr.

»Warum hat er sie umgebracht? Sie haben uns doch gesagt, was wir wissen wollten.«

»Sie haben seinem Boss nicht gehorcht. Lass die Fragerei, Phil.«

»Aber Himmel, er hat sie einfach abgeknallt. Er hat einfach seine Waffe gezogen, sie waren doch gefesselt, und ich stehe da und schaue sie an, und dann – Scheiße – kein Muckser, nichts, nur diese Löcher.«

»Phil, hör mir zu.«

An einer dunklen Stelle der Straße hielt ich beim Araban Coffee Building an und roch das Aroma gerösteten Kaffees, das den öligen Gestank der Docks zu meiner Linken zu überdecken versuchte.

Phil legte sich die Hände vor die Augen. »O mein Gott.«

»Phil! Sieh mich an, verflucht!«

Er ließ die Hände sinken. »Was denn?«

»Es ist nie passiert.«

»Was?«

»Es ist nie passiert. Hast du verstanden?« Ich brüllte, und Phil wich im dunklen Wageninneren vor mir zurück, aber das war mir egal. »Willst du auch sterben? Willst du? Das ist es, worüber wir hier reden, Phil.«

»Himmel. Ich? Wieso?«

»Weil du ein Zeuge bist.«

»Ich weiß, aber –«

»Kein Aber. Die Sache ist ganz einfach, Phil. Du lebst noch, weil Bubba niemanden töten würde, der mir nahesteht. Du lebst, weil er Pine davon überzeugt hat, dass ich dich auf Kurs halte. Ich lebe, weil sie wissen, dass ich nicht quatsche. Außerdem würden wir beide wegen Doppelmord in den Knast gehen, wenn wir reden, wir waren ja dabei. Aber dazu wird es nicht kommen, Phil, denn wenn Pine irgendeinen Grund hat, sich Sorgen zu machen, wird er dich umbringen und mich und Bubba womöglich auch.«

»Aber –«

»Schluss mit dem verfluchten Aber, Phil. Ich schwöre bei Gott. Red dir lieber ein, dass das alles gar nicht passiert ist. Das war nur ein böser Traum. Kevin und Jack sind irgendwo im Urlaub. Mach dir das lieber klar, sonst quatschst du doch noch.«

»Mach ich nicht.«

»O doch, das wirst du. Du erzählst deiner Frau davon oder deiner Freundin oder jemandem in einer Bar, und dann sind wir alle tot. Und die Person, der du davon erzählt hast, auch. Kapierst du das?«

»Ja.«

»Man wird dich beobachten.«

»Was?«

Ich nickte. »Mach dir nichts vor, und versuch, damit zu leben. Du wirst eine ganze Weile unter Beobachtung stehen.«

Phil schluckte schwer, die Augen traten ihm vor, und ich fürchtete schon, dass ihm wieder schlecht würde.

Doch er riss den Kopf herum, starrte hinaus und machte sich auf dem Sitz klein.

»Wie hältst du das aus?«, flüsterte er. »Tagein, tagaus?«

Ich lehnte mich zurück, schloss die Augen und lauschte dem Grummeln des Motors.

»Wie hältst du es mit dir selbst aus, Patrick?«

Ich schaltete in den ersten Gang, und während wir durch Southie fuhren und in unser Viertel kamen, sagte ich kein Wort.

Ich ließ den Porsche vor dem Haus stehen und ging zum Crown Victoria, der ein paar Wagen dahinterstand; ein Porsche, Baujahr 1963, ist nichts, was man in meinem Viertel fährt, wenn man anonym bleiben will.

Phil stand an der Beifahrertür, doch ich schüttelte den Kopf.

»Was?«, fragte er.

»Du bleibst hier, Phil. Das muss ich allein erledigen.«

Er schüttelte den Kopf. »Nein. Ich war mit ihr verheiratet, Patrick, und dieses Arschloch hat sie niedergeschossen.«

»Soll er dich auch niederschießen, Phil?«

Er zuckte mit den Schultern. »Denkst du, ich bin dem nicht gewachsen?«

Ich nickte. »Ja, das denke ich, Phil.«

»Wieso? Wegen der Bowlingbahn gerade? Kevin – mit dem sind wir aufgewachsen. Er war mal ein Freund. Na gut, dass er erschossen wurde, hab ich nicht so gut weggesteckt. Aber Gerry?« Er hielt seine Waffe über das Wagendach, betätigte den Schlitten und lud durch. »Gerry ist der letzte Dreck. Gerry muss sterben.«

Ich sah ihn an und wartete darauf, dass er selbst merkte, wie albern er mit der Waffe in der Hand aussah und prahlte wie ein Filmheld.

Er hielt meinem Blick stand, dann bewegte sich der Lauf der Waffe langsam, bis sie über das Wagendach hinweg auf mich gerichtet war.

»Willst du mich erschießen, Phil? Hm?«

Seine Hand zitterte nicht. Die Waffe blieb ganz ruhig.

»Antworte mir, Phil. Willst du mich erschießen?«

»Wenn du diese Tür nicht aufmachst, Patrick, dann puste ich das Fenster weg und steig trotzdem ein.«

Ich sah die Waffe in seiner Hand fest an.

»Ich liebe sie auch, Patrick.« Er ließ die Waffe sinken.

Ich stieg ein. Phil klopfte mit der Waffe gegen die Scheibe, und ich holte tief Luft; ich wusste, er würde mir im Ernstfall zu Fuß folgen oder die Scheibe in meinem Porsche zerschießen und den Wagen kurzschließen.

Ich streckte die Hand aus und entriegelte die Tür.

Gegen Mitternacht fing es zu regnen an, erst nur ein paar Tropfen, die sich mit dem Dreck auf der Scheibe vermischten und zu den Scheibenwischern hinunterflossen.

Wir stellten den Wagen einen halben Block vom Black Emerald entfernt vor einem Seniorenwohnheim an der Dorchester Avenue ab. Mittlerweile goss es in Strömen, der Regen prasselte aufs Dach und zog in großen dunklen Schleiern über die Straße. Der Regen war eisig, nicht anders als am Vortag, und das Eis, das sich noch an die Bürgersteige und Gebäude klammerte, wirkte davon sauber und tödlich.

Erst waren wir dankbar für den Regen; unsere Scheiben beschlugen von innen, und niemand konnte uns beide erkennen, wenn er nicht direkt neben dem Wagen stand.

Doch wenig später wurde uns das zum Nachteil, denn schon bald konnten wir die Bar oder die Tür zu Gerrys Wohnung nicht mehr gut sehen. Die Scheibenheizung war defekt, die Lüftung auch, und die Eiseskälte fuhr mir in die Knochen. Ich öffnete mein Seitenfenster einen Spalt, Phil ebenfalls, und ich wischte die beschlagene Scheibe mit dem Unterarm ab, bis Gerrys Wohnungstür und der Eingang zum Emerald wieder auftauchten, wenn auch verschwommen und verzerrt.

»Wie kannst du dir so sicher sein, dass Gerry sich mit Hardiman zusammengetan hat?«, fragte Phil.

»Bin ich mir nicht«, antwortete ich. »Es kommt mir nur logisch vor.«

»Und warum rufen wir dann nicht die Bullen?«

»Was sollen wir ihnen denn sagen? Zwei Kerle mit frischen Einschusslöchern in den Köpfen haben uns erzählt, dass Gerry ein böser Bube ist?«

»Und was ist mit dem FBI?«

»Dasselbe Problem. Wir haben keine Beweise. Wenn es wirklich Gerry ist und wir geben zu früh einen Hinweis auf ihn, dann kommt er vielleicht wieder davon, geht in Winterschlaf oder tötet nur noch Ausreißer, die keiner sucht.«

»Und warum sind wir hier?«

»Weil ich sehen will, was er vorhat, egal was, Phil.«

Phil wischte seine Hälfte der Windschutzscheibe und linste zur Bar hinüber. »Vielleicht sollten wir einfach hineinspazieren und ihm ein paar Fragen stellen.«

Ich sah ihn an. »Bist du verrückt?«

»Warum denn nicht?«

»Weil er uns umbringen wird, wenn er es wirklich ist, Phil.«

»Wir sind zu zweit, Patrick. Und wir sind beide bewaffnet.«

Mir war klar, dass er sich das einreden wollte, dass er den Mut aufbringen wollte, den man brauchte, um durch die Tür zu gehen. Aber er war noch weit davon entfernt.

»Es ist die Anspannung«, sagte ich. »Das Warten.«

»Was ist damit?«

»Manchmal kommt einem das Warten viel schlimmer vor als jede Auseinandersetzung, so als würde man dann nicht mehr das Gefühl haben, aus der Haut zu fahren, Hauptsache, man tut endlich was.«

Er nickte. »Genau so komme ich mir vor.«

»Das Problem dabei ist, Phil, wenn Gerry der Kerl ist, für den wir ihn halten, dann wird die Auseinandersetzung erheblich schlimmer werden als die Warterei. Dann bringt er uns um, ob nun Waffen oder nicht.«

Er schluckte und nickte dann.

Eine ganze Weile beobachtete ich die Tür des Emerald. In der ganzen Zeit, die wir hier standen, hatte ich niemanden hineingehen oder herauskommen sehen, recht ungewöhnlich bei einer Bar in dieser Gegend kurz nach Mitternacht. Eine massive, haushohe Regenwand, die sich an den Ecken kräuselte, zog über die Straße, und in der Ferne heulte der Wind.

»Wie viele Menschen?«, fragte Phil.

»Was?«

Er nickte in Richtung der Bar. »Was glaubst du, wie viele Menschen hat er wohl umgebracht, wenn er es wirklich ist? In seinem ganzen Leben? Ich meine, wenn er über die Jahre wirklich all die Ausreißer umgebracht hat, und vielleicht noch einen Haufen anderer, von denen niemand weiß, und –«

»Phil.«

»Ja?«

»Ich bin auch so schon nervös genug. Es gibt ein paar Dinge, an die ich im Augenblick lieber nicht denken möchte.«

»Oh.« Er rieb sich die Stoppeln am Kinn. »Klar.«

Ich sah zur Bar hinüber und zählte wieder eine volle Minute ab. Noch immer ging niemand hinein, kam niemand heraus.

Mein Handy klingelte; Phil und ich erschraken so sehr, dass wir mit den Köpfen gegen das Wagendach stießen.

»Himmel, Herrgott noch mal«, fluchte Phil.

Ich klappte das Handy auf. »Hallo.«

»Patrick, hier ist Devin. Wo bist du?«

»In meinem Wagen. Was gibt's?«

»Ich hab gerade mit Erdham vom FBI gesprochen. Er hat unter den Dielen in deinem Haus, wo die Wanzen angebracht waren, einen Teilabdruck gefunden.«

»Und?« Der Sauerstoff, der durch meinen Körper kreiste, kroch nur noch mühsam voran.

»Von Glynn, Patrick. Gerry Glynn.«

Ich sah durch die beschlagene Scheibe hinaus, doch ich konnte nur die Umrisse der Bar erkennen, und ich wurde von Entsetzen gepackt wie noch nie in meinem Leben.

»Patrick? Bist du noch dran?«

»Ja. Hör mal, Devin, ich stehe vor Gerrys Bar.«

»Du tust was?«

»Du hast mich schon verstanden. Ich bin vor einer Stunde zu demselben Schluss gekommen.«

»Himmel, Patrick. Verschwinde von dort. Sofort. Stell keinen Scheiß an. Geh. Geh.«

Ich wollte ja verschwinden. Und wie.

Aber wenn er jetzt dort drin war, eine Tasche mit Eispickel und Rasiermessern packte, sich daranmachte, loszuziehen und sich ein neues Opfer zu suchen …

»Ich kann nicht, Dev. Wenn er hier ist und etwas vorhat, folge ich ihm.«

»Nein, nein, nein. Nein, Patrick. Hast du gehört? Mach, dass du verschwindest, verflucht.«

»Geht nicht, Dev.«

»Mist!« Ich hörte, wie er mit der Hand auf etwas Hartes schlug. »Also gut. Ich komme mit einer ganzen Armee anmarschiert. Hast du gehört? Rühr dich nicht, wir sind in einer Viertelstunde da. Ruf folgende Nummer an, wenn sich was tut.«

Er gab sie mir, und ich schrieb sie auf den Block, den ich mit Klettband ans Armaturenbrett geheftet hatte.

»Beeil dich«, sagte ich.

»Mach ich.« Dann legte er auf.

Ich sah Phil an. »Das war die Bestätigung. Gerry ist unser Mann.«

Phil schaute das Handy in meiner Hand an, und sein Gesichtsausdruck war eine Mischung aus Übelkeit und Verzweiflung.

»Die Kavallerie ist im Anmarsch?«, fragte er.

»Die Kavallerie ist im Anmarsch.«

Die Scheiben waren völlig beschlagen; ich wischte über meine Seite und sah aus dem Augenwinkel etwas Dunkles, Schweres an der Hintertür.

Dann ging die Tür auf, Gerry Glynn sprang herein und legte mir die nassen Arme um den Hals.

38

Na, wie geht's euch Jungs denn so?«, fragte Gerry.
Phil hatte die Hand in seine Jacke gesteckt. Ich sah ihn an; ich wollte nicht, dass er im Wagen eine Waffe zückte.

»Gut, Gerry«, antwortete ich.

Ich sah seine Augen im Rückspiegel, sie wirkten freundlich und etwas amüsiert.

Seine dicken Hände klopften mein Brustbein ab. »Hab ich euch überrascht?«

»O ja«, sagte ich.

Er kicherte. »Tut mir leid. Ich hab euch Jungs nur hier sitzen sehen und dachte bei mir: ›Also, warum hocken Patrick und Phil um halb eins in der Nacht mitten im Regen auf der Straße in einem Wagen?‹«

»Wir unterhalten uns nur, Ger«, meinte Phil, doch sein Versuch, beiläufig zu klingen, wirkte gezwungen.

»Ach«, meinte Gerry. »Tja. Da habt ihr euch ja eine beschissene Nacht ausgesucht.«

Ich betrachtete die nassen roten Haare an seinen Unterarmen.

»Willst du dich an mich ranschmeißen?«, fragte ich.

Er schaute mich im Spiegel fragend an und sah dann an seinen Armen entlang.

»Ach, herrje.« Er nahm die Arme fort. »Ups. Hab ganz vergessen, wie nass ich bin.«

»Hast du heute Abend nicht geöffnet?«, fragte Phil.

»Hm? Nein. Nein.« Er legte seine Unterarme auf die Lehnen der Vordersitze unterhalb der Kopfstützen und beugte sich vor. »Die Bar ist im Augenblick geschlossen. Ich dachte, wer geht denn bei diesem Wetter schon vor die Tür?«

»Schade«, meinte Phil und hustete ein zittriges halbes Kichern aus. »Hätte heute Nacht einen Drink vertragen können.«

Ich starrte das Lenkrad an, um meine Wut zu verbergen. Phil, dachte ich, wieso musstest du ausgerechnet so etwas sagen?

»Für Freunde ist die Bar immer geöffnet«, meinte Gerry fröhlich und klopfte uns auf die Schultern. »Überhaupt kein Problem.«

»Ach, ich weiß nicht, Ger«, wiegelte ich ab. »Es ist schon ziemlich spät und –«

»Geht aufs Haus«, drängte Gerry. »Geht auf mich, meine Freunde. ›Schon ziemlich spät‹«, sagte er und stupste Phil an. »Was ist denn mit dem Burschen los?«

»Na ja –«

»Na, kommt schon. Auf einen Drink.«

Er sprang aus dem Wagen und öffnete meine Tür, bevor ich noch dazu kam.

Phil sah mich verzweifelt an; der Regen fiel mir durch die offene Tür auf Gesicht und Nacken.

Gerry beugte sich hinein. »Na kommt schon, Jungs. Soll ich hier draußen vielleicht ersaufen?«

Er hatte die Hände in der Tasche seines Kapuzen-Sweatshirts stecken, als wir zur Bartür eilten, und als er die rechte Hand herauszog, um die Tür aufzuschließen, ließ er die andere Hand drin. In der Dunkelheit und mit Wind und Regen im Gesicht konnte ich nicht erkennen, ob er eine Waffe dabeihatte oder nicht, deshalb zückte ich meine eigene Waffe nicht, um ihn auf der Straße zu verhaften, nicht mit diesem Nervenbündel als Verstärkung.

Gerry öffnete die Tür und machte eine Handbewegung, damit wir vor ihm eintraten.

Gedämpftes gelbes Licht erhellte die Bar, der Rest lag im Dunkeln. Das Poolzimmer gleich hinter der Bar war stockfinster.

»Wo ist denn mein Lieblingshund?«, fragte ich.

»Patton? Oben in der Wohnung und träumt Hundeträume.« Er schloss hinter uns ab; Phil und ich sahen ihn an.

Gerry lächelte. »Ich will nicht, dass irgendein Stammkunde hereinstolpert und sauer ist, weil ich heute früher geschlossen habe.«

»Nein, das geht natürlich nicht«, meinte Phil und lachte wie ein Idiot.

Gerry sah ihn komisch an und warf mir dann einen Blick zu.

Ich zuckte mit den Schultern. »Wir haben schon seit einer ganzen Weile nicht mehr geschlafen, Gerry.«

Sofort verzog er mitleidig das Gesicht.

»Hätte ich glatt vergessen. Himmel. Angie ist gestern Nacht verletzt worden, richtig?«

»Ja«, sagte Phil mit übertrieben harter Stimme.

Gerry ging hinter den Tresen. »Ach Jungs, das tut mir leid. Sie wird doch wieder, oder?«

»Sie wird wieder«, sagte ich.

»Setzt euch, setzt euch«, sagte Gerry und kramte in der Kühltruhe herum. »Angie, die ist, na ja, was Besonderes, wisst ihr?«, sagte er mit dem Rücken zu uns.

Wir setzten uns hin, Gerry drehte sich um und stellte zwei Flaschen Budweiser vor uns hin. Ich zog so beiläufig wie möglich die Jacke aus und schüttelte mir Regentropfen von den Händen.

»Ja«, sagte ich. »Das ist sie.«

Er schaute stirnrunzelnd auf seine Hände, als er die Flaschen öffnete. »Sie ist ... na ja, ab und zu gibt es mal jemanden in dieser Stadt, der einfach etwas Besonderes ist. Voller Seele und Lebenskraft. Wie Angie. Ich würde lieber selber sterben, als mitansehen zu müssen, wie einer Frau wie ihr etwas zustößt.«

Phil packte die Bierflasche so fest, dass ich schon befürchtete, sie würde ihm in der Hand zersplittern.

»Danke, Gerry«, sagte ich. »Aber sie wird wieder.«

»Also, darauf trinken wir.« Er goss sich einen Jameson ein und hob das Glas. »Auf Angies Genesung.«

Wir stießen an und tranken.

»Und dir geht's gut, Patrick?«, fragte er. »Ich hab gehört, du warst auch mitten im Getümmel.«

»Bestens, Gerry.«

»Na, Gott sei Dank, Patrick.«

Hinter uns plärrte auf einmal die Musik los, und Phil riss es auf seinem Stuhl herum. »Verdammt!«

Gerry grinste und griff nach einem Knopf unter dem

Tresen; die Lautstärke nahm rapide ab, bis der Lärm zu einem Song wurde, den ich kannte.

Let It Bleed. Wie verflucht passend.

»Die Jukebox geht automatisch nach zwei Minuten an, wenn ich zur Tür hereinkomme«, erklärte Gerry. »Tut mir leid, wenn ich euch erschreckt habe.«

»Schon in Ordnung«, sagte ich.

»Alles okay, Phil?«

»Häh?« Phils Augen waren so groß wie Radkappen. »Bestens. Bestens. Wieso?«

Gerry zuckte mit den Schultern. »Du wirkst so nervös.«

»Nein.« Phil schüttelte heftig den Kopf. »Ich doch nicht. Nein.« Er grinste uns breit, aber schwächlich an. »Alles bestens, Gerry.«

»Okay«, meinte Gerry, grinste, schaute mich aber fragend an.

Dieser Mann tötet Menschen, flüsterte eine Stimme. *Zum Spaß. Dutzende.*

»Und, gibt es was Neues?«, fragte Gerry.

Er tötet, wisperte die Stimme.

»Hm?«, machte ich.

»Gibt es was Neues?«, wiederholte Gerry. »Mal abgesehen von der Schießerei gestern Nacht und all das.«

Er zerteilt Menschen, zischte die Stimme, *während sie noch leben. Und schreien.*

»Nein«, brachte ich heraus. »Abgesehen davon ist alles beim Alten, Ger.«

Er kicherte. »Ein Wunder, dass du es so weit geschafft hast, Patrick, bei dem Leben, das du führst.«

Sie flehen. Er lacht. Sie beten. Er lacht. Dieser Mann,

Patrick. Dieser Mann mit dem offenen Gesicht und den freundlichen Augen.

»Das Glück ist mit den Dummen«, meinte ich.

»Da sagst du was Wahres.« Er hob sein Glas Jameson, zwinkerte und trank aus. »Phil«, sagte er und schenkte sich nach, »was machst du denn zurzeit so?«

»Was?«, entgegnete Phil. »Was meinst du damit?«

Phil klammerte sich an seinen Stuhl wie eine Rakete vor dem Start, so als habe der Countdown schon begonnen und er würde gleich durchs Dach geschossen werden.

»Arbeitstechnisch«, sagte Gerry. »Arbeitest du immer noch für die Galvin Brothers?«

Phil blinzelte. »Nein, nein. Ich, ähm, ich bin jetzt selbständig, Gerry.«

»Regelmäßige Arbeit?«

Dieser Mann hat Jason Warren aufgeschlitzt, hat ihm die Gliedmaßen amputiert und den Kopf abgetrennt.

»Was?« Phil trank einen Schluck Bier. »Oh, ja, ziemlich regelmäßig.«

»Ihr Jungs steht heute Nacht ein bisschen auf dem Schlauch«, meinte Gerry.

»Ha, ha«, meinte Phil schwach.

Dieser Mann hat Kara Riders Hände an den gefrorenen Boden genagelt.

Gerry schnippte vor meiner Nase mit den Fingern.

»Jemand zu Hause, Patrick?«

Ich lächelte. »Ich nehm noch ein Bier, Gerry.«

»Kommt sofort.« Er sah mich fest und neugierig an und griff hinter sich in die Kühltruhe.

Hinter uns lief jetzt *Midnight Rambler,* und die Mundharmonika klang wie ein hartnäckiges Kichern aus dem Grab.

Gerry gab mir ein Bier, und dabei berührte er mich mit seiner Hand; ich musste mich anstrengen, meine Hand nicht zurückzuziehen.

»Das FBI hat mich verhört«, sagte er. »Hast du das gewusst?«

Ich nickte.

»Die Fragen, die sie mir gestellt haben, du meine Güte. Schon klar, die machen auch nur ihre Arbeit, aber diese jämmerlichen Mistkerle, ich schwör's.«

Er grinste Phil an, aber das Grinsen passte nicht zu den Worten, und plötzlich fiel mir ein Geruch auf, der uns schon seit unserem Eintreten begleitet hatte. Ein schweißiger, moschusartiger Geruch, vermischt mit dem dunstigen Gestank verfilzter Haare und Haut.

Der Geruch stammte nicht von Gerry, Phil oder mir, denn es war nicht der Geruch eines Menschen. Es war der Geruch eines Tieres.

Ich warf einen Blick auf die Uhr über Gerrys Schulter. Exakt fünfzehn Minuten, seit ich mit Devin gesprochen hatte.

Wo blieb er?

Ich spürte noch immer die Hand, mit der er mich an der Bierflasche berührt hatte. Dort brannte die Haut.

Diese Hand, die Peter Stimovich die Augen ausgestochen hat.

Phil beugte sich nach rechts und betrachtete etwas um die Ecke von der Bar, Gerry sah uns beide an, und sein Lächeln verdunstete.

Die Stille war schwer und ungemütlich und verräterisch, doch mir fiel nicht ein, wie ich sie hätte durchbrechen können.

Wieder stieg mir dieser irgendwie kränklich warme Geruch in die Nase, und ich wusste, er kam von rechts, aus dem Pechschwarz des Poolzimmers.

Midnight Rambler ging zu Ende, und einen Augenblick lang erfüllte die Stille danach die Bar.

Ich erhaschte ein leises, fast unhörbares Geräusch, das aus dem Poolzimmer drang. Atemzüge. Patton hockte dort in der Dunkelheit und beobachtete uns.

Rede, Patrick. Rede oder stirb.

»Und du, Gerry«, sagte ich, und meine Kehle war so trocken, als würden mir die Worte die Luft abschneiden, »was gibt's bei dir Neues?«

»Nicht viel«, antwortete er, und ich erkannte, dass er fertig war mit Geplauder. Er starrte Phil unverwandt an.

»Abgesehen davon, dass das FBI dich verhört hat und alles, meinst du?« Ich grinste und versuchte, die erzwungene Leichtigkeit wieder in den Raum zurückzuholen.

»Abgesehen davon, ja«, sagte Gerry und schaute Phil an.

The Long Black Veil folgte auf *Midnight Rambler*. Noch ein Song über den Tod. Na toll.

Phil betrachtete etwas außerhalb meines Blickfelds um die Ecke auf dem Boden.

»Phil«, sagte Gerry. »Was Interessantes entdeckt?«

Phil blickte auf, dann verschleierte sich sein Blick, als sei er völlig verblüfft.

»Nein, Ger.« Er lächelte und streckte die Hände aus. »Ich seh da nur den Futternapf auf dem Boden, und das

Futter ist nass, so als ob Patton gerade erst was gefressen hat. Bist du sicher, dass er oben ist?«

Das sollte ganz beiläufig klingen. So hatte er es zumindest beabsichtigt, da bin ich sicher. Doch es hörte sich vollkommen anders an.

Die Freundlichkeit in Gerrys Blick verschwand in einem Abgrund tiefster schwarzer Kälte, und er sah mich an, als wäre ich ein Käfer unter dem Mikroskop.

Da wusste ich, dass alle Tarnung dahin war.

Draußen quietschten Autoreifen. Ich zog meine Waffe, und Gerry griff unter den Tresen.

Phil war noch immer wie erstarrt; Gerry rief: »Iago!«

Doch hier ging es nicht um Shakespeare, es war das Angriffssignal.

Ich hatte die Waffe bereits aus dem Hosenbund gezogen, als Patton aus der Dunkelheit heranstürmte, und ich sah den harten Glanz des Rasiermessers in Gerrys Hand aufblitzen.

»Oh, nein. Nein«, sagte Phil und duckte sich.

Patton sprang über seine Schulter auf mich zu.

Gerrys Arm zuckte nach vorn, ich wich zurück, das Rasiermesser schnitt durch die Haut an meinem Wangenknochen, und Patton traf mich wie eine Abrissbirne und warf mich vom Stuhl.

»Nein, Gerry! Nein!«, schrie Phil. Seine Hand steckte hinter dem Gürtel und suchte nach der Waffe.

Die Fänge prallten an meiner Stirn ab, und der Hund riss den Kopf nach hinten, riss das Maul auf und schnappte nach meinem rechten Auge.

Jemand schrie.

Ich packte mit der freien Hand nach Pattons Kehle, und der Hund gab eine wilde Mischung aus Schrei und Gebell von sich. Ich drückte zu, doch seine Muskeln spannten sich an, meine Hand rutschte am schweißigen Fell ab, und wieder schnappte er nach meinem Gesicht.

Ich drückte ihm die Waffe in den Leib, als er mit den Hinterläufen nach meinem Arm trat, und feuerte – zwei Mal –, Pattons Kopf ruckte zurück, als würde er seinen Namen hören, dann zuckte und zitterte er, und ein tiefer zischender Ton entwich seinem Maul. Das Tier wurde weich in meinen Händen, es fiel nach rechts und prallte gegen die Barhocker.

Ich setzte mich auf, feuerte sechs Schuss in die Spiegel hinter der Bar, aber Gerry war verschwunden.

Phil lag neben seinem Stuhl auf dem Boden und hielt sich die Kehle.

Als ich zu ihm kroch, brach die Eingangstür aus den Angeln, und ich hörte Devin brüllen: »Nicht schießen! Nicht schießen! Der Mann ist in Ordnung!« Dann: »Kenzie, leg die Waffe weg!«

Ich legte sie neben Phil auf den Boden. Das meiste Blut drang ihm aus einer Wunde rechts von der Kehle, wo Gerry angesetzt und einen Schnitt bis zur anderen Seite gezogen hatte.

»Einen Rettungswagen!«, schrie ich. »Wir brauchen einen Rettungswagen!«

Phil sah mich verwirrt an, während ihm das helle Blut zwischen den Fingern hervorquoll und über die Hand lief. Devin reichte mir ein Handtuch, ich drückte es auf Phils Kehle und legte meine Hände fest um seinen Hals.

»Shit«, sagte er.

»Sprich nicht, Phil.«

»Shit«, wiederholte er.

Die Niederlage stand ihm in die Augen geschrieben, so als habe er mit diesem Augenblick schon seit seiner Geburt gerechnet, als ob man schon als Gewinner oder Verlierer auf die Welt kommt, als ob er schon immer gewusst hätte, dass er sich eines Tages mit durchgeschnittener Kehle auf dem Boden einer Bar wiederfinden würde, umgeben vom Gestank des schalen Biers, das in den Bodenbelag gedrungen war.

Er versuchte zu lächeln, Tränen kullerten ihm aus den Augenwinkeln, glitten über seine Schläfen und verschwanden in seinen dunklen Haaren.

»Phil«, sagte ich, »alles wird gut.«

»Ich weiß«, sagte er.

Und starb.

39

Gerry war in den Keller gerannt und so zum Nachbargebäude gelangt, wo er sich zur Hintertür hinausschlich. So hatte er es auch schon in der Nacht getan, als er Angie niederschoss. Er sprang in seinen Grand Torino in der Gasse hinter der Bar und fuhr in Richtung Crescent Avenue davon. Beim Abbiegen stieß er beinahe mit einem Streifenwagen zusammen, und als er auf die Dorchester Avenue raste, waren bereits vier Wagen hinter ihm her.

Zwei weitere Streifenwagen und ein FBI-Lincoln kamen ihnen auf der Avenue entgegen und bildeten an der Ecke Harborview Street eine Blockade, während Gerrys Wagen über das Eis schlitternd auf sie zukam.

Gerry bog am Ryan Playground ab und fuhr einfach die Eingangsstufen hinauf, die so vereist waren, dass sie wie eine Rampe wirkten.

Er kam schleudernd mitten auf dem Spielplatz zum Stehen, die Bullen und FBI-Agenten stiegen aus und richteten ihre Waffen auf ihn, und er öffnete den Kofferraum und zog seine Geiseln heraus.

Es handelte sich um eine einundzwanzigjährige Frau namens Danielle Rawson, die seit dem Vormittag aus dem Haus ihrer Eltern verschwunden war. Die andere Geisel war ihr zweijähriger Sohn Campbell.

Gerry zog Danielle aus dem Kofferraum; er hatte ihr mit Isolierband eine Schrotflinte an den Kopf geklebt.

Er schnallte sich Campbell mit Hilfe der Babytrage auf den Rücken.

Beide waren betäubt worden; nur Danielle kam zu sich, als Gerry seinen Finger um den Abzugshahn der Schrotflinte legte, Danielle und sich mit Benzin übergoss und dann auf dem Eis einen Kreis um alle drei zog.

Dann verlangte Gerry, sie sollten mich holen.

Ich war noch in der Bar.

Ich kniete über Phils Leiche und weinte.

Ich hatte nicht mehr geweint, seit ich sechzehn war. Die Tränen flossen stoßweise, ich kniete neben der Leiche meines ältesten Freundes und fühlte mich von allem abgetrennt, abgeschnitten, was mich oder meine Welt ausmachte.

»Phil«, sagte ich und verbarg mein Gesicht an seiner Brust.

»Er verlangt nach dir«, sagte Devin.

Ich blickte zu ihm auf und bemerkte dann einen frischen Blutfleck auf Phils Hemd, wo mein Kopf gelegen hatte. Mir fiel wieder ein, dass Gerry mich geschnitten hatte.

»Wer?«, fragte ich.

»Glynn«, antwortete Oscar. »Er sitzt auf dem Spielplatz in der Falle. Mit Geiseln.«

»Habt ihr Scharfschützen dabei?«

»Ja«, sagte Devin.

Ich zuckte mit den Schultern. »Dann knallt ihn ab.«

»Geht nicht.« Devin reichte mir ein Tuch für meine Wange.

Dann erzählte mir Oscar von dem Kind, das sich Glynn auf den Rücken geschnallt hatte, von der Schrotflinte am Kopf der Mutter und dem Benzin.

Mir kam das alles völlig unwirklich vor.

»Er hat Phil umgebracht«, sagte ich.

Devin packte mich grob am Arm und stellte mich auf die Füße.

»Ja, Patrick, das hat er. Und jetzt bringt er vielleicht noch zwei weitere Menschen um. Hilfst du uns dabei, das zu verhindern?«

»Ja«, sagte ich, aber meine Stimme hörte sich nicht wie meine eigene an. Sie klang tot. »Klar.«

Sie folgten mir zu ihrem Wagen, ich zog die kugelsichere Weste an, die sie mir gaben, und schob ein frisches Magazin in meine Beretta. Bolton schloss sich uns auf der Straße an.

»Er ist umzingelt«, sagte er. »Er kann nicht weg.«

Ich kam mir so abgestumpft vor wie noch nie, so als habe man mir alle Gefühle geraubt, so mühelos, wie man einen Apfel entkernt.

»Mach schnell«, sagte Oscar. »Du hast fünf Minuten, sonst verstümmelt er eine Geisel.«

Ich nickte und zog Hemd und Jacke über die Weste, als wir zu meinem Wagen kamen.

»Du kennst doch Bubbas Lagerhaus«, sagte ich.

»Ja.«

»Der Zaun drumherum geht auch um den Spielplatz.«

»Das weiß ich«, meinte Devin.

Ich öffnete den Wagen, klappte das Handschuhfach auf, kramte den Inhalt heraus und breitete ihn auf den Sitzen aus.

»Was suchst du denn, Patrick?«

»In dem Zaun«, fuhr ich fort, »ist ein Loch. Das kann man im Dunkeln nicht sehen, weil es nur ein Schnitt ist. Wenn man dagegendrückt, klappt es auf.«

»Okay.«

Ich entdeckte die Kante eines kleinen Stahlzylinders, der aus dem Stapel aus Streichholzbriefchen, Garantieunterlagen, allen möglichen Zetteln und Schrauben auf dem Sitz ragte.

»Das Loch ist an der östlichen Ecke des Zauns, wo die Pfosten sich treffen.«

Devin schaute auf den Zylinder, als ich die Wagentür zuwarf und die Avenue entlang zum Spielplatz ging.

»Was hast du denn da?«

»Einen Einschüsser.« Ich lockerte mein Uhrenarmband und schob den Zylinder zwischen Lederband und Handgelenk.

»Ein Einschüsser.«

»Weihnachtsgeschenk von Bubba«, erklärte ich. »Schon vor Jahren.« Ich zeigte es ihm. »Eine Kugel. Ich drücke hier, das ist der Abzug. Die Kugel fliegt aus dem Zylinder.«

Devin und Oscar besahen sich das Ding. »Das ist ein verfluchter Schalldämpfer mit ein paar Scharnieren und Schrauben, einer Sprengkapsel und einer Kugel. Das Ding explodiert dir in der Hand.«

»Schon möglich.«

Der Spielplatz lag vor uns, der viereinhalb Meter hohe

Zaun war mit Eis überzogen, und die Bäume waren schwarz und schwer davon.

»Wozu brauchst du das denn?«, fragte Oscar.

»Er wird mich zwingen, die Waffe abzulegen.« Ich drehte mich um und schaute sie an. »Das Loch im Zaun, Jungs.«

»Ich schicke einen Mann rein«, sagte Bolton.

»Nein.« Ich schüttelte den Kopf. Ich reckte den Kopf in Richtung Devin und Oscar. »Einer von den beiden. Das sind die Einzigen, denen ich traue. Einer von euch kriecht durch den Zaun und schleicht sich von hinten an.«

»Um was zu tun? Patrick, er hat –«

»– sich ein Kind auf den Rücken geschnallt. Vertraut mir. Du musst seinen Sturz abfedern.«

»Ich mach das«, sagte Devin.

Oscar schnaubte. »Mit deinen Knien? Scheiße. Du kommst doch keine zehn Meter weit bei dem Eis.«

Devin schaute ihn an. »Ach ja? Und wie willst du deinen Walarsch über den Spielplatz schleppen, ohne dabei gesehen zu werden.«

»Ich bin schwarz, Partner. Ich bin eins mit der Nacht.«

»Also, wer jetzt?«, fragte ich.

Devin seufzte und reckte den Daumen in Oscars Richtung.

»Walarsch«, meinte Oscar mürrisch. »Ha.«

»Bis später«, sagte ich, überquerte den Bürgersteig und ging zum Spielplatz.

Ich hangelte mich am Treppengeländer die Stufen hinauf.

Die Straßen waren im Laufe des Tages durch Streusalz und fahrende Autos eisfrei geworden, aber der Spielplatz war die reinste Schlittschuhbahn. Mindestens fünf Zentimeter Eis bedeckten die Mitte, wo der Asphalt sich ein wenig senkte und sich Wasser gesammelt hatte.

Bäume und Baseballkörbe, Klettergerüste und Schaukeln waren wie Glas.

Gerry stand mitten auf dem Spielplatz an einer Stelle, die als Springbrunnen oder Karpfenteich geplant gewesen war, bevor der Stadt das Geld ausging und einfach nur ein Betonbassin mit Bänken drumherum entstand. Ein guter Ort, wo man mit seinen Kindern hingehen und schauen konnte, was mit den Steuergeldern passierte.

Gerrys Wagen stand seitwärts; er lehnte an der Motorhaube, als ich mich näherte. Von meiner Warte aus konnte ich das Kind auf seinem Rücken nicht erkennen; Danielle Rawson schien den eigenen Tod schon akzeptiert zu haben, sie kniete mit leerem Blick zu Gerrys Füßen auf dem Eis. Nach zwölf Stunden im Kofferraum klebten ihr die Haare an der linken Kopfseite, als würde eine Hand sie andrücken, über ihr Gesicht zogen sich schmutzige Striemen vom Mascara, und die Augenlider waren rot vom Benzin.

»Hi, Patrick«, sagte Gerry. »Nah genug.«

Ich blieb knapp zwei Meter vor dem Wagen stehen, einen Meter von Danielle Rawson entfernt, und bemerkte, dass ich auf den Ring aus Benzin trat.

»Hi, Gerry«, sagte ich.

»Du bist so schrecklich ruhig.« Er hob eine vom Benzin nasse Augenbraue. Das rostbraune Haar klebte ihm am Kopf.

»Müde«, sagte ich.

»Deine Augen sind rot.«

»Wenn du es sagst.«

»Phillip Dimassi ist tot, nehme ich an.«

»Ja.«

»Du hast um ihn geweint.«

»Ja, habe ich.«

Ich schaute Danielle Rawson an und versuchte, die Energie aufzubringen, die nötig war, um mich darum zu sorgen,
was mit ihr geschah.

»Patrick?«

Er lehnte sich an den Wagen und zog die junge Frau an
der Schrotflinte an ihrem Kopf zu sich hin.

»Ja, Gerry?«

»Bist du geschockt?«

»Keine Ahnung.« Ich schaute mich um, sah die funkeln-
den Eisflächen, den dunklen Nieselregen und die blauen
und weißen Lichter der Streifenwagen, sah die Bullen und
FBI-Agenten, die sich über Motorhauben beugten, auf Tele-
fonmasten standen und auf den Dächern rings um den
Spielplatz knieten. Bis auf den letzten Mann hatten sie alle
ihre Waffen gezückt.

Waffen, Waffen, Waffen. Dreihundertsechzig Grad
blanke Gewalt.

»Ich glaube, du stehst unter Schock.« Gerry nickte bei
sich.

»Ach, Scheiße, Gerry«, sagte ich und ertappte mich dabei, wie ich mich am Kopf kratzte, »ich hab seit zwei Tagen
nicht geschlafen, und du hast bald jeden mir nahestehenden
Menschen umgebracht oder verletzt. Keine Ahnung, was
ich da fühlen soll.«

»Neugier«, sagte er.

»Neugier?«

»Neugier«, wiederholte er und riss die Schrotflinte so herum, dass Danielle Rawsons Hals sich verdrehte und ihr Kopf gegen sein Knie schlug.

Ich sah sie an; sie war nicht verängstigt oder wütend. Sie war geschlagen. Genau wie ich. Ich versuchte, mich darüber mit ihr zu verbinden, wollte Gefühle in mir erzwingen, doch da war nichts.

Ich sah Gerry an.

»Neugier auf was, Gerry?« Ich ließ meine Hand an der Hüfte ruhen und spürte den Knauf meiner Waffe. Er hatte sie nicht eingefordert. Wie merkwürdig.

»Auf mich«, antwortete er. »Ich habe viele Menschen umgebracht.«

»Na toll«, sagte ich.

Er drehte die Schrotflinte, und Danielle Rawsons Knie hoben sich vom Eis.

»Findest du das lustig?«, fragte er, und sein Finger am Abzug krümmte sich.

»Nein, Gerry«, entgegnete ich, »mir ist es eigentlich ziemlich gleichgültig.«

Über den Kofferraum des Wagens hinweg sah ich, wie in der Dunkelheit ein Stück Zaun nach vorn geschoben wurde und sich öffnete. Dann schloss sich der Zaun wieder.

»Gleichgültig?«, meinte Gerry. »Ich sag dir was, Pat – mal sehen, wie gleichgültig du bist.« Er griff hinter seinen Kopf und zog das Kind an seinen Kleidern nach vorn, es baumelte an seinem ausgestreckten Arm. »Wiegt weniger als so manche Steine, die ich geworfen habe«, stellte er fest.

Das Kind war noch betäubt, vielleicht tot, ich wusste es nicht. Es hatte die Augen wie unter Schmerzen fest zusammengepresst, und der kleine Kopf war mit blondem Flaum bedeckt. Es wirkte weicher als ein Kissen.

Danielle Rawsor blickte auf und schlug ihren Kopf gegen Gerrys Knie; ihre Schreie wurden durch das Klebeband über ihrem Mund gedämpft.

»Willst du das Kind wegwerfen, Gerry?«

»Klar«, sagte er. »Warum nicht?«

Ich zuckte mit den Schultern. »Egal. Ist ja nicht meins.«

Danielles Augen traten aus den Höhlen, und sie sah mich anklagend an.

»Du bist ausgebrannt, Pat.«

Ich nickte. »Ich hab keine Kraft mehr, Gerry.«

»Zieh deine Waffe.«

Das tat ich. Ich wollte sie auf den vereisten Schnee werfen.

»Nein, nein«, sagte Gerry. »Behalte sie.«

»Ich soll sie behalten?«

»Auf jeden Fall. Ist sie geladen? Dann richte sie auf mich. Na los. Das wird ein Spaß.«

Ich tat wie geheißen, hob den Arm und zielte auf Gerrys Stirn.

»Viel besser«, sagte er. »Tut mir irgendwie leid, dass du meinetwegen so ausgebrannt bist, Patrick.«

»Nein, tut es dir nicht. Das war es doch, was du wolltest. Richtig?«

Er lächelte. »Was meinst du damit?«

»Du wolltest deine bescheuerte Theorie von der Entmenschlichung in die Praxis umsetzen. Richtig?«

Er zuckte mit den Schultern. »Manche Leute halten das nicht für bescheuert.«

»Manche Leute kaufen sich Kühlschränke am Nordpol, Gerry.«

Er lachte. »Bei Evandro hat es bestens funktioniert.«

»Hast du deshalb zwanzig Jahre gebraucht, um wieder aufzutauchen?«

»Ich bin nie weg gewesen, Patrick. Aber wenn es um mein Experiment über den Zustand der Menschheit im Allgemeinen geht und um einen gewissen Glauben an den Zauber der drei, ja, da mussten Alec und ich schon eine Weile warten, bis ihr alle ein wenig älter wart und Alec in Evandro einen würdigen Kandidaten gefunden hatte. Und dann waren da noch all die Jahre der Planung und Alecs Bemühungen um Evandro, bis wir sicher sein konnten, dass er einer von uns war. Ein großer Erfolg, oder?«

»Na klar, Gerry. Was auch immer.«

Er streckte den Arm so, dass der Kopf des Kindes direkt aufs Eis zeigte, und starrte den Boden an, als suche er nach dem besten Aufschlagpunkt.

»Was willst du jetzt machen?«

»Ich kann eh nicht viel machen, Ger.«

Er lächelte. »Wenn du mich erschießt, stirbt die Mutter auf jeden Fall und das Kind vielleicht.«

»Stimmt.«

»Erschießt du mich nicht, lasse ich den Kopf des Babys vielleicht aufs Eis knallen.«

Danielle wehrte sich gegen die Waffe.

»Wenn ich das mache«, sagte Gerry, »dann verlierst du beide. Das wäre die Wahl. Deine Wahl, Patrick.«

Oscar schlich langsam an der Seite des Wagens entlang und warf einen dunklen Schatten auf das Eis darunter.

»Gerry«, sagte ich, »du hast gewonnen. Richtig?«

»Wie siehst du das denn?«

»Korrigier mich, wenn ich falschliege. Ich sollte für das bezahlen, was mein Vater Charles Rugglestone angetan hat?«

»Zum Teil«, antwortete er und drehte den Kopf des Babys so, dass er die geschlossenen Augen sehen konnte.

»Okay. Erschieß mich, wenn du willst. Mir egal.«

»Ich wollte dich nie töten, Patrick«, sagte er und betrachtete weiter das Kind. Er schürzte die Lippen und machte Kosegeräusche. »Letzte Nacht im Haus deiner Partnerin? Evandro sollte sie umbringen und dich mit der Schuld und dem Schmerz leben lassen.«

»Wozu?«

Oscars Schatten glitt ihm über das Eis voran. Er lag vor dem Wagen und dehnte sich bis zu den Steintieren und Schaukelpferden direkt hinter Gerry aus. Die Straßenlaterne am Rande des Spielplatzes warf diesen Schatten, und ich fragte mich, welches Obergenie vergessen hatte, sie auszuschalten, bevor Oscar durch den Zaun kletterte.

Gerry musste sich nur umschauen, dann würde dieses ganze Chaos eskalieren.

Gerry drehte die Hand und ließ das Kind hin- und herbaumeln.

»Ich hab meinen eigenen Sohn auch so gehalten«, sagte er.

»Über Eis?«, fragte ich.

Er grinste. »Mhmh. Nein, Patrick. Ich hab ihn in den

Armen gehalten und an ihm gerochen und ab und zu seinen Kopf geküsst.«

»Und er ist gestorben.«

»Ja.« Gerry schaute dem Kind ins Gesicht und ahmte den Gesichtsausdruck nach.

»Und deswegen ergibt das hier alles irgendeinen Sinn, Gerry?«

Es lag an meiner Stimme, ich bin mir nicht sicher, warum oder wie, aber es war nicht zu überhören – ein winziger Anflug von Emotion.

Gerry hörte es ebenfalls. »Wirf die Waffe nach rechts.«

Ich sah sie mir an, als wäre mir das egal, als hätte ich nicht mal bemerkt, dass ich sie in der Hand hatte.

»Jetzt.« Gerry öffnete die Hand und ließ das Kind fallen.

Danielle schrie gegen das Klebeband an und schlug mit dem Kopf gegen die Schrotflinte.

»Okay«, sagte ich. »Okay.«

Der Kopf des Kindes kam dem Eis gefährlich nah, als Gerry an den Knöcheln zupackte.

Ich warf meine Waffe in den gefrorenen Sand unter dem Klettergerüst.

»Und jetzt die andere Waffe«, sagte Gerry und ließ das Kind wie ein Pendel schwingen.

»Fick dich«, sagte ich und sah seinen riskanten Griff um die kleinen Fußgelenke.

»Patrick«, sagte er und runzelte die Stirn, »hört sich ganz so an, als wenn der Schock langsam abklingt. Die andere Waffe.«

Ich zog die Waffe, nach der Phil gegriffen hatte, als Gerry

ihm die Kehle durchschnitt, und warf sie neben meine eigene.

Oscar musste seinen Schatten bemerkt haben, denn er verschwand wieder hinter dem Wagen, und seine Beine tauchten zwischen Vorder- und Hinterrädern auf.

»Als mein Sohn starb«, sagte Gerry, zog Campbell Rawson an seine Wange und tätschelte dessen weiches Gesicht, »geschah das ohne jede Vorwarnung. Er war draußen auf dem Hof, vier Jahre alt, tobte herum und dann … gab es ihn nicht mehr. Eine Ader ist ihm im Gehirn geplatzt.« Er zuckte mit den Schultern. »Einfach so. Sein Kopf füllte sich mit Blut. Und er starb.«

»Das muss hart gewesen sein.«

Gerry lächelte mich weich und freundlich an. »Komm mir noch mal so gönnerhaft, Patrick, und ich schlag dem Kind den Schädel ein.« Er hielt den Kopf schräg und gab Campbell einen Kuss auf die Wange. »Mein Sohn ist tot. Und wie es aussieht, hätte niemand vorhersehen oder verhindern können, was passiert ist. Gott entschied, dass Brendan Glynn an jenem Tag stirbt. Und so war es.«

»Und deine Frau?«

Er strich Campbells Haare glatt; das Kind hielt die Augen geschlossen.

»Meine Frau«, sagte er. »Hm. Ich habe sie umgebracht, ja. Nicht Gott. Ich. Keine Ahnung, welche Pläne Gott mit der Frau hatte, aber ich habe sie durchkreuzt. Ich hatte Pläne für Brendans Leben, und ER versaute sie mir. ER hatte wahrscheinlich auch Pläne für Kara Riders Leben, aber die musste ER auch ändern, oder?«

»Und Hardiman«, sagte ich, »wie kommt der ins Spiel?«

»Hat er dir die Geschichte aus seiner Jugend mit den Wespen erzählt?«

»Ja.«

»Hm. Es waren keine Wespen. Alec übertreibt gern. Ich war dabei, es waren Mücken. Er verschwand in einer Wolke aus Mücken, und als er wieder auftauchte, sah ich, dass er keine Spur von Gewissen mehr hatte.« Er lächelte, und ich sah die Insektenwolke und den dunklen See in seinen Augen. »Danach gingen Alec und ich ein Lehrer-Schüler-Verhältnis ein, aus dem später noch viel mehr werden sollte.«

»Und er – was? – er ist freiwillig ins Gefängnis gegangen, um dich zu schützen?«

Gerry zuckte die Schultern. »Gefängnis hat für jemanden wie Alec keine Bedeutung. Seine Freiheit ist allumfassend, Patrick. Sie ist in seinem Kopf. Sie lässt sich nicht einsperren. Er ist im Gefängnis freier, als die meisten Menschen draußen sind.«

»Und warum hast du Diandra Warren dafür bestraft, dass sie ihn in den Knast gebracht hat?«

Er runzelte die Stirn. »Sie hat Alec kleingemacht. Im Zeugenstand. Sie hat sich erdreistet, einer Jury aus Dummköpfen zu erklären, wer er ist. Eine verfluchte Frechheit.«

»Also, das alles hier« – ich machte eine ausladende Handbewegung –, »bei alldem geht es darum, dass Alec und du es wem heimzahlt?«

»Jemandem«, verbesserte er mich und lächelte wieder.

»Gott?«, fragte ich.

»Das ist vielleicht ein wenig kurzgefasst, aber wenn das die Art von Klugscheißerei ist, die du nach meinem Tod an die Medien verfüttern willst, dann gern, Patrick.«

»Nach deinem Tod, Gerry? Wann soll das sein?«

»Sobald du dich entschieden hast, Patrick. Du wirst mich töten.« Er deutete mit dem Kopf in Richtung Polizei. »Oder die da.«

»Was ist mit den Geiseln, Gerry?«

»Eine stirbt auf jeden Fall. Du kannst sie nicht beide retten, Patrick. Auf gar keinen Fall. Das musst du einsehen.«

»Ist gut.«

Danielle Rawson schaute mir ins Gesicht, um zu sehen, ob ich es ernst meinte. Ich hielt ihrem Blick lang genug stand, dass sie es erkannte.

»Eine Geisel wird sterben«, sagte Gerry. »Da sind wir uns doch einig?«

»Ja.«

Ich drehte den linken Fuß nach rechts, dann wieder zurück, dann noch einmal. Für Gerry mochte das hoffentlich nur eine beiläufige Bewegung sein. Für Oscar hoffentlich nicht. Ich konnte nicht riskieren, noch einmal zum Wagen hinüberzuschauen. Ich musste einfach davon ausgehen, dass er dort war.

»Vor einem Monat«, sagte Gerry, »da hättest du alles unternommen, beide zu retten. Du hättest dir das Hirn zermartert. Jetzt nicht mehr.«

»Nein. Das hast du mir beigebracht, Gerry.«

»Wie viele Leben hast du zerstört, um mich zu erwischen?«, fragte er.

Ich dachte an Jack und Kevin. Dann an Grace und Mae. Und dann natürlich an Phil.

»Genug«, antwortete ich.

Gerry lachte. »Gut. Gut. Macht doch Spaß. oder? Na ja, okay, du hast noch nie jemanden vorsätzlich umgebracht, oder? Aber ich sag dir, ich habe auch nie beabsichtigt, das mein Leben lang zu tun. Als ich meine Frau damals umgebracht habe, aus blanker Wut, das war überhaupt nicht geplant … als ich sie umgebracht hatte, da ging's mir richtig schlecht. Ich musste kotzen. Ich hatte zwei Wochen lang Fieber. Und eines Nachts, ich fahr über eine alte Straße bei Mansfield, meilenweit kein anderes Auto, komme ich an einem Kerl auf dem Fahrrad vorbei, und auf einmal hatte ich diesen Drang – den stärksten Drang, den ich je im Leben gespürt habe. Ich überhole ihn, ich sehe die Katzenaugen in den Radspeichen, sehe sein Gesicht, ganz ernst und konzentriert, und diese Stimme sagt mir: ›Schlag das Lenkrad ein, Gerry. Schlag das Lenkrad ein.‹ Hab ich gemacht. Ich lenkte ein kleines Stückchen seitwärts, und schon flog der Kerl in hohem Bogen gegen einen Baum. Ich hab zurückgesetzt, er lebte noch, und ich hab zugesehen, wie er starb. Und ich fühlte mich gut dabei. Es wurde immer besser. Der schwarze Kerl, der wusste, dass ich jemand anderem die Sache mit meiner Frau untergejubelt hatte, all die anderen nach ihm, Cal Morrison. Es fühlte sich von Mal zu Mal besser an. Ich bedaure nichts. Tut mir leid, nein. Wenn du mich also erschießt –«

»Das mach ich nicht, Gerry.«

»Was?« Er riss den Kopf nach hinten.

»Du hast mich schon verstanden. Soll dich doch jemand anderes wegpusten. Du bist doch nur Fliegendreck, Mann. Ein Nichts. Du bist die Kugel nicht wert und auch nicht das Mal auf meinem Gewissen.«

»Willst du mich schon wieder ärgern, Patrick?« Er nahm Campbell Rawson von seiner Schulter und hielt ihn hoch.

Ich bewegte das Handgelenk so, dass mir der Zylinder in die Hand fiel, und zuckte die Schultern. »Du bist eine Witzfigur, Gerry. So sehe ich das.«

»Ach ja?«

»Ja.« Ich hielt seinem harten Blick stand. »Und wie alles andere auch wirst du in höchstens einer Woche aus den Schlagzeilen verdrängt sein. Irgendein blödes, krankes Arschloch wird umherziehen und ein paar Leute umbringen, die Zeitungen werden voll davon sein, das Fernsehen auch, und du bist kalter Kaffee. Dann sind deine fünfzehn Minuten Ruhm vorbei, Gerry. Und du hast keinerlei Spuren hinterlassen.«

Er packte Campbell Rawson wieder am Knöchel, und sein Finger drückte den Abzug der Schrotflinte einen Millimeter fester; Danielle kniff ein Auge zu, wartete auf den Knall, den sie schon kommen hörte, nahm aber den Blick nicht von ihrem Kind.

»Daran werden sie sich erinnern«, sagte Gerry. »Kannst du mir glauben.«

Er holte aus wie ein Softballwerfer, Campbell glitt in die Dunkelheit hinter Gerry, und der kleine weiße Leib verschwand, als wäre er in den Mutterleib zurückgekrochen.

Als Gerry den Arm nach vorn holte, um das Baby in die Luft zu werfen, war seine Hand leer.

Er schaute verwirrt nach unten, ich sprang vor, ging auf dem Eis in die Knie und schob den Zeigefinger der linken Hand zwischen Abzugshahn und Bügel der Schrotflinte.

Gerry drückte den Abzug. Als er den Widerstand spürte,

sah er mich an und drückte so fest, dass er mir den Finger brach.

Das Rasiermesser blitzte in seiner linken Hand auf, und ich drückte ihm den Einschüsser in die rechte Handfläche.

Er kreischte, noch bevor ich den Abzug drückte, ein hohes Kreischen, das Gebell eines ganzen Zwingers voller Hyänen, und das Rasiermesser fühlte sich an wie die Zungenspitze einer Geliebten, als es mir in den Hals fuhr und an meinem Kieferknochen stockte.

Ich drückte auf den Abzug des Einschüssers, doch nichts geschah.

Gerry kreischte noch lauter, das Rasiermesser fuhr mir aus der Haut, er holte sofort wieder aus; ich drückte die Augen fest zu und drückte noch drei Mal wie wild ab.

Gerrys Hand explodierte.

Meine ebenfalls.

Das Rasiermesser rutschte neben meinem Knie übers Eis, ich ließ die Waffe fallen, Feuer fauchte über das Isolierband und das Benzin auf Gerrys Arm und erreichte Danielles Haare.

Gerry warf den Kopf in den Nacken, riss den Mund auf und brüllte vor Verzückung.

Ich schnappte das Messer, konnte es kaum spüren; offenbar hatten die Nerven in meiner Hand etwas abbekommen. Ich schlitzte das Isolierband am Flintenlauf auf, Danielle ließ sich aufs Eis fallen und drückte den Kopf in den gefrorenen Sand.

Ich bekam meinen gebrochenen Finger aus der Flinte frei, und Gerry zielte auf meinen Kopf.

Die Bohrungen der doppelläufigen Flinte starrten mich

aus der Dunkelheit an wie Augen ohne Gnade, ohne Seele, ich hob den Kopf, um mich ihnen zu stellen, und Gerrys Geheul dröhnte mir in den Ohren, während das Feuer an seinem Nacken züngelte.

Goodbye, dachte ich. Ihr alle. Es war schön.

Oscars erste zwei Schüsse drangen von hinten in Gerrys Kopf und traten mitten in der Stirn aus, ein dritter Schuss schlug in seinem Rücken ein.

Gerrys brennender Arm riss die Flinte in die Höhe, dann kamen Schüsse von vorn, mehrere gleichzeitig, Gerry tanzte wie eine Marionette und fiel zu Boden. Noch im Fallen donnerte die Schrotflinte zwei Mal los und bohrte Löcher ins Eis.

Er landete auf den Knien; einen Augenblick lang wusste ich nicht, ob er tot war oder nicht. Seine Haare standen in Flammen, sein Kopf fiel nach links, und ein Auge verschwand im Feuer, doch das andere sah mich durch die Hitze an. Ich erkannte amüsierten Spott darin.

Patrick, sagte das Auge durch den dichter werdenden Qualm, *du hast noch immer keine Ahnung.*

Oscar tauchte hinter Gerrys Leiche auf, Campbell Rawson fest an die Fassbrust gepresst, die sich mit mächtigen Atemzügen hob und senkte. Bei diesem Anblick – etwas so Weiches, Zartes in den Händen eines Berges von Mann – musste ich lachen.

Oscar trat aus der Dunkelheit auf mich zu, ging um Gerrys brennende Leiche, und ich spürte die Hitze, als der Benzinring um Gerry Feuer fing.

Brenn, dachte ich. Brenn. So brenn doch, um Gottes willen.

Kaum war Oscar über den äußeren Rand des Kreises getreten, ging alles in gelben Flammen auf, und ich musste aus vollem Halse lachen, wie er das Feuer betrachtete und sich nicht im Geringsten beeindrucken ließ.

Ich spürte kühle Lippen, die mein Ohr küssten, doch als ich in Danielles Richtung schaute, war sie schon weitergerannt und nahm Oscar das Kind ab.

Sein riesiger Schatten türmte sich über mir auf, als er näher kam, ich blickte auf, und wir sahen uns lange an.

»Wie geht's dir, Patrick?«, fragte er und grinste breit.

Hinter ihm auf dem Eis brannte Gerry.

Aus irgendeinem Grund war alles so verdammt lustig, obwohl ich doch wusste, dass es nicht lustig war. Ich wusste es. Wirklich. Doch als sie mich in den Krankenwagen verfrachteten, lachte ich immer noch.

Epilog

Einen Monat nach Gerry Glynns Tod wurden seine Opfer in der ehemaligen Cafeteria der seit langen Jahren geschlossenen Besserungsanstalt Dedham House gefunden. Neben einigen Leichenteilen, die in einem halben Dutzend Kühltruhen lagerten, fand die Polizei auch eine Liste, die Gerry von all den seit 1965 von ihm Getöteten angelegt hatte. Mit siebenundzwanzig hatte er seine Frau umgebracht, mit achtundfünfzig starb er. In den einunddreißig Jahren hatte er – allein oder mit Hilfe von Charles Rugglestone, Alec Hardiman oder Evandro Arujo – vierunddreißig Menschen ermordet. Der Liste zufolge.

Ein Polizeipsychologe mutmaßte, dass die Zahl tatsächlich höher liegen könne. Jemand mit Gerrys Ego, argumentierte er, könne leicht zwischen ›würdigen‹ und ›unwürdigen‹ Opfern unterschieden haben.

Von den vierunddreißig Opfern waren sechzehn Ausreißer, darunter einer in Lubbock, Texas, und ein anderer in Dade County, Florida, wie Bolton vermutet hatte.

Dreieinhalb Wochen nach Gerrys Tod veröffentlichten Cox Publishers das Buch *Die Metzger von Boston*, geschrieben von einem Reporter der *News*. Das Buch verkaufte sich zwei Tage lang sehr gut, dann machte man die Entdeckung in Dedham, und die Leute verloren das Interesse an dem

Titel, denn selbst ein Buch, das in vierundzwanzig Tagen fertiggestellt worden war, konnte mit den jüngsten Ereignissen nicht mithalten.

Interne Ermittlungen im Fall Gerry Glynn kamen zu dem Schluss, dass die Polizisten und FBI-Agenten »äußerste, aber notwendige Gewalt« angewandt hatten, als Scharfschützen ihn vierzehn Mal trafen, obwohl Oscars erste drei Schüsse ihn bereits getötet hatten.

Als Stanley Timpson nach dem Rückflug aus Mexiko am Logan Airport ankam, wurde er unter der Anklage verhaftet, sich im Fall Rugglestone an einer Mordverschwörung beteiligt und Ermittlungen einer Bundesbehörde behindert zu haben.

Nach erneuter Durchsicht des Falls Rugglestone beschloss der Staat Massachusetts, die Anklage gegen Timpson den Bundesbehörden zu überlassen, da die einzigen Zeugen im Mordfall Rugglestone eine Geisteskranke in einer Irrenanstalt, eine verwirrte Alkoholikerin und ein AIDS-Patient waren, der den Prozess wohl nicht mehr erleben würde; zudem gab es keinerlei Beweise mehr.

Ich hörte davon, dass Timpson sich in der Frage der Behinderung der Ermittlungen einer Bundesbehörde für schuldig erklären wollte, wenn die Anklage wegen Mordverschwörung fallengelassen würde.

Alec Hardimans Anwalt stellte vor dem Obersten Gerichtshof den Antrag, die Verurteilung seines Mandanten wegen der Anschuldigungen, die gegen Timpson und die EEPA im Zusammenhang mit dem Mordfall Rugglestone erhoben worden waren, sofort zu annullieren und die Gefängnisstrafe umgehend aufzuheben. Zudem reichte der Anwalt eine weitere Klage vor dem Zivilgericht ein gegen den Staat Massachusetts, den amtierenden Gouverneur und Polizeichef ebenso wie gegen die Männer, die diese Ämter 1974 bekleideten. Wegen der widerrechtlichen Haft, so der Anwalt, habe Alec Hardiman Anrecht auf eine Entschädigung von sechzig Millionen Dollar – drei Millionen für jedes Jahr, das er hinter Gittern verbracht hatte. Sein Mandant, so der Anwalt, sei darüber hinaus noch Opfer der mangelnden Überwachung seiner Mitinsassen geworden, als er sich mit AIDS infiziert hatte, und sollte umgehend freigelassen werden, solange er noch etwas vom Leben habe.

Die Aufhebung von Hardimans Verurteilung ist im Augenblick anhängig.

Gerüchten zufolge versteckten sich Jack Rouse und Kevin Hurlihy auf den Cayman Islands.

Ein anderes, in den Zeitungen nur selten erwähntes Gerücht besagte, dass sie auf Befehl von Fat Freddy Constantine umgebracht worden seien. Lieutenant John Kevosky vom Dezernat für Gewaltverbrechen sagte: »Negativ. Kevin und Jack sind bekannt dafür, zu verduften, wenn es brenzlig wird. Außerdem hatte Freddy keinen Grund, die beiden umzubringen. Sie haben ihm Geld gebracht. Die verstecken sich irgendwo in der Karibik.«

Vielleicht auch nicht.

Diandra Warren gab ihre Beratungsstelle an der Bryce auf und schloss auch vorerst ihre Privatpraxis.

Eric Gault unterrichtet weiter an der Bryce; sein Geheimnis ist im Augenblick in sicheren Händen.

Evandro Arujos Eltern verkauften das Tagebuch ihres Sohnes aus Teenagertagen für 20 000 Dollar an einen Boulevardsender. Die Produzenten klagten später auf Rückgabe des Geldes, mit der Begründung, dass das Tagebuch nur die Grübeleien eines damals vollkommen gesunden Verstandes enthüllen würde.

Die Eltern von Peter Stimovich und Pamela Stokes reichten eine Sammelklage ein gegen den Staat, den Gouverneur und das Gefängnis Walpole, weil sie Evandro Arujo auf freien Fuß gesetzt hätten.

Den Ärzten zufolge galt es als Wunder, dass Campbell Rawson trotz der Überdosis an Hydrochlorophyl, die Gerry Glynn ihm verabreicht hatte, keinerlei Schäden davontrug. Stattdessen wachte er nur mit Kopfschmerzen auf, mehr nicht.

Danielle, seine Mutter, schickte mir eine Weihnachtskarte mit einer überschwänglichen Danksagung und der Versicherung, dass mich im Hause Rawson jederzeit Essen und Freundschaft erwarten würden, wann immer ich durch Reading käme.

Grace und Mae kehrten zwei Tage nach Gerrys Tod aus ihrem sicheren Versteck in Upstate New York zurück. Grace bekam ihre Stelle am Beth Israel Hospital zurück und rief mich an dem Tag an, als ich aus dem Krankenhaus entlassen wurde.

Es handelte sich um eine dieser ungemütlichen Unterhaltungen, in denen statt Intimität höfliche Zurückhaltung vorherrscht; als das Gespräch dem Ende entgegenstolperte, fragte ich sie, ob wir uns auf einen Drink treffen könnten.

»Das halte ich für keine gute Idee, Patrick.«

»Irgendwann mal?«, fragte ich.

Darauf folgte eine lange, nicht platzen wollende Blase an Schweigen, die an sich schon Antwort genug war, dann sagte sie:

»Du wirst mir immer etwas bedeuten.«

»Aber?«

»Aber meine Tochter hat Vorrang, und ich kann nicht riskieren, sie noch einmal mit deinem Leben zu konfrontieren.«

Eine tiefe Kluft öffnete sich gähnend; sie reichte mir von der Kehle bis zur Magengrube.

»Kann ich mit ihr reden? Mich verabschieden?«

»Ich glaube nicht, dass das gut wäre. Für euch beide.« Dann brach ihr die Stimme, und sie sog hörbar den Atem ein. »Manchmal ist es besser, Dinge ungesagt zu lassen.«

Ich schloss die Augen und lehnte den Kopf für einen Augenblick an das Telefon.

»Grace, ich –«

»Ich muss los, Patrick. Gib auf dich acht. Ganz ehrlich. Lass dich nicht von deiner Arbeit fertigmachen. Okay?«

»Okay.«

»Versprochen?«

»Versprochen, Grace. Ich –«

»Auf Wiedersehen, Patrick.«

»Wiedersehen.«

Angie reiste am Tag nach Phils Beerdigung ab.

»Er ist tot«, sagte sie, »weil er uns zu sehr geliebt hat und wir ihn nicht genug.«

»Wie kommst du darauf?« Ich starrte in das offene, in die hartgefrorene Erde geschnittene Grab.

»Das war nicht sein Kampf, und doch wollte er ihn ausfechten. Für uns. Und wir haben ihn nicht genug geliebt, um ihn da rauszuhalten.«

»Ich weiß nicht, ob das so einfach ist.«

»Ist es«, versicherte sie mir und ließ Blumen auf den Sarg im Grab fallen.

In meiner Wohnung stapelt sich die Post – Rechnungen, Werbeprospekte vom Supermarkt, lokalen Fernsehsendern und Radio-Talkshows. Bla, bla, bla, denke ich, ihr könnt reden, bis ihr schwarz werdet, doch das wird nichts an der Tatsache ändern, dass es Glynn tatsächlich gegeben hat. Und dass es viele andere wie ihn noch immer gibt.

Das Einzige, was ich aus dem Stapel gezogen habe, ist eine Postkarte von Angie.

Sie traf vor zwei Wochen aus Rom ein. Vögel, die über dem Vatikan aufflattern.

Patrick,

hier ist es toll. Was glaubst Du, was beschließen die Männer in diesem Gebäude im Augenblick gerade über mein Leben und meinen Körper? Andauernd wird man hier in den Po gekniffen, und wenn das so weitergeht, werde ich bald jemanden umnieten und einen internationalen Zwischenfall auslösen, ich schwör's. Morgen geht's

in die Toskana. Mal schauen, was dann? Grüße von Re-
nee. Du sollst dir keine Sorgen wegen dem Bart machen,
sie fand schon immer, dass Du mit Bart heiß aussiehst.
Meine Schwester – also ehrlich. Pass auf Dich auf.
Ich vermisse Dich, Angie

Ich vermisse dich auch.

Auf Drängen von Freunden habe ich in der ersten Dezemberwoche einen Psychiater aufgesucht. Nach einer Stunde teilte er mir mit, dass ich an einer klinischen Depression litte.

»Das weiß ich«, sagte ich.

Er beugte sich vor. »Und wie können wir Ihnen dabei helfen?«

Ich sah zu der Tür hinter ihm, die in einen Wandschrank führte, wie ich annahm.

»Haben Sie Grace oder Mae Cole da drin?«, fragte ich.

Er drehte tatsächlich den Kopf. »Nein, aber –«

»Und wie wär's mit Angie?«

»Patrick –«

»Können Sie Phil wiederauferstehen lassen oder die letzten paar Monate ungeschehen machen?«

»Nein.«

»Dann können Sie mir nicht helfen, Doktor.«

Ich schrieb ihm einen Scheck aus.

»Aber Patrick, Sie sind zutiefst depressiv, und Sie brauchen –«

»Ich brauche meine Freunde, Doktor. Tut mir leid, aber Sie sind ein Fremder. Ihr Rat mag ja wirklich gut sein, aber es ist der Rat eines Fremden, und von Fremden nehme ich keinen Rat an. Das hat mir meine Mutter beigebracht.«

»Trotzdem brauchen Sie –«

»Ich brauche Angie, Doktor. So einfach ist das. Ich weiß, ich bin depressiv, aber daran kann ich im Augenblick nichts ändern, und das will ich auch nicht.«

»Warum denn nicht?«

»Weil das ganz normal ist. Wie der Herbst. Wenn Sie durchgemacht hätten, was ich durchgemacht habe, müssten Sie schon verrückt sein, um nicht depressiv zu werden. Oder?«

Er nickte.

»Vielen Dank, dass Sie Zeit für mich hatten, Doktor.«

Heiligabend 19:30

Jetzt sitze ich also hier.

Hier auf meiner Veranda, drei Tage, nachdem irgendwer einen Priester in einem Spätkauf niedergeschossen hat, und warte darauf, dass mein Leben weitergeht.

Stanis, mein durchgeknallter Hausbesitzer, hat mich doch tatsächlich morgen zum Weihnachtsessen eingeladen, aber ich habe dankend abgelehnt, ich hätte andere Pläne.

Vielleicht gehe ich zu Richie und Sherilynn. Oder zu Devin. Oscar und er haben mich zu ihrer Junggesellen-Weihnacht eingeladen. Truthahn-Dinner aus der Mikrowelle und eine ordentliche Portion Jack Daniel's. Klingt verlockend, aber …

Ich bin schon früher mal zu Weihnachten allein gewesen.

Mehrmals. Aber so noch nicht. So habe ich mich dabei noch nie gefühlt, so schrecklich einsam, so hohl und verzweifelt.

»Man kann mehr als nur eine Sache lieben«, hatte Phil gesagt. »Wir sind Menschen. Wir sind chaotisch.«

Ich auf jeden Fall.

Ich saß allein auf der Veranda, und ich liebte Angie, Grace und Mae, Phil, Kara Rider, Jason und Diandra Warren, Danielle und Campbell Rawson. Ich liebte sie alle, und ich vermisste sie alle.

Und deshalb fühlte ich mich so einsam.

Phil war tot. Das wusste ich, konnte es aber nicht hinnehmen, und deshalb wollte ich ihn – ganz verzweifelt – wieder zurück.

Ich sah vor mir, wie wir als Kinder durch die Fenster ausstiegen und uns auf der Straße trafen, wie wir rannten und darüber lachten, wie leicht wir hatten abhauen können, und wir zogen durch die bitterkalte Nacht und klopften bei Angie ans Fenster, damit sie sich unserer Bande anschloss.

Und dann zogen wir drei durch die Nacht.

Ich weiß nicht mehr genau, was wir auf unseren mitternächtlichen Spritztouren so anstellten und worüber wir so redeten, während wir uns einen Weg durch den Betondschungel unseres Viertel bahnten.

Ich weiß nur, es war gut so.

Ich vermisse dich, hat sie geschrieben.

Ich vermisse dich auch.

Ich vermisse dich mehr als die durchtrennten Nerven in meiner Hand.

»Hi«, sagte sie.

Ich war auf der Veranda eingedöst, und als ich die Augen aufschlug, fiel der erste Schnee dieses Winters. Ich musste blinzeln und schüttelte den Kopf, um den grausamen, süßen Klang ihrer Stimme abzuschütteln, die so echt klang, dass ich Idiot fast geglaubt habe, es sei kein Traum.

»Ist dir nicht kalt?«, fragte sie.

Ich war wach. Und diese Worte stammten aus keinem Traum.

Ich drehte mich um, gerade als Angie vorsichtig auf die Veranda trat, so als würde sie darauf achten, nur ja nicht den jungfräulichen Schnee auf dem Holz aufzuwirbeln.

»Hi«, sagte ich.

»Hi.«

Ich stand auf, und sie blieb ganz nah vor mir stehen.

»Ich konnte nicht wegbleiben«, sagte sie.

»Das ist schön.«

Der Schnee legte sich auf ihre Haare und leuchtete einen kurzen Augenblick weiß auf, dann schmolz er. Sie tat einen kleinen Schritt, ich kam ihr entgegen, nahm sie in die Arme, und dicke weiße Flocken fielen auf uns.

Endlich war es wirklich Winter geworden.

»Ich habe dich vermisst«, sagte sie und presste sich an mich.

»Ich dich auch«, sagte ich.

Sie gab mir einen Kuss auf die Wange, fuhr mir mit den Händen durch die Haare und sah mich lange an; Schneeflocken sammelten sich auf ihren Augenbrauen.

Dann senkte sie den Kopf. »Und ihn vermisse ich auch. Sehr.«

»Ich auch.«

Als sie den Kopf wieder hob, war ihre Wange ganz feucht, und ich wusste nicht, ob das alles nur geschmolzener Schnee war oder nicht.

»Irgendwelche Pläne für Weihnachten?«, sagte sie.

»Sag du es mir.«

Sie wischte sich das linke Auge. »Ich würde ganz gern Zeit mit dir verbringen, Patrick. Ist das okay?«

»Das ist das Beste, was ich das ganze Jahr gehört habe, Angie.«

Wir machten uns in der Küche heiße Schokolade, sahen uns über den Rand unserer Becher an, und das Radio im Wohnzimmer hielt uns über das Wetter auf dem Laufenden.

Der Schnee, so der Moderator, gehörte zu der ersten großen Kaltluftfront, die diesen Winter auf Massachusetts traf. Bis zum Morgen, versprach er uns, würden fünfundzwanzig bis vierzig Zentimeter Schnee gefallen sein.

»Echter Schnee«, meinte Angie. »Wer hätte das gedacht?«

»Wird langsam Zeit.«

Nach dem Wetterbericht gab es die neuesten Nachrichten zu Edward Brewer, dem Priester im Koma.

»Was glaubst du, wie lange macht er es noch?«, fragte Angie.

Ich zuckte mit den Schultern. »Keine Ahnung.«

Wir tranken Kakao; der Moderator im Radio meldete, dass der Bürgermeister strengere Waffengesetze forderte und der Gouverneur sich dafür einsetzte, dass Unterlassungsverfügungen klarer durchgesetzt werden müssten. Damit nicht ein weiterer Eddie Brewer einen Spätkauf zum falschen Zeitpunkt betrat. Damit eine andere Laura Stiles mit ihrem gewalttätigen Freund Schluss machen konnte, ohne um ihr Leben fürchten zu müssen. Damit die James Faheys dieser Welt damit aufhörten, uns in Angst und Schrecken zu versetzen.

Damit unsere Stadt eines Tages so sicher sein würde wie der Garten Eden vor dem Sündenfall, damit unser Leben geschützt wäre vor allem Schmerz und aller Willkür.

»Komm, wir gehen ins Wohnzimmer«, sagte Angie, »und machen das Radio aus.«

Sie streckte mir in der dunklen Küche die Hand hin, ich nahm sie, und während der Schnee weiße Flecken auf die Fensterscheibe malte, folgte ich ihr den Flur entlang zum Wohnzimmer.

Eddie Brewers Zustand hatte sich nicht verändert. Er lag noch immer im Koma.

Die Stadt, sagte der Moderator, wartete. Die Stadt, versicherte er uns, hielt den Atem an.

Danksagungen

Für die Beantwortung vieler dummer Fragen zur Kinderheilkunde und zum Strafvollzug danke ich Dr. Jolie Yuknek, Department of Pediatrics, Boston City Hospital, und Sergeant Thomas Lehane, Massachusetts Department of Corrections.

Für Lektüre, Kritik und/oder Redaktion des Manuskripts (und die Beantwortung noch weit dümmerer Fragen) danke ich Ann Rittenberg, Claire Wachtel, Chris, Gerry, Susan und Sheila.